LE CHIRURGIEN

ALAIN THIÉRY

LE CHIRURGIEN

Roman

ACROPOLE

216, boulevard Saint-Germain
75007 Paris

Un livre présenté par Hortense Chabrier

Si vous souhaitez être tenu régulièrement au courant de nos publications, envoyez vos nom et adresse en citant ce livre aux

Editions Acropole
216, boulevard Saint-Germain
Paris 7ᵉ

Première Partie

MONIQUE

A Martine S.,

Artisan d'une rencontre, d'une amitié, et d'une idée
sans lesquelles *Le chirurgien* n'aurait pu se réaliser.

1

Beaucoup plus ému que je ne l'aurais pensé, je m'approchai du lit de la patiente. Ma première admission... C'était une femme de soixante-treize ans, d'après ses papiers d'identité, qui avait été ramassée par les agents d'un car de police secours, au coin d'une rue proche de la place Pigalle. Incapable de se remettre debout, on l'avait crue ivre ; elle présentait simplement une fracture du col du fémur que la radio avait immédiatement confirmée.

— Vous êtes Mme Rose Poussin ?

Elle me jeta un regard glauque où je crus voir l'effet des tranquillisants, et laissa échapper un gargouillis que je voulus prendre pour une approbation.

— Vous êtes née en 1885 à Paris, et vous habitez au numéro 19 de la rue des Abbesses ?

Nouveau gargouillis, plus baveux que le précédent. J'étais certes très satisfait de ce premier contact avec la patiente, néanmoins j'appréhendais quelque peu le moment où je devrais lui poser des questions dont j'ignorais les réponses.

— Avez-vous déjà été opérée, madame ?

Sa paupière droite se souleva imperceptiblement ; il était cependant difficile d'affirmer qu'il s'agissait d'un acquiescement. Je répétai ma question un peu plus fort, songeant soudain qu'elle n'entendait peut-être pas bien...

— Monsieur Dalban !

Je sursautai et me retournai brusquement. Tout à l'excitation de mon interrogatoire, je ne l'avais pas entendu arriver. Très élégant dans sa blouse blanche, portant une cravate club et des boutons de manchette en rubis, le Pr Charles Noblecourt, le patron du service, souriait.

— Oui, Monsieur ?

— ... Sans doute ne vous êtes-vous pas aperçu que votre malade était aphasique, monsieur le major de l'externat ? Une aphasie de Broca. Ce détail est précisé sur le dossier transmis par l'hospice de Clichy où votre patiente est pensionnaire. Vous devriez le parcourir...

Je me sentis rougir sous le regard bleu, ironique et incisif du Mandarin. Je savais que cela signifiait une perte de la parole, accompagnée généralement de troubles intellectuels... Mes débuts dans son service étaient pour le moins glorieux ! Voilà qui devait confirmer le patron dans son opinion méprisante sur les parvenus de la médecine — un jugement définitif qu'il m'avait exposé sans détour dès notre première rencontre, environ un mois auparavant.

Je venais d'être admis au concours de l'externat, à la première place, ce qui me laissait le choix de mon terrain de stage puisque la coutume veut que l'on ne refuse pas l'option du major.

Ce jour-là, j'avais mis une vieille cravate de mon père qui me serrait horriblement le cou ; grise à rayures noires, elle était à peu près aussi ridicule que mon costume de confection, acheté dans un magasin de prêt-à-porter industriel lors du mariage d'un cousin. Bref, ainsi accoutré, j'avais l'air de ce que j'étais : d'un pauvre type endimanché — ou plutôt, d'un type pauvre et endimanché. Le Dr Lévy, le père de mon ami André, qui m'avait arrangé ce rendez-vous, m'avait bien recommandé d'être à la fois propre et ponctuel.

Propre, je l'étais donc. Quant à la ponctualité... J'avais près d'une heure d'avance en débarquant du métro Bac. Charles Noblecourt habitait à une cinquantaine de mètres un immeuble dont la façade évoquait les fastes du palais du Louvre. L'argent, l'argent des autres m'éclatait sans cesse à la figure, moi qui n'en possédais pas. Oh, il ne s'agissait ni d'envie, ni de jalousie ; simplement d'ennui. Le déplaisir d'être obligé de passer devant les vitrines en détournant le regard pour éviter la tentation.

Afin d'y patienter jusqu'à 17 heures 45, j'étais donc entré à l'Escurial, la brasserie qui fait le coin du boulevard Saint-Germain et de la rue du Bac. Je connaissais mal ce quartier ; enfant de Montmartre, j'avais rarement poussé mes explorations, du quartier Latin où je suivais les cours de la faculté de médecine, au-delà de l'église Saint-Germain-des-Prés, terre déjà lointaine...

Il fallait tirer l'anneau de bronze doré d'une sonnette, et non presser quelque vulgaire bouton. Un valet de comédie en gilet rayé ouvrit la porte et me toisa, le sourcil levé :

— Monsieur ?

— Je suis Pierre Dalban. J'ai rendez-vous avec le Pr Noblecourt à...

— Monsieur m'a prévenu. Il vous recevra entre deux consultations. Si vous voulez me suivre, ce ne sera pas long.

J'enjambai le paillasson marqué « Pr C. N. » en lettres rouges, pour pénétrer dans un immense hall tendu de velours gris, sur lequel s'ouvraient plusieurs portes. Dans cette entrée qu'on ne faisait que traverser, notre appartement de la rue Simart aurait tenu tout entier, et peut-être bien plusieurs fois.

— Je vais prévenir Monsieur.

Je me retrouvai finalement dans un salon donnant sur le boulevard Saint-Germain et éclairé par trois portes-fenêtres encadrées de doubles rideaux rouge sang. Quelques fauteuils Louis XV, deux bergères à oreilles et un piano à queue meublaient la pièce. Au-dessus de la cheminée d'un Empire revu fin XIXe siècle, trônait le portrait d'un homme contemplant d'un air méditatif des planches d'anatomie.

— Mon père, le Pr Henri Noblecourt. Il fut l'un des pionniers de la chirurgie orthopédique moderne.

Petit, les cheveux blancs, les yeux bleu porcelaine, l'original du portrait, ou plus exactement son fils, se tenait devant moi.

— Monsieur le professeur...

J'étais terriblement intimidé par ce personnage que l'on m'avait dépeint comme le plus grand, peut-être, parmi les plus grands. Celui, sans doute, à qui j'aurais voulu le plus ressembler.

Il me tendit la main avec un sourire non pas cordial et qui donne confiance, mais une petite fente entre les lèvres, relevant à peine le coin de la bouche.

— Si nous devons nous revoir, il faudra cesser de m'appeler « Monsieur le professeur » ; ce sont mes malades qui disent cela. Contentez-vous de « Monsieur », tout court.

Il me poussa vers son bureau — mobilier Louis XVI cette fois, et bibliothèque en boiseries. Les doubles rideaux avaient été tirés, tamisant le bruit de la circulation sur le boulevard.

— Asseyez-vous. Alors, c'est vous le major ?

— Oui, Monsieur.

Il jeta un regard à un papier posé devant lui, puis aperçut ma cravate et accentua quelque peu son sourire.

— Pourtant, vous n'êtes pas d'une famille médicale. Dalban, je ne...

— Mon père est représentant de commerce, Monsieur. Ma mère ne travaille pas.

— Représentant ? Pas en chemiserie, j'imagine... Bon, monsieur Dalban, avez-vous une vague idée du monde dans lequel vous souhaitez pénétrer ?

— Oui, je...

Son geste pour m'interrompre, son indifférence devant ma réponse, tout cela laissait entendre qu'il était, lui, totalement persuadé de ma candeur.

— Et quelle spécialité envisageriez-vous ?

— La chirurgie, je crois, Monsieur.

J'avais débité mes quelques mots d'un trait, pour les placer. Noblecourt me mettait de plus en plus mal à l'aise. Je savais que le mandarinat régnait en maître sur la médecine française, qu'on n'était rien en n'étant le fils de personne, mais il allait se charger de me le faire définitivement comprendre.

— La chirurgie... Les hommes en blanc qui tiennent la vie au bout de leur bistouri, ça peut sembler exaltant, je vous l'accorde, mon jeune ami. Mais la route est longue, très longue et les lits de clinique coûteux. L'argent est le nerf de la guerre, Dalban.

— Je pensais...

— Vous pensiez ! La province, vous pouvez tout juste espérer la province... Voyez-vous, monsieur Dalban, l'expérience m'a appris que les meilleurs classés sont le plus souvent issus de familles de médecins. Ce sont les mêmes qui réussissent ensuite à l'internat. Et ce n'est pas par hasard : ils baignent dans le milieu, ils connaissent ce qu'ils vont vivre plus tard. Mais vous, monsieur Dalban... Vous...

Je n'avais pas, à l'époque, ce que l'on peut nommer une conscience de classe aiguë. Je ne savais que trop qu'il y avait des riches et des pauvres, mais il me restait à apprendre qu'avant de devenir, il fallait être. Brutal, cynique, le Pr Noblecourt ne me cachait rien de tout cela.

Il m'avait accordé quelques instants de répit, le temps sans doute de digérer ses paroles, et il reprit :

— La coutume veut qu'on ne refuse pas un poste au major de l'externat, et j'ai trop le respect de la tradition pour enfreindre cette habitude. Vous sollicitez un poste d'externe dans mon service, vous l'aurez. Les Noblecourt possèdent d'ailleurs la plus belle collection de majors de l'Assistance publique. Au fait, vous qui ne connaissez personne, comment avez-vous songé à venir me trouver ?

Je me sentais vraiment dans la peau du Sauvage de l'histoire, l'oncle Tom au pays des mandarins. Moi qui ne connaissais personne, j'avais justement frappé à la meilleure porte. J'étais décidément poursuivi par une chance incroyable, mais il existait une explication plus rationnelle.

— J'ai travaillé avec le fils du Dr Alain Lévy. Vous vous êtes trouvés en rapport pour un ou deux cas... C'est lui qui m'a conseillé de m'adresser à vous.

— Lévy ?

Après le sauvage, le Juif... J'avais l'impression de m'enferrer sous le regard méprisant de Noblecourt. Il s'agissait cependant d'une impression erronée, le grand chirurgien n'était pas antisémite ; mieux, nombre de ses proches collaborateurs — j'allais apprendre à les connaître — étaient juifs. Simplement, il mit quelques secondes avant de se souvenir du Dr Alain Lévy.

— Ah oui, un bon médecin... Installé du côté de Montmartre, je crois bien ?

Montmartre, un représentant de commerce — pas en chemiserie, j'imagine ? —, un médecin de quartier... on était loin du faubourg Saint-Germain et mon seul argument pour obtenir satisfaction demeurait le respect de Charles Noblecourt pour la tradition.

Il se leva et me tendit la main. Au même instant, le valet de chambre surgit à la porte du bureau, comme s'il avait guetté depuis le corridor le moment d'apparaître.

— Très bien, monsieur Dalban. Je vous réserve la place. Vous ferez bien entendu votre demande officielle, comme les autres, et nous nous reverrons le lundi 15 mai.

Je retraversai l'immense hall à la suite du domestique. Malgré les réticences — le mot était faible —, j'avais décroché la place que je convoitais. Ce n'était qu'un premier pas.

Ma seconde entrevue avec le Mandarin eut lieu la veille de la très officielle prise de fonction des nouveaux externes et internes.

La lingère du service venait de me remettre, en même temps qu'aux autres, le tablier de coton blanc qui différenciait au premier regard l'externe de la piétaille des stagiaires dont je faisais encore partie seulement quelques jours auparavant. On nous avait ensuite rassemblés dans une grande salle servant aux cours magistraux du patron.

Charles Noblecourt, distant, distrait, nous avait présenté l'élite du service, les têtes pensantes dispensatrices du savoir : quatre ou cinq chefs de clinique, nœud papillon sous la blouse, puis le Pr Balfleau, le chef de service adjoint. Il avait ensuite rapidement glissé sur le groupe des infirmières, « collaboratrices efficaces », pour s'attarder enfin sur la femme qui se tenait à ses côtés. Cheveux gris tirés en arrière, coiffée d'un bonnet brodé de trois étoiles marquant son importance hiérarchique, elle pouvait avoir une cinquantaine d'années. Ou, plus exactement, elle était sans âge, ainsi qu'on le dit d'une vieille fille pour qui toute approximation est impossible.

— Mme Jeanson, l'infirmière-chef du service. Elle sera l'un des intermédiaires entre vous — il désigna précisément les externes, groupés près de la porte de la salle — et moi. Mme Jeanson m'est parfaitement dévouée...

Cette dernière précision résonna tel un avertissement. Comme tous les chefs, Noblecourt avait besoin d'une éminence grise pour faire peser le poids de son autorité même lorsqu'il était absent — cette femme à l'air revêche tiendrait le rôle.

Quelques jours passèrent. Charles Noblecourt parut oublier ma première bévue dont il avait été le témoin. On ne le rencontrait d'ailleurs que très peu dans les salles communes ; ce grand patron un peu mythique passait directement du bloc opératoire à son bureau, sans s'attarder dans les couloirs.

Puis au bout d'une huitaine de jours, très vite, parce que la vie est ainsi faite, tout mon univers bascula d'un coup, au détour d'une conversation téléphonique.

Mon père appelait régulièrement tous les deux jours, lors de ses tournées en province, pour donner de ses nouvelles et préciser les commandes reçues que ma mère transmettait ensuite à la maison qui l'employait. Mais ce soir-là, au téléphone, sa voix était plus essoufflée qu'à l'ordinaire.

Moi je connaissais ses trois paquets de Gauloises quotidiens, consciencieusement aspirées jusqu'au fond des poumons, et ces premières alertes qui l'avaient conduit à ne jamais se séparer de sa boîte de Trinitrine. Je me rappelais ses quintes de toux matinales qui le laissaient suffocant, appuyé contre le garde-manger. Et je me souvenais également de ces cours sur l'angine de poitrine que j'avais suivis, durant l'année, à la fac.

— Ce n'est rien, j'ai seulement pris froid.

— A la fin du mois de mai ?

— Oui, j'ai un peu de peine à respirer, je tousse beaucoup. Mais je n'ai pas mal. Pas la moindre douleur lorsque je monte un escalier. Simplement cet essoufflement.

Même pour moi, le diagnostic devenait simple. Le soir même, le train pour Vannes et l'arrivée vers six heures du matin en Bretagne, dans cette chambre un peu triste qu'il occupait au second étage d'un petit hôtel minable réservé aux VRP.

J'avais aimé, malgré mon inquiétude, notre retour à bord de sa 203 qui donnait déjà des signes de fatigue. Mon père fut aussitôt admis dans le service du Pr Clermont, au dixième étage de mon hôpital.

Verdier, le cardiologue qui l'examina, se montra catégorique mais plutôt rassurant :

— Fibrillation auriculaire. Un infarctus atypique passé inaperçu, sans doute. On le garde.

Le Pr Clermont lui fit attribuer une chambre particulière et m'autorisa à lui rendre visite chaque matin, dans les instants de liberté que me laissait ma fonction d'externe chez Charles Noblecourt. Tout semblait donc sous contrôle et en voie de guérison.

Une quinzaine de jours s'écoulèrent avant que je sois, major oblige, le premier externe admis au bloc opératoire. J'avais repéré mon nom sur la liste affichée à la porte du bureau de la surveillante d'étage, mais bien sûr, la nouvelle s'était déjà répandue dans le service.

— Dalban, c'est toi qui aides le patron, aujourd'hui. Tu feras gaffe à la mère Jeanson ! J'espère que t'as bien appris ta leçon sur l'asepsie !

Bastien, qui venait de m'interpeller, était l'un des internes favoris de Noblecourt. Il n'était pas très difficile de deviner les motifs de cette affection, il suffisait de tourner les pages du Rosenwald pour tomber sur le nom du Pr Bastien, neurologue, chef de service à l'hôpital Lariboisière. Malgré cette hérédité chargée, Bastien était un garçon pour lequel j'éprouvais une grande sympathie, d'ailleurs réciproque.

— T'en fais pas. Je vais être brillant !

Comme à son habitude, le Pr Noblecourt s'était approché sur ses semelles de crêpe, sans qu'on l'entende. Lui, en revanche, n'avait pas raté ma petite phrase. Il arborait son sourire ironique des meilleurs jours.

— En attendant de briller, mon petit Dalban, préparez-vous donc !

Le « mon petit Dalban » atténuait quelque peu la causticité du propos. Bastien ricana sottement : devant mon mètre quatre-vingt-dix, le Mandarin devait se hisser sur la pointe des pieds pour parvenir à me poser la main sur l'épaule. En outre, l'interne savait que s'esclaffer aux plus mauvaises plaisanteries des mandarins constituait dans ce milieu l'une des conditions *sine qua non* de réussite. Cela aussi, j'allais l'apprendre rapidement.

Tous les trois, nous entrâmes alors dans une partie du service qui m'était encore inconnue. Nous nous trouvions dans une sorte de vestibule aux murs entièrement dallés de faïence bleue, dans lesquels étaient scellés de grands lavabos à la robinetterie commandée par des pédales au sol.

— Est-ce qu'on peut endormir, Monsieur ?

Madeleine Jeanson, encore elle, s'approcha du professeur. Elle le couvait du regard, accréditant les racontars du service selon lesquels, autrefois, alors que Noblecourt n'était encore qu'un jeune externe, il se serait produit certain rapprochement entre l'élève infirmière qu'elle était et le futur patron.

— Oui. Prévenez Bernstein, je vais me préparer. Vous vous occupez de Dalban, bien sûr...

S'occuper de moi, cela signifiait me débiter pour la énième fois le laïus concernant l'asepsie, obsession de l'infirmière-chef, du patron et des chirurgiens du monde entier. Et elle commença :

— Vous voyez, monsieur Dalban, l'asepsie, on y croit ou on n'y croit pas. Ici, non seulement on y croit, mais c'est même l'endroit de France où l'on y croit le plus. Vous êtes dans le *meilleur* service de chirurgie orthopédique et votre patron est le *meilleur* chirurgien...

Elle affirmait cela avec une conviction qui ne pouvait qu'entraîner l'adhésion de ses auditeurs — déjà convaincus, en réalité. Mais, pour conserver toute leur force aux réputations, il ne faut jamais perdre une occasion de les rappeler.

— Vous apprendrez à vous laver les mains, monsieur Dalban, ou vous n'entrerez jamais en salle d'opération ! Les microbes sont invisibles ; imaginez cependant qu'ils se présentent sous la forme d'une poudre très fine de charbon noir...

J'imaginais, cependant qu'elle mimait sa démonstration avec enthousiasme, brandissant l'index désignant d'effrayantes particules de crasse.

— Si vous effleurez cette saleté, elle colle à la peau et tout ce que vous toucherez ensuite sera souillé. Eh bien, le principe de l'asepsie est de ne jamais faire entrer en contact un objet stérile avec un autre qui ne l'est pas !

La mère Jeanson triomphait. Une nouvelle fois, par la magie du verbe, elle venait de faire frissonner un jeune externe à elle confié, devant le spectre hideux de la contamination. Je pris l'air qu'elle attendait de moi ; j'arborai une mine suffisamment convaincue pour que nous passions à la suite de la conférence.

— Vous allez maintenant vous habiller pour opérer. Tous les instruments et tout le linge ont été rendus aseptiques en les passant à l'autoclave ou au Poupinel. Ouvrez !

L'ordre ne s'adressait pas à moi, mais à une stagiaire infirmière qui tenait un tambour de stérilisation cylindrique dont elle fit pivoter le couvercle pour l'ôter en le tenant ensuite à l'envers et à distance.

Je n'avais plus qu'à saisir la casaque pliée dedans, mais en prenant soin de ne toucher que l'intérieur de la boîte. Un geste banal, machinal, quotidien qu'elle me refit exécuter plus d'une dizaine de fois avant de se déclarer satisfaite.

Si je plaisante, à présent, de la minutie de cette leçon, je dois cependant reconnaître qu'elle était indispensable et assez formatrice pour que je me la rappelle chaque matin.

Après la blouse de chirurgien, il y eut les gants, autre rituel aux gestes précis, calculés pour n'en saisir que l'intérieur et les retourner ensuite par l'extérieur.

Puis j'ai commencé à me savonner et me frotter les doigts, la main, les avant-bras. Cinq minutes sur la montre, telle était la règle, et cinq minutes, c'est long, très long.

A côté de moi, Bastien exécutait à peu près les mêmes gestes. Tout cela pourrait paraître ridicule, voire dérisoire, au profane mais est indispensable comme l'est... je ne sais pas, moi, la précuisson du veau dans l'émincé au curry. Par exemple.

J'étais, depuis mon entrée même à la fac, frappé par le poids des traditions et des habitudes dans cet univers de la médecine. J'en avais été le bénéficiaire du fait de ma première place au concours de l'externat, et cependant la victime paradoxale puisque l'on s'acharnait à me faire comprendre que je n'étais rien qu'un petit bûcheur chanceux — pas de la graine d'interne ni de patron. Ou, plus précisément, pas de la race des internes et des patrons au sens noble du terme, puisque je n'appartenais pas à une famille.

C'était mesquin et hypocrite, mais c'était ainsi. J'avais très spontanément commencé à plier l'échine, à amortir les coups, mais je devais admettre qu'il ne suffisait pas d'être le meilleur pour réussir. Il fallait être bon, certes, pourtant il était également nécessaire d'être le fils, le cousin ou le gendre de quelqu'un qui avait été bon avant soi. *Dura lex, sed lex*... J'effectuais comme cela, périodiquement, des renvois de latin, comme d'autres étouffent d'infâmes rots engendrés par le saucisson à l'ail. La culture durement acquise sur les bancs de Condorcet me revenait en paquets bien ficelés, langues mortes ou maths-physique.

— *Dura lex, sed lex*...

— C'est pas le moment ! T'es prêt, ou quoi ?

Bastien m'interpellait, les mains en l'air afin d'éviter que l'eau ne coule dans la mauvaise direction, du coude vers les doigts ; il franchit une double porte et je le suivis.

Nous étions dans un aquarium baignant dans une atmosphère bleutée. Au centre de la pièce était installée la table d'opération orthopédique, véritable chevalet de torture moyenâgeux articulé dans toutes les directions. Sur cette table, on avait étendu à plat ventre un homme nu dont la région lombaire était éclairée par la lumière du scialytique.

C'était la première fois que je pénétrais dans un bloc opératoire. Le lieu avait quelque chose de magique, un peu froid — il y faisait réellement frais, une quinzaine de degrés à peine, voulus par Noblecourt — et déshumanisé. Quatre silhouettes en vert enchaînaient en silence des mouvements à la précision immuable.

A la tête du patient, le Dr Bernstein, l'anesthésiste, assis sur un tabouret, surveillait ses cadrans et manipulait un ballon de caoutchouc noir relié par une tuyauterie articulée à une sonde sortant de la bouche de l'opéré.

— Dalban, enfin, poussez-vous !

Madeleine Jeanson avait fait son apparition dans le cercle de lumière. Elle me désigna un petit coin de la pièce, de l'autre côté du respirateur, où j'allai me réfugier pendant que Bastien se mettait à badigeonner le dos du patient à l'aide d'un liquide ocre, alcool iodé sans doute.

— Dalban, habillez-vous !

La duègne me fusillait du regard ; j'enfilai la blouse et les gants avancés par une panseuse.

— Monique, maintenant, vous lui montrez, pour les cotons. Et sans erreur !

Là, j'ai compris que la véritable puissance du Mandarin ne

réside pas seulement dans son autorité absolue au sein de son service, mais dans sa capacité à faire admettre, considérer comme normales, toutes ses manies. Celle de Charles Noblecourt n'était pas bien méchante.

Poursuivant son badigeon, l'interne rigolait doucement en me voyant approcher de la panseuse qui allait m'instruire.

— Vous allez préparer des cotons pour le patron. Regardez bien... c'est pour éponger, au fond...

Elle avait saisi un rouleau de ouate pour en dégager une bande d'une vingtaine de centimètres de long.

— D'abord, vous le trempez dans cette cupule de sérum physio. Puis il faut essorer... juste ce qu'il faut. S'il reste trop de sérum, le coton est humide et n'éponge pas. S'il est trop sec, il peut pelucher et laisser des fibres à l'intérieur.

Je dus reconnaître qu'elle avait la technique, depuis la dizaine d'années que, chaque matin, elle exécutait cette préparation pour Charles Noblecourt. Après l'avoir humectée, elle étala la ouate essorée sur une table, comme une pâte à gâteaux, et entreprit de la découper en petits carrés. Mais pas n'importe lesquels.

— Vous prenez bien la mesure, monsieur Dalban et vous découpez proprement des cotons de 1 centimètre de côté, et d'autres de 3 centimètres. Précisément ; il ne faut pas se fier à l'œil !

Elle avait procédé à sa démonstration sur une table non stérile, au fond de la pièce. Je n'avais plus à présent qu'à l'imiter en taillant sous le triple regard de l'anesthésiste, de l'infirmière-chef et de la panseuse mes petits carrés de 1 cm de côté. Sous la bavette qui recouvrait le bas du visage de mes spectateurs, je ne parvenais pas à distinguer le sourire moqueur que je leur imaginais ; leurs yeux plissés de bonheur me suffisaient.

Si telle était l'aide opératoire d'un externe moyen dans ce service de chirurgie orthopédique, je regrettais presque d'être venu. Presque, parce que l'ambiance, la tension que je sentis monter dans le bloc quand le Mandarin y pénétra, valaient à elles seules le déplacement.

— On peut y aller, Claude ?

— Tout est bon pour moi, acquiesça Bernstein.

Je devais me soulever sur la pointe des pieds — et je suis

pourtant assez grand — pour apercevoir entre les dos penchés du chirurgien, de l'interne et de l'infirmière la petite bande de peau jaunâtre laissée libre par les champs opératoires disposés sur le dos du patient.

D'un geste unique et précis, Noblecourt incisa. Ses ordres brefs semblaient précédés d'une fraction de seconde par le geste de l'instrumentiste, tant elle paraissait connaître parfaitement le déroulement de l'intervention et l'ordre des demandes.

— Pinces... Ecarteurs...

Moi, je continuais de mesurer mes cotons, pendant que le chirurgien commentait — sans doute plus à son propre usage qu'à celui des assistants — son opération.

— On est sur les lames, maintenant. Poussez la spatule, Bastien ! Petite gouge...

Tout doucement, une sorte de malaise s'empara de moi. J'avais en même temps une impression de froid glacé et des coulées de sueur sur le front. Pourtant, je ne voyais rien ou presque, hormis des instruments ressortant humides et rougis de sang, des compresses rejetées dans un baquet.

— Aspirez, Bastien. La laminectomie est faite, j'incise le ligament jaune... Cotons !

C'était à moi. Plus les secondes passaient, plus je percevais comme une faiblesse dans mes jambes, un flottement dans mon raisonnement. L'instrumentiste prit sur la table ce que j'y avais préparé et me jeta un coup d'œil rapide.

— Tout va bien, monsieur Dalban ?

— Oui, merci...

Noblecourt s'empara des cotons, un par un, avant de s'en débarrasser, rougis, dans le baquet.

— Ils sont très bien, vos cotons, Dalban ! Pour la peine, approchez-vous, je vais vous montrer.

Plus qu'une faveur — je l'ai appris plus tard — c'était un honneur rarissime que me faisait le Mandarin. Mais en cet instant, j'avais tout, excepté l'envie de quitter cette table contre laquelle je m'appuyais.

— Venez, Dalban... C'était bien la hernie discale que l'on pouvait prévoir au pincement des disques sur les radios. En comprimant la racine, elle donnait cette douleur irradiante dans le territoire du sciatique. Je vais maintenant morceler et cureter le disque... Retournez à votre place.

Je m'étais à peine approché, penché par-dessus l'épaule du patron, et j'avais pris plein la vue de petits morceaux de chairs sanguinolents maintenus à bout de pinces par le chirurgien et son interne. Et ce que j'avais aperçu n'avait aucun rapport, vraiment aucun, avec les schémas bien propres du Rouvière, ou les écorchés des salles d'anatomie.

Puis il y avait cette saloperie d'odeur d'éther qui m'entourait, m'envahissait. Je n'allais tout de même pas flancher comme un minable, pas aujourd'hui ! Le major de l'externat dans les pommes, ça ferait rire dans le service. C'était une histoire à me faire interdire de séjour par le patron. Et surtout, à compromettre la carrière de chirurgien que je me proposais de suivre.

— Vous n'allez pas vous sentir mal, monsieur Dalban ?

Ça, c'était signé Madeleine Jeanson. Que pouvait-on bien répondre à une question pareille ? Qu'avaient-ils dit, les autres ? Parce que ce n'était certainement pas la première fois qu'elle faisait le coup, la vieille vache.

J'hésitais entre « non, madame », et « je n'en ai pas l'intention », deux réponses aussi bêtes l'une que l'autre, quand Charles Noblecourt m'a devancé :

— Mais non, mais non. Une dernière vérification et vous allez fermer avec lui, Bastien.

Là, ce n'était même plus un honneur qu'il me faisait, c'était du jamais vu, la révolution dans le bloc. Et aussi dans mon estomac. Mon café-crème remontait doucement, suivi des deux tartines beurre et miel du petit déjeuner. Je respirai à fond à travers la bavette, avant de m'approcher une nouvelle fois de la table quand le patron se fut écarté. Je jouai à quitte ou double. Ou je piquais du nez dans ce trou rougeâtre creusé dans le dos de l'opéré, ou je pensais à autre chose et je réussissais à me tenir correctement.

— Catgut zéro, Monique !

Bastien s'appliquait à ressembler à Charles Noblecourt, jusque dans le ton dont il usait pour donner des ordres. Il prit dans sa main droite une très longue aiguille à chas mobile et dans la gauche, une pince à disséquer pour rattraper les muscles, les traverser et faire dépasser le bout de l'aiguille.

La science des nœuds m'étant encore inconnue, je n'avais que la charge de passer l'extrémité du fil dans le chas ouvert, à l'aide d'un instrument très long et fin.

Finalement, tout allait plutôt bien. Assis sur le haut tabouret du chirurgien, j'étais plus à l'aise que debout, puis mon attention était mobilisée par chacun des gestes de l'interne et non plus uniquement tournée vers l'analyse de mes sensations.

C'est alors que Charles Noblecourt, qui était sorti depuis une bonne dizaine de minutes, reparut à l'intérieur du bloc opératoire.

— Dalban, je voudrais vous voir tout de suite. Laissez, Bastien terminera la peau tout seul...

Il existe certains phénomènes inexplicables, une sorte de divination aux moments les plus intenses de la vie. Sans qu'il ait eu besoin d'ajouter le moindre mot, j'avais compris.

— Soyez courageux, Pierre, je viens d'apprendre...

Pour la première fois, il utilisait mon prénom, mais je me serais volontiers contenté désormais du « mon petit Dalban » de l'heure précédente...

Je quittai le bloc à sa suite.

Je crois que le sentiment qui prévalait dans mon esprit était la révolte. Une révolte stérile contre le sort. J'avais déjà éprouvé quelque chose de similaire furtivement, lors de mon retour de Vannes dans la 203 cahotante.

Puis je m'étais calmé après le diagnostic précis de Verdier et l'amélioration de l'état de santé de mon père, hospitalisé dans cette chambre confortable et contraint de ne plus fumer. Je le voyais sortant bientôt de l'hôpital, désintoxiqué, guéri et repartant pour la Bretagne, sa collection de boutons sous le bras.

— Soyez courageux, Pierre...

On n'est pas courageux à vingt et un ans. On est lâche, peureux, hargneux. On a envie de gueuler, de cogner, de partir loin pour oublier. Certainement pas de rester digne et imperturbable, de garder la face.

Il était étendu sur son lit, les draps bien tirés sur lui, les yeux fermés. Il avait l'air apaisé, oui, on aurait pu croire qu'il dormait. Mais il ne sommeillait pas, il n'était pas paisible. Il était mort.

Derrière moi, quelqu'un toussota. Clermont et Verdier étaient là. Le chef du service de médecine s'approcha le premier, il me mit une main sur l'épaule et dit les mots de circonstance. Clermont était peut-être sincèrement touché, peut-être la mort d'un de ses patients remuait-elle encore en lui une émotion que trente ans d'Assistance publique n'avaient pas su altérer, peut-être éprouvait-il pour moi une sorte d'affection ? Cependant, moi, je le haïssais, parce qu'il avait failli à ce que j'attendais de lui.

Plus encore que le Pr Clermont, c'était l'autre qui catalysait ma haine : « Dr Verdier, cardiologue ». Inapte, inepte.

— Il n'a pas souffert. Embolie pulmonaire massive, malgré les anticoagulants.

Il n'avait pas souffert ! Qu'en savait-il, cet imbécile ? Etait-il là, au pied du lit, lorsque le caillot échappé avait bloqué brutalement la circulation dans les poumons ? Avait-il ressenti la douleur violente, intolérable ? La sensation d'angoisse atroce de la respiration qu'on ne peut reprendre, de l'air qui manque ? Avait-il vécu ces quelques secondes de lucidité durant lesquelles on sait que l'on va mourir ? Les mâchoires qui se serrent, les mains qui se crispent sur les draps... Mon Dieu ! Je le revoyais dans ce même lit, souriant, draguant vaguement les petites infirmières...

— Tout a été tenté : adrénaline intracardiaque, massage du muscle... Tout, vraiment.

Et tout avait échoué. Il était mort en moins d'un quart d'heure, entre deux visites de surveillance, pendant que je luttais, quelques étages plus bas, contre la nausée qui m'envahissait dans le bloc opératoire.

Je ne pouvais rien faire d'autre que le regarder, chercher dans ma mémoire des bribes de prières et surtout tenter de créer le vide dans mon esprit.

— Nous vous laissons, monsieur Dalban. Compte tenu de

votre parenté, j'ai demandé qu'on ne procède pas à une vérification...

Euphémisme pudique pour dissimuler l'autopsie. Au moins mon père ne serait-il pas découpé en morceaux afin de déterminer la cause précise du décès. Je balbutiai un remerciement ; Clermont quitta la chambre, suivi de son assistant.

Qui avait prévenu ma mère ? Ce devait être automatique... On lui avait téléphoné et elle avait su avant moi. La porte s'ouvrit doucement sur son visage figé ; elle se jeta dans mes bras. Les sanglots que j'étais parvenu à retenir jusqu'à cet instant me submergèrent soudain.

Il me faudrait dorénavant prendre soin de ma mère. Nous avions à nous organiser pour vivre la nouvelle existence qui nous attendait sans mon père — tout allait se compliquer. Si nous n'avions jamais été riches, au moins ne manquions-nous de rien. Mais maintenant ? La réaction de ma mère m'inquiétait. Je la croyais faible, aisément abattue ; je ne parvenais pas à l'imaginer sans lui, sans ses appels téléphoniques réguliers qu'elle attendait toujours avec impatience, sans son retour du vendredi soir, célébré comme une fête. Cependant, on ne connaît jamais ceux que l'on aime. Ma mère, Jeanine Dalban, dissimulait en elle une force qu'un étranger aurait sans doute mieux que moi devinée. Elle n'eut que des instants de larmes, pas de désespoir. Une tristesse pudique qui n'admettait pas la défaite.

J'avais horreur de la banlieue — un très ancien mépris acquis en jouant sur les trottoirs avec les enfants de la concierge, ou, un peu plus tard, à l'école communale. Dédain pour tout ce qui vivait au-delà des barrières, derrière les portes, Clichy ou Clignancourt, et n'était donc pas parisien.

En outre, je me sentais mal à l'aise dans les cimetières, ces jardins sans bancs publics ni gamins qui jouent. La quiétude est sinistre.

Tout ça pour dire qu'au cimetière de Bagneux, suivant à travers les allées un vieux prêtre gâteux, je ne me trouvais pas particulièrement à ma place. Mais mon père l'avait voulu, soucieux et prévoyant du moindre détail, en acquérant cette concession biplace, numéro 298, tout au bout de l'allée K, presque à l'angle du mur d'enceinte.

Obsèques de seconde catégorie, cercueil en chêne à poignées de métal argenté, deux couronnes de fleurs — roses, œillets et glaïeuls.

J'ai dû serrer une dizaine de mains — quelques collègues de mon père, mon ami André Lévy, un couple de voisins — et embrasser la joue mal rasée de mon grand-père.

Une belle cérémonie, vraiment. Le temps était clair, le soleil brillait et sous ma veste de costume — le bleu marine, en serge peignée, celui-là même que je portais lors de ma visite chez Charles Noblecourt — j'avais chaud.

Le Mandarin n'avait évidemment pas poussé l'affabilité jusqu'à assister à l'enterrement — trop de travail, hélas ! mon cher Pierre — cependant, il avait envoyé une carte de visite — quelques phrases banales, mais manuscrites.

J'avais reconnu son écriture hachée et non les rondes de sa secrétaire.

— Si vous aviez des obligations, durant quelques jours, je le comprendrais très bien, mon petit Pierre...

Et la vie avait continué, comme on ne croit d'abord pas que ce soit possible. Ma mère empila les affaires de mon père dans des cartons qu'elle destina à une œuvre charitable, puis fit mine d'oublier, incapable en vérité de se séparer de ces reliques.

Après la révolte et l'incompréhension, le temps de la tristesse était venu, bientôt suivi par une période complexe où la volonté d'oubli le disputait au remords. Les économies de la famille fondaient rapidement et si cela ne paraissait pas encore trop, c'est que l'été 59 était merveilleux sur Paris, comme une période de trêve avant la rentrée.

Loin, de l'autre côté de la Méditerranée mais en France — de Dunkerque à Tamanrasset... — on continuait de se battre. Le mot décolonisation était de plus en plus souvent prononcé en privé par des politiciens qui la croyaient inéluctable mais s'acharnaient à prétendre le contraire.

Sur les écrans de métropole, Bardot créait une nouvelle image de la femme, tandis que Romy Schneider n'en finissait plus de valser dans la crinoline de Sissi, à la cour d'Autriche.

Moi, j'avais vingt et un ans, j'étais sursitaire, externe des hôpitaux de Paris actuellement en poste dans le service de chirurgie orthopédique du Pr Charles Noblecourt. J'allais passer l'écrit de l'internat en octobre, je venais de perdre mon père, j'avais un peu peur de l'avenir et une forte envie de coucher avec la panseuse du bloc opératoire.

2

Mêlant l'indispensable au superflu, le cabotinage au bien du malade, la grande visite hebdomadaire du service, tous les mardis, était plus qu'une habitude, un rite, une véritable cérémonie au déroulement quasi immuable.

L'Assistance publique, comme l'armée ou le clergé, constituait à l'époque l'un des derniers hauts lieux de la féodalité. Seigneur tout-puissant, maître absolu en son État, le chef de service, suivi de toute sa cour, parcourait les salles communes et les chambres individuelles de son étage, survolant les dossiers, les cas et les malades d'un regard que l'on pouvait croire bienveillant.

Trop ému les premières fois, troublé ensuite par la mort de mon père, je n'avais pas prêté au culte toute l'attention nécessaire. Mais là, en deux heures, j'allais être définitivement fixé, marqué à jamais par ces images de vie et de mort, entre pathétique et comique, frôlant le ridicule et côtoyant le drame.

Nous étions tous rassemblés dans le couloir central du service, près des portes closes des appartements royaux derrière lesquels notre maître à tous, Charles Noblecourt, achevait de se préparer en compagnie de ses barons. Le bruit de fond des conversations ressemblait un peu, pour autant que je me le rappelais, à celui entendu dans les églises à la fin de la cérémonie lorsque, *ite missa est*, on en vient à parler du saint-honoré à acheter pour le déjeuner.

Puis, d'un coup, le silence se fit. Quelqu'un, un interne de garde, venait de voir bouger la poignée de la porte.

Et Charles Noblecourt parut, le regard bleu et vague, saluant ses ouailles d'une main vaguement dressée qui imposait le silence et la vénération. Suprême coquetterie, le Mandarin arborait une capote d'interne bleu marine à la coupe de l'AP, mais taillée sur mesure par Burberry's dans le plus fin cachemire.

Derrière lui, vestale et gardienne du temple, s'avança Madeleine Jeanson, suivie du Pr Balfleau, chef de service adjoint, et de trois des chefs de clinique. Tout le gouvernement du service était là. Ce qu'ils s'étaient dit durant une heure dans le bureau du patron, de quoi ils avaient discuté, nul ne le savait... Cela n'était d'ailleurs pas essentiel ; seul importait cet air résolu qu'ils arboraient tous.

Noblecourt s'engagea dans le couloir, répondant par de brèves inclinaisons de tête aux saluts courtisans. Je tentai de demeurer près de Bastien qui m'avait pris en amitié. Lui saurait, le cas échéant, m'aider à répondre aux questions du Mandarin. Parce que cette grande visite hebdomadaire, si elle ne contribuait pas vraiment à humaniser le monde de l'hôpital, avait au moins le mérite de dispenser un enseignement vivant, plutôt éloigné de celui de la faculté.

Questions de Noblecourt, réponses des externes et corrections se succédaient à un rythme accéléré. Il fallait tout entendre, tout noter pour en tirer le maximum de profit. Noblecourt n'expliquait pas, jamais. Il précisait... Subtile nuance qui lui interdisait de se répéter et lui faisait considérer comme acquis par son auditoire tout ce qu'il pouvait dire aux uns ou aux autres.

Dans le silence presque religieux du couloir, Mme Jeanson claqua soudain les doigts. L'une des infirmières du bloc opératoire s'approcha, portant sur un plateau qui aurait pu être d'argent un flacon de verre et quelques essuie-mains destinés aux ablutions du Mandarin.

Puis la troupe se mit en marche. Au risque de bouleverser la hiérarchie minutieuse de l'ensemble, je m'étais glissé près du groupe des internes, détenteurs sinon du savoir, du moins de connaissances supérieures à celles des externes que j'étais conduit à fréquenter.

Tout cela me paraissait un peu anachronique, ces gens parfaitement ordonnés, ces uniformes stéréotypés qui faisaient presque que l'on ne considérait plus l'individu, mais la confrérie dont il était issu, ce silence pesant ; du haut de ces habitudes, des décennies de traditions médicales nous contemplaient avec ironie. Grand maître de l'ordre, Charles Noblecourt se devait d'être le continuateur et le gardien scrupuleux du dogme.

A droite, dans le couloir, commençait l'immense salle commune des femmes : une trentaine de lits alignés de part et d'autre d'une allée centrale, séparés seulement les uns des autres par une pauvre table de nuit et une chaise bancale. Tous étaient occupés, l'hôpital faisait recette.

Le patron s'arrêta devant le premier lit, comme il le ferait pour tous ceux du service. Consultant son registre, Madeleine Jeanson lui souffla le nom de l'externe responsable de l'observation médicale de ce cas précis.

— Je vous écoute, monsieur Cressey, fit Noblecourt sans se retourner.

Olivier Cressey était un petit brun sympathique, pas vraiment bien placé au concours, mais neveu de je ne savais plus quel pédiatre de génie. Bref, un membre du sérail... Comme nous tous, il avait sérieusement bûché son topo. Il ne s'agissait pas de commettre la moindre erreur devant le patron. Nous avions le devoir d'être clairs, nets et capables de répondre à tout — d'où l'intérêt de ne pas s'éloigner trop du groupe des internes.

— Fracture de Pouteau-Colles, Monsieur. Entrée voici cinq jours. Une chute dans un escalier. Aucun antécédent médical notable. Pas d'antécédents chirurgicaux...

Il ne s'en tirait pas mal, Cressey. Il n'y avait pas grand-chose à dire, en réalité, encore fallait-il le débiter sans se tromper.

— La réduction a été faite par M. Tanguy, de garde..., acheva Olivier.

Là, l'externe avait achevé sa tirade, et un autre acteur entrait en scène, l'interne concerné. Capote bleue, mais pas en cachemire, l'air docte, Tanguy remplaça Olivier Cressey.

— Pouteau-Colles banale, Monsieur. Réduction sans problème en urgence.

C'est à ce moment-là, par un réflexe que je m'explique encore mal, que je regardai en direction de la malade. Le poignet cassé dans le plâtre, elle ouvrait de grands yeux étonnés, écoutait sans comprendre ce que se racontaient ces spécialistes à son propre sujet, mais surtout, elle attendait.

Elle attendait qu'on s'occupe d'elle.

— Vous avez des contrôles ?

Côté acteurs, la pièce continuait. Noblecourt posait ses questions, les autres y répondaient en un ballet harmonieux qui fit apparaître, sur un claquement de doigts de la surveillante, le chariot à roulettes contenant les dossiers et les radios des malades hospitalisés.

— Cavité articulaire dans le bon axe, styloïde à sa place, commenta le Mandarin en examinant les clichés placés sur le négatoscope. C'est bien, Tanguy.

L'interne rougit. Un compliment du patron, c'était plutôt rare.

Tournant presque le dos à la malade qui, elle, ne le quittait pas du regard, Noblecourt enchaîna :

— Madame ne souffre pas, naturellement.

— Pas du tout.

— Tant mieux.

Point final. Le rideau du premier acte tombait sur ce satisfecit : l'interne avait affirmé que la malade ne souffrait pas, tout était donc pour le mieux dans le monde radieux de l'Assistance publique. J'étais sans doute le seul à songer en cet instant que, peut-être, on aurait pu interroger la blessée elle-même. Bien entendu, je n'en dis rien : le major de l'externat ne pouvait pas se permettre d'émettre une opinion. Particulièrement de ce type.

Dignement, Noblecourt, qui n'avait touché que les radios de la patiente, s'aspergea les mains d'alcool parfumé à la lavande et s'essuya à l'aide d'une serviette que Madeleine Jeanson recueillit ensuite avec révérence.

Ils formaient tous les deux un de ces couples quasi mythiques, unis dans un même amour frénétique du travail. Pierre et Marie Curie... Non, pas assez passionnel. Plutôt Yvonne Printemps et Pierre Fresnay, toutes notions esthétiques mises à part. Le souci de l'un était, avant tout, de mettre l'autre en valeur. Encore que, dans le cas des duettistes de l'AP, la mère Jeanson s'effaçât le plus souvent devant le Mandarin. Néanmoins, ils me paraissaient indissociables, trop rodés dans leur numéro pour être jamais séparés. Peut-être étaient-ce cette complicité, cette servilité de quelques-uns qui faisaient un grand ponte ? Une idée à creuser, dans l'éventualité de mon avenir professionnel.

Bastien me tira brutalement par la manche de ma blouse. J'étais resté seul devant le lit de cette pauvre femme au poignet brisé, tandis que Noblecourt et son armée s'étaient approchés du lit suivant.

— Tu rêves ? chuchota mon sauveur.

Oui, je rêvais. Je m'imaginais en Mandarin visitant son service, je me voyais plus humain, moins indifférent aux malades. Bref, j'anticipais d'une bonne vingtaine d'années, pour autant que... Superstitieux, je croisai les doigts dans le fond de ma poche.

Tracté au premier rang des internes, intercepté par l'œil bleu de Charles Noblecourt, je pris le train de l'exposition du cas en marche.

— Apparition de douleurs de type sciatique dans le territoire L5 S1 voici quatre ans, précisait l'externe. Plusieurs crises ayant cédé au traitement médical et à la gymnastique...

Comme la blessée précédente, la malade écoutait ces hommes en blanc décortiquer sa souffrance en termes obscurs, se renvoyer la balle à son sujet en un dialogue dont elle était exclue.

— Depuis une semaine, des signes de parésie dans le membre homo-latéral.

Le patron, qui ne prêtait jusqu'alors qu'une oreille distraite au laïus de son externe, parut soudain intéressé. Les problèmes vertébraux, c'était son domaine, il était même le pionnier de la chirurgie réglée du disque intervertébral. Lentement, il baissa les yeux vers la femme allongée sur le lit : encore jeune, une quarantaine d'années, mal coiffée, elle reflétait une aimable vulgarité.

— Quelle est la profession de madame ? demanda Noblecourt en tendant la main vers Madeleine Jeanson.

— Vendeuse, monsieur le professeur, précisa la femme. Je travaille dans un magasin de chaussures vers la place...

Elle s'interrompit brusquement, fusillée du regard par tout le premier rang des assistants. Ce n'était pas à elle que la question s'adressait, et elle aurait dû se contenter de demeurer un cas intéressant. Intéressant, mais silencieux.

— Vendeuse, Monsieur, dit l'externe.

Noblecourt hocha la tête, satisfait, puis il prit le marteau à réflexes réclamé depuis un instant à Mme Jeanson, avant de s'approcher, fait exceptionnel, de la patiente.

J'étais surpris, dégoûté et fasciné tout à la fois par ce spectacle. Cette absence complète de chaleur, de sympathie, remplacées par l'attention portée au dossier. La malade avait commis une faute de goût en ouvrant la bouche sans y avoir été invitée. Une inconvenance qu'on lui faisait bien sentir en ne la regardant même plus.

Claquement de doigts de la mère Jeanson. L'infirmière chargée du lit s'approcha et baissa les draps, mettant à nu les jambes de la patiente dont le premier geste fut de tirer sur ses cuisses la chemise de nuit de coton blanc aux armes de l'AP.

— Mais non, voyons !

Troussée comme une pute de barrière, la patiente ferma les yeux. Voilà, c'était ça, la médecine française. Je ne me sentais pas très à l'aise, mais je n'avais encore rien vu.

Le Pr Noblecourt commenta son exploration réflexe rapidement effectuée :

— Hypo-excitabilité accompagnant une diminution de la force musculaire. Caractéristique, messieurs !

Il jubilait, notre maître. Heureux comme un gosse le soir de Noël, au point même de s'adresser directement à la malade :

— C'est une compression grave au niveau S1 qu'il faut lever d'urgence, avant que des phénomènes irréversibles ne s'installent ! Il va falloir vous opérer très vite, madame...

Si elle n'avait pas saisi le sens des premiers mots, le verbe opérer eut un effet magique. Le visage de la femme se plissa, ses yeux s'embuèrent et elle éclata en sanglots. Mais tout le monde s'en moquait, désormais. On avait déjà donné, elle avait eu la faveur de quelques mots du Mandarin, qu'espérer de plus ?

— A l'interrogatoire, reprit l'externe chargé du cas, on retrouve des antécédents gynécologiques, monsieur. Un fibrome utérin qui saigne abondamment depuis quelque temps...

Décidément, il tenait le bon filon avec ce cas, mon ami l'externe. Il y avait, dans ce dossier, de quoi retenir l'attention du patron pendant toute la matinée et en bon metteur en scène, l'autre distillait soigneusement son suspense.

— Un fibrome ? rugit Noblecourt. Doigtier !

Il y eut comme un frisson de bonheur dans l'assemblée. On sortait enfin des fractures banales qui étaient notre ordinaire. Près de moi, Bastien dansait d'un pied sur l'autre et je ne pus m'empêcher d'en faire autant. Mes scrupules de conscience, mon apitoiement venaient d'être balayés au profit d'une excitation nouvelle. Ils avaient sans doute raison. Cette vendeuse de chaussures n'était rien par elle-même. Là, cependant, par la grâce d'un disque vertébral écrasé avec forme atténuée de paralysie et d'un fibrome utérin, elle devenait un cas.

Quelqu'un.

Pouvait-elle réellement s'en réjouir ? Après tout, ce n'était pas mon affaire ; je pensais trop. Travailler sans cesse, comprendre : je devais impérativement me limiter à cela !

Noblecourt s'était tourné vers l'inévitable Madeleine Jeanson, intermédiaire obligatoire des souhaits du patron. Il leva la main droite, l'index et le médius tendus comme pour esquisser le V de la victoire, et il enfila le doigtier de caoutchouc.

— Un fibrome ! dit-il encore, désignant l'adversaire à la vindicte de son peuple.

A nouveau, Madeleine Jeanson claqua les doigts et l'infirmière responsable du lit bondit sur la malade dont elle releva haut la chemise de nuit sur le ventre, dénudant le pubis.

— Ouvrez les jambes, madame !

Presque guilleret, Noblecourt s'approcha. La femme pâlit, écartelée comme pour un viol collectif devant cette foule en majorité masculine, au sein de laquelle elle ne découvrait aucun regard compatissant, aucune complicité. Même pas la mienne que, quelques instants auparavant, je ne lui aurais pourtant pas ménagée.

Jeanson présenta un pot d'huile vaselinée destinée à la lubrification du doigtier : on n'est pas des monstres, à l'Assistance publique, et toutes les précautions sont prises pour le bien-être des patients. N'est-ce pas ?

Le Mandarin introduisit ses deux doigts dans le vagin, tandis que sa main gauche palpait délicatement la peau et appuyait sur le ventre de la patiente. Ni dégoût ni plaisir, le visage du chirurgien n'exprimait qu'une attention soutenue. Il se redressa bientôt, souriant, pour apostropher l'externe responsable du secteur :

— Vous l'avez examinée, naturellement ?

L'autre rougit. Bien envoyé, Pr Noblecourt. C'est qu'il était finaud le patron, il ne tapait jamais au hasard.

— Non, Monsieur. Elle est entrée pour une sciatique...

Le Mandarin haussa les épaules, soudain accablé par l'inefficience de ses élèves dont il parcourut l'assemblée d'un regard bleu, ironique et froid, comme s'il cherchait un interlocuteur. Et, bien sûr, il s'arrêta sur moi, seule blouse blanche d'externe au milieu des capotes bleues d'internes.

— Vous entendez votre collègue, Dalban ? On lui parle d'un fibrome, et il n'a même pas la curiosité d'aller vérifier !

Là, il était en train de me faire un ami, le patron. Qu'est-ce que je pouvais répondre à cela ? Rien. Je perturbais l'harmonie de la suite royale en empiétant sur une classe à laquelle je n'appartenais pas, il était normal que je sois châtié. Parce que cette interpellation n'était rien d'autre qu'un discret rappel à l'ordre. La colère du Pr Noblecourt changeait soudain d'objet et se rabattait sur moi, qui lui servais de prétexte à l'énoncé d'une profession de foi. Peut-être, en réalité, ne se rappelait-il plus le nom de l'autre externe ?

— Il n'y a pas dix sortes de médecine ou de chirurgie, monsieur Dalban ! Le corps humain est un tout... Vous êtes, par protection, dans un service d'orthopédie, mais avant d'être chirurgien spécialisé, il faut être chirurgien tout court ! Mettez un doigtier, et décrivez-moi ce que vous sentez !

Par protection... Je devais être rouge de honte, je me sentais les joues brûlantes. La mère Jeanson me tendit un doigtier et le pot de vaseline. Je m'approchai du lit sur lequel la femme demeurait immobile, indécente. Si j'avais pu, quelques minutes auparavant, la comparer à une pute de barrière troussée par des voyous, cela ne tenait plus, à présent. Elle n'était désormais qu'un morceau de viande, de chair inerte qui servirait d'objet à une brillante démonstration clinique. Un complexe d'organes et de viscères défaillants. Bon dieu, dire que ç'aurait pu être ma mère, là, livrée à ces voyeurs que nous étions ! J'avais honte, gêné comme jamais auparavant, mais en même temps j'éprouvais la fierté folle du plus fort, le plaisir d'être du bon côté de la frontière.

— J'espère que vous avez déjà..., commença Noblecourt.

— Non, Monsieur, jamais. Je n'ai jamais effectué de toucher vaginal, balbutiai-je.

Il était perfide, le chirurgien. Et les autres courtisans qui souriaient bêtement aux points de suspension de sa phrase bourrée d'allusions. Dès qu'on parlait de sexe, les carabins s'animaient. Cela aussi était une tradition que le grand bourgeois distingué qu'était Charles Noblecourt ne dédaignait pas de ranimer.

Je n'en étais qu'à ma première année d'externat et même si j'avais eu la chance d'être plus brillant que les autres au concours, les occasions d'examens gynécologiques ne m'avaient pas été nombreuses.

— Introduisez-vous doucement, Dalban...

Graveleux, il devenait graveleux, ce type que je n'imaginais pas dans un lit, ou alors toutes lumières éteintes et avec une infinie retenue. Mais ce que je devais apprendre plus tard, c'est que ces plaisanteries de mauvais goût étaient indispensables au moral des troupes, comme le passage du BMC sur le front.

La recrudescence de sourires bienheureux créée par les gauloiseries du Mandarin s'éteignit aussi vite qu'elle avait fleuri : nous retombions dans les affaires sérieuses.

Doucement, j'approchai mes doigts gantés du sexe de la femme. J'aurais tout donné pour me trouver ailleurs, mais, paradoxalement, je n'aurais cédé ma place pour rien au monde. La curiosité l'emportait sur mon trouble. C'était du viol, un viol institutionnalisé pour le bien de la science.

La patiente gardait les yeux fermés. Je crois que je n'aurais pas supporté son regard, à moins, au contraire, qu'il n'ait contribué à me blinder contre cette forme mesquine de sentimentalisme... Ce n'était pas ma mère, elle n'était qu'une étrangère. Une malade.

Je la pénétrai sans violence, dans le silence revenu.

— Bien, dit Noblecourt. Vous sentez la saillie très douce, au fond ? Comme la bouche d'un poisson ? On l'appelle le museau de tanche... Vous sentez ?

Je farfouillais dans cette ouverture chaude et secrète de mes deux doigts caoutchoutés, comme un vétérinaire, sans doute, dans les entrailles d'une vache. Mais je ne percevais rien, que des parois molles et collantes qui se dérobaient sous mes pressions. Pas de saillie, de bouche de poisson...

La femme remua imperceptiblement en gémissant. Bon sang, pourvu que je ne lui fasse pas mal !

— Vous sentez ? répéta le Mandarin.

— Oui, Monsieur.

C'était peut-être ça, cette partie plus ferme dans le fond ? Je faisais défiler les schémas d'anatomie dans ma mémoire, mais ça ne correspondait pas. Elle était chaude, elle bougeait, souffrait sous ma main. Vivante.

— C'est le col de l'utérus. Maintenant, avancez plus au fond... Vous devez percevoir quelque chose qui ressemble à un ballon... Un ballon à l'intérieur du ventre, dont vous pousseriez la masse avec votre main, là, sur l'abdomen...

Je plaquai ma main gauche sur son ventre, fasciné par ce que je découvrais. Je l'avais, et pour de bon, le museau de tanche ! Même chose pour le ballon, cette proéminence rondouillarde qui glissait sous la peau.

— Je l'ai !

J'avais à peu près le ton du badaud qui brandit le billet gagnant à la tombola de la foire du Trône. Pas de poupée gitane à la clé, mais un superbe fibrome.

— Ce ballon, expliqua le patron, c'est le corps de l'utérus, augmenté par le fibrome. Vous sentez comme il roule ?

La femme crispait ses mains sur les draps froissés à chaque mouvement que j'imprimais à son ventre. Elle avait renoncé à gémir et à ouvrir les yeux, se laissant violer par mes doigts qui s'étaient introduits en elle sans tendresse ni réelle douceur.

— Laissez la place à Weil, Dalban.

Que l'expression était belle ! Je n'étais vraiment pas loin de la vérité, avec ma foire du Trône. Comme des gamins au cinéma du jeudi après-midi, les cliniciens faisaient la queue, à présent, index et médius en l'air, protégés par des doigtiers vaselinés, pour visiter les entrailles de cette femme. Pas de bousculade, pas d'impatience et deux doigts seulement par personne. Vous y passerez tous, elle ne dira rien, n'est-ce pas ? Trop contente qu'on s'occupe d'elle.

— Vous sentez, Weil ? Un vrai cas d'école, non ?

Le chef de clinique hocha la tête de satisfaction. Un beau fibrome comme ça, bien sûr, il ne fallait pas le rater. On essaierait même de le mettre au programme opératoire. Quatre externes défilèrent, suivis de trois stagiaires. A chacun d'eux, le patron faisait remarquer un détail, ajoutait une précision.

J'étais vaguement écœuré, et pourtant la raison voulait que de pareilles séances soient indispensables. Tous, autant que nous étions, ce que nous venions de palper sans délicatesse, nous ne l'oublierions jamais. Qu'est-ce qu'elle valait, elle, la femme, dans la balance ?

Madeleine Jeanson consulta ostensiblement sa montre pour mettre fin à cet arrêt devant ce qui n'était, somme toute, que le second lit de la visite. Noblecourt l'approuva et, se détournant, se rinça les doigts à l'alcool parfumé, avant de glisser jusqu'au chevet suivant. Personne ne s'occupait plus de la malheureuse, objet d'une attention passagère, qui demeurait les cuisses ouvertes, la chemise de nuit retroussée haut sur le ventre et le sexe luisant de la vaseline des doigtiers.

Nul, pas même l'infirmière responsable du lit, ne songea à rabaisser les draps. J'eus comme un vague sursaut de mauvaise conscience, l'envie très fugace de lui glisser un mot gentil, de lui rendre sa dignité. Mais, les yeux clos, balbutiant des mots sans suite, m'aurait-elle seulement entendu ?

La visite parvenait dans mon secteur de la grande salle commune.

— Dalban ! chuchota quelqu'un, c'est à toi...

Sans impatience, le Pr Noblecourt s'intéressait à la courbe de température d'une malade dont j'avais la charge. Je me glissai au premier rang des assistants pour commencer mon exposé d'une voix que j'aurais voulue plus ferme.

— Fracture de la clavicule chez une femme de soixante-trois ans. L'immobilisation a été réalisée par M. Bastien, de garde.

Aucune complication. En revanche une fièvre d'apparition récente, liée sans doute à des troubles d'origine...

— Transfert en médecine, coupa le Mandarin. Prévenez M. Clermont. Nous ne pouvons pas nous permettre de bloquer ainsi un lit. On continue...

Comme s'il cherchait à rattraper le temps passé auprès de la femme au fibrome, Noblecourt nous entraîna dans un véritable marathon à travers la salle commune. N'écoutant que la moitié des explications fournies par les externes, il tranchait laconiquement les cas d'une décision sans appel prouvant sa parfaite connaissance préalable des dossiers.

C'était cela, aussi, un grand patron. Quelqu'un qui possédait à fond son sujet, même si, pour les besoins de la grande comédie de l'AP, il faisait mine d'aller de découverte en découverte.

Les dossiers préparés, le marteau à réflexes tendu au bon moment par Madeleine Jeanson, tout était prévu, soigneusement étudié pour se dérouler sans accroc. Pas d'improvisation, non, mais un fantastique travail d'organisation qui ne laissait qu'un minimum de chances au hasard. A chaque seconde, Charles Noblecourt m'étonnait et j'en arrivais presque à lui pardonner l'inhumanité de certains de ses gestes.

J'oubliais la vendeuse de chaussures violée par ces doigts sans pudeur, pour ne plus me rappeler que les explications du Mandarin, ses phrases pesées pour demeurer gravées à jamais dans nos mémoires. Plus de mains qui se crispent spasmodiquement sur les draps, plus de visage aux yeux fermés, ravagé de souffrance et d'humiliation, mais un cas passionnant. D'ailleurs, avait-elle seulement geint, l'occupante anonyme du lit numéro 2 ?

— Monsieur Dalban, décidément...

Pour la troisième fois de la matinée, on me surprenait à rêvasser pendant la visite. Mais, à présent, c'était Madeleine Jeanson en personne qui me lançait une remarque.

En souriant, je rattrapai la cohorte qui refluait déjà dans le couloir à la suite du chef de service. Après la grande salle commune des femmes s'ouvrait, sur la gauche, l'équivalent masculin. Trente lits également, trente cas à passer en revue en oubliant l'individu pour ne songer qu'au dossier.

La grande visite hebdomadaire du Pr Charles Noblecourt, blouses blanches et capotes bleues en bataille, se rassembla dans la travée centrale de la salle.

— Je vous écoute..., dit le patron.

3

Trois mois, trois mois déjà depuis la mort de mon père. L'été de Paris avait allumé des fêtes au coin des rues, conduit les touristes aux terrasses des cafés, et ce que j'avais cru voir s'écrouler durant une matinée de juin au cimetière de Bagneux se poursuivait comme si rien n'avait changé.

A ma première panique lors du contact avec le bloc opératoire avait succédé une période d'exaltation que je ne souhaitais pas voir s'achever. Sous la lumière blanche du scialytique, dans ce froid glacé engendré par le système de climatisation, parmi ces odeurs d'éther qui m'avaient soulevé le cœur, j'étais bien. Dans mon univers quotidien et plus seulement dans celui que je rêvais.

Puis il y avait les avantages annexes, comme la panseuse du bloc. Monique, une Polonaise, pouvait avoir trente ans, pas une réelle beauté, mais un charme certain qui me faisait fantasmer, parfois, au cours d'interventions banales dont je pouvais m'extraire mentalement sans mal pour le patient.

Alors, je la regardais longuement, pendant qu'elle découpait sa ouate — c'était elle, la préposée en chef aux petits cotons de trois centimètres précisément... — ou préparait ses compresses. Elle finissait par lever les yeux sans sourire, farouche comme une vierge. Et Dieu sait que les Polonais ont la réputation d'être religieux !

Mais je me la ferais, elle. D'abord pour respecter la tradition qui voulait — exigeait — qu'un carabin se tape les infirmières du service. Puis aussi parce que j'en avais envie, sans oser cependant encore la coincer dans une chambre inoccupée comme je l'avais déjà vu faire pour d'autres infirmières par certains internes. Eux, il est vrai, bénéficiaient en outre du privilège de la hiérarchie.

On m'avait réquisitionné au bloc septique pour une amputation. Ce n'était pas réellement de la chirurgie, et même le Pr Balfleau, le chef de service adjoint qui allait opérer, détournait volontiers le regard de cette jambe écrabouillée par une roue de camion et que guettait la gangrène.

Moi, j'avais beau avoir le cœur bien accroché, maintenant, il me venait comme des hoquets devant les relents de pourriture qui montaient des champs opératoires.

— On va couper au-dessus du genou, précisa Balfleau. Comment va-t-il ?

— OK.

Laconique et flegmatique, l'anesthésiste était un anglophile convaincu que rien ne paraissait pouvoir émouvoir. Il était bien le seul, au sein de l'équipe, à ne marquer aucune réaction devant la gravité du cas.

— Mais pourquoi est-ce qu'on a attendu autant ? Merde ! Il vient d'où, ce type ?

Personne ne jugea opportun de répondre. Erreur d'aiguillage, mauvais diagnostic ou traitement insuffisant, bien des événements pouvaient expliquer la nécrose débutante de cette jambe.

— On démarre ? Prêt, Tanguy ?

— Oui, monsieur.

Indispensable à la survie du blessé, ultime recours de la médecine, on pouvait invoquer les meilleurs motifs à l'appui de cette amputation. Elle n'en demeurait pas moins une mutilation irréversible que les appareillages les plus sophistiqués ne parviendraient jamais à compenser. Ce n'était pas ça, la médecine que j'aimais.

En peu de temps, quelques semaines seulement, j'avais appris à préférer ce qui préservait, ou au moins réparait, à ce qui éliminait. Aucune vocation réelle là-dedans, aucune anticipation prophétique sur ma carrière, mais un sens esthétique balbutiant qui me faisait choisir le naturel.

Là, cependant, il n'était pas question de naturel. On avait

recouvert la jambe d'un champ-botte et Balfleau me l'avait confié à tenir, le plateau de la table ayant été cassé à angle droit sous les fesses de l'opéré.

Secondé par Tanguy, le chirurgien avait délimité l'endroit de l'amputation à une dizaine de centimètres au-dessus du genou. D'un geste rapide, il incisa la peau en « gueule de requin » ce qui permettrait de la refermer sur elle-même pour fabriquer ainsi l'extrémité du moignon. Tanguy épongeait le sang qui sourdait de la plaie. Une vague nausée m'avait envahi, et je commençais à transpirer à grosses gouttes.

— Monique, s'il vous plaît...

— Oui, monsieur Dalban.

C'était la première fois qu'elle s'adressait à moi en précisant mon nom. J'en restai tout bête, soutenant toujours ma jambe.

— Est-ce que vous pourriez m'éponger ? Ça va couler dans le champ.

Le Pr Balfleau s'impatientait. Il avait placé autour des muscles le rétracteur qui dégageait l'axe osseux du fémur et s'apprêtait à entamer l'os, maniant la scie comme un véritable menuisier. Dans le service, on racontait qu'il passait ses loisirs à des travaux d'ébénisterie. Quoi de plus proche, en vérité, que ces deux métiers manuels utilisant les mêmes instruments ? Seul le matériau travaillé différait.

L'os couinait, grinçait sous les dents de la scie. De la boucherie, à la limite de l'équarrissage, voilà ce à quoi je participais...

Le poids entre mes bras doubla brusquement et je me retrouvai avec ce morceau d'être humain, cette jambe détachée de son corps dans les mains... Une impression inoubliable, comme un rite initiatique à jamais gravé dans mes souvenirs. Je pris alors ma première vraie leçon de modestie. Ce n'était que ça, un homme, guère plus qu'un mouton débité à l'étal.

— On ne peut pas faire autrement, Dalban !

Sèche, la voix de Balfleau résonna dans le bloc. Mais je n'avais rien dit, moi. Qu'est-ce que... ? Arrondissant les lèvres, Tanguy m'intima l'ordre de me taire. En m'interpellant de la sorte le chirurgien ne faisait que se rassurer, se conforter dans la certitude d'avoir pris la bonne décision opératoire.

— Je suis crevé !

L'intervention n'avait pourtant pas duré plus de vingt minutes, mais je sortis du bloc comme si j'y avais passé une nuit entière de veille. Cette amputation, dans l'odeur fade des chairs nécrosées qu'exaltaient les vapeurs d'éther, m'avait paru sans fin.

— Tout va bien, monsieur Dalban ? demanda Monique.

Là, elle me cherchait, ce n'était pas possible autrement. Mais elle allait me trouver...

Appuyé contre l'autoclave, j'attendis que le bloc se vide de ses occupants. Balfleau devait s'intéresser à présent à des tâches purement administratives ; quant à Tanguy, il enchaînait dans moins de dix minutes sur une autre intervention.

— Je vais vous aider, Pierre...

On en était déjà au prénom. Décidément, nos rapports évoluaient avec une rapidité folle ; je parvenais à peine à suivre le rythme. Quelle allumeuse ! Ce qu'elle entendait par m'aider, c'était défaire les nœuds qui tenaient ma casaque opératoire. Et je n'avais rien en dessous.

On était à la limite du viol. De mon viol par la panseuse du bloc que je prenais pour un glaçon parce qu'elle ne répondait pas à mes sourires. On n'allait quand même pas faire ça là, sur ce carrelage trop froid, ou sur la table orthopédique ? Ce serait de la folie, puis quelqu'un pouvait entrer à chaque instant et nous surprendre.

Je pensai alors à toutes les raisons que j'avais de refuser, et à celles qui m'encourageaient à l'action. Après tout, nous disposions de quelques minutes de battement avant l'intervention suivante, et mon envie était au moins aussi violente que la sienne. Alors, pourquoi pas ? En outre, après la tension soutenue au cours de l'amputation, nous avions presque le devoir de nous décontracter...

Puis, il y avait autre chose, une idée pas vraiment avouable qui me poussa à la coincer entre l'autoclave et le mur : en dix années d'Assistance publique, Monique devait avoir appris à connaître le milieu médical et ses combines. Et moi, j'avais bien besoin de comprendre de quelle manière un jeune externe bourré de qualités mais fauché pouvait gagner un peu d'argent pour poursuivre ses études.

Je ne parviens pas à imaginer de quoi nous avions l'air, dans notre bloc opératoire. Certainement pas d'amoureux de Brassens qui se bécotent sur les bancs publics, en tout cas. Entre érotisme et bestialité, je découvrais une forme de sexualité qui n'avait qu'un très lointain rapport avec les flirts parfois poussés des soirées lycéennes. Monique sentait la femme, cette odeur un peu forte, musquée, qui m'engluait plus étroitement que la moiteur de son corps. Des seins trop lourds que j'aurais voulus plus légers dans mes mains, des hanches larges mais un sexe de petite fille qui m'attirait sans réserve. Monique... pudique comme une vierge et vorace comme une professionnelle. Une femme...

Le plaisir vite pris et vite donné, telle était la règle d'or qu'instinctivement nous respections. C'est peut-être avec elle que j'ai découvert — ou pris conscience de ce qui préexistait sans doute chez moi — mon goût puissant de l'amour physique.

J'aimais les femmes, ce qui apparaît normal à vingt ans, mais je commençais aussi à entrevoir l'immense champ de possibilités qui s'ouvrait devant moi. Plus que mon bonheur d'un instant ou d'une vie, elles pouvaient assurer ma réussite. Sans elles, leurs conseils, leur aide, je n'étais rien. C'était par elles que j'arriverais, comme tant d'autres avant moi.

Le téléphone mural résonna. Fautifs, gênés, nous nous séparâmes brusquement. Monique courut décrocher le combiné pendant que je franchissais le sas du bloc, l'esprit plus excité que les sens : je venais d'ouvrir les yeux sur un univers neuf, d'envisager sans rire une sorte d'échappatoire.

Echappatoire, voire... Tout ce que Monique parvint à me trouver, ce fut une situation d'infirmier de nuit dans une maternité de Boulogne dont l'une de ses amies venait de démissionner.

De dix-neuf heures à sept heures, le lendemain matin, cinq nuits par semaine avec deux soirs de repos consécutifs, je répondais aux coups de sonnette virulents de jeunes mères que l'envie d'un tilleul-menthe tenaillait ; je passais le bassin, je rassurais les parturientes sur l'état de santé de leur rejeton tout neuf... On était bien loin de la médecine et l'univers hospitalier me présentait le revers de sa médaille : homme de ménage, homme de peine taillable et corvéable à merci, voilà tout ce que j'étais, pour un salaire de misère !

C'était, hélas, indispensable. Avec toute sa discrétion, ma mère avait fini par m'avouer que la petite pension qu'elle touchait ne parvenait plus à nous faire vivre correctement. Ce souci, en suspens depuis certain jour de juin, devenait réalité. Rien n'avait changé, mais tout pouvait basculer pour la plus stupide des raisons : l'argent. Maman voulait se mettre en quête d'un travail ; qui pouvait vouloir d'elle, en cette fin d'été 59 ? Pas vraiment préparée pour affronter la vie, le monde du travail ; elle ne savait rien faire, que seconder mon père et transmettre les commandes qu'il lui dictait par téléphone. Une bien maigre référence, somme toute, pour une femme de quarante ans.

Elle avait tenté de joindre la fabrique qui employait mon père, mais ils n'embauchaient plus personne, pas elle en tout cas. C'était d'ailleurs préférable ; je n'aurais pas toléré qu'elle se fatigue pour mon seul profit. Ces études que j'avais entreprises, je devais m'arranger pour les terminer, pour me procurer les moyens de les achever.

Alors, après quelques hésitations, puis bousculé dans ma résolution par la séance avec Monique Sidkowski dans la salle de stérilisation, je m'étais résolu à demander conseil à la panseuse.

Maternité Toupard, du nom — inconnu — de son illustre fondateur. Beaucoup moins élégante que la fameuse clinique du Belvédère, la maternité était un petit pavillon très sobre bâti au fond d'un jardinet de Boulogne, à la limite de Billancourt.

Je ne parvenais qu'avec du retard dans ce quartier mal desservi, et cela après un sprint désespéré à travers les rues au sortir du métro Porte-de-Saint-Cloud. Les infirmières de jour avaient achevé de distribuer les dîners et tout dormait déjà au sein de l'établissement.

— Il n'y a rien à signaler, monsieur Dalban, était la rengaine immuable. La 9 est un peu agitée, mais ce n'est pas grave...

J'assurais la surveillance du second étage, avec ordre formel de prévenir la sage-femme de garde au rez-de-chaussée à la moindre alerte. Toutefois, il ne se produisait jamais rien, au second. Les douze patientes qui y reposaient venaient d'accoucher et s'apprêtaient à quitter la maternité dans les jours à venir.

L'inattendu se produisait au rez-de-chaussée. Je veux parler des arrivées nocturnes en ambulance ou en taxi, aussitôt prises en charge par les sages-femmes ou le médecin accoucheur. Moi, je n'en avais que les échos qui venaient troubler mes heures de veille, interrompant parfois le sommeil de l'une de mes malades que je devais alors rendormir à coups de tisane.

Le deuxième ou troisième jour — ou nuit, plus exactement —, alors que je redescendais le grand escalier de la maternité peu après la survenue d'une urgence, j'avais été aussitôt intercepté par la sage-femme.

— Qu'est-ce que vous faites là ? Un problème ? Il faut téléphoner, dans ce cas-là.

— Non, je... Vous aviez peut-être besoin de moi. Je suis externe à Beaujon, et...

— Externe à Beaujon ? Ici, vous êtes garde de nuit, ne confondez pas. Remontez, à présent !

Comme une douche froide, un uppercut parfaitement dirigé, j'avais pris son sourire dans la figure. Il aurait été difficile de me faire sentir la précarité de ma situation avec plus de réalisme. Ici, j'étais garde de nuit. D'ailleurs, je n'étais pas beaucoup plus, à Beaujon. Major de l'externat, oui, mais pas destiné par les augures du service à aller au-delà de cette situation. L'internat, c'était pour les autres, les apparatchiks : j'étais juste bon à devenir médecin de quartier, comme le père de mon ami André Lévy qui avait organisé mon rendez-vous chez le Pr Charles Noblecourt.

Un médecin de quartier... Clientèle populaire et fidèle, rhumes, angines, les oreillons du petit et un cas intéressant de temps à autre, que l'on s'empressait de transmettre au spécialiste compétent — ancien interne des hôpitaux de Paris, lui.

Le garde de nuit remonta lentement l'escalier, avec l'envie de tout envoyer balader. Arrêter là, maintenant, avant que la chute ne devienne trop insupportable. Filer, tout de suite...

Je n'en fis rien, bien sûr ; avec une opportunité qui ressemblait à une intuition féminine, la jeune femme du 4 sonna pour réclamer ma présence. Je m'armai d'une Thermos d'infusion et de mon plus gracieux sourire pour aller la retrouver, un peu angoissée, qui venait de cauchemarder et avait l'envie de contempler son bébé.

— Il est à la nursery, vous le verrez demain...

— Non, maintenant. Il faut que...

— Dormez. Demain matin.

Elle avait combien ? Quatre ou cinq ans de plus que moi ? Un mari, un enfant à présent, et une vie qui s'organisait. J'en venais à l'envier. Moi, le fonceur, je craquais littéralement devant l'incertitude de mon avenir.

Vers six heures et demie du matin, recru de fatigue et les yeux pochés par le manque de sommeil, je débarquais du métro Jules-Joffrin. Les quelques mètres qui me séparaient de la rue Simart me paraissaient infranchissables... Ma mère avait préparé un petit déjeuner que j'avalais sans presque m'en rendre compte, avant de m'accorder une brève demi-heure de repos. Puis Beaujon. A l'hôpital, Madeleine Jeanson, Charles Noblecourt et les autres feignaient de ne pas s'apercevoir de ma lassitude ; tous savaient cependant à quoi j'occupais mes nuits — dans ce petit univers clos du service d'orthopédie, la moindre nouvelle se répandait de malade en infirmière, et Monique n'avait pas su tenir sa langue. Etait-ce délicatesse de leur part, ou indifférence aux difficultés financières du seul parvenu du groupe ? Je préférais l'ignorer. L'important pour moi était que l'on me pardonnât certaines distractions imputables à la fatigue.

Si tout se passait bien, j'avais droit ensuite à quelques heures de repos avant d'assister aux travaux pratiques de la fac, généralement relégués en fin d'après-midi et que l'appel quotidien rendait obligatoires. Quant aux cours, je n'y assistais guère, sauf à quelques séances magistrales de certaines vedettes célèbres pour leur science et pour le spectacle qu'elles donnaient. Pour les autres, les polycopiés suffisaient à la préparation des examens.

Il fallait que je tienne ce rythme-là au moins jusqu'à l'écrit de l'internat à la mi-octobre. Cette épreuve, je ne pouvais pas me permettre de la rater : elle était la seule partie anonyme du concours, et je devais y accumuler les points pour affronter en position de force la partialité de l'oral où, plus que les connaissances, le nom créait la différence entre les candidats.

Je montais donc comme un vieillard les trois étages de l'escalier à relent de chou — une odeur qui avait hanté mon enfance et mon adolescence, si familière, quelle que fût la saison, que son absence m'aurait choqué.

Ma mère m'attendait devant le café chaud et les tartines beurrées, l'air aussi lasse que moi. Comme un vieux couple, nous nous regardions, débitant les mêmes litanies, elle petite et fragile et moi si faussement fort.

— Mon Pierre, avec tout ce travail, tu vas t'abîmer la santé !

Elle était si fière de mon aspect physique ! Pour elle, j'étais un phénix ; la fibre maternelle jouait à plein. En revanche, moi je ne m'aimais pas beaucoup. Certes, j'étais grand et athlétique, mais ces cheveux drus en aile de corbeau, ces traits trop durs, trop secs, à la limite de l'ascétisme, et ces yeux noirs un peu fixes — les yeux de Picasso, affirmait Monique — tout cela me conférait un aspect rude que je trouvais presque antipathique. Cela dit, l'important était que je plaise aux femmes, et il fallait reconnaître que je les attirais. C'était un bon point dont je devais profiter.

Après le petit déjeuner, pendant ces trente minutes de pause que je pouvais m'accorder, j'organisais mon emploi du temps de la journée. Un planning serré, à respecter scrupuleusement pour éviter de ressentir un vertige devant la masse des connaissances à ingurgiter quotidiennement en vue du concours. Seuls, ceux qui ont préparé ce genre d'examens connaissent les incroyables contraintes engendrées par les épreuves, l'énorme travail de mémorisation indispensable. En dehors des heures passées à la maternité ou à l'hôpital, mon unique occupation était d'apprendre, par cœur, tout ce que l'on m'avait dit être important, sans distinction d'intérêt personnel. La médecine fondamentale, la recherche biologique ne m'attiraient pas ? Tant pis, je devais leur consacrer au moins autant d'attention qu'à mes matières de prédilection.

En réalité, si je possédais une bonne mémoire et une forte capacité de concentration, je me sentais avant tout un manuel. Là où la minutie et la précision étaient nécessaires, je me trouvais à l'aise. Voilà pourquoi j'aimais la chirurgie : bien plus qu'en médecine pure, le résultat est immédiatement tangible, l'action sur le patient objective. La jambe brisée est ressoudée, le visage déchiqueté redevient humain. Du concret.

La force et la finesse, l'habileté manuelle et la patience, le goût de l'acte opératoire et le sens de la décision... Je pensais sans aucune modestie déceler en moi toutes les qualités qui peuvent faire un bon chirurgien — peuvent seulement, puisqu'il me restait à donner les preuves de cette capacité supposée. Et pour cela, il fallait apprendre et apprendre encore, balayer les obstacles pour être nommé à l'internat en faisant mentir le Pr Charles Noblecourt.

— Tu ne veux plus de café ? demanda maman.

— Non, merci...

Ma route était longue, et il ne me restait plus que dix-sept minutes avant mon départ pour Beaujon.

4

Devant la porte du bureau de Charles Noblecourt, Madeleine Jeanson menait une garde de chien fidèle. Rembarrant la moindre approche des externes et internes du service, elle s'écarta avec un sourire contraint devant Philippe Weil, l'un des chefs de clinique.

— Ils vous attendent...

Ils, c'est-à-dire Noblecourt, son adjoint le Pr Balfleau, le Dr Bernstein, l'anesthésiste officiel du Mandarin et deux des trois autres chefs de clinique, le dernier étant occupé en salle d'opération.

— Ah, Weil ! Asseyez-vous. Nous parlions des externes. Vous savez que nous sommes en septembre ?

Weil se permit un discret sourire. Il n'en était encore qu'au début de sa carrière hospitalo-universitaire et ne pouvait pas se permettre de se singulariser devant son patron.

Septembre... Oui, il connaissait le problème. Chaque année, cela recommençait. Le patron, qui opérait également dans une clinique privée, souhaitait choisir, parmi ses internes, celui qui aurait le privilège de l'assister au bloc des Hortensias. Un privilège qui contraignait l'heureux désigné à se lever à l'aube et à travailler comme un forcené pour un salaire de misère. Mais, en contrepartie, l'interne recevait un enseignement pris sur le vif qui n'avait aucun équivalent universitaire. Assister Noblecourt pour sa clientèle privée était donc un honneur redoutable et envié.

— Vous comprenez, Weil, je suis dans une impasse. Tanguy

part à l'armée, Bastien va bientôt quitter le service. Alors, qui ? Ils sont tellement mauvais ! D'année en année, j'ai la triste impression que...

Avec ses plus proches collaborateurs, presque ses pairs, le Mandarin devenait un tout autre homme. Plus humain, plus drôle également, la causticité de son humour ne s'exerçait plus seulement aux dépens de ses étudiants ; le chirurgien ne dédaignait pas alors de se prendre lui-même pour cible.

— Je ne sais pas si je vieillis, mais je les trouve de plus en plus lamentables ! C'est ridicule...

Là, la coutume voulait que l'un des assistants prenne la défense des étudiants. En réalité, Noblecourt ne pensait pas un mot de ce qu'il disait, mais il appréciait d'être parfois rassuré sur la bonne marche de son service.

Après un coup d'œil aux trois autres, Jacques Balfleau se lança :

— Charles, je vous en prie... Ils n'ont pas tous inventé l'eau chaude, mais ils auront au moins été correctement formés, dans ce service.

— Merci, Jacques. Vous avez un nom à suggérer ?

Une nouvelle fois, Weil se retint de sourire. Même s'il feignait de s'entourer d'avis plus ou moins compétents, Charles Noblecourt avait déjà fait son choix, aidé par la mère Jeanson qui connaissait presque mieux que les chirurgiens les qualités et les défauts de chacun des étudiants.

— Peut-être Dalban ? hasarda Balfleau.

Le Mandarin se rejeta en arrière contre le dossier de son fauteuil. Son regard bleu effleurait un dossier posé devant lui, sur le plateau du bureau.

— Dalban ? Habituellement, je prends des internes. Et puis il n'est pas de notre monde. Je veux dire, il ne...

C'était inutile, tous avaient compris. Pierre Dalban était bien, c'était indiscutable. Remarquable aide et major de l'externat, ce qui ne gâtait rien. Mais il habitait dans le XVIIIe arrondissement, son père était représentant de commerce et son nom ne disait rien à personne.

Le patron se racla la gorge, un peu gêné par ce qu'il venait de dévoiler de lui-même. Oh, les autres en penseraient autant, à sa place. Cependant, pour le moment, ils exprimaient un certain désaccord.

— Ne croyez-vous pas, Monsieur, qu'il faudrait faire éclater ces vieilles barrières ?

Juif comme l'anesthésiste Claude Bernstein, issu d'une longue dynastie de mandarins, Weil représentait la sensibilité progressiste de l'état-major du service. Noblecourt tolérait les diatribes de son chef de clinique comme on accepte les outrances d'un enfant brillant et capricieux.

— Vous avez peut-être raison. Avez-vous noté, pourtant, comme il a l'air fatigué, en ce moment ?

— Charles, tu es de mauvaise foi. Dalban travaille la nuit pour se faire de l'argent ; c'est normal qu'il soit épuisé. A sa place, toi aussi...

Bernstein, le seul à tutoyer le patron, venait de trancher. La discussion était d'ailleurs aussi inutile que stérile puisque Noblecourt était déjà résolu. Ce serait Dalban.

— Il est le meilleur, conclut Balfleau. J'espère que vous le paierez correctement, ce qui lui permettra de survivre et de nourrir sa vieille maman.

Le Mandarin rougit. Les enveloppes de misère qu'il distribuait à ses aides étaient légendaires. Weil, qui avait tenu cette charge bien avant Tanguy et les autres, eut le mot de la fin :

— Sa fortune est faite !

Charles Noblecourt sourit et passa de ce sujet d'intérêt médical à un autre, plus général :

— Qu'est-ce que vous pensez de cette foire ?

Un exemplaire du *Figaro* dépassait d'un tiroir. Le chirurgien le déplia et lut les premières lignes de l'éditorial.

— Moins de deux ans après la nomination du général Salan comme délégué général du gouvernement et commandant en chef des troupes, et le soulèvement métropolitain en faveur de l'Algérie française, on constate un renouveau de l'agitation au sein des deux communautés qui...

Une photo illustrait l'article : une rue d'Alger que barrait, en une amorce de barricade, un véhicule stationné en travers de la chaussée.

— Cette guerre est une folie, murmura Weil.

Le chef de clinique savait jusqu'où il pouvait aller trop loin. Balfleau, en revanche, n'avait pas de ces réticences. Il avait applaudi à l'indépendance de la Tunisie et du Maroc, quatre ans auparavant, et n'hésitait pas à afficher, en ce domaine, des idées en totale contradiction avec celles du Mandarin.

— On en partira la queue entre les jambes, de ce pays ! Alors, à quoi bon envoyer des gamins au massacre ? Le contingent piétine là-bas depuis 1956... Quatre ans ! Les fellagha sont chez eux, sur leur terrain...

Noblecourt interrompit son second avec une moue apitoyée et un haussement d'épaules. Balfleau était son cadet d'une dizaine d'années, comme lui issu d'une famille de médecins, mais le Mandarin se disait parfois qu'un fossé énorme les séparait. Celui de la responsabilité. Lorsqu'il serait en charge d'un service, Jacques ne se permettrait plus de ces jugements à l'emporte-pièce.

— Mon pauvre Jacques, vous ne changerez donc jamais ? Votre bonne conscience vous perdra, ce qui ne serait pas si grave si elle ne risquait de nous entraîner, nous également, à la catastrophe ! Cela dit... la politique m'a toujours ennuyé. Mais si je n'aime pas la guerre — pour l'avoir vécue —, je ne suis pas persuadé que la fuite soit une bonne solution.

L'Algérie et sa guerre encore larvée qui n'osait pas avouer son nom commençaient déjà d'empoisonner la vie française comme elles allaient le faire pendant de longues années. Plaie béante que la chirurgie des médecins militaires ne parviendrait jamais à guérir, elle allait diviser la métropole.

D'un côté Noblecourt et une majorité de Français, pour qui la parole donnée, la grandeur de la France, l'honneur, étaient des mots significatifs. De l'autre, Balfleau, Weil, ceux que l'on appelait déjà des intellectuels — sous-entendu, de gauche — et un gouvernement aux idées progressistes qui bénéficiaient du sens de l'Histoire.

Charles Noblecourt rompit le silence qui s'était installé dans le bureau. Des trois chefs de clinique, deux faisaient de la figuration intelligente, encore trop neufs pour émettre une opinion. Quant à Bernstein qui avait connu la honte des camps allemands, le tatouage qui lui demeurait sur le bras gauche était assez éloquent pour qu'il s'abstienne du moindre commentaire.

— Bon, eh bien, nous sommes tous d'accord : je prendrai Pierre Dalban. J'espère que je n'aurai pas à regretter de vous avoir écoutés...

Le Mandarin avait effectué toute une partie de ses études chez les pères jésuites, qui lui avaient enseigné les agréments intellectuels de la restriction mentale. Un plaisir que le chirurgien ne savait pas se refuser.

Madeleine Jeanson m'avait accroché à l'entrée du couloir desservant les bureaux du service. Sans rien me dire du but de cette convocation, elle m'annonça :

— M. Noblecourt désire vous voir.

— Je... mes entrants, les dossiers...

— Plus tard.

Sèche, revêche comme une vieille fille — je n'imaginais pas Jeanson mariée, épanouie sexuellement entre les bras d'un homme —, elle me surveillait sans sourire. Quand la porte du bureau du patron s'ouvrit pour laisser sortir les chefs de clinique, Balfleau et Bernstein, j'eus un épouvantable pressentiment. Mon air abruti, passablement endormi depuis que je travaillais de nuit à la maternité Toupard, allait me coûter mon poste d'externe. C'était la fin du rêve. Le point final à l'avenir que j'envisageais.

Rigide, Balfleau me salua d'un hochement de tête. Seul Weil m'adressa la parole :

— Eh bien, Dalban, les nouvelles circulent vite ! Il est de bon poil, profites-en pour être ferme sur les prix !

Quels prix ? Qu'est-ce qu'il voulait dire par là, Weil ? La mère Jeanson me précéda dans le bureau où Noblecourt achevait de replier un exemplaire du *Figaro*. Il attaqua bille en tête :

— Vous n'êtes pas sous contrat chez Toupard, Dalban ?

Lui aussi savait. Comme je le craignais, tout le monde était au courant de mes activités nocturnes. Après tout, qu'y avait-il de déshonorant à devoir gagner sa vie ? Eux également, à un autre niveau, certes, travaillaient.

— Non, Monsieur.

— Parfait. Je suppose que ça ne vous amuse pas de veiller des parturientes. Aussi, vous commencerez demain matin, avec moi, aux Hortensias. Sept heures. Pas de question ?

— Non, Monsieur.

Soudainement aimable, Madeleine Jeanson me propulsa à l'extérieur de la pièce avant que j'aie pu ajouter un mot de remerciement ; le patron l'aurait d'ailleurs éludé d'un geste de la main — il n'appréciait pas les épanchements qui nuisaient à sa réputation de sévérité.

Je gagnai la salle commune des hommes où je devais rédiger les dossiers de mes entrants. La clinique des Hortensias... On en parlait beaucoup, entre étudiants. Elle était comme un mythe, un eldorado de la chirurgie auquel seuls les meilleurs avaient jamais eu accès.

Tanguy et Bastien assistaient alternativement Noblecourt en clientèle privée, mais malgré l'amitié qui nous unissait, ils refusaient généralement d'en parler. Secret professionnel ; on entrait là dans le domaine réservé des grands, des pontes.

Je savais que Tanguy devait partir rapidement, en octobre, pour effectuer son service militaire, et que Bastien, après dix-huit mois de présence chez Noblecourt, était forcé de changer de terrain de stage, mais je ne m'étais jamais interrogé sur l'identité de leur successeur. Un poste pareil, un tel privilège qui dispensait même de certaines matinées de présence dans le service, ne pouvait échoir qu'à un enfant de la famille, interne de surcroît.

Puis non. En deux mots, sans réellement me demander mon avis — on ne refusait pas une faveur du Mandarin —, Noblecourt venait de me désigner.

J'aurais dû sauter de joie, j'avais seulement l'angoisse de faillir, de démériter, de ne pas être à la hauteur de la tâche qui m'incombait. Ce n'était plus les petits cotons à découper, les instruments à passer ou les écarteurs à tenir, j'allais devenir le premier aide de Noblecourt. Celui à qui le Mandarin, fatigué, ordonnait en confiance :

— Vous terminez l'intervention...

Avec l'écrit de l'internat dans trois semaines, cette promotion inattendue venait comme un clin d'œil d'encouragement du destin. Si, avec ce que j'allais apprendre en suivant le patron, j'échouais à mon oral, c'est que vraiment je n'étais pas né pour exercer ce métier !

Mon malade, un maçon de quarante ans tombé de son échafaufage, me répéta son histoire pour la troisième fois sans que je condescende à griffonner autre chose que son âge sur sa fiche individuelle. Je ne pouvais pas lui expliquer, qu'est-ce que ça lui disait à lui, la clinique des Hortensias ? Tout ce qu'il souhaitait, c'était reprendre son travail et quitter l'hôpital.

Quitter l'hôpital ! Alors que moi, j'aurais tout sacrifié pour y passer mon existence... Les malades avaient parfois de ces lubies à vous faire douter de leur bon sens.

— Une chute de six mètres, docteur...

— Fichtre ! Rien de cassé, au moins ?

— Là, c'est à vous de voir, docteur. A chacun son métier, pas vrai ?

— Bien sûr, bien sûr...

Comment était-il, le bloc opératoire des Hortensias ? Superbement équipé, vaste comme un hall de gare ? Demain matin, j'allais le découvrir, moi, le nouvel assistant du Pr Charles Noblecourt.

Six heures du matin, porte des Ternes. Il me restait plus d'une cinquantaine de minutes pour parcourir trois cents mètres sur l'avenue du Roule, mais pour rien au monde je n'aurais accepté d'être en retard lors de ma première matinée à la clinique des Hortensias.

Une heure... Dans une heure je retrouverais le Pr Charles Noblecourt au seuil du bloc opératoire de la clinique. A travers les hublots du sas, nous apercevrions le malade étendu sur la table, endormi par l'anesthésiste qui continuerait de le surveiller avec soin. Un cas difficile, qui requerrait toute l'attention du chirurgien et de son aide.

Moi, c'était moi, l'aide !

L'été se prolongeait en cette fin de septembre, un été indien dont le soleil perçait déjà la cime des arbres dans les jardins des hôtels particuliers. L'argent étalé ici ne m'apparaissait plus comme une provocation mais comme une sorte de promesse. Un jour, je quitterais le XVIIIe, le deux-pièces de la rue Simart pour vivre là, à quelques mètres du bois de Boulogne où j'irais promener mes chiens le matin, avant de partir pour l'hôpital ou la clinique.

Des rues désertes, une odeur de fleurs dans l'air, j'en oubliais mes nuits d'insomnie à la maternité Toupard, mes craintes devant l'écrit de l'internat dont l'échéance approchait et mes angoisses de n'être pas à la hauteur de la confiance du Mandarin.

Tout s'effaçait soudain, la fatigue et la rancœur, pour ne laisser subsister qu'un sentiment violent d'excitation.

Apprenant la veille par les ragots du service que j'allais lui succéder aux Hortensias, Bastien s'était laissé aller à quelques confidences enthousiastes, me décrivant ces interventions parfois délicates, en tête à tête avec le Mandarin.

— Une équipe, mon vieux. Vous formerez une équipe ! Il possède les connaissances, mais il a besoin de toi pour les mettre en pratique.

— Tu ne crois pas que je...

— Noblecourt ne se trompe jamais !

Que c'était beau, cette confiance aveugle en notre bon maître. Susciter de telles réactions, c'était sans doute cela, la marque d'un grand ! Est-ce qu'un étudiant dirait un jour la même chose de moi ? Quelle perspective !

Les Hortensias était une grande bâtisse prétentieuse, encadrée de tourelles du plus affreux effet, construite pour un parvenu de l'entre-deux-guerres, BOF avant l'âge, puis transformée en clinique privée. Le patron en était l'un des trois copropriétaires et y opérait, à prix d'or, disait-on, sa clientèle privée.

Je trouvais plutôt normal qu'il faille faire un effort financier — et quel effort ! — lorsque l'on s'adressait aux meilleurs. D'autant plus qu'on pouvait être opéré gratuitement par le même en acceptant les soins de l'Assistance publique.

En confidence, Bastien m'avait cité des chiffres qui m'avaient laissé longtemps rêveur. Pour une opération moyenne, la somme réclamée par Noblecourt, non compris les frais de clinique, avoisinait deux mois de salaire d'une infirmière comme Monique. La moitié du prix d'une petite voiture de série...

— A ce tarif-là, il ne doit pas y avoir grand monde !

Bastien avait simplement souri, puis avait dit :

— La liste d'attente dépasse un mois. Tu verras. Patience !

Au bout d'une allée goudronnée longue d'une cinquantaine de mètres s'ouvraient les portes vitrées du hall d'entrée. Derrière le comptoir de réception veillait une infirmière à lunettes, sœur jumelle de Madeleine Jeanson. Décidément, Noblecourt aimait les dragons.

— Je suis Pierre Dalban. Je viens aider le Pr Noblecourt au bloc opératoire.

Elle enleva ses lunettes pour me toiser. Strabisme convergent et myopie, je crois qu'elle ne faisait que me deviner à travers un brouillard.

— Vous êtes en avance. Le professeur fait sa visite. Vous pouvez peut-être monter pour lui demander si vous vous préparez ou si vous l'attendez ? Deuxième étage.

Plus luxueuse que la maternité et de meilleure réputation, la clinique des Hortensias ressemblait pourtant à la maison Toupard. Mêmes couloirs étroits bordés de portes, et peu de personnel visible. Une femme de ménage qui astiquait la rampe de l'escalier finit par me renseigner :

— M. Noblecourt ? Il doit être avec la 22, au fond, à gauche...

Je frappai discrètement — le Mandarin aimait que l'on respecte les usages — avant de pénétrer dans la chambre, une grande pièce inondée de lumière par des fenêtres donnant sur le parc. Charles Noblecourt était penché au-dessus du plâtre de jambe d'une jeune femme allongée dans un fauteuil de repos. Tous deux discutaient et riaient. Je me grattai la gorge.

— Qu'est-ce que... Dalban ! Qu'est-ce que vous faites là ? Je ne vous ai pas entendu frapper !

Au ton employé par le chirurgien, je compris que je venais de commettre un impair. Les Hortensias, ce n'était pas Beaujon et la jeune femme avec son diam au doigt, certainement pas l'égale de la vendeuse de chaussures. Je tentai de me disculper, un peu sottement, refusant de reconnaître mon erreur.

— Pourtant, monsieur, j'ai...

— C'est extrêmement déplaisant, Dalban. Sortez !

Le chirurgien se retourna vers sa patiente qui n'avait pas l'air, elle, choquée outre mesure par mon intrusion.

— Mon nouvel assistant, chère madame. Il ne faut pas lui en vouloir, il n'est...

Je repoussai le battant de la porte avant de l'entendre, cette phrase que je détestais. « Il n'est pas de notre monde », allait affirmer Noblecourt en guise d'explication. Aucune éducation, il a été élevé dans la rue, pour ainsi dire... Un jeune que j'ai accepté presque par pitié dans mon service. Puis parce qu'il était le major de l'externat. Tout fout le camp ! Un major prolétaire et demain, qui sait, un nouveau Front populaire ?

A l'autre bout du couloir, la femme de ménage continuait de faire briller les boules de cuivre. Pour elle également, j'étais un étranger. Pas de son monde non plus. Quoi que je fasse dorénavant, j'oscillerais entre deux univers : celui dont je sortais, inscrit en moi, dans mes gènes et mes réflexes, et celui auquel me conduisaient mes études. Trop policé pour l'un, manquant singulièrement d'éducation pour l'autre, je ne parviendrais jamais à m'intégrer nulle part.

Comme la sage-femme de Toupard, Noblecourt venait, d'une simple phrase inachevée, de jeter le trouble en moi. J'avais trop besoin de lui, cependant, pour réagir. Je devais me taire et avaler l'humiliation.

Au bout de quelques instants, le patron me rejoignit dans le couloir.

— Ne vous vexez pas, Dalban. Notre clientèle est très exigeante. Descendez au bloc, au rez-de-chaussée, et commencez à préparer. Je suis à vous dans dix minutes... Très exigeante, vous savez...

Cela me gênait, de voir ainsi le Mandarin se comporter en hôtelier, visiblement préoccupé de l'opinion de sa clientèle. Parce qu'il n'y avait pas de malades, aux Hortensias, mais seulement des clients — presque des amis — qui payaient très cher le privilège d'une visite matinale de Charles Noblecourt.

En quelques mots, le chirurgien venait de se ravaler au rang d'un quelconque mercanti, lui que j'avais déifié depuis notre première rencontre. Il vendait sa science et son talent, comme d'autres des steaks... ou des chaussures. Là résidait peut-être l'explication de l'humiliation qu'il avait infligée avec indifférence à la femme de Beaujon, violée par les doigts de la moitié du service. Comme une casquette de flic confère l'autorité et la mégalomanie à son porteur, la blouse blanche de Noblecourt l'autorisait à abuser du respect qu'il imposait.

Non, je racontais n'importe quoi. C'était normal, tout était bien. Il n'existait pas deux médecines, l'une pour les riches et l'autre pour les pauvres, mais un seul et même produit — l'art du Mandarin, identique en salle d'opération à Beaujon ou aux Hortensias —, emballé de deux manières différentes, à deux prix différents, comme un kilo d'oranges de provenance semblable qui peuvent valoir, chez Fauchon, deux fois plus cher qu'au marché de la rue de Buci. Normal, je vous dis, de faire payer ceux qui l'acceptent.

— C'est vous, le nouvel interne de M. Noblecourt ?

Je ne jugeai pas utile de rectifier mon titre exact devant cette vieille panseuse. Puisque le Mandarin m'avait choisi pour l'assister, je devenais le nouvel interne du patron. Une promotion flatteuse que j'interprétais, avec ma manie récente de voir des signes du destin partout, comme un heureux présage à quelques jours de l'écrit.

J'avais franchi la porte surmontée de l'écriteau « Entrée interdite, bloc opératoire », pour me retrouver dans une toute petite pièce servant de vestiaire et de bureau tout à la fois. Là, l'infirmière, déjà vêtue de son pyjama vert, m'avait interpellé.

— Les bottes et les bavettes sont dans le petit placard, sur votre gauche. Je n'ai pas de calot à vous donner, vous porterez un jersey.

Du rouleau de tricot en tube, elle dévida une quarantaine de centimètres qu'elle me tendit. Je pris cela pour un geste d'amitié, une tentative pour m'amadouer comme un primitif à qui Magellan offrait ses verroteries. Je lui souris gentiment :

— Que fait-on ce matin ?

Mais mon interprétation devait être erronée. Elle n'était pas plus aimable que le cerbère de l'entrée ou la mère Jeanson.

— Le Dr Bernstein vous le dira. Il endort déjà, précisa-t-elle d'un ton rogue.

Et elle me tourna le dos. C'était étrange ; moi qui me prenais pour un séducteur — la preuve en était l'attachement délirant que me vouait Monique —, je n'avais aucun succès avec les femmes de plus de cinquante ans. Incompatibilité d'humeur entre la ménopause et moi, sans doute. A moins que toutes ces vieilles aigries, vouées corps et âme à la médecine, n'aient craint l'introduction dans le cénacle d'éléments trop jeunes. Le conservatisme que l'on pouvait reprocher au monde de l'hôpital trouvait peut-être ici sa source ?

Sur l'instant, je n'avais pas réagi au nom cité par la panseuse. Bernstein. L'anesthésiste personnel du Mandarin à Beaujon suivait donc le chirurgien jusque dans le privé ? Je m'en réjouissais, tant j'avais de sympathie pour ce médecin de l'âge de Noblecourt, ancien déporté, qui avait choisi la difficile spécialité d'anesthésiste.

Habillé, je franchis le sas d'accès au bloc. Merde ! Ce n'était que ça, la salle d'op des Hortensias ? Rien à voir avec les vastes blocs de l'hôpital : une petite pièce étroite où l'on n'aurait pas pu tenir à plus de quatre ou cinq, tant elle était déjà largement encombrée par la table orthopédique et les appareils de Bernstein. Les fameuses fautes d'asepsie si chères à la mère Jeanson devaient être difficiles à éviter, là-dedans ! Comment imaginer que des pontes de la réputation de Charles Noblecourt acceptent d'intervenir dans un endroit semblable ? Incroyable.

— Bonjour, Dalban, fit l'anesthésiste. Je vous attendais pour l'installer sur la table.

Là, on sombrait dans la radinerie sinistre. Je n'avais jamais participé à ce genre de manœuvre de transbordement effectuée à Beaujon par des brancardiers musclés, et j'imaginais encore plus mal qu'un médecin comme Claude Bernstein accepte de s'y livrer. Pourtant si. La grand-mère qui dodelinait de la tête sur son brancard à roulettes, il fallait bien la hisser sur la table d'opération.

— Attention à droite, Dalban. C'est une fracture du col !

Moi qui avais rêvé d'un cas délicat me permettant de briller, pour ma première matinée aux Hortensias, j'étais servi. Rien de plus banal qu'une fracture du col du fémur chez une vieille dame d'au moins quatre-vingts ans ! Bernstein acheva de l'endormir et l'intuba sur son brancard.

— Allons-y, maintenant ! Un, deux, trois..., compta-t-il.

Dieu, qu'elle était lourde ! Bien plus que je ne l'aurais cru. La blessée installée, j'allai me laver les mains et commençai à préparer les champs opératoires ainsi que les instruments. En réalité, hormis les dimensions, tout était parfaitement semblable à ce que j'avais rencontré à l'hôpital.

Au bout d'un quart d'heure environ, le Mandarin entra à son tour et finit de s'habiller :

— Tout est prêt ? Parfait. Les agrafes, s'il vous plaît.

Il posa les deux marques sur la peau, l'une au-dessus de l'aine et l'autre sur le côté, à la saillie de la hanche.

— On fait tout de suite les clichés de repérage. C'est une cervicale vraie, Dalban. Nous allons réduire et, si tout se passe bien, je lui mettrai un clou à ailettes.

L'appareil de radiologie avait juste la place de prendre les clichés de face et de profil. On y voyait nettement la projection des agrafes métalliques sur l'ombre du squelette.

Noblecourt incisa la peau de son coup de scalpel unique et précis, avant de ruginer le périoste au niveau de la saillie du trochanter. J'essayais de devancer ses gestes, d'écarter les chairs pour dégager la surface osseuse. J'épongeais le sang qui coulait à l'aide de compresses, tenues à bout de pinces.

Comme chaque fois que j'opérais avec le Mandarin — ou, plus modestement, que j'assistais à l'une de ses interventions —, je demeurais fasciné par la liberté de ses gestes, leur fantastique précision qui ne laissait pas la moindre place à l'hésitation, au hasard. Qu'importaient la taille du bloc, son équipement, le personnel soignant ou son absence, Noblecourt opérait et le miracle se répétait.

Il prit une pointe carrée et un maillet pour percer un avant-trou dans l'os :

— Regardez, mon petit Pierre ! L'axe et le trajet du clou, je les repère grâce aux agrafes. Donnez-moi la broche !

Dans le feu de l'action, j'étais redevenu « mon petit Pierre ».

Oubliée, mon inconvenante intrusion dans la chambre d'une malade riche — pardon, d'une cliente.

A l'aide d'une perceuse guide-broche à manivelle, il enfonça la tige métallique à travers le trou. Le Mandarin était si habile, si habitué à réaliser cette intervention qu'il aurait pu, j'imaginais, la réaliser les yeux fermés.

— Radio, s'il vous plaît !

Sur le cliché, la tige traversait le col du fémur remis en place. Le patron s'empara d'un clou creusé en son axe d'un tunnel lui permettant de coulisser sur la broche en position, celle-ci lui servant de guide à travers le tissu osseux.

— Pousse-clou ! Maillet !

Je précédais les ordres autant qu'il m'était possible. Une intervention d'un tel type, j'en avais déjà vu une dizaine durant les mois passés à Beaujon, mais jamais effectuée avec une pareille célérité.

Poussé à petits coups secs, le clou s'enfonçait. Bientôt, seule sa tête dépassa encore :

— Impacteur !

Noblecourt fit sortir la broche, puis s'écarta, visiblement content de son œuvre.

— Pour le principe, un dernier contrôle avant de refermer !

La radio montrait l'ombre du fût métallique traversant le foyer de fracture et solidarisant les deux extrémités osseuses.

— Parfait ! Vous terminez, Pierre...

Voilà, cet ordre que j'avais tant souhaité entendre un jour venait de m'être donné ! Confiant, Charles Noblecourt avait franchi le sas séparant le bloc du vestiaire et je l'entendis parler avec le médecin traitant de sa cliente qui venait d'arriver. Bernstein pompait son ballon et calculait le réveil de la patiente tout en surveillant chacun de mes mouvements, et j'imaginai un instant qu'il en ferait par la suite un compte rendu précis au Mandarin.

Alors je m'appliquai, afin de réussir sur cette vieille dame les plus beaux points de suture qu'un chirurgien apprenti ait jamais réalisés. Montre en main, il me fallut plus de temps pour fermer la plaie que Noblecourt n'en avait mis pour mener à bien l'opération en elle-même. Aucune importance : j'y aurais passé la journée, s'il l'avait fallu. Pour la première fois de mon existence, je me trouvais seul devant un malade, au cœur du bloc opératoire d'une clinique privée. Et ce détail, Dieu sait qu'il comptait pour moi !

Discrètement, le Pr Noblecourt jeta un regard à mon travail qu'il approuva d'un hochement de tête. Ce col du fémur était la seule intervention qu'il réaliserait ce matin aux Hortensias ; après une dernière visite de routine dans la clinique, il allait continuer sa journée de travail à Beaujon.

— C'était parfait, Dalban. Voici pour vous.

Au seuil du vestiaire, il me tendit une enveloppe fermée que je mis dans ma poche sans même l'ouvrir. Pour participer d'aussi près à cette opération de la matinée, même moi qui n'avais pas un sou vaillant, j'aurais accepté de payer. Apprendre à faire le mieux des mains du meilleur, cela n'avait pas de prix. Alors cette enveloppe, ces quelques francs, tout cela s'effaçait devant le compliment et la leçon donnée par le Mandarin.

Noblecourt me fit un petit signe de la main avant de tourner les talons. Le travail achevé, le fossé entre nous se rétablissait à sa juste largeur — mais cela n'importait plus ; enthousiaste et reconnaissant, j'oubliais tout pour ces quinze minutes d'intervention en forme de chef-d'œuvre.

Note de l'auteur : Les techniques chirurgicales employées dans cette scène, comme dans tout le livre, sont celles de l'époque du récit. L'enclouage centro-médullaire est généralement remplacé aujourd'hui par des procédés plus sophistiqués : prothèse totale ou hémi-prothèse de hanche par exemple.

5

Me faire ça à moi, Pierre Dalban, le major de l'externat ! C'était un peu comme si on avait voulu délibérément me couper les ailes ! Pourtant il n'y avait là que le fruit du hasard, de la malchance d'un calendrier préétabli : j'étais de garde la veille du premier jour de l'écrit de l'internat. Après une nuit blanche, le lendemain matin à huit heures trente, j'allais devoir plancher sur mon sujet d'anatomie.

J'avais bien tenté d'expliquer mon cas, d'essayer de me faire remplacer par un externe ne présentant pas le concours cette année, mais, justement, cela ne se faisait pas chez Noblecourt.

— Pas de passe-droit ici, monsieur Dalban !

Elle me faisait doucement rigoler, Madeleine Jeanson, avec son rigorisme étriqué. Tous autant que nous étions dans ce service de chirurgie orthopédique, nous avions bénéficié d'un certain coup de pouce. Alors pourquoi pas cette fois, et pour une bonne raison ?

Cependant je n'insistai pas, sans oser non plus en parler directement au Mandarin. J'entretenais de trop bons rapports avec lui depuis que je l'assistais aux Hortensias, pour risquer de les gâcher par un refus de sa part. Ce ne serait qu'une nuit de veille de plus... J'en avais connu d'autres.

Mon dîner avalé à la hâte à la cantine du personnel, je m'enfermai dans la petite piaule attribuée aux externes par l'AP. Quelques pages à relire une dernière fois, des détails à préciser : je m'étendis tout habillé sur le lit, les dossiers ouverts devant moi.

Les schémas d'anatomie tremblotaient devant mes yeux ; je sautais au moins une ligne de texte sur deux à la lecture. La boule au creux de mon estomac refusait de céder : la peur, une angoisse dévorante, plus forte encore que celle rencontrée la veille de l'externat m'habitait. Certes, je pouvais me répéter ce que j'affirmais fréquemment à ma mère — qu'il est très difficile, sans soutien, de réussir ce concours à la première présentation — mais ce n'était pas une consolation de savoir que d'autres avaient échoué avant moi. Eux, je m'en moquais, pour moi, c'était vital ! Un interne, s'il ne gagne pas des fortunes, reçoit au moins de quoi subsister décemment ; tandis que les deux billets que Noblecourt pliait dans une enveloppe à l'issue de chaque matinée aux Hortensias m'auraient à peine permis un dîner dans un restaurant correct. Et j'en avais assez, du bouillon Chartier.

Soudain un fond sonore de jazz-band, totalement incongru dans le silence coutumier de l'hôpital, me parvint malgré l'épaisseur des murs : le tonus chez les internes. J'avais oublié cette soirée à laquelle, en première année d'externat, je n'avais été convié que parce que j'assistais Bastien, l'interne de garde.

La peur, la musique et...Monique. La porte de la chambre s'ouvrit lentement sur la panseuse du bloc, après qu'un léger grattouillis m'eut averti de son arrivée. Il ne manquait plus qu'elle ! Bien sûr, il m'était agréable de la voir — pas là, cependant, pas ce soir où je travaillais à mon examen du lendemain sans aucune envie de m'envoyer en l'air sur mon pauvre lit d'externe !

— Qu'est-ce que tu fous ici ?

Ni la question ni le ton employé ne laissaient planer le moindre doute sur le plaisir que j'avais à la recevoir. J'en rajoutai dans la muflerie en fronçant les sourcils et en repiquant immédiatement du nez sur mon dossier. Hélas ! Rien à faire, impossible de couper ses élans.

— Je viens te rendre visite, Pierre... Je sais que tu passes le concours demain et je voulais te... souhaiter... enfin, te dire « merde », quoi !

Gentille Monique. Elle était vraiment une fille en or, à laquelle je regrettais de ne pouvoir rendre la tendresse qu'elle me témoignait. Pourtant, si je la désirais, je ne l'aimais pas. Je m'en voulais souvent de profiter ainsi de son corps : elle m'avait apporté une paix des sens propice à la préparation de mon concours, sans que je parvienne à lui rendre toute la fougue passionnée qu'elle mettait dans nos rapports. J'avais pour elle une certaine reconnaissance de la chair, cependant Monique n'était qu'un épisode de ma vie et je ne souhaitais pas qu'elle s'attache trop à moi. Avant de songer à des liaisons durables, il me fallait réussir, travailler dur pour devenir ce que je rêvais d'être.

Monique demeurait là, devant moi, attendant un signe, espérant Dieu sait quoi. La prendre dans mes bras ? Une ultime détente, avant la bataille ? Non, vraiment, je n'avais pas l'esprit à la bagatelle.

— Tu sais, Monique, il faudrait que je travaille encore un moment.

— Ah ?

Lentement, mais sûrement, l'idée cheminait en elle que, peut-être, elle n'était pas tombée en un instant très propice. Elle se redressa, me regarda avec une expression de regret dans ses yeux sombres, puis marcha jusqu'à la porte de la chambre, s'immobilisa et se tourna à nouveau vers moi, comme si elle voulait me dire quelque chose.

— Bonsoir, Monique.

Elle baissa la tête et sortit brusquement sans me répondre. La pensée que je la perdais peut-être définitivement ne m'effleura même pas. S'il était vrai que je ressentais un besoin d'air frais que cette liaison avec un membre du personnel de l'hôpital ne me procurait pas, j'étais également assez prétentieux et imbu de ma personne pour penser que je pouvais reprendre Monique à ma convenance.

La panseuse partie, mes velléités culturelles s'évanouirent d'un coup. Puisque, de la musique aux femmes, tout se liguait contre moi pour m'interdire de réviser, puisque mes connaissances étaient à peu près complètes, j'allais pousser la porte de la salle de garde des internes. Un tonus, c'était à chaque fois l'occasion de beuveries monstres et ces fêtes étaient devenues si fameuses qu'on se les racontait, de génération de carabins en génération, avec des larmes de rire au coin des yeux.

Bastien était là, titubant, perché sur une grande table dressée au milieu de la pièce. Dire qu'il était de garde ce soir ! Je ne l'imaginais pas remplaçant le verre de sangria qu'il tenait à la main par un scalpel aiguisé !

Dès qu'il me vit, l'interne se mit à hurler :

— Bienvenue, Dalban ! Prends un verre...

Il faut comprendre. Cette espèce d'orgie païenne, ces trois filles poitrine à l'air qui se déhanchaient au son du jazz-band, ces vapeurs d'alcool et ces soûleries de bidasses en perm, tout cela, au même titre que les plaisanteries salaces de Noblecourt durant la visite, était indispensable.

Eux, ces types mal rasés, braillant leurs couplets paillards, étaient l'avenir de la médecine. Ces toubibs de pointe, déjà investis de responsabilités sans rapport avec leurs vingt-cinq ans, avaient besoin — un besoin viscéral — de ces moments où on laisse éclater toutes ses tensions, où tout est permis. Demain matin, blouse blanche repassée et rasés de frais, ils seraient à nouveau ceux qui préservent la vie.

Le colosse qui menait les opérations était Jean Joly, l'économe de la salle de garde, à qui incombait la préparation des festivités. Il était également l'auteur des fresques artistiques qui décoraient les murs : en quelques mètres carrés s'étalait une revue complète de la mythologie gréco-latine qui n'eût pas déparé les ruines de Pompéi, à ceci près que les multiples scènes de copulation rappelaient, elles, bien davantage le style des graffiti de vespasienne. L'ensemble était d'un parfait mauvais goût, mais adapté aux nécessités de l'instant.

— *De profundis morpionibus*..., commença Joly.

Comme les autres, je repris en chœur la chanson ressassée par des siècles de carabins. Quelqu'un me tendit un verre de sangria que je vidai d'un trait, afin de me mettre au diapason. Nous vivions nos vingt ans dans un univers qui côtoyait sans cesse la mort, mais que c'était bon de l'oublier parfois ! S'effaçaient également mes appréhensions de l'examen du lendemain et le souvenir de la scène avec Monique que j'aurais, en cet instant, volontiers couchée en travers de la grande table. Comme quoi, tout est affaire de circonstances.

Se présenter au concours de l'internat avec la gueule de bois n'est pas particulièrement indiqué, aussi cessai-je mes libations à la quatrième sangria.

— Tu ne bois plus, Dalban ? s'étonna Bastien redescendu de son perchoir.

— Je suis de garde...

— Moi aussi, moi aussi. Mais ça n'a rien à voir !

Il replongea son verre vide dans la bassine où flottaient encore quelques morceaux de fruits avant de se remettre à hurler avec les autres, sans aucun souci mélodique.

Peut-être bien qu'il avait raison, après tout ? Encore un verre ou deux, je dormirais mieux ensuite... C'est à ce moment-là, alors que je raclais le fond du baquet, qu'une infirmière de garde entra, impeccable dans sa blouse bien boutonnée, tel un personnage de tragédie antique au milieu du vaudeville que nous jouions, à la limite de l'ivresse.

— Une urgence, monsieur.

Vingt-trois heures dix. J'avais bénéficié d'un long répit que je n'avais même pas mis à profit. Mais l'ambiance de la salle de garde valait largement le dérangement. Et puis, on verrait bien...

On s'agitait ferme, aux urgences. Deux cars de police secours et une effervescence inhabituelle du personnel de nuit. Pour une fois, ce devait être du sérieux et pas seulement, comme la plupart du temps, un crâne à suturer ou une bosse à panser.

Un flic s'approcha de moi, carnet de bord à la main, esquissant un salut de l'autre :

— C'est vous, le chirurgien ? On vient de le ramasser dans un café de Levallois, à la limite de Clichy... Une rafale de mitraillette... Un règlement de compte entre Arabes, sûrement, avec ce qui se passe en Algérie en ce moment !

Tiens, il professait quelque opinion politique, ce brave gardien de la paix ? En attendant, il s'agissait de faire vite, parce que, pour ce qui était d'un cas important, cet Arabe mitraillé se posait un peu là !

Je soulevai la couverture qui le recouvrait. D'une main crispée sur le ventre, l'homme dissimulait les blessures de son abdomen saignant d'abondance. Il gémissait, les paupières collées sur son visage tuméfié. Il paraissait si chétif, sur le brancard de police secours, ce type qui avait peut-être bien des choses sur la conscience et qui retrouvait à présent une forme d'innocence.

Qui savait d'ailleurs ce qui se cachait derrière ce règlement de compte ? Quelle histoire sordide, connue seulement de cet inconnu au souffle de plus en plus court et de ceux qui avaient cherché à l'abattre ? La guerre d'Algérie et sa violence nous tombaient dessus sans sommation.

Je signai la décharge et donnai les premières instructions à l'infirmière :

— Vous prenez son pouls, sa tension. Puis vous branchez une perfusion de sérum physio, en attendant le groupe. Je préviens l'interne ; faites transporter le blessé au bloc. Et rien à boire, évidemment !

Pourvu que Bastien ne soit pas trop bourré ! La sangria et la chirurgie, ça ne devait pas faire très bon ménage...

Dans la salle de garde des internes, le tonus se poursuivait. Bastien dodelinait doucement de la tête, agenouillé devant une des filles dépoitraillées, sans doute aussi touchée que lui par la grâce du vin aromatisé.

— Viens, c'est sérieux ! Un blessé par balles...

Jean Joly avait entendu. Sans briser l'ambiance, il fit préparer un café bien serré pour l'interne.

En passant volontairement par la cour de l'hôpital — les nuits commençaient à fraîchir et c'était excellent pour les idées de mon camarade — je traînai Bastien vers le bloc.

— Tu l'as examiné ? demanda-t-il, moins pâteux.

— Très vite. Il perd pas mal de sang. Une rafale dans l'abdomen, il doit y avoir du dégât.

— C'est de la chirurgie de guerre, ça. On ne va pas rigoler. Bon, je vais appeler Weil, c'est lui le chirurgien de garde.

Bastien revint au bout d'un instant, impassible.

— Weil ne veut pas venir. Le patron va le mettre sur la liste, cette année, alors il bosse. Il m'a dit que je me débrouillerais bien avec toi. Tu passes l'épreuve d'anat de l'internat demain matin, non ? Tu ne seras pas frais, bonhomme !

Encourageant. J'éprouvais une grande sympathie pour ce garçon, et les mois passés ensemble avaient scellé une véritable amitié. Là, je sentais son angoisse.

— Tu as peur, Bastien ?

— Non, bien sûr ! Si en quatrième année je ne pouvais pas faire face à ça, ce serait dommage ! Tout de même, une rafale de mitraillette... Weil est passé par l'Algérie, lui. Bon, on fonce !

Bastien incisa la peau en une grande médiane. On ne pouvait plus attendre : ce type avait au moins deux litres de sang dans le ventre. Les clichés radio montraient l'ombre des trois petits morceaux de plomb entrés dans l'abdomen, à plus de trois cents mètres par seconde. Trois balles seulement. Sans humour noir déplacé, il avait presque eu de la chance...

— Aspiration !

Sur fond de bruit de succion de la canule d'acier, le niveau rouge monta dans le bocal d'aspiration.

— C'est bon ?

L'infirmière anesthésiste de garde avait branché deux flacons de sang sur le blessé, un sur chaque bras, afin de combler plus rapidement le déficit. Elle hocha la tête, pas réellement euphorique.

— Pour l'instant, oui. J'ai remonté sa tension, mais il faut vite trouver d'où ça saigne, je ne pourrai pas le tenir longtemps à ce rythme.

— La rate a explosé... A première vue, c'est ce qui pisse le plus. On va la faire sauter, on verra après !

Bastien conduisit rapidement la splénectomie, mais la tension continuait de chuter. Je lui montrai le péritoine postérieur qui bombait :

— Qu'est-ce qui se passe là ?

Il devint soudain tout pâlot, mon aîné.

— Faut aller voir. C'est un hématome qui augmente. Si une balle a touché l'aorte abdominale, c'est râpé... On n'y arrivera pas...

Bastien était trop bon de m'associer ainsi à son effort. En réalité, pour cette première aide en chirurgie abdominale d'urgence, ma participation se bornait à être le plus docile possible, attentif à ajouter l'assistance éventuelle de mes deux mains à celles de l'interne.

Il n'allait quand même pas nous claquer entre les doigts, cet

Arabe. Pas question, pas à la veille de mon écrit, ce serait de trop mauvais augure.

Sous la protection de mon aspirateur qui suivait ses gestes, la pointe des ciseaux à disséquer de Bastien se frayait un chemin vers la source de l'hémorragie.

— J'y suis... C'est une rénale !

L'artère sectionnée m'envoya une giclée de sang rouge, en un jet puissant qui traversa la moitié de la salle d'opération. Je tentai de rester impassible pendant que l'interne posait une pince sur l'artère et explorait la berge rénale.

— Tout le pédicule est foutu également. Une vraie bouillie ! Il faut enlever le rein...

Il n'allait rien lui rester, à ce pauvre homme. Les minutes passaient, rythmées par le seul bruit du ballon d'anesthésie. Le cœur tenait, la tension remontait. Après quelques secondes sous l'emprise d'un sentiment qui ressemblait bien à de la panique, je m'étais repris, accordant mes gestes à ceux de Bastien, prenant exemple sur son calme.

— On va s'en sortir, Dalban ! Si tu ratais ton concours après ça, ce serait vraiment à douter du bon sens de nos chers professeurs !

C'était gentil, mais stupide. Nos chers professeurs, comme disait Bastien, ignoreraient toute leur vie que j'avais passé une nuit d'octobre à opérer un Arabe. On ne nous jugeait pas sur le terrain, mais sur l'apparence d'abord et les connaissances ensuite.

Il faisait déjà jour. La cour de Beaujon était éclairée d'une lumière pâlote, clarté d'automne sinistre. Six heures du matin... Dans un peu plus de deux heures, un pion anonyme nous distribuerait les sujets du concours. Frais et dispos après une bonne nuit de sommeil, les autres parviendraient sans peine à rassembler leurs idées, à les planifier pour traiter la question avec l'ordre et la méthode exigés. Mais moi, est-ce que je serais seulement capable d'aligner deux mots sur ma copie ?

— T'en veux une ?

A mes côtés, Bastien alluma une cigarette dont il aspira la première bouffée les yeux fermés, l'air satisfait de son travail.

Ouais, nous avions bien bossé : l'homme était vivant — toujours vivant... — et ses chances de s'en tirer, plutôt sérieuses.

— Il a eu de la chance, quand même, lança Bastien. A quelques millimètres près, une des balles traversait l'artère iliaque primitive droite. Et alors, salut Mahomet !

Salut Mahomet... Exact, il avait eu de la chance. Mais il fallait convenir, notre modestie dût-elle en souffrir, que nous nous étions bien sortis de cette double ablation — sans citer la réparation des petits dégâts annexes commis par l'impact des balles : une triple résection du grêle et une plaie de la vessie.

Nous avions été tout à fait à la hauteur... Cela n'empêchait pas que, dans un moment, j'allais pour ainsi dire jouer ma carrière, après une préparation rien moins qu'idéale — hormis si l'interrogation portait sur l'anatomie du rein. Et encore, je venais de constater une fois de plus combien la science livresque pouvait différer de la réalité opératoire. Le talent, c'était sans doute l'accolement intellectuel parfait des deux notions. But à atteindre.

Quoi qu'il en soit, le rein à l'écrit, ce serait tout de même trop beau. La médecine, malgré sa générosité bien connue, ne m'avait pas habitué à de semblables cadeaux !

— Bon, j'ai juste le temps de prendre une douche et de me changer avant l'examen.

— On va boire un café, d'abord. Je penserai bien à toi durant la matinée...

Un peu hypocrite, mais adorable, mon ami Bastien. Il allait surtout s'enfermer dans l'une des chambres de garde afin de dormir quelques heures, pendant que je tirerais la langue sur ma copie.

Je me jetai sur un triple express bien serré — rien à voir avec l'eau colorée servie aux pensionnaires de Beaujon —, mon seul espoir d'échapper au sommeil.

Et ce ne fut pas l'anatomie du rein chez l'homme ; on changea simplement de sexe : « Rapports de la vessie chez la femme ».

Superbe sujet ! Je craignais tellement l'une de ces questions biscornues que nos examinateurs parviennent encore à concocter, même si tout a déjà été dit en la matière, que l'abrupte simplicité de ce texte me réjouit. Sur ce chapitre-là, je n'avais commis aucune impasse.

A ma droite, Jean Dalayrac — le fils du Pr Dalayrac, médecin des hôpitaux de Paris, chef du service d'endocrinologie de Necker —, mon voisin alphabétique obligé, me fit un petit clin d'œil de complicité. Devant son premier concours comme moi, ce membre du sérail par filiation directe, avec lequel j'avais sympathisé durant les épreuves de l'externat également subies ensemble, pouvait être assuré d'une bonne place au classement final — à moins, bien sûr, d'une prestation lamentable.

Gentiment, Jean s'était étonné de mes yeux cernés et de mes traits creusés par la fatigue. Pendant que nous prenions nos places, je lui en avais expliqué l'origine. De sa poche, il avait tiré une petite boîte à pilules ouvragée qu'il m'avait proposée :

— Prends-en une ! Mon père affirme qu'il n'y a rien de meilleur contre la fatigue.

L'internat avait beau être un concours, les étudiants demeuraient pour la plupart solidaires. Réconfortant. En revanche, ce qui m'étonna brièvement fut que le Pr Dalayrac encourageât son fils à se doper. Un excitant, à l'écrit de l'internat ! On aurait tout vu...

Mais la pastille Vichy me fondit sous la langue sans provoquer en moi d'autre réaction qu'une envie, salutaire, d'éclater de rire. Je répondis au clin d'œil de Jean après que les sujets eurent été distribués. Oui, cela devrait aller, Vichy aidant. Somme toute, le sujet était plutôt bateau, vingt fois traité durant mes révisions, automatiquement ordonné dans mon esprit sans que j'aie le moindre effort de mémoire à faire pour en retrouver le plan de développement.

Je ne pouvais que me féliciter d'avoir assisté aux conférences. Celui qui avait traité la question devant nous avait su nous expliquer ce qui, en filigrane dans une copie, pouvait désigner au jury le futur chirurgien :

— En anatomie, vous êtes lus par des types de mon genre et pour moi ce qui est important dans l'anat d'une vessie féminine, ce sont les rapports avec ce qu'elle porte, derrière et au-dessus : le divin utérus. Parce que, quand il faut le leur enlever, à ces chéries, il vaut mieux savoir où passent les artères et où se clive la vessie. Et éviter les conneries... Pigé ?

Un bon sujet, vraiment. Je devais être capable de cartonner là-dessus !

Sur ma gauche, Pierre-Antoine de Darnal rédigeait déjà son texte. Avec lui, contrairement à Dalayrac, je ne possédais aucun point commun, hormis la première partie de son prénom composé. Fils de mandarin et bûcheur acharné, Darnal ne m'avait jamais pardonné de l'avoir privé de la place de major de l'externat qu'il estimait devoir lui revenir.

Cela dit, puisqu'il était de bon ton, dans le milieu médical, d'entretenir au moins autant d'ennemis irréductibles que d'amis fidèles, je m'accommodais parfaitement de la rancœur tenace de mon voisin — un garçon que je trouvais d'ailleurs sympathique ; quoique fondamentalement différents, nous appartenions à la même race de travailleurs forcenés n'ayant qu'un seul but en vue, la réussite.

J'imaginais que si Pierre-Antoine se donnait autant de mal, en dépit des facilités qu'aurait pu lui valoir son nom illustre, c'était pour imposer son prénom, pour devenir plus qu'un fils de mandarin arrivé. Moi, ce que je souhaitais faire oublier aux jurés en trimant dur, c'était justement l'inverse : que je n'étais le fils de personne. Chacun son truc, comme on ne disait pas encore à l'époque.

En quittant la salle d'examen, je n'avais qu'une envie, qu'une idée en tête : me libérer de cette tension trop longtemps accumulée. J'étais si énervé, si excité, au sens bestial du mot, qu'il m'aurait paru impossible de regagner directement la rue Simart et mon lit.

Monique... Certes, je l'avais un peu rembarrée la veille, mais sans méchanceté ; elle ne devait pas m'en tenir rigueur. Oh, elle n'était pas ma seule possibilité — la plus simple, seulement. J'aurais pu, ainsi que cela m'arrivait parfois, déambuler sur le boulevard Saint-Germain ou m'asseoir dans un café pour y guetter ma proie du jour, étudiante ou étrangère. Plutôt une étrangère, d'ailleurs, plus aisée à convaincre de la nécessité impérieuse qu'il y avait à coucher avec moi. Je représentais l'incarnation du *french lover*, un souvenir de Paris, au même titre qu'une carte postale représentant la tour Eiffel ou le portrait de poulbot acheté à un artiste de la butte Montmartre. Un sourire, un briquet tendu au bon moment et accompagné de quelques mots d'une affligeante banalité suffisaient en général. Ensuite, tout était affaire d'inspiration ou de moyens : l'hôtel, la chambre à la Cité-U. Le résultat demeurait identique.

Changer de lit, changer de corps,
A quoi bon, puisque c'est encore
Moi qui moi-même me trahis...

J'avais lu ou entendu cela quelque part, des vers d'une telle justesse que je me surprenais parfois à les dire dans ces moments où le désir me travaillait. C'était bien moi que je trahissais — ou, plus exactement, cette image de moi que j'aurais voulu conserver : le bûcheur uniquement préoccupé de son avenir.

Et mon ombre se déshabille
Dans les bras semblables des filles,
Où j'ai cru trouver un pays.

L'essentiel se trouvait là, dans ces « bras semblables des filles ». Toutes différentes, et pourtant toutes identiques parce que je n'en aimais aucune. Je n'étais pas réellement le coureur, le séducteur aux succès multiples et faciles dont la réputation commençait à bien s'établir à la fac. Quelque chose me retenait, comme un sursaut de conscience. J'aimais l'amour physique, ce contact des épidermes, ces corps qui se cherchent dans l'ombre d'un lit, ces mots que l'on en arrive à murmurer, oscillant entre une sorte de sincérité et la volonté de plaire. J'aimais cela, sans parvenir cependant à m'en rendre complètement dupe. Mon ombre seule, double fidèle, se déshabillait. Plaisir, intérêt, reconnaissance... tout se mêlait en un ballet à quatre mains et deux sexes dont je m'efforçais seulement de sortir indemne.

Après sa garde de nuit, Monique devait dormir. Je sonnai longuement à la porte de son studio de la place Clichy. En chemise de nuit de dentelle acrylique rose — quel goût désastreux ! — elle vint enfin ouvrir.

— Qu'est-ce que tu fais là ?

Par vengeance, elle adoptait un ton plus désagréable encore que le mien, la veille, dans la piaule de Beaujon. Je posai les mains sur ses hanches ; elle recula brusquement, hostile.

— Je voulais...

— Fous le camp, Pierre ! Je ne veux plus jamais te voir !

Elle se déroba et tenta de refermer le battant de la porte. Ses traits tirés par la nuit de veille s'étaient figés en une moue agressive.

— Pars, je t'en prie !

Elle me jouait la grande scène du II, avec trémolos dans la voix et déchirements intérieurs. J'avais coincé la porte du bout du pied droit ; abandonnant sa taille, je commençai à lui caresser doucement la nuque. De la tendresse et de la persuasion, Pierre, comme de coutume... Un peu ramollie par les somnifères qu'elle avalait au sortir de Beaujon, Monique n'offrait plus qu'une résistance limitée.

— Pierre...

Nous n'en étions déjà plus aux imprécations vengeresses des instants précédents. Je ne m'appréciais pas vraiment dans ce rôle hypocrite du suborneur, mais j'avais envie d'elle, besoin de m'abandonner dans son lit. Si je n'aimais pas Monique, si, plus subtilement, je l'aimais bien, je savais qu'elle, en revanche, était amoureuse de moi. Alors oui, j'en profitais, un peu lâche comme tous les hommes, et néanmoins pas absolument condamnable, dans la mesure où, si je prenais du plaisir, elle-même trouvait du bonheur.

Puis quel besoin ai-je de me justifier ? A vingt ans, on est cynique par prudence ; la maturité affective ne vient que plus tard, avec les premiers déboires sentimentaux, c'est bien connu.

Je dédiai à Monique mon plus aimable sourire avant de glisser la main sur sa poitrine. Le nylon crissait désagréablement, me déchargeant dans le bout des doigts des flots d'électricité statique.

— Viens... Viens vite, murmura-t-elle.

Voilà, j'étais parvenu à mes fins. Monique était comme les autres femmes, chavirée par la tendresse — vraie ou simulée —

que les hommes lui prodiguaient, et trop incertaine dans ses résolutions pour conserver une ligne de conduite. Flagrant délit de misogynie, une nouvelle fois. Je plaide coupable.

Etendue et offerte, elle balbutiait des mots que je ne comprenais pas, menaces ou amour, des sons gutturaux qui montaient en elle au même rythme que le plaisir. Jamais encore l'expression « à la hussarde » n'avait eu autant de signification pour moi. Tout tenait sans doute avec elle à la violence soudaine de notre premier rapport dans la salle de stérilisation du bloc opératoire de Beaujon.

Dans son lit, le hussard s'apaisa lentement, demeurant cependant un soudard dur à la peine et au plaisir. Mes notions de géographie, d'histoire, laborieusement assimilées sur les bancs de Condorcet, se télescopaient au gré d'une imagination emportée par le délire charnel.

« Rapports de la vessie chez la femme. » Premièrement : description ; deuxièmement...

A quelques encablures, le vagin. Un port où j'aimais mouiller, mais pas un port d'attache — ou alors, de tant d'attaches différentes. Conquistador infidèle, je me refusais la facilité toujours possible de la constance. Monique, elle, l'aurait peut-être souhaitée ; pas moi. Pas avec elle.

Comment expliquer cela sans passer pour un cynique vulgaire, ni paraître dissimuler mes turpitudes sous un océan de bonnes raisons ? J'avais une forme de tendresse pour elle, une affection ponctuelle variant avec mon désir. Mais, je l'ai dit, il ne s'agissait pas d'amour. L'amour, je le cherchais encore, je l'attendais. Qu'il arrive ! J'étais prêt, les bras grands ouverts et le cœur déchiré par avance.

Non, Monique n'était pas l'amour.

Je venais m'allonger près d'elle,
Sur le canapé du bordel,
Dans les hoquets du pianola.

Pas de piano-bar dans ce studio de la place Clichy, qui n'offrait du bordel que les rideaux de velours rouge. Pas de musique non plus, seulement les rythmes du jazz-band du tonus qui me cognaient les tempes au rythme lancinant de nos souffles confondus. Bastien, ivre, dodelinant de la tête, agenouillé devant une pute trop maquillée, louée pour la soirée. Et cet Arabe déchiqueté par les balles d'une mitraillette anonyme dans un café de Levallois... Rouge vermillon, le sang avait jailli de l'artère rénale sectionnée. C'était la vie qui le quittait par jets saccadés, bouillonnants et impérieux. La vie...

Pas dupe, bonhomme, attention ! Baiser beaucoup et le mieux possible ; prendre du plaisir et en donner, tout en conservant toujours au fond de soi quelque chose qui ressemble à de la distance. Peut-être le recul de l'humour, seul refuge dans un monde douloureux. Je me relevai. « Les bras semblables des filles... » Pour continuer d'avancer, continuer de rêver, il me fallait songer que, quelque part, l'une d'elles m'attendait qui serait différente.

Je croisai sans complaisance ni trop de refus le regard humide de Monique. Les cils mi-clos, revenant lentement de son plaisir, elle aurait sans doute apprécié un mot gentil. Je me forçai :

— Ça va ?

Pas brillant... Mieux pourtant qu'un silence qui aurait pu passer pour une condamnation. Parce qu'il n'existe rien de plus ridicule qu'un homme remettant son pantalon après l'amour, je passai dans la petite salle d'eau ; entre le coin-douche, le lavabo et le bidet sur roulettes, je me sentais moins lamentable, tâtonnant pour refermer les boutons dans l'ordre.

— Pierre... Où es-tu ? Viens...

— J'arrive !

Pourquoi éprouvent-elles toutes, ainsi, le besoin de prolonger les moments d'intimité ? Lorsque tout est dit, l'acte consommé, à quoi sert d'éterniser un tête-à-tête que ne justifie pas la passion ? L'amour sans amour doit demeurer un acte gratuit, rapide. Les prostituées seraient-elles finalement les seules femmes à baiser comme des hommes, sans attendrissement suspect ni sensiblerie déplacée ?

Et cependant je m'installai quelques instants au chevet de Monique.

Le temps avait viré à la pluie. Concert de klaxons sous le crachin de la place Clichy. Heureusement, la rue Simart était proche. J'avais faim, je me sentais sale et fatigué — mais en rien coupable. Après cet entracte, ma vie allait reprendre : dîner en compagnie de maman, quelques heures de sommeil. Le lendemain, à huit heures trente, assis entre Dalayrac et Pierre-Antoine de Darnal, j'entamerais la seconde journée des épreuves écrites de l'internat.

6

Au fil des semaines, l'aide opératoire que j'apportais à Charles Noblecourt à la clinique des Hortensias s'était muée en une véritable prise en main de mon éducation médicale.

Le contenu des enveloppes qu'il me glissait vers midi n'avait pas changé — une certaine pingrerie était sans doute le privilège de la fortune. En revanche, sur ce terrain privé, sa conduite à mon égard avait diablement évolué.

Renvoyé comme un malpropre de la chambre d'une malade le premier jour, j'étais maintenant encouragé à accompagner le patron lors de sa visite matinale. Vaguement présenté comme « un de mes collaborateurs », j'échappais à l'étiquette de stagiaire ou d'étudiant... A vingt et un ans, on est quelque peu susceptible, dans ce domaine précis des appellations. Puis je conservais en mémoire la blessure de la courte période où j'avais été garde de nuit à la maternité Toupard. Garde de nuit... quelque chose entre homme de ménage et vigile. Pas de quoi pavoiser, en tout cas !

La rombière ménopausée qui régnait sur le hall d'entrée des Hortensias continuait à refuser systématiquement de répondre à mon salut, se contentant de lever les yeux de son magazine féminin — toujours le même, comme en un espoir de miraculeuse identification cent fois déçu. Mutin, j'insistais jusqu'à ce qu'elle grogne quelques monosyllabes que je pouvais croire accueillants. Tout de même, j'étais l'assistant du patron, non ? J'avais droit à des égards !

Ce matin-là, 6 novembre, une date à marquer d'une pierre blanche : non seulement elle me parla, mais, en plus, elle esquissa une grimace souriante :

— M. Noblecourt vous attend dans son bureau.

Fichtre. Généralement, cela signifiait que l'une des interventions de la matinée était si délicate qu'il souhaitait m'en parler, schémas au tableau noir à l'appui, avant de commencer. J'aimais ces moments-là, cette approche prudente d'un cas difficile dont le Mandarin débroussaillait la plupart des pièges. Des cours particuliers, en quelque sorte, un enseignement exceptionnel que je mémorisais soigneusement avant de prendre des notes, le soir.

— Entrez !

J'avais appris à frapper aux portes, mais à frapper fort, de manière à être entendu des plus sourds.

— Ah, Pierre... Ma chérie, voici Pierre Dalban qui m'aide au bloc. Pierre, je vous présente ma fille Claire. Elle tentera l'externat cette année et, vous savez ce que sont les enfants, elle a absolument tenu à m'accompagner en salle d'opération...

J'en suis resté bête et silencieux, stupéfait que le Mandarin pût avoir des enfants. Pourtant, la cinquantaine, une femme, une bonne situation... c'était normal. Mais il existe des détails, parfois, qu'on a de la difficulté à concevoir et à accepter.

Dix-huit ou vingt ans, brune, les cheveux courts, les yeux bleus, elle était assez mignonne, la fille Noblecourt. Pas belle, non, mais du charme qu'accentuait encore son côté couventine et sa réserve poussée jusqu'au regard baissé.

— Très heureux, mademoiselle...

On apprenait les bonnes manières, aux Hortensias. En élève doué, j'appliquais à bon escient les conseils de politesse donnés par le Mandarin.

Timide les premiers instants, la couventine reprit vite de l'assurance. Dans l'escalier, après que le patron m'eut chargé de l'accompagner jusqu'au bloc, elle s'arrêta pour me toiser droit dans les yeux.

— Mon père m'a beaucoup parlé de vous, monsieur Dalban.

— En bien, j'espère ?

— Si on veut. Il prétend que vous êtes assez doué pour la

chirurgie, mais que votre goût pour les infirmières du service pourrait vous jouer des tours !

Elle en rajoutait, la fille de famille ! Impossible de croire que le si distingué Charles Noblecourt devisât pendant les repas de la vie sexuelle de ses externes. Qu'il ait mentionné mon nom depuis que je l'assistais, c'était vraisemblable ; pour le reste... D'ailleurs, connaissait-il seulement ma liaison avec Monique ? Qui lui en aurait parlé ?

Claire Noblecourt se foutait de moi. Ce petit sourire en coin sur ses lèvres charnues, cet air de ne pas y toucher... La garce ! Ah non, les couventines ne sont plus de nos jours ce qu'elles étaient.

— Cela n'enlève rien à vos qualités, ajouta-t-elle.

Elle me jaugeait des pieds à la tête. Les vêtements ? Pas très bien habillé, ce jeune homme. Et ces cheveux mal peignés, ces gestes maladroits...

Troublé, j'étais troublé par l'ironie tendre de ce regard bleu — du même bleu translucide et aigu que celui du Mandarin. Ironie tendre, parce que je croyais déceler une lueur de complicité en elle, une absolution implicite de mes fredaines. Je n'avais encore rien dit, ou presque. Elle faisait seule les frais de la conversation.

— Et l'écrit de l'internat, monsieur Dalban ?

C'était singulièrement agaçant de l'entendre me donner du monsieur Dalban long comme le bras, alors que nous avions le même âge.

— Appelez-moi Pierre...

— Non. Je ne crois pas que mon père apprécierait cette familiarité. Le concours, donc ?

— Tout s'est bien passé, je vous remercie, mademoiselle Noblecourt.

J'avais appuyé sur le mademoiselle. Elle éclata de rire, faisant se retourner la panseuse du bloc qui haussa les épaules devant cette inconvenance. Exceptionnellement, cette réprimande silencieuse m'indifféra pourtant : n'étais-je pas en compagnie de la fille du patron ? Un privilège qui autorisait toutes les libertés.

— Vous avez gagné, Pierre !

Dans ces marécages troubles, tout au fond de moi, là où je n'osais patauger qu'avec prudence, une idée bouillonnait qui avait pris naissance dans les bras de Monique. Et si mon intérêt, immédiat et à long terme était lié aux femmes ? Plus précisément encore, à cette femme-ci ? La vieille panseuse venait d'étouffer ses reproches, elle d'ordinaire si râleuse et bougonne, parce que je me trouvais avec Claire, près d'elle... S'ouvrait devant moi, éclatait plutôt avec la violence de l'évidence, l'immense champ d'action que pouvait engendrer cette constatation. Pierre Dalban, pris dans la foule et isolé, n'était rien. Un étudiant capable, sérieux et travailleur, mais rien d'exceptionnel. Cependant, il suffisait de l'afficher en compagnie de Claire Noblecourt pour que tout bascule.

En associant son nom à mes capacités, je pouvais changer le monde médical. Je l'imaginais, du moins.

Je me tournai avec discrétion pendant qu'elle revêtait le pyjama de rigueur en salle d'opération. Elle, en revanche, continua de me regarder sans détours lors de mon habillage. Après avoir été jaugé, centimètre par centimètre, voilà que je me mettais presque nu devant elle qui me détaillait. Elle y allait un peu fort ! J'étais l'assistant de son père, pas un jouet.

— Satisfaite ?

Elle rougit ; j'avais gagné le premier round, mais l'entrée du Mandarin interdit le début du second.

— Vous êtes prêts ? Pierre, allez aider Bernstein à installer le patient. Ce n'est pas grand-chose, ce matin : un avant-bras. Triple fracture, une chute de cheval...

La fille du patron se comporta bien, durant l'intervention. Peut-être existe-t-il une hérédité, sur ce plan-là ? Toujours est-il que Claire demeura imperturbable, tout à la fois présente et discrète, surveillant les gestes de son père — les miens également —, mais sans nous gêner ni poser trop de questions.

A son usage, Noblecourt commentait les différentes phases de l'opération, multipliant les contrôles radio afin de mieux mettre en relief les étapes de la réduction. Elle écoutait, enregistrant chaque point avec une attention comparable à la mienne. Claire avait eu la chance de grandir dans le sérail — Claude Bernstein la tutoyait et l'avait embrassée sur la joue — et elle possédait encore le feu sacré, cette curiosité de tous les instants, malgré les nombreuses anecdotes médicales qu'elle avait pu entendre en vingt années d'existence.

Se destinait-elle à la chirurgie ? Je n'osais pas lui poser la question directement, devant le double parrainage de son père et de l'anesthésiste. En fin d'intervention, alors que le patron me lançait le fameux : « Vous fermez, Pierre ! », le Mandarin posa la main qu'il venait de déganter sur l'épaule de sa fille et ajouta, entre mise en garde et plaisanterie :

— La chirurgie, ce n'est pas un travail de femme.

— Je n'ai jamais eu la prétention de suivre tes traces. Je serai pédiatre !

La virulence du ton fit sourire les deux médecins. Dissimulé derrière ma bavette, j'échappai au regard furieux de Claire. Finalement, j'aimais bien cette fille. Elle possédait de la personnalité, un caractère ferme que n'avait pas étouffé la carrure du patron. Puis je sentais que, sous le vernis de la couventine, bougeait une petite bête étrange : une femme qui ne m'était pas indifférente et que je ne laissais pas froide non plus.

L'enveloppe, une poignée de main et un hochement de tête distrait de la part de Claire, je quittai les Hortensias un peu désappointé. Est-ce que, par hasard, je ne me serais pas illusionné, tant sur mes capacités de séduction que sur les réactions de Mlle Noblecourt ? Décevant, vraiment. Surtout pour qui avait, comme moi, autant de projets flous et fous dans l'esprit.

Au cours des deux semaines qui suivirent cette matinée aux Hortensias, je croisai Claire Noblecourt aux quatre coins du Paris estudiantin. Des couloirs de la fac au café de Cluny, je la retrouvai fortuitement, à quelques mètres de moi, en pleine discussion avec une amie ou une autre. De hasard en hasard, je cessai rapidement de voir dans cette répétition le simple jeu du destin : toutes ces rencontres, Claire les provoquait. La conversation de ses camarades ou le délicieux goût de chicorée de l'express du Cluny n'y étaient pour rien, elle recherchait ma compagnie. Et la preuve en était que, après quelques sourires par-dessus les épaules des consommateurs, elle finissait immanquablement par changer de table pour s'asseoir près de moi.

— Comment allez-vous, mademoiselle Noblecourt ?

— Claire ! Ne soyez pas rancunier..., Pierre. Parlez-moi de vous, un petit peu. Tout va bien, en orthopédie ?

L'ébauche de cette idylle — n'est-ce pas le terme consacré, dans le vocabulaire des anciennes pensionnaires du couvent des Oiseaux ? — n'était pas pour me déplaire. Outre la confirmation d'un pressentiment, j'y voyais un encouragement à suivre le chemin tracé. Toujours ce penchant pour les signes, pour l'intrusion de l'irrationnel dans mon univers logique. Puis, sans être encore capable d'identifier ce phénomène, je percevais une sorte de trouble en rencontrant Mlle Noblecourt, qui faisait irruption dans mon existence au moment précis où l'attitude de Monique se modifiait nettement.

L'infirmière, en effet, me semblait inquiète depuis quelques jours, aisément irritable, presque agressive. Elle ne recherchait plus ma compagnie, m'évitait même, quittant les pièces dans lesquelles je pénétrais. Je l'avais dépouillée de son auréole de mystère en même temps que de ses vêtements, et voilà qu'elle paraissait soudain vouloir redevenir la femme lointaine, la Polonaise insaisissable que j'avais connue à mon entrée dans le service.

Si l'âge ne constituait pas une excuse, à peine une explication, je dois cependant avouer qu'à l'époque, les secrets de l'Eternel Féminin m'étaient étrangers — les ai-je seulement percés, depuis ? Pour moi, une femme qui s'était donnée n'avait pas le droit de se reprendre. Juste la possibilité de rompre. Et si j'appréciais le marivaudage un peu précieux dont mes rapports avec Claire étaient tissés, je déniais à Monique le droit d'avoir des états d'âme. Je couchais avec elle, alors que je parlais avec Claire. La différence était essentielle.

Quoique socialement plus proche du monde de la panseuse que des grandes familles du boulevard Saint-Germain auxquelles appartenait Claire, je raisonnais déjà inconsciemment comme un Charles Noblecourt : j'établissais des barrières. Monique vivait de l'autre côté d'une frontière que je ne pouvais franchir sans déchoir, hormis dans le but de faire l'amour. De copuler. Ainsi en était-il de la règle, stricte et intransgressable pour qui souhaitait grimper jusqu'au sommet de l'échelle.

Alors, puisque Monique paraissait me tenir rigueur d'un fait dont j'ignorais tout, puisque également Claire prenait chaque jour dans ma vie une importance plus grande, j'allais lentement, en douceur, abandonner l'une pour l'autre — clore le chapitre des amours de hasard pour entamer celui de l'amour courtois.

L'appel téléphonique tomba mal, un matin de bonne heure, comme j'achevais de me préparer pour courir aux Hortensias. J'imagine cependant qu'il serait tout aussi mal tombé à un autre moment, l'opportunité n'avait rien à voir dans l'affaire.

Depuis cette communication avec Vannes, prélude à la disparition de mon père, je me méfiais du combiné noir pendu dans l'entrée de l'appartement. Ces voix sans visage, l'indiscrétion fréquente de cet appareil me rebutaient — une phobie qui ne m'a pas quitté, aujourd'hui que je vis pourtant entouré de téléphones qui ponctuent chacune de mes journées, réglant mon temps et mes actes.

— C'est pour toi, Pierre. Une femme...

Ma mère traîna sur le mot. Une femme, à six heures trente du matin, et réclamant son fils, qui plus est : elle avait certes matière à s'étonner.

— Pierre ? C'est Monique. Il faut que tu m'écoutes...

Que pouvait-elle me vouloir encore ? Me reprocher de délaisser son studio de la place Clichy ? Je ne lui avais rien dit de ma décision de mettre un terme à nos relations, non par manque de courage, mais par indifférence. Elle avait bien dû saisir d'elle-même...

— Pierre...

Je ne refusais pas la discussion, mais pas maintenant.

— Pas le temps, Monique ! On se verra à l'hôpital. Tu sais bien que j'aide le patron en ville !

— Je suis enceinte, Pierre... Et de toi. C'est sûr.

Réaction de panique, refus immédiat de cet aveu dérangeant.

— Tu es complètement folle, ma pauvre fille ! Et d'abord, qui me dit que...

— Il est de toi ! Le lendemain du tonus, chez moi. Tu te rappelles ? Tu venais de passer l'épreuve d'anatomie du concours. Tu m'as réveillée, et je...

Je ne l'écoutais plus. Connerie ! Je m'attendais à tout, à des hurlements de rage, à une explication orageuse... A tout, mais pas à cela ! Elle aurait pu prendre des précautions, non ? De la part d'une infirmière diplômée, c'était pour le moins ridicule ! Une colère sourde, mêlée d'indignation, montait en moi. Cette tuile qui me dégringolait sur le coin de la figure, c'était... la fin de tout. Par surcroît cela arrivait au moment où, ne supportant plus Monique, j'avais pris la décision de rompre : alors, qu'est-ce que cela pouvait bien me faire qu'elle ait pris des risques ? Je n'avais rien à voir là-dedans. Rien du tout ! Qu'elle se débrouille !

De l'autre bout de la ligne ne me parvenait plus qu'un bruit de respiration. Il y avait quelques secondes qu'elle s'était tue, respectant mes réflexions.

— Je ne...

— J'ai besoin de toi, Pierre...

Ah non ! Je déclinais toute responsabilité, et peut-être même toute participation dans cette histoire. Qu'est-ce qui me prouvait que j'étais le géniteur, après tout ? Je ne la surveillais pas, elle pouvait s'envoyer en l'air avec qui elle choisissait. Et ce n'était pas en accumulant les détails pour me rappeler certaine heure passée chez elle qu'elle parviendrait à me convaincre.

— Je dois partir, Monique. Je ne peux rien pour toi.

Je ne m'aimais pas vraiment, en raccrochant le combiné. Je me sentais lâche et salaud, méprisable. Mais il faut comprendre que je n'avais pas le choix. Qu'en outre, j'avais déjà, au moins en esprit, tourné la page Monique Sidkowski. L'hypocrisie jésuitique de Noblecourt, dont je n'avais fait qu'effleurer l'apprentissage, m'aurait diablement servi en l'occurrence. Sous un calme de surface, je me débattais dans d'inextricables problèmes de conscience. Et en même temps, ce marais de lâchetés que je connaissais en moi gagnait du terrain sous l'aiguillon de la peur. S'il me restait une parcelle d'innocence, les faits, la vie se chargeaient de la faire rétrécir comme une peau de chagrin.

Eh là, que suis-je en train de tenter ? De justifier ma conduite, de faire admettre l'iniquité ? S'il existe une explication, et pas plus que l'âge elle ne constitue une excuse, il faut la rechercher dans ma situation de l'époque. Je commençais dans la vie avec des ambitions immenses et pas un sou. J'étais donc arriviste : rien ne pouvait compter devant ma volonté forcenée de parvenir au but que je m'étais fixé. Monique pas plus que les autres.

Les échos du suicide de la panseuse parvinrent rapidement à Beaujon, deux jours à peine après cet appel matinal. Une mort simple, aux barbituriques, propre et nette comme le studio de Monique lorsque les flics, prévenus par Madeleine Jeanson étonnée de l'absence de l'infirmière, y pénétrèrent.

Pas de lettre, aucune explication. Seulement un pauvre bouquet de fleurs au pied de la statuette de la Vierge à l'Enfant.

Bien sûr, on procéda à une autopsie qui dévoila la cause secrète du drame, ce magma cellulaire accroché dans le fond de son ventre. Les rapports que j'entretenais avec Monique étaient connus de tous dans le service — Claire même y avait fait allusion lors de notre première rencontre. On m'attribua donc la paternité du fœtus, sans d'ailleurs que cela change quoi que ce fût dans mes relations avec le personnel hospitalier. La vie, la mort, on connaissait à Beaujon. Alors...

J'aurais presque souhaité que quelqu'un, Madeleine Jeanson par exemple, me prenne à part pour parler de ce décès. Mais non. Un silence pudique recouvrit l'affaire plus sûrement que les pelletées de terre des fossoyeurs, et je gardai pour moi l'effroyable sentiment de culpabilité qui me rongeait.

Monique était morte à cause de moi, alors que j'aurais pu empêcher l'irrémédiable en répondant à son appel, en la rejoignant place Clichy. Nous aurions parlé, discuté longuement ; j'aurais fini par vaincre ses réticences, à elle si croyante qu'elle avait songé à fleurir la statue de la Vierge avant de se donner la mort, et elle aurait accepté l'idée d'un avortement. Même si cet acte demeurait illégal, bien introduits dans l'univers médical, nous disposions de certaines facilités... Oui, j'aurais pu. J'aurais dû.

Mais voilà, j'avais raccroché le combiné, dévalé l'escalier de la rue Simart et sauté dans le premier métro pour la porte des Ternes. J'avais négligé sa détresse, sous-estimé son désespoir et balayé d'un revers de main le recours qu'elle pensait trouver en moi. Comme un remords permanent, le sourire de Monique flottait dans mon esprit. Mes longues marches solitaires sous le crachin sinistre de l'automne n'arrangeaient rien.

Sale temps ; l'hiver s'annonçait rude. Heureusement, il me restait le sourire de Claire.

Novembre s'étira, interminable et morose, avant de céder la place à décembre et aux fêtes de fin d'année. Une Bretonne acariâtre avait remplacé Monique au bloc opératoire ; on évitait toute allusion à l'ancienne panseuse du bloc. L'oubli. Seul, peut-être, dans le service, je refusais de l'effacer de ma mémoire ; la trace indélébile qu'elle avait laissée dans mes souvenirs me serait dorénavant comme un garde-fou. Par inconscience, j'étais un jour allé trop loin : cela ne se reproduirait plus, je m'en étais fait le serment. Jamais plus.

Jouant une nouvelle fois contre moi, les hasards du calendrier m'avaient infligé une garde le soir de Noël. Beaujon était sinistre, par cette nuit de réveillon où j'imaginais que l'on s'amusait à l'extérieur.

Dès le milieu de la nuit, les flics du quartier commencèrent de déverser aux urgences leurs cargaisons successives d'ivrognes blessés au cours de rixes dans les bistrots, ou tombés stupidement dans des escaliers.

— Qu'est-ce que ce sera pour la Saint-Sylvestre ! me lança l'une des infirmières. Je suis contente de ne pas être de corvée dans une semaine !

Oui, moi aussi je me réjouissais d'échapper au sordide de ces arrivées en car de police secours pour le réveillon de fin d'année. Ce serait le même cortège de souffrances, les mêmes plaintes sans écho réel chez le personnel infirmier qui rêvait à une dinde aux marrons et à une bûche glacée bien différentes des pitoyables ersatz servis à la cantine de l'hôpital. Puis la pensée de ma mère, seule dans le deux-pièces de la rue Simart, écoutant le programme de Noël à la TSF avant d'aller se coucher dans son lit de veuve, m'attristait. Elle avait refusé les invitations de l'un ou l'autre de ses frères pour demeurer avec le souvenir de Maurice son mari. Plus de six mois que mon père était mort. Déjà.

Le vide qu'il avait laissé derrière lui les premiers temps se comblait lentement, sans pour autant que nous parvenions, ma mère et moi, à oublier le sourire de cet homme généreux. Je tentais de me créer mon propre univers ; ma mère, après de longues semaines d'un désespoir silencieux occupées à entasser dans des cartons les costumes démodés de son mari, avait repris confiance en l'avenir. Toujours vêtue de noir, certes, qu'une touche de gris égayait parfois, elle souriait à nouveau, plaisantant même lors de ses longues haltes chez les commerçants du quartier.

Craignant dans les premiers temps de son veuvage que cette mort subite ne me contraigne à abandonner mes études et ne nous force à changer de vie, elle s'était inquiétée, décidée à chercher un emploi. J'avais alors commencé de travailler à la maternité Toupard, puis abandonné Boulogne pour la clinique des Hortensias, et ma mère avait compris que tout pouvait continuer « comme avant », ou presque...

— Encore un !

Le brancardier haussa les épaules, s'apprêtant à décharger en ronchonnant le dernier blessé de la nuit. La lumière bleutée du gyrophare se perdait dans la clarté hésitante de l'aube. Quelle heure pouvait-il être ? Sept, huit heures du matin ? Les fantômes de la nuit s'évanouissaient : Maurice Dalban, Monique Sidkowski, les morts qui jalonnaient les derniers mois de mon existence reviendraient me hanter plus tard. A présent, j'avais envie d'un café et besoin de quelques heures de sommeil pour échapper à cette humanité tragique.

Joyeux Noël.

Mon adorable mère avait préparé un dîner de gala. Une mousse de foie gras, du boudin blanc truffé à 0,5 % — je n'invente rien, le charcutier affichait cette précision à son étalage — et un rôti comme je les aimais, tendre et juteux. Exceptionnellement, nous ne dînerions pas dans la cuisine, mais dans le salon-salle à manger (ma chambre), retrouvant pour ce soir de fête un usage depuis longtemps perdu.

Ma mère... Il y avait si longtemps que nous n'échangions plus de tendres confidences. Manque de temps, timidité ou points d'intérêt trop différents, toutes les explications étaient possibles. Demeurait de sa part une admiration sans bornes pour son grand fils, mêlée à l'étonnement toujours renouvelé d'en être la génitrice. C'était elle qui avait fabriqué ce futur toubib, ce chirurgien en herbe « qui opère déjà dans une clinique de Neuilly. Les Hortensias, vous connaissez ? Un établissement de grand luxe... ».

Pour moi, elle était une femme de quarante ans que la vie n'avait pas beaucoup gâtée — financièrement, je veux dire ; car ses années de mariage avec Maurice Dalban avaient été heureuses — et dont la beauté s'épanouissait au fil des ans. Parce qu'elle était belle Jeanine Dalban, née Truchot. Les quelques fils gris de ses tempes, loin de l'enfermer sans appel dans la vieillesse, lui conféraient un surcroît de charme. On était à mille lieues et quatre lustres de la petite gamine grandie dans une cour de ferme. Et, n'était la modestie de ses vêtements, on pouvait la croire comblée par le sort.

Elle avait dressé une table somptueuse pour nous qui étions habitués à la toile cirée de la cuisine : nappe blanche et quelques fleurs dans un vase.

— Si ton père était là...

— Ne parle pas de lui, je t'en prie.

— Tu as raison.

En sourdine, la TSF distillait des violons, la retransmission du réveillon d'un grand hôtel parisien. Je lui racontai tout, à mon auditrice attentive. Monique, à mots couverts et en glissant sur ma possible responsabilité dans sa mort ; et Claire, partie pour une quinzaine de jours à Saint-Moritz en promettant de m'envoyer une carte postale.

A minuit, je fis sauter le bouchon d'une demi-bouteille de champagne, dont je remplis les deux coupes sorties pour la circonstance de leur placard. Une bonne année, tous mes vœux, et une bonne santé, surtout... C'est le plus important, n'est-ce pas ?

1960. Un chiffre rond, comme pour marquer le début d'une ère nouvelle.

7

Claire m'attendait dans l'allée menant à l'amphithéâtre de l'hôpital Necker. Nous nous voyions presque quotidiennement depuis le début de l'année, et elle avait absolument tenu à assister à l'oral du concours de l'internat.

— Tu sais qui préside le jury ?

Elle souriait, heureuse, radieuse comme une jeune fille de vingt ans sans souci aucun. C'était là que le bât me blessait un peu. Cette certitude de lendemains sereins, cette confiance absolue en son avenir, voilà ce qui me gênait le plus chez Claire. Libérée des contraintes financières quotidiennes et promise contre vents et marées à achever brillamment ses études de médecine, elle affichait constamment un optimisme béat qui heurtait mon réalisme sans illusions.

— Non. Qu'est-ce que ça change ?

J'étais bêtement agressif, insensible à la douceur nouvelle de l'air en ce début d'avril et au sourire de ma compagne.

— Sur le fond rien. Simplement, sa présence pourra te donner confiance. C'est Jacques Balfleau...

Le chef-adjoint du service, le collaborateur direct de Charles Noblecourt. Il y avait effectivement de quoi se réjouir et je m'en voulus de la hargne affichée l'instant précédent.

— Balfleau ! Tu es sûre ?

Elle me prit par la main pour m'entraîner en direction de l'amphi. Calme et douce Claire, toujours si à l'aise en face de moi, malgré mes maladresses et ma fréquente incompréhension. Le tutoiement avait lentement remplacé le cérémonieux vouvoiement de règle durant les premières semaines de nos relations. Une sorte de pacte tacite s'était également établi, qui nous faisait nous voir chaque jour, l'un attendant l'autre à la sortie de l'hôpital ou de la fac — un pacte qui voulait que rien ne soit tenté qui puisse nuire à notre amitié.

Oui, copain-copain, et pas davantage. Pour le moment du moins, car Claire me laissait parfois entendre que le jour où elle déciderait de se donner à un garçon, il ne lui déplairait pas de me trouver sur son chemin.

J'avais accepté sans trop de difficulté cette convention qui nous poussait vers l'union de l'esprit plutôt que des corps. Même si l'amitié entre un homme et une femme dont l'attirance physique mutuelle était indéniable ne me paraissait pas très viable, je cédai, de crainte de la perdre. Non seulement j'avais de l'affection pour Claire, une tendresse vraie que les mois ne démentaient pas, mais, en outre, je ne perdais pas de vue ma certitude première teintée de cynisme qui voulait que, un jour peut-être, la jeune fille serve à ma carrière.

En attendant, la présence de Balfleau au jury était plutôt de bon augure, encore, ainsi que le disait Claire, que cela ne change objectivement rien au fond du problème : ma prestation à l'écrit avait été moins brillante que je ne l'escomptais et il me fallait donc impérativement me surpasser à l'oral.

Cette épreuve, je l'avais soigneusement préparée, pendule en main devant la glace. Deux fois deux minutes, pas une seconde de plus, pour traiter deux sujets. Cent vingt secondes pour prouver qu'on a tout appris et retenu d'une pathologie.

Claire m'abandonna au seuil de l'amphi. L'oral étant public, elle alla prendre place sur les bancs pendant que je vérifiais mon ordre de passage. Dalayrac et Darnal étaient déjà là, près des listes affichées sur le mur. Eux aussi avaient franchi l'obstacle de l'écrit du mois d'octobre. Pour la première fois, Pierre-Antoine de Darnal me sourit : il avait mieux marché que moi. Mieux marché, Darnal ? Lorsque Dalayrac m'avait annoncé la nouvelle, je n'avais pas voulu le croire. Ce petit signe aimable en était cependant une confirmation indirecte, comme un pied de nez.

Darnal avait surclassé le major de l'externat. Quelle revanche pour lui ! Chacun reprenait la place qui lui était due, les enfants du sérail en tête et le tout-venant anonyme quelque part dans les profondeurs du classement.

Nous étions dix, installés autour d'une grande table dans la salle de préparation, devant les feuilles de papier blanc qu'on nous avait distribuées. Nous disposerions de dix minutes pour préparer les sujets, après quoi, un par un, nous défilerions devant le jury pour les fatidiques deux fois deux minutes.

— C'est long ! Pourvu qu'on n'ait pas de digestif... T'as vu les examinateurs ?

Je hochai la tête. L'inquiétude de Dalayrac rejoignait la mienne ; lui cependant pouvait espérer être rattrapé après une prestation médiocre. Moi pas.

L'assesseur entra :

— Messieurs, les questions... En médecine, complications des oreillons. En chirurgie, signes, diagnostic et traitement des fractures de la diaphyse fémorale. Dix minutes...

C'était comme une bouffée d'air frais. Ces questions, je les connaissais si bien que je n'avais même pas besoin de rédiger mon plan. Puis, un sujet d'orthopédie avec Balfleau au jury ! Je pouvais croire à la chance, désormais. D'autant plus que je l'avais justement assisté, moins d'une semaine auparavant, dans une intervention de ce type. Claire dans le public, le Pr Balfleau pour diriger le jury et des questions comme je les aimais... De quoi redonner de l'espoir aux plus découragés.

Premier des dix, Dalayrac fut appelé pour sa double prestation. Ensuite, ce serait moi. J'aurais dû les trouver trop courtes, ces quatre minutes de répit, mais non. En une étrange résurgence mentale, des images du passé défilaient devant mes yeux. Pas des images, d'ailleurs, mais une scène dérisoire qui avait marqué mon enfance et décidé de ma vocation. Bretonneau, ma mère qui me tenait par la main, et moi apeuré, comme les autres gamins de cette salle d'attente. De l'autre côté de la porte, c'était l'inconnu, la souffrance peut-être durant cette ablation des végétations. J'étais le prochain sur la liste, à quelques instants de savoir, de comprendre enfin ce qui se passait là-bas...

— Dalban !

L'amphi était presque plein. Bon Dieu, ces regards braqués sur moi ! Ces gens qui pour beaucoup me connaissaient, amis ou indifférents, et suivaient mon entrée dans l'arène. Taureau de combat refusant la mise à mort, j'allais me défendre jusqu'au bout, j'en faisais le serment...

Au troisième rang, Claire souriait.

Au centre de l'estrade, on avait installé une table sur tréteaux derrière laquelle se tenait le jury. Pour moi, une chaise et un petit pupitre.

Fasciné par les yeux bleus de Claire braqués sur moi, je trébuchai en descendant les quelques marches menant de la salle des professeurs où nous avions planché jusqu'à l'estrade. Un mouvement de flottement courut dans le public, hilarité retenue qui ne trouva aucun écho parmi les membres du jury. Cette maladresse ne risquait-elle pas de faire figure d'erreur tactique et non pas de perte d'équilibre ? Je prétendais être chirurgien, pas clown.

Tête baissée, Balfleau examinait des feuillets éparpillés devant lui. Deux autres membres du jury discutaient comme si je n'existais pas. A cet instant, je me sentais tout petit, puéril et minuscule en face d'eux qui ne faisaient rien pour me mettre à l'aise. Et cela également faisait partie de la règle du jeu : le candidat n'a pas le droit de se troubler. Il doit demeurer digne, imperturbable, en attendant que lui soit donné le signal de départ.

Le Pr Balfleau daigna enfin me regarder, mais sans chaleur, sans apparemment me reconnaître. Ce type que je côtoyais quotidiennement depuis bientôt un an ignorait avec superbe que, la semaine précédente encore, nous avions longuement discuté devant un café à la cantine de l'hôpital, au sortir d'une intervention délicate. Quelle maîtrise de lui-même...

— Monsieur Pierre Dalban, c'est à vous.

Le plus ancien et le plus titré des examinateurs, il présidait le jury et, à ce titre, appuya sur le chronomètre dont je pouvais apercevoir la trotteuse.

Aucun signe d'approbation ou de sympathie chez lui. Seule une froideur incroyable... Et moi qui me réjouissais naïvement de l'avoir comme juré ! Il fallait que je n'aie encore rien compris au système pour avoir pu croire que ce serait un avantage. Balfleau ne me ferait pas de cadeau. Aucun. Pas même celui d'un sourire de connivence.

Je commençai mon exposé alors que les autres membres du jury poursuivaient leur conversation :

— Certes, les complications des oreillons peuvent être nombreuses, mais deux localisations particulières en font la gravité...

Joli début, non ? J'étais surtout fier du premier mot, ce « certes », tombant comme la conclusion d'une longue discussion initiale. C'était un truc simple d'orateur, un détail auquel il suffisait de songer, que m'avait soufflé Charles Noblecourt en personne lors d'une matinée aux Hortensias.

— Vous accrochez tout de suite votre auditoire, de la sorte. Comprenez-vous, mon petit Pierre ?

Accrocher l'auditoire ! Tu parles... Ils s'en foutaient totalement de ce que je pouvais raconter. Combien étaient déjà passés avant moi, et combien de candidats après ? Blasés et indifférents, voilà ce qu'ils étaient, mes jurés.

— Ce sont l'orchite et la méningite...

Je détournai légèrement la tête pour mieux poursuivre : leur distraction m'était insupportable et je ne me voyais pas parler dans le vide pendant quatre minutes. Claire, elle, écoutait avec attention et ce fut à elle que je m'adressai désormais.

Après une très brève pause — un trou dans le ronron du bruit de fond des candidats — qui ne les fit même pas sursauter, j'enchaînai sur le second sujet pour achever sur un petit coup de chapeau au service de Charles Noblecourt. Si l'étalage de mes connaissances était insuffisant pour les intéresser, un soupçon de brosse à reluire leur plairait peut-être ?

— En conclusion, nous pouvons dire qu'avec les méthodes chirurgicales modernes le pronostic de ces fractures diaphysaires a été considérablement amélioré.

Un grand moment de blanc. C'était fini, j'avais terminé... Ohé, du jury ! Ils n'avaient pas écouté un mot de ce que je venais de leur débiter... Pas une syllabe ! J'aurais pu leur lire le *Figaro* du jour ou leur réciter une fable de La Fontaine, le résultat eût été sombrement identique.

Seul, peut-être, Balfleau avait prêté attention à mon exposé.

— Merci, monsieur Dalban.

Claire remontait déjà l'escalier de l'amphi. Je sortis par la porte latérale afin de la retrouver à l'extérieur.

Douceur du temps presque chaud... Je respirai à grandes goulées l'air du printemps, trop heureux de revoir le jour après cette épreuve. Il fallait que je fasse le vide dans ma tête, que j'oublie ces quatre minutes passées devant le jury.

Claire courait vers moi, belle dans sa jupe plissée bleu marine qui la rendait plus juvénile encore.

— Alors ?

— Très bien. Je crois que tu n'as rien oublié...

— Mais ils ne m'ont même pas écouté ! Et Balfleau... Je le retiens, lui ! Il aurait pu...

— Pierre... Balfleau va bientôt obtenir son propre service. Il ne pouvait pas te pousser, tout cela est de la haute politique. Le favoritisme n'est admis que pour certains.

Je connaissais tous les dessous des cartes sans pourtant cesser de m'étonner. La franchise de Claire me heurtait, alors qu'elle ne faisait qu'expliquer clairement ce que je savais depuis le début de mes études.

— Tu crois que ça va marcher ? Puis non, je m'en fous ! On va au cinéma. On reviendra tout à l'heure, pour l'affichage des résultats.

A ce moment-là, j'étais sincère, je m'en foutais. La médecine et son cortège de privilégiés dont je ne faisais pas partie m'indifféraient. Ce détachement ponctuel ne durerait que le temps d'un film des Marx Brothers, au Racine, sous-titré par Pierre Dac, et s'évanouirait devant la liste des résultats.

Jean Dalayrac et Pierre-Antoine de Darnal avaient obtenu la note maximum, et moi un 4 qui m'ôtait tout espoir de nomination, quelle que soit ma performance à l'écrit. Le major de l'externat s'était fait étendre au concours de l'internat. Exit Pierre Dalban.

A trois pas derrière moi, Claire demeurait silencieuse. Elle ne s'était même pas approchée de la feuille dactylographiée portant les notes des candidats, comme si elle savait, comme si tout était joué par avance.

Pourtant, je connaissais les questions sur le bout des doigts, je n'avais rien oublié, je n'avais pas bafouillé stupidement, je n'avais même pas consulté ma feuille de brouillon, parlant sans papier. Pourtant Balfleau était président du jury, et il m'aimait bien. Pourtant... J'aurais pu aligner ainsi des pages et des pages de bonnes raisons justifiant mon admission. Tout plaidait en ma faveur, malgré mon classement moyen à l'issue de l'écrit. Tout, excepté le fait que je n'étais que Pierre Dalban et qu'on ne nomme pas des Pierre Dalban à leur premier concours. Chienne de vie...

— Viens, ne reste pas là...

— Fous-moi la paix !

Je me dégageai brutalement de la main de Claire. Sa sollicitude, à elle qui franchirait haut la main l'année prochaine le même obstacle devant lequel je venais de chuter, m'était insupportable. Mais je regrettai aussitôt ce mouvement d'humeur. Même si elle s'était doutée que cela ne marcherait pas, elle ne m'en avait pas moins laissé espérer, sans bloquer mon enthousiasme ni casser ma joie.

— Pardon, Claire...

Timide, elle se rapprocha. Je ne pouvais tout de même pas froisser ma seule amie dans ce milieu ! Puis, surtout, je n'en avais pas envie ; je m'étais attachée à Claire, plus fortement que je ne l'aurais d'abord pensé. Amoureux, Dalban ?

— Qu'est-ce que tu vas faire ?

— Continuer, évidemment. L'ennui, c'est que j'avais besoin non pas du titre d'interne, mais des mensualités qui s'y rattachent...

— Je sais. Mais quoi qu'on en dise, il n'y a pas que des fils de patrons parmi les internes. Il faut parfois savoir attendre son troisième ou quatrième concours...

Troisième ou quatrième concours ! Peut-être souhaitait-elle me consoler, m'encourager en disant cela ? Le résultat n'était pas à la hauteur de ses espérances. Attendre trois ou quatre concours signifiait continuer de mener cette vie d'externe pendant autant d'années. En juin, après un an chez Charles Noblecourt, je devrais quitter le service d'orthopédie de Beaujon pour un autre établissement. Qui savait sur qui je tomberais ? Les avantages acquis chez le Mandarin, les matinées aux Hortensias et l'enseignement que j'en tirais, tout cela allait être remis en question... Puis j'avais déjà fait une année de chirurgie, ce qui est un maximum en externat : il me faudrait maintenant postuler dans un service de médecine.

Trois ans ! Non, ce n'était pas possible ! J'aimais ce métier plus qu'aucun autre, il m'était un plaisir sans cesse renouvelé, mais les gardes de nuit auraient raison de ma résistance physique avant le terme de ce délai.

Oh, bien sûr, j'avais le choix. La médecine ne se réduisait pas à la seule chirurgie et j'avais la possibilité de poursuivre mes études sans ce titre d'interne. Médecin de quartier, comme le père d'André Lévy, ou anesthésiste, comme Claude Bernstein, voilà ce à quoi je pouvais prétendre, ce à quoi j'avais droit. Mais ce n'était pas cela que je voulais, pas cela pour quoi j'étais fait. Les mots de Noblecourt lors de notre premier entretien boulevard Saint-Germain, ses phrases à l'ironie si dure me revenaient : « Les hommes en blanc qui tiennent la vie au bout de leur bistouri, ça peut sembler exaltant, je vous l'accorde, mais la route est longue, Dalban, très longue... »

Il avait raison, le patron. J'avais cru en avoir parcouru un bon bout, de cette route, avec ma première place à l'externat ; il me fallait aujourd'hui convenir qu'il n'en était rien. Je ne chutais que de plus haut. Le bon sens était de me soumettre, de continuer mes études en acceptant qu'un jour la divine récompense d'un succès à l'internat vienne modifier mon cheminement, mais sans plus être obnubilé par cette réussite.

Dalayrac et Darnal seraient considérés dès ce soir comme internes des hôpitaux de Paris. Je n'en éprouvais aucune jalousie, aucune aigreur, seulement une infinie tristesse. C'était le jeu ; ils avaient gagné parce qu'ils appartenaient au milieu qui en édictait les règles. Claire, qui savait, n'avait marqué aucune surprise devant les résultats parce qu'ils étaient inéluctables. Je n'avais pas démérité ; j'étais condamné sans jugement ni appel possible. Maigre consolation.

— Qu'est-ce que tu vas faire, Pierre ?

— Rentrer chez moi et éviter d'apercevoir la bouteille de champagne que ma mère a déjà mise au frais. Elle y croyait, elle...

Comme moi, d'ailleurs. La naïveté du bon peuple, sans doute !

— Il ne faut pas être amer. Pas toi... Tu es l'un des meilleurs, Pierre, et il n'y a aucune honte à trébucher là où Dalayrac et Darnal ont réussi du premier coup. Vous ne partiez pas à égalité de chances.

Il valait mieux que je rentre rue Simart. Tout ce qu'elle aurait pu ajouter n'aurait fait que m'enfoncer davantage dans mon cafard. J'étais l'un des meilleurs, je le savais et mes professeurs également, mais... Trois ou quatre années de patience, monsieur Dalban. Ensuite, nous verrons.

Les manifestations d'Alger faisaient les grands titres des journaux. L'agitation gagnait la France dont la déchirure s'accentuait. J'avais vécu toute cette année hors du chaos du monde et sa folie soudain m'éclatait au visage. L'Algérie et l'internat... Deux univers si différents, si éloignés l'un de l'autre, mais où régnait pourtant la même guérilla.

Saloperie de système !

8

Epouser Claire Noblecourt, là était la solution.

L'alternative se résumait en termes simples : attendre trois ou quatre ans, voire davantage, pour être nommé à l'internat, ou devenir le gendre d'un mandarin et entrer ainsi dans le sérail par la petite porte. Dès lors que la question était posée, il n'y avait plus à hésiter.

Moins cynique qu'il n'y pouvait paraître à première vue, le raisonnement qui m'avait conduit à ce dilemme avait été pesé au cours d'une nuit d'insomnie. La situation était simple, en réalité. Seul, je possédais les capacités nécessaires pour parvenir au but, et cependant on m'en empêcherait durant de très longues années encore. Il me fallait donc soit abandonner, soit tenter de contourner l'obstacle. Dans cette seconde hypothèse, au bout du couloir, se dressait la silhouette de Claire...

Depuis longtemps, depuis peut-être les premières classes de Condorcet, j'avais ravalé toute notion de fierté gratuite. J'étais orgueilleux, certes, mais par là même décidé à faire passer la fin avant les moyens. Forcé et contraint moi-même par les circonstances, il m'apparaissait normal de plier à mon intérêt ce qui était à ma portée. Poussé à l'extrême, ce raisonnement avait débouché sur le drame de Monique, toujours présent en moi comme une plaie béante. En l'occurrence, il n'était pas question de vie ou de mort — l'analogie ne tenait pas.

Epouser Claire Noblecourt.

Simple comme toutes les grandes idées, ce projet avait

également l'avantage d'être réalisable. Pas en me rendant d'emblée, gants blancs et costume sombre, faire ma demande faubourg Saint-Germain. Non, je devais m'arranger pour rendre cette union indispensable ou, plus modestement, inévitable. Parce que Claire elle-même ne ferait aucune difficulté. Sans que nous ayons jamais abordé la question de front, certaines de ses allusions, certaines remarques signifiaient son attachement grandissant pour moi. Du flirt étudiant au mariage, il subsistait bien un fossé, mais je me sentais de taille à le lui faire franchir dans mes bras ! La revoilà, la vanité masculine. Qui est donc ce grand raté prétentieux prêt à envisager sans rire d'épouser la fille de son patron ? Pour qui se prend-il, ce nigaud ?

Assurément, nous nous aimions. Le grand mot était lâché ! Il existait de l'amour entre nous. Spontané comme une première passion et débordant chez elle ; plus réfléchi, calculé peut-être, et néanmoins sincère de ma part. De l'amour tendresse, celui qui préside généralement aux mésalliances et entraîne les riches héritières dans les histoires les plus folles. De l'amour.

Le point gênant était que nos rencontres avaient toujours eu lieu sinon sous le sceau du secret le plus absolu, du moins dans la discrétion. Le Mandarin en ignorait tout, ce qui ne facilitait évidemment pas l'aboutissement de mon projet ; il fallait donc qu'il l'apprenne — et qu'il l'apprenne de la bouche de Claire.

Avec son brave bon sens, mon ami André Lévy qui eut la primeur de mon projet objecta aussitôt :

— Mais Noblecourt n'acceptera jamais ! Sa fille ne peut pas épouser Pierre Dalban... lequel, pour ne rien arranger, vient d'échouer à l'internat !

Un Pierre Dalban ne saurait être admis à l'internat à son premier concours, voyons. Et on n'épouse pas un Pierre Dalban. Alors qu'est-ce qu'il lui restait à Dalban ? Les infirmières du service de médecine où il demeurerait externe à vie ? Merci de la précision, Lévy...

— Il ne faut pas m'en vouloir, Pierre. Tu sais comme moi que c'est un projet irréaliste. Vous vous entendez bien, vous sortez ensemble, et après ? Evidemment, si Claire tombait enceinte, tout pourrait changer, mais...

Rendre cette union inévitable, avais-je dit. Les termes employés par André étaient moins élégants, mais nos grands esprits se rencontraient, prouvant peut-être qu'à vingt ans, nous étions tous aussi pourris. Je me sentais lâche, je me dégoûtais même un peu, seulement nécessité faisait loi.

Faire un enfant dans le dos... Merveilleuse expression qui, relents sodomites mis à part, s'appliquait parfaitement au cas présent. J'allais faire un enfant dans le dos à Claire, un poupon qui scellerait notre union.

« C'était un temps déraisonnable... », affirmait l'autre poète communiste, entre mauvaise foi et talent. Pourquoi, en ces jours de folie, d'hystérie collective, en cette veille de semaines tragiques, ne serais-je pas aussi aussi fou que les autres ? Au moins ma démence me servirait-elle.

Trop fatigué pour continuer de lutter seul, j'aspirais étrangement, malgré mon individualisme forcené, à devenir deux. Un bloc sûrement plus compact, plus fort, plus résistant aux intempéries. Un couple.

André suivait sur mon visage les progrès de mon raisonnement. Lui m'approuvait. Adjugé, vendu : j'allais l'épouser, la fille unique de Charles Noblecourt !

Au début du mois de juin, je quittai le service d'orthopédie de Beaujon pour l'Hôtel-Dieu et le service de pneumologie du Pr Gamelin — comme le général, oui, mais personne n'osa jamais mentionner une possible parenté entre les deux hommes. Exceptionnellement, Charles Noblecourt me garda auprès de lui aux Hortensias, quoique je ne fasse plus partie de ses étudiants.

— Au moins jusqu'à la rentrée, mon petit Pierre. Vous comprenez, vous êtes tout à fait rodé à mes méthodes, ce qui ne sera pas le cas de votre remplaçant.

C'était gentil et pas seulement guidé par la charité. Si le Mandarin savait que ses enveloppes m'étaient indispensables, il n'aurait cependant rien fait pour continuer à me les verser si mon travail ne lui avait pas donné satisfaction. Non, il était content de moi, simplement et pas décidé à tenter l'aventure d'un nouvel assistant.

Comme toutes les jeunes filles de bonne famille, Claire partit pour La Baule, dans la maison des Noblecourt qu'elle désigna d'un trait de crayon sur une carte postale, au coin du canal d'entrée au port, en face du Pouliguen.

« Vivement la rentrée ! Je t'embrasse. Claire. »

Je l'attendais également avec impatience, cette rentrée. S'établissait pour le moment un statu quo figé dans la chaleur de l'été, mais qu'il était dans mon intention de bousculer dès les premiers jours de septembre. Claire regagnerait la capitale fin août et les lettres qui suivirent cette carte postale répondirent à l'empressement de mes messages.

Ensuite ? Eh bien ce serait à moi de manœuvrer habilement, au mieux des intérêts de chacun...

Les jeunes touristes avaient à nouveau envahi Paris, Danoises blondes et Italiennes brunes. Durant ces semaines de vague à l'âme où Claire se prélassait sur le sable toujours humide de La Baule, je plongeais avec délices dans les lits des hôtels du quartier Latin qu'elles avaient, brunes ou blondes, généralement choisis. En fait, c'était le plus souvent des cheveux clairs qui parsemaient mes oreillers. Aucune préférence formelle, aucun fétichisme là-dedans — je demeurais éclectique dans mes goûts —, mais la conséquence d'un fait de société.

Dans nos pays latins — France comprise —, les filles restaient sages. Oh, ce n'était plus le pucelage conservé précieusement pour la nuit de noces, non, cependant la virginité, quoiqu'un peu dévaluée, demeurait une valeur sûre dans une certaine bourgeoisie. Sur l'acte sexuel planait le spectre de la grossesse non désirée. L'odieux « polichinelle dans le tiroir » était le plus ferme repoussoir des amours adolescentes.

En 1961, l'avortement était encore un crime passible des tribunaux et de la prison — ce qui n'empêchait guère les faiseuses d'anges d'expédier au paradis près de 400 000 candidats à la vie chaque année. L'énormité de ce chiffre se situait bien à la hauteur de l'hypocrisie d'une société qui laissait se perpétrer de tels actes — sans parler des complications et des conséquences médicales de ces avortements clandestins. L'aiguille à tricoter n'avait rien d'un instrument de chirurgie...

Bref, en dehors des épouses volages, des célibataires trentenaires ou de quelques frondeuses, il ne restait aux jeunes virilités que l'amour vénal ou les touristes venues de pays plus évolués. Et encore fallait-il leur plaire : les déconvenues étaient monnaie courante. Quoi qu'il en soit, les nuits se prolongeaient souvent, délicieuses, fenêtres ouvertes sur le Luxembourg ou sur la rue Mazarine.

Au son des guitares électriques, le rock et le rythme syncopé de la voix d'Elvis Presley déferlaient sur l'Europe, que commençaient à troubler les échos des premières manifestations de rue parisiennes. Algérie française contre indépendance : un combat d'arrière-garde s'engageait. Un combat dont seules les victimes comprenaient l'inutilité. Attentat contre un café d'étudiants à Alger, ratonnade dans les rues de Belleville, à la violence stupide et aveugle répondait une autre violence au racisme sournois. Une sale guerre, vraiment.

Mais Paris au mois d'août, mais les jambes nues des filles que la mode dévoilait peu à peu — robes à volants et talons hauts —, mais la musique tard au creux de la nuit, mais les rues animées... Paris.

— Tu devrais partir quelques jours, Pierre, me répétait ma mère. Ton grand-père serait si heureux de te voir !

— Pas le temps, maman. Vas-y, toi. Tu peux très bien me laisser et tu as vraiment besoin de repos.

Je demeurai seul dans la ville : Charles Noblecourt avait rejoint sa famille pour le mois ; les Hortensias tournaient au ralenti et les tuberculeux de l'Hôtel-Dieu avaient quitté le service pour les sanatoriums de province.

J'étais libre, et j'en profitai pour vivre cent mille existences.

Avec la rentrée, c'était évident, resurgiraient les questions demeurées en suspens. Puis, si mon projet secret concernant Claire se concrétisait, j'allais être contraint de me ranger, de m'assagir. Un père de famille, gendre d'un mandarin de la réputation de Charles Noblecourt, ne pouvait plus se permettre les frasques d'un Pierre Dalban.

Tiens, au fait, voilà ce qu'il avait, Dalban, son seul avantage sur les enfants du sérail : la liberté.

Septembre. Mission accomplie. Comme le pilote d'un bombardier de retour de vol, je pouvais établir un bilan de ma course. Objectif atteint ; ne restait qu'à attendre les résultats.

Oh, le salaud ! Je me sentais sale, crasseux de l'intérieur comme un violeur après son crime. Pourtant, il n'y avait pas eu viol, Claire était consentante — heureuse, même, de se donner à moi. J'essayais de dissimuler mes remords sous une carapace de cynisme. Parce que remords il y avait. Tromperie sur la marchandise : je lui promettais de l'amour, et dans la réalité il se mâtinait d'un intérêt sordide. Comment appelle-t-on cela, en termes juridiques ? Je n'étais qu'un petit escroc minable. Certes, elle avait pris du plaisir ; pudique et timide, elle en avait réclamé davantage. Et cependant, je culpabilisais. J'aurais dû lui dire, tout lui avouer jusqu'au moindre détail de ce projet insensé, mûri pendant qu'elle dorait sa peau soyeuse sous le soleil de La Baule.

De sombres réminiscences se glissaient devant mes yeux. A l'image du corps nu de Claire que je caressais tendrement s'en superposait une autre : Monique, nue également, qui se creusait sous ma main. Avais-je réellement fait les mêmes gestes, effleuré les reins de l'une comme je flattais le ventre de l'autre ? Avais-je prononcé les mêmes mots ?

Je ne parvenais pas à le croire. Etablir un parallèle entre ces deux femmes était une entreprise absurde. Les gestes et les mots de l'amour physique ressemblent à s'y méprendre à ceux de l'amour tendresse, l'esprit seul change. Avec Claire, je ne mentais pas.

— Tu m'aimes ?

— Oui.

— Dis-le... Dis : « Je t'aime »...

— Je t'aime.

Salaud ! Suborneur de jeunes filles, maniaque pervers. Arriviste ! Mais non, pas seulement. Amoureux aussi. Je l'aimais, c'était vrai, je peux le jurer sur la tête de ce que j'ai de plus précieux. Dans la chambre mise à notre disposition par Catherine Level, une de ses amies, durant cette nuit où les échos de la ville parvenaient jusqu'à nous par les baies vitrées ouvertes sur les Invalides, lorsque, premier, je me fondis en elle, je l'aimais.

— Il paraît que vous voyez beaucoup ma fille, mon petit Pierre ? Elle est bien jeune...

Sans être une réflexion teintée de reproche, la petite phrase du Mandarin n'était tout de même pas anodine. Puis elle n'avait rien à faire dans le courant de l'intervention que nous poursuivions aux Hortensias.

Il ne pouvait pas savoir, pourtant. Depuis une semaine, Claire était ma maîtresse, comme on dit dans les romans roses. Nous nous retrouvions chez Catherine dont les parents, diplomates en poste à l'étranger, avaient déserté Paris et leur appartement. Arrivée discrète, en échelons séparés, et départ semblable, moins d'une heure après. Non, il ne pouvait pas savoir, le patron. D'ailleurs il sembla même avoir oublié jusqu'à ses paroles durant la fin de l'opération.

— Contrôle radio... C'est bon, non ?

La fracture du tibia apparaissait parfaitement réduite sur les clichés, les deux fragments d'os enfilés telles des perles sur le clou centro-médullaire que le chirurgien venait d'introduire dans le tunnel occupé par la moelle.

— Maillet ! Vous voyez, Pierre, il faut prendre soin que la tête du clou ne dépasse pas, en haut. Les conséquences ne seraient pas dramatiques, mais il en résulterait tout de même une gêne fonctionnelle. Claude ! Il se réveille, et je n'en ai pas tout à fait terminé. Tu veux bien...

Bernstein réinjecta dans le bras perfusé du patient une petite quantité d'anesthésique. Depuis quelques secondes, effectivement, le jeune homme était agité de légers soubresauts trahissant son retour à la conscience.

— Merci, Claude. Contrôle radio, à nouveau...

Repris, comme le Mandarin, par le fil de l'intervention, je respirais mieux. Fausse alerte. Cette allusion à mes relations avec Claire ne visait à rien, aucune mise en garde ; simple constat d'un fait qu'on lui avait sans doute signalé. Il était vrai que, depuis que nous avions fait connaissance ici même, aux Hortensias, il ne s'était guère passé de jours au cours desquels je n'avais pas rencontré la jeune fille. Quelqu'un, un prof de la fac ou une relation du Mandarin, avait pu nous rencontrer à plusieurs reprises et en informer Charles Noblecourt.

— Vous refermez, Pierre.

Venait l'instant que je préférais, celui où je me retrouvais seul devant le corps endormi du patient. Le Pr Noblecourt passait dans la pièce voisine, ou montait dans les étages de la clinique pendant que j'achevais, aidé par l'instrumentiste ou la panseuse, de recoudre la plaie.

Hasardeuse les premiers temps de Beaujon, ma technique des sutures s'était affermie et je me flattais de réaliser les plus belles cicatrices du service. Fines et peu visibles. Bien sûr, elles dépendaient également de l'ouverture qui avait été pratiquée ; nous vivions une époque charnière où les chirurgiens ne se contentaient plus de réparer, mais tentaient également de limiter les dégâts esthétiques possibles.

Pionnier en ce domaine comme en beaucoup d'autres, Noblecourt n'hésitait pas à diminuer son espace d'ouverture, et donc le champ opératoire, dans le seul but de rendre la cicatrice moins disgracieuse. On se rapprochait de ce à quoi j'aspirais, de cette chirurgie que l'on disait réparatrice. On n'en apercevait encore que le côté superficiel — le nez des actrices —, en omettant l'aspect humain de ces interventions. Combien de blessés de la route auraient pu retrouver un visage humain, si on les avait confiés à des plasticiens ? Mais c'est une autre question...

Je terminais de m'habiller quand Noblecourt me rejoignit dans le vestiaire. En général, c'était alors que prenait place le cérémonial de l'enveloppe, mais là le patron attaqua d'emblée :

— Vous ne m'avez pas répondu tout à l'heure, Pierre ?

Qu'est-ce qu'il voulait ? Pas répondu à quoi, moi qui buvais toutes ses paroles comme une liqueur divine ?

— On vous voit beaucoup avec Claire, reprit-il. L'année dernière j'avais fermé les yeux, mais il ne faudrait pas que... Vous savez ce que sont les enfants, les jeunes filles surtout...

Non, je ne savais pas. C'était la seconde fois que Noblecourt employait cette formule devant moi. En réalité, je ne savais pas *encore* ce qu'étaient les enfants, mais je n'allais peut-être pas tarder à l'apprendre, en même temps qu'il apprendrait ce qu'étaient les petits-enfants. Enfin, il était délicat de le lui annoncer ainsi ; d'autant que je n'étais certain de rien.

Il poursuivait, les yeux dans le vague, le droit fil de son idée :

— Elles s'imaginent Dieu sait quoi, dès lors qu'elles sont en présence d'un garçon séduisant. Car vous êtes séduisant, mon cher Pierre. Alors, je vous le demande comme un service, limitez vos relations avec Claire... Tout cela ne rime pas à grand-chose, vous en conviendrez.

L'enveloppe, et à bon entendeur, salut !

Premier avertissement, qui tombait d'autant plus juste que mes relations avec Claire, comme il disait, venaient de prendre un tour nettement plus sérieux. Il l'ignorait encore, et quand il l'apprendrait... Je venais d'avoir, avec le sourire et la gentillesse d'une première remarque sans frais, l'ébauche de ce que pouvait être une remontrance du Mandarin.

Après tout, rien ne m'obligeait à l'entendre. J'étais libre, majeur et je n'appartenais plus à son service. Tout ce que je risquais c'était de perdre cette place aux Hortensias. Mais il y avait Claire. Et mon but, c'était elle. La prière formulée par son père n'augurait rien de bon pour la suite des événements. Tout raconter à Claire, ou garder le silence pour nous préserver encore quelques semaines de paix ? Je préférais me taire pour éviter de l'inquiéter, par lâcheté aussi.

— Pierre, je voulais te dire, je crois que...

Le téléphone, la voix d'une jeune fille hésitant sur les mots à employer, pudeur et appréhension mêlées ; comme un film connu par cœur, je ressentais la pénible impression de revivre une scène tragique, vieille de moins d'un an : Monique au téléphone, m'annonçant sa grossesse. Mais aujourd'hui, il s'agissait de Claire que j'aimais. Tout était différent. Je percevais sa réserve dans le silence qui se prolongeait. Elle commença une phrase, puis se ravisa :

— Non, pas au téléphone. Dans une heure, chez Catherine ?

— J'y serai.

Jupe plissée bleu marine, imperméable de même couleur et, note de gaieté ? un gilet gris anthracite sur son chemisier blanc. L'ancienne élève des Oiseaux se retrempait dans son enfance, signe patent d'un malaise. Baisers tendres, caresses, j'avais le cœur qui battait un peu fort, persuadé de connaître la fin du film.

— Je crois que je suis enceinte !

Elle s'était lancée pour parvenir au bout de sa phrase, timide au point d'en être à peine audible sur le dernier mot. Mais je savais déjà. Ainsi donc, ça y était. Ce que j'avais voulu, conçu au sens propre, se matérialisait. Je m'étais, à force d'y songer, tellement habitué à cette possibilité que je m'étonnai de l'émotion ressentie... Le suborneur-profiteur cachait-il donc un cœur, sous sa blouse d'externe ? Fleur bleue pas arrachée, plate-bande sentimentale pas totalement piétinée, j'étais fier et heureux comme tous les futurs pères.

— Tu es sûre ? C'est... Claire !

Tendresse et baisers à nouveau. Je dépassais le cap de la surprise pour compter sur mes doigts. Fin août-début septembre. Nous étions mi-octobre. Un mois et demi...

— Je suis très... régulière, d'ordinaire. Ce retard ne peut pas...

Elle rosissait, mignonne, comme honteuse d'aborder un tel sujet devant un homme. Il fallait que je l'aide, seconde partie du projet, et que je lui fasse accepter cet enfant.

— Je comprends.

— Je crois que ça s'est passé la première fois, au retour de La Baule. Tu avais pourtant fait attention, n'est-ce pas ?

— Je te le promets.

— Qu'est-ce qu'on peut faire ?

Après l'étonnement, la crainte.

Sans la brusquer, en lui montrant bien toutes les facettes, plaider le mauvais pour obtenir le bon, enfin, le bon que je souhaitais.

— Toi seule as le droit de choisir, ma chérie. Il faut voir les choses en face, le garder est impossible. Je ne suis rien, Claire, et Dieu sait combien de temps je mettrai encore avant de réussir mon internat ! Ce serait de la folie que de...

— Mais je t'aime, Pierre !

Ouf ! La réaction qu'il fallait au moment nécessaire. Elle m'aimait. Obstacle Claire franchi. Une nouvelle fois, je me surprenais à ironiser comme un pauvre type. Fallait-il que j'aie de la difficulté à avaler la pilule de ma soi-disant indignité, pour être contraint à cette mascarade intellectuelle. De pirouette en pirouette, j'allais certainement me casser la figure avant peu si tout ne se décantait pas rapidement. Partagé entre mon affection réelle pour Claire et l'hypocrisie de mon projet, je ne trouvais refuge que dans des bravades de café du Commerce, et encore, à mon propre usage, incapable que j'étais d'affronter la réalité.

Moi, le petit externe minable du XVIIIe arrondissement, je venais de faire un enfant à la fille d'un mandarin. Combien d'autres, avant moi, avaient rêvé de ce biais pour contourner les barrières dressées devant eux par le système médical ? Beaucoup, sans doute, sans compter ceux qui avaient concrétisé ce fantasme. Et voilà qu'à la veille d'obtenir ce que je voulais, je flanchais à force de scrupules de conscience ! Impardonnable. Qu'aurait-il fait à ma place, le bon Charles Noblecourt, pétri de rectitude d'intentions jésuites ? Il aurait foncé dans le tas, confiant peut-être ses remords au curé de Saint-Honoré-d'Eylau. Et encore... Les scrupules ont du bon, parfois, les soirs d'ennui.

Insister à nouveau, mais avec tact.

— Tu sais, j'ai des amis internes en gynéco. Je peux leur demander, ça n'est pas dangereux...

— Oh, Pierre ! Tu es gentil de me laisser le choix, mais c'est tout décidé. Et toi, que veux-tu ?

— Te garder.

Superbe, non ? Le mot de la fin, piqué dans Delly ou un vieux numéro de *Cinémonde*. Mais quel impact, quelle retenue, et, en même temps, quel aveu dans cet infinitif ! Ah ça, je pouvais être fier de moi, il était difficile de trouver mieux. Et j'étais sincère ! Croix de bois, croix de fer, je voulais y échapper, à l'enfer, pour atteindre rapidement le paradis de l'internat, ce pays mystérieux où les mandarins règnent de père en fils. Le mariage, fût-il une mésalliance, en ouvrait également les portes.

9

— Vous désirez ?

Merveilleux ! Depuis près d'un an que j'assistais régulièrement le Pr Noblecourt aux Hortensias, c'était la première fois que le dragon préposé à la réception levait spontanément le nez de son journal de mode lorsque j'entrais. En ce jour à marquer d'une pierre blanche, j'acquis la certitude que les miracles existent, la preuve... J'aurais tellement aimé savoir comment la réceptionniste se comportait avec les clients de la clinique — j'avais appris à ne plus dire les patients, imitant en cela mon patron —, ces gens qui acceptaient de payer si cher pour être opérés par le Mandarin. De la même manière, sans doute ; sa misanthropie n'était probablement pas même liée à la situation des interlocuteurs. Sourire aimable de ma part, celui que je lui dédiais chaque jour sans le moindre succès, avant de me diriger vers l'escalier menant au bloc.

— Où allez-vous ?

Elle avait décidé de battre tous ses records, la vieille. Une mauvaise nuit, peut-être ?

— Eh bien, je descends au bloc. Je suis Pierre Dalban, l'assistant de M. Noblecourt.

— Non.

Elle se leva pour m'ouvrir grande la porte vitrée du hall, en un geste plus que significatif : visiblement, je n'étais pas le bienvenu aux Hortensias...

— Comment non ?

— Vous ne le savez pas ? M. Noblecourt a décidé de se passer de vos services. Un nouvel étudiant est arrivé ce matin afin de vous remplacer. Je pensais que vous aviez été prévenu... Sans doute ne possédez-vous pas le téléphone ?

Et toc ! Je n'avais pas besoin de réfléchir longuement pour saisir ce qui se dissimulait derrière cette exclusion : Claire avait dû parler à ses parents. Cette scène qu'elle appréhendait tant et remettait depuis trois jours, depuis son aveu chez Catherine, cette explication familiale avait sûrement été plus difficile encore qu'elle ne le craignait. Conséquence première, j'étais désormais *persona non grata* à la clinique. Fini les enveloppes, terminé, surtout, l'enseignement sans prix dispensé par l'exemple du Mandarin.

Il fallait que je voie Noblecourt sur-le-champ. Non pas pour le faire revenir sur sa décision, mais pour lui parler de Claire, de l'avenir.

— Impossible, vous le savez bien. C'est l'heure de la visite. Vous devez partir maintenant, vous encombrez le hall de la clinique !

Encombrer le hall... Cinquante mètres carrés de marbre immaculé, meublés du seul bureau de réception et de trois fauteuils d'accueil. C'était tout ce qu'elle avait inventé afin de me congédier !

Claire. Pourquoi ne m'avait-elle pas appelé ? Ses parents ne l'avaient tout de même pas enfermée ? On n'était plus à l'époque de ces châtiments d'un autre âge ! Et pourtant, le rigorisme puritain du Mandarin devait facilement s'accorder de ces méthodes.

La voix neutre du maître d'hôtel des Noblecourt ne me laissa aucun espoir.

— Mlle Claire ne peut pas vous parler.

— Mais je peux lui laisser un message ? Vous le transmettrez, n'est-ce pas ?

— Je crains que ce ne soit impossible. Au revoir, monsieur.

Comme dans un conte d'enfants, à ceci près que le vilain roi empêchait le berger d'épouser la princesse et la cloîtrait. Je voyais le dénouement heureux de mon histoire d'amour s'éloigner à tire-d'aile. Pierre Dalban demeurerait Pierre Dalban, sans transfusion de privilèges, sans l'adjonction des possibilités de Claire Noblecourt.

Et cet enfant auquel je rêvais chaque nuit depuis que Claire me l'avait annoncé, cet enfant retomberait dans le néant. C'était peut-être cela le plus sinistre de l'affaire.

Elle, lui, moi... Je tournais en rond sans plus contrôler les événements. Ma carte, je l'avais jouée dès le départ, en espérant — croyant ? — qu'elle serait assez forte pour emporter la décision. Et le Mandarin était intervenu, dont j'avais sous-estimé la capacité de réaction. Viré des Hortensias comme un malpropre, contraint au silence faute d'interlocuteur, je subissais à nouveau le coup du concours de l'internat : un jugement sans possibilité de défense.

Enfermé dans ma chambre, plongé dans l'angoisse j'attendais.

Sa voix, la voix du patron chez moi, dans la petite entrée de l'appartement du quatrième étage, rue Simart, me fit l'effet d'une hallucination auditive.

— Vous êtes bien Mme Dalban ? La mère de Pierre Dalban ?

— Oui, qu'est-ce que... ?

Une nuance d'inquiétude dans le ton de ma mère devant la question de cet inconnu trop bien habillé pour le quartier, trop distingué pour avoir gravi notre escalier à odeur de chou. Si elle ne m'avait pas su à quelques pas d'elle, de l'autre côté de la porte, dans la salle à manger-chambre, elle aurait été folle d'inquiétude. Mais voilà, j'étais là, étrangement taciturne, et cependant présent.

— Je suis le Pr Charles Noblecourt. Votre fils était externe dans mon service, à Beaujon...

Soulagement. L'homme n'était pas un policier — avec ces événements on pouvait s'attendre à tout, et son Pierre était si jeune, si prompt à s'enflammer. Il aurait pu, qui savait, coller des affiches, par exemple ? Non, ce monsieur était docteur, un chirurgien, le patron de Pierre.

— Entrez, je vous en prie.

J'avais honte, soudain. Une gêne folle que le Mandarin en personne s'introduise de la sorte chez nous. Où pouvait-elle le faire entrer, sinon dans la cuisine, sa pièce à elle ? Noblecourt assis sur une chaise en lamifié entre l'évier et le réfrigérateur... Par la fenêtre montaient les cris des gamins de la rue. Le peuple, professeur, c'est cela. Des odeurs, une table de cuisine et des enfants bruyants. Rien à voir avec les parfums discrets et le mobilier d'époque de votre appartement, boulevard Saint-Germain.

Contrastant alors avec l'enthousiasme de ma mère lui proposant du café, il me sembla percevoir, à travers la mince cloison, une fêlure dans la voix du chirurgien.

— Merci, madame, non. Je voulais... Enfin, êtes-vous au courant de ce qu'a fait votre fils ?

— Rien de mal, j'en suis persuadée. Pierre est un fils... merveilleux !

Elle se mettait à parler comme un livre de lecture du XIXᵉ siècle. Un fils merveilleux... Vingt-deux ans et assez roublard pour avoir fait un enfant à la fille de son patron. L'amour maternel l'égarait ! En attendant, sa candeur conduisait Noblecourt à s'emmêler plus encore dans son explication.

— Votre fils... Pierre, fréquentait ma fille Claire. Elle est étudiante comme lui, et...

— C'est de leur âge, monsieur. Rappelez-vous, quand vous étiez jeune !

Entre fou rire et humiliation, j'imaginais ma mère, la charmante Jeanine Dalban, penchée vers le Mandarin, un sourire complice sur les lèvres et son paquet de café à la main. Il avait dû rougir de cette familiarité.

— Ma fille est enceinte, madame. Et elle refuse les facilités que nous lui proposons, sa mère et moi.

Une chaise craqua dans la cuisine, celle de Noblecourt se levant, peut-être, ou de ma mère s'asseyant.

— Vous êtes sûr ?

— Evidemment, je suis médecin, madame.

Claire m'aimait au point de résister à toutes les pressions pour garder l'enfant.

Je n'avais plus aucune envie de rire. Et non seulement le patron réagissait, mais il le faisait même avec une violence que je n'aurais pas soupçonnée. Leur tête-à-tête ne pouvait plus durer, ils s'étaient tout dit. C'était à moi d'intervenir, de prendre mes responsabilités, comme le voulaient la morale et la tradition.

Ma mère était effondrée sur une chaise, comme je l'avais supposé, la tête entre les mains, incapable désormais de prononcer le moindre mot. Sa défense, son « c'est de leur âge », était loin de tout expliquer. Quant à Noblecourt, il s'était rapidement repris et, planté face à la fenêtre, faisait mine de contempler les toits voisins.

L'âge ou l'émotion les avait empêchés de m'entendre ; je toussotai avec la même discrétion qu'aux Hortensias : un petit raclement de gorge très bref, suivi d'un pas en avant.

— Pierre, tu...

— Vous étiez là ?

Leurs deux voix se confondirent. C'était mon tour ; parler, rapidement, dire n'importe quoi, mais leur interdire d'entamer le chapitre des reproches.

— Claire et moi, nous nous aimons. Nous voulons nous marier bientôt...

Pas brillante, cette introduction : aucune originalité. J'aurais dû appliquer à ce cas particulier les conseils du patron pour l'oral de l'internat. Quelque chose comme : « Certes, Claire et moi, nous nous aimons... » En réalité, cela n'avait aucune importance ; tout ce que j'inventerais serait retenu contre moi.

— Nous souhaitons vivre ensemble, fonder un foyer tout en poursuivant nos études...

— Et alors ?

Bonne question qui sectionna littéralement ma veine lyrique.

Les yeux bleus du Mandarin semblaient plus froids que jamais ; devant lui, je n'existais pas plus que la femme au fibrome lors de la visite hebdomadaire. Un cas pathologique. Ma mère sauva la situation avec toute la candeur de sa tendresse.

— Tu aurais pu m'en parler, Pierre !

On eût dit qu'il s'agissait d'une écharpe égarée ou d'un pantalon déchiré. Son fils avait commis une bêtise ; dans un instant, elle allait exiger que je présente mes excuses à Noblecourt. Coupable, baissant les yeux, dans le style « je ne recommencerai plus ». Mais j'avais vingt-deux ans, et ce qui arrivait je l'avais voulu !

Un peu décontenancé par la remarque et par mon silence, le chirurgien reprit :

— Comment pouvez-vous sérieusement parler de vous marier ? Claire m'a fait part de cette folie... Mais vous n'êtes rien Dalban, rien du tout ! Fonder un foyer, faire vivre une famille, c'est bien autre chose que de séduire les infirmières du service !

Il était astucieux jusqu'au cœur de sa défense maladroite, le Mandarin. S'il n'était pas de très bonne politique de souligner devant ma mère, et chez nous, que je n'étais rien, parler de Monique, en revanche, était habile... Le vieux salaud lutterait pied à pied. Comme une émulsion habilement battue, il montait, retrouvait sa superbe.

— Dites-lui, vous... madame Dalban, qu'il ne peut pas se marier dans sa situation !

Ma mère commença de hocher la tête. Holà ! Et la solidarité familiale ? Si elle se rangeait de son côté, puisque Noblecourt prenait son bon sens à témoin, j'allais me découvrir un peu isolé. Seul contre tous, comme dans ces jeux radiophoniques qu'elle affectionnait.

Puis, sans que rien l'ait laissé prévoir, le Mandarin craqua. Ce n'était plus un café qu'il lui fallait, mais un cognac bien servi. Le souffle court, l'œil triste et non plus arrogant, il balbutia :

— Claire ne veut rien entendre. Elle nous a même menacés de fuir, de quitter à jamais la maison. Pourtant, nous lui avons proposé de tout oublier, de faire comme si l'incident n'avait... Ce n'est pas grand-chose : quarante-huit heures d'hospitalisation, aucun traumatisme, aucune conséquence. J'ai des amis qui... Mais non. Elle veut épouser Pierre...

— Et alors ?

Au point où en était Noblecourt, je pouvais me permettre la perfidie de cette question, revanche bien innocente sur les minutes qui précédaient.

Il écarta les bras, image surprenante, pour qui le connaissait, de l'impuissance. Jeanine Dalban en profita pour se rappeler le paquet de café qu'elle tenait toujours et la bouilloire qui sifflait sur le feu.

— Nous pourrions passer au salon, proposa-t-elle, mondaine.

Fort heureusement, mon cosy-corner était fermé, et mes

dossiers d'internat rangés. Charles Noblecourt suivit sans un mot, à bout sans doute de résistance nerveuse. Voilà, j'avais gagné... Nous avions remporté la victoire Claire et moi. Grâce à elle, à son obstination têtue, à la fermeté de son caractère. En soupçonnant l'existence d'une vraie femme, intelligente et forte, sous le vernis de la petite fille de bonne famille, je ne m'étais donc pas trompé.

Cette visite rue Simart avait constitué l'ultime sursaut des Noblecourt, un baroud d'honneur d'autant plus inutile qu'il ne pouvait rien changer à la situation. Claire avait su faire la différence et même ma lâcheté soudaine, un reniement de dernier instant, fût demeuré vain. Je connaissais assez Claire pour savoir que sa menace de quitter à jamais le boulevard Saint-Germain n'avait rien d'un bluff, et le Mandarin ne l'ignorait pas.

— Puis-je téléphoner à Claire ?

— Bien sûr... Pierre.

Sa voix, à l'autre bout du fil, était un peu cassée, mais emplie de tendresse. Elle avait décroché elle-même le combiné, comme si elle guettait mon appel près du téléphone.

— C'est moi...

— Ne dis rien, je suis si heureuse. Je t'attendrai chez Catherine...

— J'arrive !

Noblecourt complimentait ma mère sur la qualité de son café, elle rosissait légèrement et proposait quelques gouttes de prune fabriquée à la ferme Truchot. Voilà bien une scène que j'aurais été incapable d'imaginer trois jours auparavant. Pourtant... Jeanine Dalban, ses craintes envolées, redevenait la jeune veuve de quarante ans pleine de charme qu'elle était, et le Mandarin abandonnait peu à peu toute sa réserve, sa morgue des premiers instants, pour s'abandonner au plaisir de la conversation. La mésalliance, soudain, devenait possible.

Le 29 novembre 1960 fut un drôle de jour sans soleil, au seuil de l'hiver. La lumière du début d'après-midi était grise et sale, comme Paris sous le crachin. Survenant au cours du premier décan du Sagittaire, signe de feu par excellence, l'un des meilleurs du zodiaque, ce mariage avait donc lieu sous les auspices les plus favorables...

La difficulté que j'éprouve à évoquer cette cérémonie, quelque vingt années après, me surprend presque. Ce que je ressentais, sous le porche de l'église Saint-Germain-des-Prés au bras de Claire, je serais bien incapable de le préciser. Du bonheur, sûrement, une joie folle — la joie d'être uni à Claire, que ne troublaient plus les réminiscences de mon sordide projet —, mais tout était allé si rapidement, après la visite de Charles Noblecourt, rue Simart, que je n'en gardais qu'un souvenir imprécis.

Afin de respecter la tradition, tout au moins ce que Claire et moi n'en avions pas bousculé, je m'étais rendu boulevard Saint-Germain pour y présenter ma demande en mariage. Costume sombre, toujours le même, agrémenté d'une cravate élégante acquise pour la circonstance, j'avais dû attendre trente longues minutes à l'Escurial — toujours cette manie d'arriver en avance — l'heure de mon rendez-vous. Les mêmes étudiants avaient proféré les mêmes plaisanteries stupides concernant les gens qui se déguisent en pingouins. Mais aujourd'hui, ils pouvaient bien dire ce qu'ils voulaient !

Gauche, j'avais sonné à la porte, rectifiant une dernière fois mon nœud de cravate. Le maître d'hôtel, l'immense entrée de l'appartement et l'un des salons donnant sur le boulevard, tentures tirées pour tamiser le bruit, et j'attendis encore.

Le Pr Noblecourt et Madame firent leur entrée. Mes hommages... Asseyez-vous, jeune homme... Puis-je me permettre de solliciter... Vous n'ignorez pas, monsieur Dalban... Je me prêtais sans sourire à cette mascarade, carnaval pour notre seul usage, mais qui constituait le dernier rempart de la respectabilité des Noblecourt. Ils avaient capitulé sur tant de points, que je pouvais bien leur offrir la satisfaction de cette visite protocolaire. Puis, j'entrais dans un monde où tout ceci existait — subsistait, pourrais-je dire —, si fortement ancré dans les habitudes, cependant, que ces manies acquéraient une sorte de noblesse. Le poids de l'indiscutable.

— Nous ferez-vous le plaisir de venir dîner avec madame votre mère... Disons, vendredi prochain ?

— Avec plaisir, je vous remercie.

Car à tous ces événements, ma mère était associée : pour elle également, la vie allait basculer, entre mon départ de la maison — le patron avait promis de nous découvrir rapidement un appartement « de jeunes mariés » — et la naissance de son premier petit-enfant aux environs du mois de mai.

Jeanine Dalban, l'enfant de Seine-et-Marne, accueillait ces bouleversements avec une sagesse empreinte d'un fatalisme oriental. Le bonheur de son fils lui importait avant tout et elle avait découvert en Claire une jeune fille semblable à celle qu'elle aurait souhaité être vingt ans auparavant. En outre, le premier contact pour le moins délicat avec Charles Noblecourt avait ouvert la voie à une sympathie réciproque, le Mandarin vaguement admiratif devant le charme de cette femme, et ma mère séduite par le grand bonhomme qu'était le chirurgien.

— Acceptez-vous de prendre pour épouse...

Un acquiescement un peu essoufflé, une pression appuyée de la main de Claire sur mon bras. Là où mon journal intime aurait titré sur une victoire de l'amour — je couvais sans doute un fond de romantisme digne d'une midinette —, le prêtre qui nous unit préféra parler d'espoir, de jeunesse et de message de paix en ces temps troublés.

C'est vrai que les temps étaient difficiles, mais je n'allais tout de même pas y penser le jour de mon mariage. Dans ses voiles blancs, Claire était si belle, si proche de moi...

Choc de deux univers que j'aurais crus destinés à ne jamais se rencontrer, mon grand-père Basile Truchot buvait une coupe de champagne, bien campé sur sa jambe unique, dans un coin du salon du boulevard Saint-Germain. Il n'était pas déplacé ici, somme toute, ni incongru dans sa grosse veste de laine, juste intimidé de découvrir, en mon beau-père tout neuf, le fils de celui qui l'avait amputé, dans la boue du Chemin des Dames.

André Lévy, Bastien, les Truchot et toute la gentry médicale française. Mon mariage était le prétexte à un étrange mélange, bien à l'image des bouleversements de ce monde où un Pierre Dalban réussissait à séduire une Claire Noblecourt. J'étais parvenu à franchir la barrière des classes hérissée de mille pointes, alors, à quoi rimait cette soudaine vague d'amertume ? Un luxe d'arriviste, peut-être ?

A moins qu'en ce jour de fête, je n'aie eu l'intuition fulgurante que tout événement heureux porte en lui le germe de sa propre destruction ?

Deuxième Partie

CLAIRE

1

Il était là devant moi sur le lit aux tubulures métalliques, dans les draps rêches de l'AP, assis avec ses pensées, ses soucis, ses bonheurs, avec ses espoirs. Il était vivant, et moi je le voyais mort, guettant avec attention sur son visage encore jeune et dévoré de barbe les stigmates, les preuves, les signes de son destin.

Le cancer du poumon qui le rongeait dépassait notre capacité thérapeutique actuelle. Il était perdu, et je le savais. Je connaissais tout de son mal, ses radiographies, ses examens histologiques et l'effroyable pronostic de la maladie. Pour la première fois, je me heurtais à la nécessité de dissimuler son état véritable à un malade. Lui sourire et mettre sur le compte d'une banale pneumopathie virale la toux, le sang craché et les douleurs qui débutaient. Les quelques pilules et injections qu'on lui administrait viendraient à bout de tout cela , n'est-ce pas ?

Se taire, telle était la tradition en France pour ces maladies mortelles. Sans avoir encore d'opinion bien définie sur la question, il ne me paraissait pas que ce soit la meilleure option. Aux Etats-Unis, on disait la vérité aux cancéreux, on leur expliquait précisément leurs chances de survie, ce qui leur permettait au moins de prendre leurs dispositions. Chez nous, l'*omerta,* la loi du silence des maffiosi, régnait sans partage ; le Pr Gamelin, notre chef de service — pourtant plus qu'un brave type, un homme foncièrement bon —, la respectait également. Soit. Je ne pouvais que m'interroger sur ce que j'eusse moi-même préféré en pareil cas. La vérité sûrement ; depuis que je la côtoyais quotidiennement, la mort m'était devenue presque familière.

La mort, je l'avais croisée pour la première fois alors que je débutais mon tout premier stage en hôpital. Lariboisière, un service de médecine où nous ne servions — nous, étudiants de première année — que de secrétaires aux externes rédigeant les dossiers d'admission. Je m'étais pris de sympathie pour un type de trente-cinq ans, garagiste à Montmartre, qui souffrait de fortes migraines.

Ce jour-là, nous avions assisté à un cours donné par le chef de clinique du service et je ne revins dans la grande salle commune que pour aider aux piqûres que nous apprenions à effectuer sur le cuir des pauvres patients. Mon externe me tendit une seringue en me demandant d'en injecter le contenu au garagiste :

— Une intraveineuse. Il n'est pas très bien, ce matin...

Pâle et immobile dans son lit, il ne paraissait effectivement pas très en forme. Je détournai vite mon regard de son visage, afin qu'il ne lise pas dans mes yeux toute mon inexpérience. Garrot à l'avant-bras, la veine qui roule mais que je parviens néanmoins à piquer ; je poussais à peine sur le piston que mon externe me rejoignit.

— T'as vu ce que tu lui as fait, avec ta piqûre ?

Il me fallut bien trois minutes plus un éclat de rire inextinguible de l'externe pour comprendre que je n'étais pour rien dans la mort de mon malade, mais la victime d'une tradition médicale cruelle, d'une blague de carabin macabre.

J'assistai le lendemain à l'autopsie du garagiste : on avait scié en deux la calotte crânienne pour nous montrer la cause du décès, cet énorme et fulgurant abcès du cerveau qui avait liquéfié les cellules les plus nobles de l'organisme. Fabuleux mystère de la vie commencée dans la nuit des temps et achevée pour rien, semblait-il. Je plongeais pour la première fois au cœur du problème. Le fameux « Qui sommes-nous ? D'où venons-nous ? Où allons-nous ? » méritait peut-être autre chose que l'humour de Pierre Dac : « Je viens de chez moi et j'y retourne ! »

Mon cancéreux de l'Hôtel-Dieu, me voyant perdu dans mes pensées, venait de me sourire et je le lui rendis en me forçant pour paraître gai :

— Vous allez mieux, ce matin ! Votre fièvre tombe, et je suis sûr que vous avez moins mal...

Une sorte de méthode Coué. L'homme ne pouvait pas faire autrement que d'acquiescer avec un : « Oui, docteur. Je me sens un peu mieux. » Mais peut-être jouait-il bien la comédie, lui aussi ?

J'allais passer au lit suivant, lorsque la surveillante vint m'avertir que mon beau-père, le Pr Charles Noblecourt, avait besoin de mes services à la clinique des Hortensias pour un cas difficile. Mon beau-père, le Pr Noblecourt... Pour ces simples mots, je lui aurais bien demandé de répéter, mais il ne fallait pas faire attendre le Mandarin.

La neige de février recouvrait les trottoirs de Neuilly alors qu'il pleuvait sur le parvis de Notre-Dame... Toute la différence entre Paris et sa banlieue éclatait dans ces quatre ou cinq degrés centigrades — mais pouvait-on parler de banlieue dans l'allée du parc des Hortensias ?

Le cerbère du hall, la charmante Germaine, ne m'avait pas pardonné d'avoir épousé la fille de son patron. Si elle me voyait mal avant, pour cause de myopie, elle détournait à présent la tête lorsque les pas du suborneur résonnaient sur le marbre. Ce qui ne m'empêchait pas de la saluer avec beaucoup d'urbanité, comme de coutume. En revanche, mes relations avec le reste du personnel de la clinique avaient évolué de manière flagrante. Je n'étais plus l'aide épisodique de Charles Noblecourt, mais son gendre, la chair de sa chair par Claire interposée. Un peu de son autorité et de sa fortune semblait déteindre sur moi. Tout ceci d'une manière très subtile, bien sûr. Par exemple, tout le monde me saluait maintenant, des infirmières d'étage aux aides soignantes. De plus, une armoire métallique à mon nom avait fait son apparition dans le vestiaire des chirurgiens, telle une consécration officielle de ma réussite.

J'y prenais mon pantalon, quand surgit le Mandarin :

— Ah ! vous voilà, Pierre... Pour cette fracture ouverte de jambe, nous allons utiliser mes nouveaux fixateurs dont je vous ai parlé !

Il me détaillait le programme avec les mêmes yeux gourmands

qu'un gastronome lisant la carte du Grand Véfour. Depuis le 29 novembre, j'étais Pierre tout court — plus mon petit Pierre, ou M. Dalban —, une simplicité qui seyait à un membre de la famille. Je dois admettre que Charles — « Appelez-moi Charles... » — était parfait. Toutes hérédité et facilités mises à part, on ne devient pas un Mandarin sans des qualités très spécifiques de sang-froid, d'intelligence et d'adaptabilité.

Devant l'inévitable de mon mariage avec Claire, au lieu de ratiociner et de dépérir, Charles Noblecourt avait pris le parti de ne voir que le bon côté des choses. Dans le fond, il tenait le fils chirurgien qu'il n'avait pas eu... Sous peu, quelques années, bien rodé, policé, embrigadé, embourgeoisé et ligoté par le système, je pourrais faire un bon professeur. Puis, dans notre monde, on accole les noms de famille, n'est-ce pas ? Le futur chirurgien des hôpitaux de Paris Pierre Dalban-Noblecourt permettrait à la dynastie de ne pas s'éteindre.

Mes rapports étaient plus tendus avec Adeline Noblecourt, née Beaumont, qui ne pardonnait pas à sa couventine d'avoir sacrifié au dieu Amour. Pourtant, elle, Adeline, avait bien épousé l'assistant de son père sans l'avoir jamais désiré. Rancœur, jalousie ou frustration ? Peu importe, en fait.

Bernstein, fidèle au poste, avait déjà endormi et installé le blessé, un jeune homme renversé par une voiture. Ce genre de cas était généralement dirigé sur les services d'urgence des hôpitaux publics, mais en l'occurrence le père du garçon, un important marchand de tissus en gros du Sentier, avait pu joindre le Mandarin et insister pour qu'il s'occupe personnellement du blessé, « quel que soit le prix, M. le Professeur. Et dans votre clinique, évidemment ».

Je commençais à comprendre d'où venait la clientèle des Hortensias. Pour elle, une seule règle : le meilleur à n'importe quel coût — le tarif n'était jamais trop élevé. Il me faudrait encore quelques années avant de saisir qu'ils — eux, les autres — ne pouvaient admirer que ceux qu'ils payaient royalement.

Un coursier venait d'apporter du bloc de Beaujon la boîte nickelée contenant les fixateurs externes, un nouveau matériel inventé et sans cesse perfectionné par Noblecourt et qui, portant son nom, avait assuré sa renommée au-delà des frontières.

La jambe avait sale allure, déchiquetée par le pare-chocs.

— Alors, Pierre, qu'en pensez-vous ? C'était votre sujet d'écrit, je crois ?

Claire et moi avions eu en effet la chance de tomber sur cette question pour l'internat que nous avions passé ensemble, trois semaines avant le mariage. Comme le reste avait également bien marché pour nous deux, nous pouvions attendre l'oral avec optimisme.

— Avez-vous mentionné les fixateurs externes ?

— Avec prudence, Monsieur... Charles — je ne parvenais pas à me faire à ce prénom ; il me faudrait du temps —, votre méthode est trop nouvelle et les membres du jury peut-être un peu conservateurs. Puis vous avez quelques détracteurs, sur la place...

Aimable euphémisme pour sous-entendre que le Mandarin ne possédait pas que des amis. Eh oui, je commençais à comprendre les rouages du système. Amis, relations, opposants... plusieurs tiroirs dans lesquels on pouvait classer les confrères dans cet univers où on ne se faisait aucun cadeau.

— Tant pis pour les détracteurs ! Et tant mieux pour M. Jacubowski junior, notre client.

Il nettoya les bords de la plaie et entreprit d'explorer le foyer de fracture dont les radios avaient été affichées sur le négatoscope : une oblique courte.

— Vous comprenez, Pierre, avec de tels dégâts, il serait impossible de prendre le risque d'un matériel d'ostéosynthèse classique...

Un nouveau cours privé au plus haut niveau. Charles devenait prolixe au cours de ce travail qui le passionnait et dont il était l'un des pionniers.

— Il y a quelques années, avant que je ne mette au point ces fixateurs externes, un cas semblable aurait nécessité une mise en extension continue sans fermeture cutanée... avec tous les aléas d'un tel traitement. A présent, vous allez voir ! Le principe est simple : puisqu'on ne peut immobiliser par un plâtre une fracture aussi instable, ni faire tenir la réduction par une plaque vissée, on va solidariser les deux fragments osseux par un appareillage métallique prenant appui à distance du foyer de fracture ! Quant à la fermeture cutanée, elle est simple...

Tout en commentant son intervention, Noblecourt avançait dans le cours du traitement. Facilement réduite, la fracture était maintenue par de forts daviers, solidarisant les éperons obliques des deux extrémités. Le Mandarin prit alors dans la boîte des vis spéciales, longues d'une dizaine de centimètres : nous nous trouvions plus que jamais dans la menuiserie, presque dans la serrurerie.

Je maintenais fermement la jambe pendant qu'il enfonçait les vis à travers la peau, perpendiculairement au fût osseux, à une dizaine de centimètres au-dessus et au-dessous de la plaie. Toute une série de vis furent ainsi installées, à travers la grande barre métallique du fixateur — une véritable pièce de Meccano longue de trente centimètres.

— Voilà ! Ne reste plus qu'à bloquer le montage.

Séduisant. Solidement maintenus dans le bon axe par ce tuteur, les deux morceaux du tibia, alignés, ne semblaient plus faire qu'un. Et tout cela avait été réalisé avec une telle apparente facilité ! Plus j'avançais en âge et en expérience chirurgicale, plus je me sentais conforté par l'idée que l'acte opératoire, bien effectué, doit paraître évident et aisé aux yeux de l'observateur non averti — ce que j'étais alors.

Mais ce n'était pas terminé. Charles reprit son cours magistral en m'interrogeant :

— Que feriez-vous, maintenant, Pierre ?

— Fermer la plaie, en recouvrant l'os.

C'était cela, à une astuce près qu'il m'expliqua tout en effectuant les gestes nécessaires.

— N'oubliez pas que j'ai été obligé d'enlever un peu de tissu cutané, tout à l'heure, étant donné son état. Il est impossible de suturer simplement les bords : au bout de quelques jours, les points lâcheraient et l'os serait remis à nu, avec toutes les conséquences prévisibles... Non, comme la peau de la jambe est relativement inextensible, voici ce qu'il faut faire...

Il fit pivoter le membre pour avoir accès au mollet, sur lequel il pratiqua une longue incision d'une vingtaine de centimètres dont il écarta les bords, permettant à la peau de glisser sur le plan des aponévroses et de gagner en avant, où il fallait fermer sans tension. Un greffon de peau prélevé sur la cuisse servait à combler cette incision de décharge au mollet.

Et voilà, élémentaire, mon cher Watson. Noblecourt souriait comme un enfant heureux. En cet instant, je me demandai si dans mon mariage avec Claire, et malgré l'amour que je lui portais, mon gros lot n'était pas d'être devenu l'assistant du Pr Charles Noblecourt ?

Philippe Dalban-Noblecourt tétait gloutonnement le bout de sein rosé qui dépassait du corsage entrouvert de Claire. Fascinant spectacle dont je ne me lassais pas... Quelque chose était né en moi, en même temps qu'il venait au monde, un sentiment paternel d'une intensité et d'une force bouleversantes — le sens de la famille. Oui, j'étais père de famille. Trois mots que je me répétais souvent sans parvenir cependant à bien réaliser leur signification. Père de famille : Claire, Philippe et moi.

Le soleil de juin pénétrait à flots dans le salon-boudoir donnant sur le boulevard Saint-Germain. Cette pièce faisait partie de toutes celles que j'avais découvertes depuis que je vivais sous le toit du Mandarin, en attendant que Charles Noblecourt nous trouve l'appartement promis. Jamais, avant mon mariage, je n'aurais pu imaginer d'habiter dans un endroit pareil : il y avait peut-être douze pièces principales, sans compter les dépendances diverses, lingeries et offices, dans ce palais prétentieux construit à l'usage de la haute bourgeoisie du siècle dernier — de ceux qui ne possédaient pas la fortune nécessaire à l'acquisition d'un hôtel particulier dans la très voisine et aristocratique rue de Varenne.

A l'arrière de ces six ou sept cents mètres carrés, on avait rouvert et dépoussiéré deux chambres contiguës à celle de Claire, composant ainsi un petit appartement séparé pour notre jeune couple : un bureau-bibliothèque, la chambre de Philippe et la nôtre. Très loin, au bout du couloir interminable menant à l'avant de l'appartement, sur le boulevard, les Noblecourt ne nous gênaient guère.

En quelques jours, j'avais pu vérifier avec quelle facilité on s'accoutume au luxe insolent, aux bonnes choses, à cette place jamais mesurée. Le confort est comme un piège à homards, sans retour possible ; ses habitudes, une nasse dont je demeurerais à jamais prisonnier. Moi dont tous les biens terrestres tenaient dans l'affreux buffet de la rue Simart transformé en commode-penderie, je rangeais sans vergogne mes vêtements dans d'immenses placards de dégagement — ou plutôt, l'un des domestiques les rangeait pour moi.

C'était également sans fausse honte que j'avais accepté les avantages en nature de mon nouveau statut de gendre : Claire et moi avions formé une sous-colle, un groupe de travail pour la préparation des concours, entraîné par Weil qui venait une fois par semaine faire plancher les chers petits. Sans parler de la science attentive du Mandarin, toujours prêt à fournir l'explication qu'il m'aurait fallu auparavant rechercher des heures durant dans une bibliothèque. J'acquérais ainsi lentement l'état d'esprit des privilégiés pour qui l'avenir est tout dessiné.

Le résultat avait dépassé mes espérances. Claire et moi avions subi les épreuves orales dans la même thurne — elle précise et calme, malgré son ventre de huit mois ; moi écouté, contrairement à l'année précédente. Ces messieurs du jury nous avaient décerné la note maximum qui, additionnée à nos scores de l'écrit, nous plaçait, Claire en quinzième position et moi second de l'internat. Major de l'externat, second de l'internat — au deuxième passage, il est vrai —, Charles s'était montré ravi : s'il avait incontestablement joué son rôle pour la note d'oral, il n'avait eu aucune influence sur l'écrit anonyme.

Un mois auparavant, quatre semaines exactement après l'oral, Claire, sans histoire et pour faire mentir l'adage prédisant les pires déconvenues aux familles médicales, avait donné le jour, le 7 mai, à Philippe, mon fils, qu'elle avait tenu à nourrir elle-même.

J'étais immensément fier de cette petite créature à laquelle je tenais comme à mon bien le plus précieux — avec cependant une légère crainte : — Tu crois qu'il va garder les yeux bleus ?

Ma future pédiatre d'épouse souriait avec indulgence devant le centième énoncé de cette même question :

— Il est trop tôt pour le dire, la couleur peut encore changer, tu le sais aussi bien que moi !

Oui, mais j'avais besoin d'être rassuré : cette porcelaine Noblecourt était l'une des meilleures choses qu'il puisse prendre, physiquement parlant, de ce côté-ci de ses gènes.

Les pas feutrés d'Adeline Noblecourt venant voir son petit-fils interrompirent notre conversation. La fille du professeur Jean Beaumont — chirurgien des hôpitaux de Paris, titulaire de 1925 à 1938 de la chaire de chirurgie digestive à la faculté, président de l'Académie de chirurgie — n'était pas une beauté. Il avait fallu une sorte de miracle génétique pour que, de son union avec Charles, naisse Claire. Tellement sidérée par ce résultat, ma belle-mère avait d'ailleurs limité sa production à un exemplaire et quitté le lit conjugal pour s'installer dans une chambre voisine de celle de son mari — secret d'alcôve que l'on ne pouvait connaître qu'au sein du sérail, mais qui m'avait bien fait rire.

La devinant un peu, je comprenais maintenant combien la proposition d'une solution radicale offerte à sa fille pour cette grossesse débutante avait dû lui coûter. Aussi peu attirante que bigote, Adeline avait dû expier en confession une telle ignominie. Mais tout était préférable à cette tache, n'est-ce pas ? Devant le refus de sa fille, elle avait au moins exigé que Claire ne sorte pas Philippe avant qu'il puisse naître officiellement, au mois d'août, neuf mois après une nuit de noces régulière.

Puis toutes ces belles théories avaient lentement fondu devant la présence bien réelle du fruit du péché. Un gamin aussi mignon avait bien des pouvoirs — excepté celui de me faire apprécier par ma belle-mère.

M'ignorant, elle s'approcha de sa fille :

— Tu n'oublies pas que nous avons Jacques Balfleau à dîner ce soir. Tu seras assez aimable pour t'habiller convenablement...

En appuyant sur le dernier mot, Adeline me jeta un regard en coin. Parce que je ne m'étais pas limité à suborner sa fille, je la dévergondais jusque dans les détails : ces jeans qu'elle portait à présent à mon instigation étaient parfaitement indécents. Oui, indécents, soulignant des reliefs anatomiques qui, que... Ah, belle-maman, que je vous aimais !

— N'ayez aucune crainte, maman. Et Pierre mettra une cravate, n'est-ce pas Pierre ?

Adeline se retint de demander qui était ce Pierre dont il n'était que trop souvent question dans cette maison, et elle tourna les talons.

Les subtilités d'étiquette, boulevard Saint-Germain, m'ennuyaient au plus haut point. Claire voussoyait sa mère, mais tutoyait son père. Les jeans étaient prohibés, et la cravate indispensable aux repas... Jamais je n'avais eu de tels problèmes dans ma famille, mais j'étais loin de la rue Simart, désormais...

Encore aujourd'hui, je ne parviens toujours pas à définir précisément ce que j'avais espéré en épousant Mlle Noblecourt — je parle des conséquences matérielles. Etre nommé plus rapidement à l'internat, réussir plus aisément... bien sûr. Mais tout cela était plus complexe, car j'étais sincèrement tombé amoureux de Claire et je l'aurais épousée à coup sûr, intérêt ou pas. Voici pour satisfaire à cet étrange besoin de me disculper.

Je n'avais pas non plus réfléchi aux incidences financières de cette union, maintenant dans un brouillard dense les difficultés que j'aurais eues à faire subsister seul notre couple. Maquereau de luxe, j'allais jouer le rôle détestable d'un homme entretenu — un coq, semblable à ces poules superbes épousées à vingt ans par des messieurs septuagénaires. Mais entretenu, je pensais l'être par les Noblecourt. Une des surprises de mon mariage avait été d'apprendre que je venais d'épouser une femme très riche, une solide fortune bourgeoise.

Lorsque le Pr Jean Beaumont était mort, en 1939, Claire était un charmant poupon de dix mois, à qui son grand-père avait légué par testament la moitié de sa fortune, partagée entre sa fille et sa petite-fille. L'année précédente, celle de sa majorité, Claire était entrée en possession de nombreux appartements, d'un portefeuille d'actions et d'obligations, et d'un bas de laine rempli de napoléons et des bijoux de sa grand-mère.

Voilà pourquoi je nouais une cravate club sur une chemise à col anglais, pourquoi je portais un costume de flanelle sur mesure.

Enfin, tout cela était provisoire ; j'avais fait promettre à Claire que nous quitterions rapidement le boulevard St-Germain pour vivre avec le seul montant de nos deux paies d'internes — quant à la deux-chevaux qu'elle m'avait contraint à acheter, j'allais évidemment la lui rembourser dès que possible.

Tous les lustres avaient été allumés dans le grand salon en dépit du ciel encore clair de ces soirées du solstice d'été. Balfleau venait d'arriver en compagnie de son épouse que je ne connaissais pas — je ne perdais rien, d'ailleurs, elle avait l'air d'être le sosie de ma belle-mère.

Balfleau rayonnait ; il venait de recevoir de l'avenue Victoria, le siège de l'AP, sa nomination de chef de service.

— Félicitations, mon cher Pierre, me dit-il. J'ai vu Philippe, il est superbe ! Ce n'est pas étonnant, d'ailleurs...

— Merci, Jacques...

Claire s'approcha pour embrasser le chirurgien qui faisait presque partie de la famille, tandis que je lui serrais la main.

— Nous discutions de votre carrière, Pierre, intervint Noblecourt. Avez-vous choisi de commencer votre internat, ou de résilier votre sursis pour vous débarrasser du service militaire ?

L'armée, les obligations militaires... C'était vrai que j'atteignais l'âge de sacrifier à cette convention, et ce en plein cœur de la guerre d'Algérie ! Mais on ne choisit pas le moment de ses vingt ans. La France avait besoin de moi, comme disaient les affiches placardées sur les murs de la capitale ; je n'étais pas vraiment certain de souhaiter la satisfaire. Aucun antimilitarisme là-dedans, aucune volonté politique définitive, seulement la répugnance bien normale que je pouvais éprouver à la perspective d'être séparé de Claire et de Philippe.

— Je vais partir tout de suite, je crois. Ce serait trop difficile, par la suite, d'interrompre mes études durant deux années. J'ai envoyé mes papiers et je serai incorporé le 1er juillet ; les classes, puis Libourne en octobre-novembre... Après, tout dépendra de mon classement : seuls les quatre premiers sont sous-lieutenants d'emblée et peuvent choisir leur affectation.

— Libourne... murmura Balfleau en sortant le nez de son vieux porto. Vous ne vous ennuierez pas, là-bas, on y mange bien, puis les vins...

Mais Charles Noblecourt se moquait des souvenirs de caserne de son adjoint. Ma carrière seule l'intéressait :

— Vous travaillerez comme à votre habitude, n'est-ce pas Pierre ?

Il était à peine nécessaire de répondre. Oui, comme d'habitude — coup de chapeau à mes capacités intellectuelles —, je travaillerais à passer officier d'emblée. Ce, simplement parce que les officiers sont les seuls à percevoir une solde convenable, dont j'aurais besoin à mon retour. Puis je souhaitais choisir la marine... le goût de l'exotisme, peut-être ?

— Mais vous ne partiriez pas en Algérie, alors ?

Le Mandarin était visiblement contrarié ; il avait pâli, fronçait les sourcils. Quelque chose n'allait pas. Ne posséderais-je pas, ô horreur, le sens profond du devoir ?

— Pierre, je n'aime pas me mêler de ce qui ne me regarde pas... (Une pause pour bien prouver que, malgré qu'il en eût, son devoir le poussait à forcer sa nature, puis il poursuivit :)... Mais votre avenir me tient à cœur. J'aurais pu vous éviter le service militaire ; j'ai conservé des relations avec certains médecins occupant les plus hauts postes. Cependant, je ne l'ai pas jugé opportun : vous devez partir dans l'infanterie... et en Algérie, justement.

Intervention véhémente de Claire, sèchement rabrouée par son père :

— Papa, mais c'est insensé...

— Claire, je t'en prie !

J'avais comme une envie de rire qui me chatouillait la gorge. Le devoir d'un côté, la famille de l'autre... Du vaudeville sans cocu — excepté moi, peut-être. Parce qu'il s'agissait de ma propre existence.

— Mon cher Pierre, dans certaines carrières, il faut être irréprochable. L'Algérie, c'est une obligation...

Irréprochable aux yeux de je ne savais quelle morale rétrograde. Indispensable, la sublimation du risque maximum. Et puis un réformé peut toujours être suspecté de quelque défaut physique. Plus tard, il se trouverait bien un bon ami pour s'en souvenir au bon moment. Même remarque en ce qui concernait une planque quelque part en France. Non, j'étais contraint de choisir l'Algérie, avec le meilleur classement possible à Libourne.

— D'ailleurs, conclut Noblecourt, vous ne perdrez pas deux années : la chirurgie de guerre, c'est passionnant !

Fin du chapitre. Me soumettre ou me démettre. Sans doute avait-il raison ; pour devenir un grand patron, il me fallait jouer le jeu jusqu'au bout.

Charles embraya aussitôt la conversation sur l'extraordinaire coïncidence découverte, juste avant nos noces, en feuilletant les carnets de son père. Médecin militaire, le futur professeur Noblecourt avait pratiqué une amputation sur un certain Truchot, au Chemin des Dames. Et ce brave homme se trouvait être mon grand-père, le père de la charmante Mme Jeanine Dalban. Extraordinaire, non ?

Un peu du sang du seconde classe Truchot se mêlait à celui des Noblecourt dans les veines de Philippe, en un fabuleux raccourci qui mélangeait les années et les mondes. La guerre de 14 et l'Algérie, la ferme près de Melun et le boulevard Saint-Germain. Et moi, je servais de passerelle à cette rencontre...

L'ineffable Armand, le valet de chambre, annonça alors que « Madame était servie ». Le théâtre, à nouveau.

2

Migraine atroce et mal de mer, envie de dormir, de tout oublier, sans possibilité de fermer les yeux une seule seconde, le visage battu par les embruns... Le *Sidi-Okba* tentait de maintenir cap au sud à travers la Méditerranée déchaînée. « Mer un peu grosse », avait annoncé le capitaine. Moi, j'aurais franchement appelé ça une tempête, mais je n'étais pas marin, il est vrai.

La proue disparaissait à intervalle régulier dans ces flots bouillonnants, verdâtres, tandis qu'on entendait, sous la poupe soulevée, le bruit de l'hélice emballée, à moitié sortie dans l'air.

Déséquilibré à chaque instant, je me rattrapais tant bien que mal au bastingage. J'allais finir à la flotte, si ça continuait de la sorte, mais tout plutôt que de rester allongé sur ma couchette, le cœur au bord des lèvres dans l'air confiné de la cabine. Des craquements sinistres résonnaient dans les membrures de la coque. Cela paraissait vraiment trop con... J'avais cru envisager toutes les possibilités de non-retour d'Afrique du Nord : une balle, une grenade ou même un coup de surin, mais pas ça, pas ce naufrage que j'imaginais déjà, quelque part entre Marseille et Alger.

A quelques mètres sur ma droite, un type en uniforme émergea des profondeurs du bateau pour venir s'effondrer contre la balustrade, se vidant de ses tripes dans un hoquet visqueux. Un sous-bite, comme moi ; je l'attrapai aux épaules avant qu'il ne bascule tout à fait. Les yeux vitreux, un peu de bave au coin de la bouche et le teint d'un vert soutenu, il devait ressembler à la loque que j'étais lorsque j'avais débouché sur le pont vingt minutes auparavant.

Lentement, un peu de rose lui revint aux joues, sous l'effet salutaire de l'air frais :

— Je vais mieux... Putain de temps !

— Ce rafiot ne va pas tenir !

Exclamation en forme d'interrogation. J'avais besoin d'être rassuré, fût-ce par ce type guère plus brillant que moi.

— Mais non, il en a vu d'autres ! T'arrives, ou tu reviens de perm ? Moi, je n'ai plus que trois mois à tirer avant la quille. Je vais être peinard, on m'a muté à Alger : la belle vie ! J'ai quelques adresses de filles, alors...

Lui au moins conservait le moral ; moi, j'avais bien oublié depuis quelques heures que j'étais père de famille et mari fidèle, oublié ma vie de Paris, mes études. Tout oublié pour concevoir enfin combien les grands sentiments et ce que l'on pense être l'essentiel, peuvent s'effacer quand la douleur et le mal règnent sur la carcasse. Et, en fait de pathologie, le mal de mer se posait un peu là ! Terminée, l'approche mécanistique de la compréhension des phénomènes biologiques, finie l'approche analytique des maux : je redevenais un homme travaillé par une intolérable envie de vomir !

Paris était loin, et mes ambitions, dérisoires ; à nouveau, je me trouvais seul, comme ma mère que j'avais laissée si inquiète de mon départ, comme Claire. Est-ce qu'au moins j'allais tirer profit de ces longs mois, ne perdre ni mon temps ni mon énergie ? Voilà que je m'apitoyais sur mon sort... Il ne s'agissait pourtant que de quelques cils vibratiles, dans les canaux semi-circulaires de mon oreille interne, bousculés par une gravité un peu délicate... Non, tout allait bien, j'avais vingt-trois ans, et pour un petit Montmartrois fauché, je ne m'en étais pas trop mal tiré jusqu'ici.

— Donnez-moi ça, mon lieutenant !

J'avais du mal à me reconnaître derrière ce grade dont on m'affublait pour la première fois. Heureusement, le gros sergent hilare qui venait de hisser ma cantine à l'arrière de l'ambulance militaire n'avait pas poussé le vice hiérarchique jusqu'à me saluer — j'aurais éclaté de rire.

Le sous-off m'avait repéré tout de suite, sur le quai de la gare de Constantine, ce qui n'était d'ailleurs pas très difficile, puisque je portais les seules épaulettes rouges du secteur et que je ne savais visiblement pas où aller.

Il faisait un froid humide de novembre parisien. Décidément, tous les clichés emmagasinés dans un coin de mon imagination en avaient pris un coup, depuis mon débarquement à Alger : ni palmiers ni dromadaires et pas plus de ciel bleu que de chéchias ou de soleil brûlant. Alger la Blanche m'avait paru crasseuse à souhait sous des nuages de plomb. Le ciel bas et lourd pesait comme un couvercle sur cette véritable Cocotte-Minute prête à l'explosion. La guerre...

Même si le paysage qui défilait devant les vitres du train, entre Alger et Constantine, rappelait la quiétude de l'arrière-pays varois, le conflit latent était perceptible. Dans mon uniforme, personne ne me remarquait ; j'avais l'impression d'être devenu transparent. Parfois, cependant, une lueur dans les yeux bleus d'un Berbère qui avait noté la couleur de mes épaulettes me rappelait la remarque du commandant de la SIM :

— Vous ne serez pas armé. Votre meilleure défense, ici, c'est que vous êtes médecin. Ils connaissent bien nos uniformes et le service de santé des armées est assez bien vu dans l'ensemble.

Je m'étais installé à l'avant de l'ambulance, près du sergent dont le nez rouge donnait à réfléchir sur le haut degré d'alcool des vins algériens. La circulation était dense et je commençais à comprendre l'ironie de mon copain de pont et de mal de mer à bord du *Sidi-Okba :*

— Les chirurgiens ont du boulot, mais ce n'est pas forcément ce que tu attends : de la traumato à foison, et des accidents de voiture ou de camion. Depuis le début des hostilités, nous avons dans nos rangs plus de blessés par la route que par le feu !

L'ambulance fonçait droit devant elle, sirène hurlante. Mon chauffeur prenait visiblement son pied... Il fallait que jeunesse se passe, mais j'aurais aimé prolonger encore un peu la mienne.

En s'éloignant de la gare, la rue montait à pic en tournant ; la vieille ville ne ressemblait à rien que je connaisse, et j'éprouvais pour la première fois une forte impression de dépaysement devant l'horizon grandiose du plateau sur lequel nous débouchions.

— On va jusqu'où, comme ça ?

— L'hosto est au sommet, là-bas !

Mon chauffeur, contrairement à mon attente, avait répondu sans même ralentir l'allure. Plus, il poursuivit la conversation en accélérant encore, poussant au maximum le moteur poussif de la machine.

— Dites donc, vous devez être quelqu'un, vous, pour que le commandant Schmidt me demande de vous cueillir à la gare. Les autres attendent le car, ou ils prennent un taxi... Voilà, on y est !

Un dernier dérapage au contrôle flou, et la camionnette avait stoppé dans la cour de l'hôpital Laveran. Le sergent me tendit la main :

— Mon nom c'est Gauthier. Je suis un des infirmiers du service de chirurgie ; on se reverra peut-être, si vous restez ici ? Je pose votre cantine dans votre piaule ; c'est là-bas, dans les trucs préfabriqués. Schmidt vous attend.

Garde-à-vous impeccable ; l'homme en blouse blanche qui signait du courrier derrière son petit bureau leva la tête avec étonnement.

— Bonjour, Dalban. Gardez vos saluts pour la cour ou la rue, ici nous sommes entre confrères.

Blond et plutôt sympathique, il me dévisageait curieusement, avec une hostilité manifeste, un à priori d'animosité que rien ne justifiait. A ma connaissance, du moins ; mais j'allais être vite renseigné :

— J'annonce la couleur tout de suite pour éviter les malentendus. Le chef, ici, c'est le colonel Villetier ; moi, je dirige le bloc opératoire. Villetier a reçu un courrier spécial et plusieurs coups de téléphone vous concernant. De Paris...

Silence bourré jusqu'à la gueule de sous-entendus. Je tombais de haut et ma mine ahurie devait le proclamer : j'ignorais tout de cette correspondance signée Charles Noblecourt. Merci beau-père... Il avait le bras long et entendait me le prouver.

Schmidt s'amadoua quelque peu :

— On n'a pas l'habitude de rencontrer des petits génies, ici. Major de l'externat, second à l'internat et major de Libourne... Joli palmarès, mais j'ai horreur des pistonnés ! Ce n'est pas parce que Villetier et votre beau-père se sont connus à la fac, que... Si vous êtes bon, je vous garde avec moi au bloc, sinon...

Superbe retour de bâton. Le Mandarin avait souhaité bien faire, incontestablement, mais c'était compter sans la survivance de types comme Schmidt, insensibles aux pressions extérieures.

Je tentai de me justifier, vieille habitude enfantine d'autant plus vivace qu'en l'occurrence, j'étais de bonne foi :

— Je n'ai rien demandé à mon beau-père, mon commandant. Je souhaite effectivement pouvoir opérer, mais vous devez savoir que je n'ai aucune pratique : j'ai résilié mon sursis à ma nomination. En réalité, je n'ai pas encore débuté mon internat.

— Nous verrons, Dalban. Prenez la journée de demain pour vous familiariser avec les lieux et nous nous retrouverons après-demain, à 7 heures 30, en salle d'op.

— Pas la main, non !

Un gamin, un vrai gamin qui ne devait même pas avoir mon âge, le treillis maculé de boue et de sang séché, la main droite déchiquetée par un détonateur qui lui avait éclaté dans les doigts, criait, refusant d'avance les conséquences de l'horreur.

D'emblée la guerre me frappait au ventre, crochet de plein fouet. La main droite... Je m'y voyais, moi, le futur chirurgien, avec cette bouillie infâme au bout de l'avant-bras : une vie, ma vie, foutue. Plus écœuré encore qu'à bord du *Sidi-Obka,* j'avais envie de vomir mon petit déjeuner. Moi qui me targuais d'avoir bien tenu le coup devant certains aspects grand-guignolesques de mon métier — ce bout de jambe que j'avais porté, détaché du corps dans le bloc opératoire de Beaujon —, moi qui me croyais non pas insensible mais fort, je perdais contenance devant ce type à qui je pouvais aisément m'identifier. Mon premier contact avec la chirurgie de guerre sur le terrain était pour le moins réussi.

Le commandant Schmidt sortit encore habillé du bloc n°1. Il me regarda à peine, se contentant d'un hochement de tête, et s'adressa au brancardier :

— Combien, le garrot ?

— Près d'une heure, mon commandant...

— Ah, les cons, les cons ! Je ne parviens pas à leur faire comprendre qu'un pansement compressif marche aussi bien et vous laisse plus de temps. Bon, je le prends tout de suite, on décalera le reste du programme. Dalban, vous venez...

Le blessé continuait d'alterner évanouissements et brefs instants de conscience durant lesquels il hurlait, révolté par l'idée de perdre sa main. Schmidt se pencha et lui malaxa l'épaule sans douceur apparente :

— Ecoute, mon gars... Tu sais qui je suis ? Il faut avoir confiance en moi, je ferai tout pour éviter l'amputation. Je te le promets...

L'autre acquiesça, calmé, puis ferma les yeux. Schmidt m'était de plus en plus sympathique et je regrettais vraiment l'intervention de Charles Noblecourt qui avait hypothéqué nos premiers rapports. Peut-être qu'après tout, si le commandant me gardait avec lui, ces mois d'Algérie ne me paraîtraient pas trop longs ?

Sortie des champs opératoires verts et posée sur une table latérale branchée en croix à la table principale, la main blessée ressemblait à une de ces orchidées poussant sur les troncs des forêts amazoniennes, et dont les photographies ornaient nos livres de géographie ou de sciences naturelles. Le pouce était à moitié sectionné, les deux derniers doigts manquaient. La paume avait éclaté comme un fruit trop mûr — goyave gorgée de soleil — et l'index épluché en avant.

Schmidt nettoyait la blessure avec beaucoup de soin, à l'aide d'une pince à disséquer et d'une paire de ciseaux très fins. Ses gestes étaient précis et doux, semblables par leur agilité à ceux du Mandarin.

— Regardez, Dalban : il faut conserver le maximum de choses, tout ce qui paraît bien vascularisé. Pour les doigts sectionnés, on va tout de suite parer, bien sûr... Mais il a de la chance dans son malheur, il lui reste la première phalange du pouce et on va essayer de sauver le majeur : il conservera une pince active, en principe.

Le chirurgien militaire était en veine de confidences, moins braqué que l'avant-veille :

— Savez-vous que ce sont les militaires comme moi qui sont à l'origine de la « chir » plastique réparatrice ? La guerre de 14, avec ses gueules cassées, a contraint nos maîtres à inventer des techniques pour redonner aux rescapés un visage qui ne fasse pas s'évanouir les femmes enceintes !

On était loin des récits de mon cher beau-père mettant en scène des actes rapides, des amputations dramatiques pour sauver la vie. Loin également de la mythologie conventionnelle décrivant des médecins militaires débiles et sous-développés. Schmidt était un type intelligent qui prenait tout son temps.

— Remarquez, ça ne se passerait pas partout comme ça pour une telle blessure. En hôpital de campagne, on aurait vraisemblablement amputé sur-le-champ... Même ici, certains chirurgiens que je ne citerai pas...

Il y avait donc une part de vérité dans la boucherie systématique dont on accusait les majors ? Des allusions perfides concernant les compétences de quelques-uns de ses confrères, Schmidt en était arrivé à un discours plus intimiste :

— Vous avez de la chance, Dalban ! Moi, j'étais issu d'une famille très modeste, mais je voulais à tout prix être chirurgien. L'internat de Paris m'était fermé... La grande muette m'offrait gîte, couvert et études. J'ai bon espoir de finir au Val-de-Grâce et de m'y perfectionner.

Elle était là, l'explication de son acrimonie de principe contre les pistonnés. A quoi bon lui expliquer que j'avais grandi dans un deux-pièces de la rue Simart ? Que j'étais aussi fauché que lui, autrefois, malgré l'argent de mes beaux-parents ? On ne trouve pas toujours une fille de patron à épouser, n'est-ce pas ? Je me sentais un peu crasseux devant ce type qui avait manqué de chance au bon moment ; mais la chance fait aussi partie du talent.

— On va faire une couverture cutanée pour un second temps...

Schmidt avait découpé un volet de peau sur le ventre du blessé, en le laissant attaché par une charnière qui lui apportait sa vascularisation. C'était formidablement astucieux et séduisant, comme technique, une méthode que je ne connaissais pas.

Il sutura ensuite la main blessée sur cette bande de peau saine, celle-ci bouchant ainsi toute la zone des doigts épluchés où la peau manquait.

— Il va rester comme ça quinze jours à trois semaines et quand la peau aura pris sur la main, on sectionnera le lambeau. Plus tard, dans un troisième temps, on séparera les doigts afin de leur rendre leur autonomie.

Superbe ! Chapeau, commandant Schmidt. Une nouvelle fois, et dans des circonstances à peu près similaires — une amputation réalisée à Beaujon ; une main sauvée ici —, j'en arrivais à la même conclusion. Elle était là, la chirurgie que j'aimais, celle qui sauve et préserve plutôt qu'elle ne mutile. Là était la voie que j'envisageais de suivre désormais.

Penchée à son balcon, la vieille dame jetait des regards tout à la fois étonnés et terrifiés aux gens qui, deux étages plus bas, multipliaient les signes et les imprécations à son adresse.

Puis tout s'enchaîna rapidement. Derrière elle se profila une silhouette en uniforme, un militaire casqué dont la forte carrure sembla obstruer l'ouverture. En dessous, la foule s'agitait de plus belle, hurlant pour encourager la vieille dame à fuir cet homme, ce pays devenu inhospitalier, avant qu'il ne soit trop tard.

Elle se décida enfin, enjambant la petite rambarde de fer forgé de son balcon et se pencha au-dessus du vide. Curieusement, l'officier demeurait immobile, comme absent de la scène qui se déroulait devant ses yeux, lui qui n'aurait eu qu'à tendre les bras pour empêcher la vieille dame de sauter.

Après un ultime instant d'hésitation, elle se jeta dans le vide, laissant ses souvenirs derrière elle, abandonnant tout ce qui avait constitué sa vie.

La caméra du reporter suivit la chute de la vieille dame jusque dans ce drap tendu par cinq hommes, dans lequel elle atterrit sans mal. Aussitôt, la silhouette de l'officier s'effaça de l'encadrement de la fenêtre, cédant la place à un maçon qui eut rapidement fait de combler l'ouverture. La dernière fenêtre sur l'Ouest de cet immeuble était aveuglée.

Berlin, printemps 61. Les images de cette honte collective parvenaient avec six mois de retard sur les écrans des cinémas de Constantine. Actualité quelque peu refroidie mais toujours aussi marquante, comme le sceau de l'infamie plaqué au cœur de l'Europe.

Berlin coupé en deux. Des gens fuyant par milliers la prison qui se refermait sur eux. Combien avaient-ils été, à l'image de cette vieille dame surprise par la caméra, contrainte de relever ses jupes pour enjamber le balcon de son appartement, oui, combien avaient-ils été à tout lâcher pour conserver la liberté ? Le commentateur citait des chiffres que chaque minute passée rendait inexacts. Folie des hommes.

Berlin, l'Algérie, le Sud-Est asiatique, le monde offrait quelques abcès de fixation à sa violence pendant que se prolongeait le boom économique de l'après-guerre. Consommation, investissements et défoulement étaient les maîtres mots d'une langue universelle. La guerre froide éclatait en points de suspension. Burgess, Philby et Mac Lean trahissaient ; Mao, pas encore fatigué, jetait les bases d'une nouvelle révolution, camouflée sous l'utopie culturelle. Quelques pieds-noirs lucides humaient le vent avec désespoir : le sirocco sentait l'exil.

Inconscience et folie ; sale temps pour les innocents. Qui pouvait songer désormais à faire des enfants, dans un monde pareil ? Je me sentis soudain presque coupable en évoquant les yeux toujours bleus et le corps potelé de Philippe. Un coup de cafard passager, sans doute.

La lumière se ralluma dans la salle de cinéma qu'une subtile ligne de démarcation, serpentant entre les fauteuils, avait divisée en deux zones. A droite de l'écran, les Arabes ; à gauche, les bidasses français en uniforme et deux ou trois pieds-noirs — les seuls civils de l'endroit, au sens européen du terme. Les deux clans s'observaient du coin de l'œil, chacun semblant appréhender quelque réaction intempestive de la part de l'autre.

Avec les attentats qui se multipliaient, la peur s'installait en Algérie — et Constantine n'échappait pas à cette emprise diffuse mais tenace.

J'avais eu royalement droit à deux jours de permission pour Noël. Et en plus, j'étais seul — les quatre autres aspirants de

Laveran, présents depuis plus de six mois, s'étaient vu octroyer quinze jours en France à l'occasion des fêtes. J'appréhendais tellement de me retrouver devant mon morceau de dinde trop cuite au mess que j'avais décidé de passer l'après-midi au cinéma, espérant au moins que les images défilant sur l'écran me distrairaient un moment.

Sissi impératrice... Si les actualités n'avaient que six mois de retard, le film, en revanche, datait de plus de trois ans — je l'avais vu au Gaumont-Palace, comme les suivants de la série.

La beauté de Romy Schneider ne parvenait pas à m'arracher à la morosité : la perspective d'un réveillon solitaire n'aurait rendu personne vraiment guilleret. Je quittai le cinéma avant la fin de la séance, décidé à franchir ce mauvais cap dans le fond de mon lit.

J'étais littéralement frigorifié. Dire qu'il m'avait fallu venir en Algérie pour connaître cette impression de froid intérieur, cette sensation d'être glacé jusqu'aux os ! Ironie du sort. Dans la baraque métallique préfabriquée plantée au milieu de la cour de l'hôpital et qui nous servait de logement, on devait cuire l'été et on gelait l'hiver.

Ma cantine était demeurée à l'endroit précis où le sergent Gauthier l'avait posée. Pas le courage de la ranger, ou plutôt la crainte de signer mon installation ici en vidant cette malle et en emplissant l'armoire. Non, tout cela resterait ainsi, prêt pour le départ.

Je n'avais sorti que les deux tomes du Rouvière et les quatre du Quénu, anatomie et technique chirurgicale. De quoi meubler mes longues soirées, à commencer par celle-ci. Je me souviendrais du 24 décembre 1961 !

Emmitouflé dans mes trois couvertures et ma capote, j'allais doucement sombrer dans le désespoir — mais un désespoir lucide, discret et de bon aloi ; rien de vulgaire — quand on frappa à la porte du baraquement. Le lumignon rougeâtre qui servait de nez au sergent Gauthier apparut, laissant deviner un réveillon déjà bien entamé :

— On vous demande à la réception, mon lieutenant. C'est urgent !

Dans le hall de l'hôpital Laveran, une silhouette élancée. Claire était là.

Dans cette chambre d'hôtel, au moins, il faisait chaud. Mais la température aurait pu être aussi désagréable que dans mon baraquement que je ne m'en serais pas soucié. Claire était là, près de moi, la tête calée contre mon épaule. Avec elle, je n'avais plus l'amour triste, comme autrefois, mais heureux.

Champagne dans un seau à glace, dîner fin sur une table. Finalement, ce réveillon allait être une réussite.

— J'ai deux surprises pour toi, Pierre...

Elle entreprit de fouiller dans sa valise. Des cadeaux... Un plaisir auquel je n'étais pas accoutumé. Chez les Dalban, les fins de mois étaient généralement si difficiles, même en décembre, que les présents étaient rares. Je n'avais jamais possédé beaucoup de jouets, ni trop de livres. Puis la surprise, n'était-ce pas sa présence inattendue à Constantine ?

Un Leica, concrétisation soudain tangible d'un vieux rêve d'adolescent dont j'avais dû parler un jour à Claire. J'étais heureux, timide et gauche comme le collégien qui bavait devant la vitrine du photographe proche de Condorcet. Je vivais, avec, qui plus était, la conscience de le vivre, un de ces instants privilégiés où tout s'accorde en une harmonie parfaite. Le corps apaisé et l'âme épanouie. Vingt-quatre ans et un avenir qui s'annonçait sous les meilleurs auspices, j'avais à mes côtés un être tout de finesse qui m'aimait sincèrement et que j'aimais chaque jour davantage.

— Tu ne me demandes pas quelle est l'autre surprise ?

— Encore un cadeau ! Et moi qui...

— Je suis enceinte, Pierre.

J'en demeurai silencieux. Philippe, c'était moi qui l'avais voulu, conçu d'abord comme un biais nécessaire, puis désiré. Mais un second enfant, après les réflexions pessimistes que je m'étais faites au cinéma durant l'après-midi ? Claire lisait mon étonnement et attendait, anxieuse, ma réaction.

Une famille nombreuse ? En réalité c'était ce à quoi j'aspirais. J'aurais peut-être choisi d'attendre plus longtemps, mais j'étais heureux, sincèrement heureux.

Claire se lova contre moi :
— C'était pendant ta permission, quand tu es revenu de Libourne. La méthode Ogino n'est pas très fiable...
Elle souriait, enfantine.
— Tant mieux ! Fin juin, alors...
— Oui. Cela t'obligera à rentrer en France. Un père de deux enfants, soutien de famille, ne peut pas rester en Algérie. Même si papa s'en mêle... Et il ne s'en mêlera pas.
Un avenir serein, disais-je. Quelque part dans la rue, pas très loin de l'hôtel, une violente explosion retentit. Tout demeura comme suspendu pendant un instant, avant que ne nous parvienne l'écho des cris, des hurlements s'entrecroisant, mêlés au son des galopades et des grincements de boîtes de vitesses maltraitées par des chauffeurs autochtones.
Dans la confusion qui montait de la rue, le martèlement régulier des pas de la troupe cadencés par des ordres brefs et des coups de sifflet ramena un peu d'ordre. Sirènes hurlantes, les ambulances de l'hôpital Laveran surgirent quelques instants plus tard, mettant un point final au brouhaha.
Un attentat, un de plus. Quelques morts sans doute, et trois lignes sur le rapport de l'officier de garde. Il n'empêche que j'étais heureux.

Avec le début du mois de mars, je découvrais enfin l'Algérie des dépliants touristiques : soleil haut dans un ciel bleu sans nuage et chaleur intense qui fait trembler le paysage. Le commandant Schmidt, qui était devenu un véritable ami, m'avait octroyé huit jours de permission après le terrible mois de février que nous venions de vivre.
Les événements, en effet, s'étaient subitement précipités, multipliant les confrontations d'une violence inouïe entre les deux communautés. Du sang partout, une violence omniprésente ; OAS et FLN rivalisaient d'atrocités et d'ingéniosité destructrice. On ne parlait plus de droit, de tort ou de raison, la mort et le pillage étaient devenus règle d'or.
L'hôpital Laveran était maintenu de jour comme de nuit sur le

pied d'une guerre qui emplissait de ses victimes jusqu'aux couloirs des services. Il n'était plus question de dormir ; les chirurgiens continuaient à opérer en tenant avec du café noir et les infirmières s'activaient avec l'automatisme de l'habitude. Vers la fin du mois de février, la lassitude et l'épuisement qu'il pouvait constater sur nos visages aux traits ravagés avaient conduit le commandant Schmidt à nous accorder quelques jours de repos que nous prendrions à tour de rôle.

— Allez à Philippeville, c'est plus calme...

La ville, en effet, respirait une quiétude oubliée dans le reste du pays. J'avais pris pension dans un petit hôtel tenu par un couple de pieds-noirs philosophes. « Inch'Allah... » était leur rengaine — un couplet fataliste que je fuyais en passant mes journées sur le sable des plages.

Quelques rares baigneurs à distance raisonnable, des filles en maillot de bain et l'odeur appétissante des brochettes grillées, vers midi, lorsque le fils de mes hôtes ouvrait sa baraque plantée au bord de la plage... J'aurais pu me croire en vacances si les bulletins d'informations transmis à la radio et les titres des journaux n'avaient pas été aussi inquiétants. Mais après tout, la guerre, je la retrouverais bien assez tôt. Je lézardais au soleil rêvant à Claire et à ce second enfant qu'elle allait me donner.

Et soudain, l'horreur fondit sur nous.

Le cri de la fillette vrilla l'air. Elle pouvait avoir une dizaine d'années, mignonne dans son slip de bain rose qui faisait ressortir sa peau bronzée — petit brugnon mûri au soleil. Mais ce qui frappait bien davantage, tandis qu'elle courait sur le sable, était le sang dont elle était barbouillée sur le visage, les mains et le haut du corps.

Je me redressai d'un bond, pendant qu'une femme étendue à quelques mètres s'occupait de l'enfant, et me mis à courir en direction du promontoire rocheux dont la petite venait de surgir. Deux corps étaient étendus sur le sable de la crique faisant suite à la grande plage. Leurs serviettes de bain étaient rougies par le sang giclant en jets pulsatiles des blessures. Je vis immédiatement que l'homme était mort, la gorge tranchée d'une oreille à l'autre, la tête presque détachée du corps.

La femme, cependant, remuait encore en gémissant. Une

dizaine de personnes m'avaient rejoint, le marchand de brochettes tenait maintenant la gamine dans les bras. Elle hurlait de plus belle, appelant ses parents et tendant la main vers les deux corps mutilés.

Choqué comme les autres, mais sans doute plus accoutumé au spectacle de la mort, je pris la direction des opérations :

— Eloignez-la ! Et allez chercher du secours, dites qu'on m'apporte une boîte d'urgence !

La blessure de la femme n'atteignait qu'un côté de la gorge, comme si les assassins n'avaient pas pu achever leur besogne, surpris peut-être par la fillette. La carotide devait être touchée, néanmoins, et je n'avais rien sous la main pour arrêter l'hémorragie... Elle était perdue. Dans quelques minutes, le cœur battrait à vide et des lésions irréversibles apparaîtraient dans les cellules nobles du cerveau, mal irriguées et oxygénées. Je ne pouvais tout de même pas rester ainsi, les bras ballants ! Je faisais défiler dans mon esprit soudain tendu toutes mes connaissances concernant les plaies artérielles.

« Encornata » de torero... cette blessure valait bien celle de la fémorale survenue lors de certains combats dans l'arène. Cette femme allait mourir, là au soleil, si on ne tentait rien. Alors, pourquoi ne pas essayer cette technique ? Sous le regard étonné des baigneurs, j'enfonçai les doigts à travers les berges de la plaie pour pincer l'axe vasculaire. Cela avait l'air de marcher ; le sang continuait de suinter le long de ma main, mais le flot était tari. La blessée respirait avec difficulté et n'avait pas repris connaissance. Tout doucement, progressivement, je sentais une crampe nouer les muscles de mes doigts crispés sur la plaie. Que les secours se dépêchent, bon Dieu ! Qu'on sauve au moins la mère de cette gamine !

Le son des sirènes de police vint enfin troubler le silence de ce début d'après-midi. Une ambulance suivait, d'où jaillit un infirmier porteur d'une trousse d'urgence. Je plaçai à la volée deux grosses pinces hémostatiques sur l'artère sectionnée et surveillai le branchement d'une perfusion destinée à remonter la tension. Vraisemblablement, la jeune femme en réchapperait.

Le fils de mes hôteliers, vendeur de brochettes et merguez sur la plage, s'était empressé de rapporter le récit de l'attentat à ses parents qui m'avaient préparé un couscous de fête :

— Pour vous remercier, monsieur Dalban ! Pensez, on les connaissait, ces pauvres gens. Des pharmaciens qui avaient seulement le tort de parler trop avec la clientèle : tout le monde se doutait, ici, qu'ils sympathisaient avec l'OAS...

Le meurtre de la plage était donc signé du FLN. Cela ne changeait rien, en réalité, tout ce qui comptait dans cette affaire étant le regard horrifié de la fillette.

— Son oncle l'a recueillie. Mais on dit que sa mère s'en sortira, n'est-ce pas ?

Les nouvelles circulaient rapidement dans ce pays — le téléphone arabe fonctionnait à plein. Oui, la maman s'en tirerait, marquée cependant à vie d'une terrible cicatrice.

— Que ça ne vous empêche pas de manger, monsieur Dalban ! C'est le destin, tout ça !

Mektoub. A la grâce de Dieu. Et l'Algérie s'enlisait dans un drame sanglant. Inch'Allah...

Décidé à me changer les idées après ce meurtre, j'acceptai d'accompagner mon nouvel ami vendeur de merguez au cinéma. Un film que j'avais déjà vu, bien sûr, précédé d'une bande d'actualités périmées. Tant pis, cela me changerait les idées.

Une coupure avait interrompu la projection durant plus de vingt minutes, et nous quittâmes le cinéma avec du retard sur l'horaire prévu. Georges consultait fréquemment sa montre ; je m'en étonnai :

— Tes parents vont s'inquiéter ?

— Ce n'est pas ça ! La patrouille... les chiens...

Il avançait en rasant les murs au long de rues désertées — couvre-feu oblige. Nous n'étions plus qu'à une centaine de mètres de l'hôtel, parvenus sur une petite place, quand des aboiements rauques se firent entendre.

— Les voilà !

Georges se plaqua contre un renfoncement de porte et je l'imitai sans comprendre.

A l'autre bout de la place, un homme était apparu, débouchant en courant d'une rue étroite. Les aboiements s'étaient faits plus forts ; deux chiens énormes — rendus plus impressionnants encore par la semi-obscurité — déboulèrent alors sur l'espace découvert. L'homme parcourut encore quelques mètres avant que l'un des molosses ne bondisse, le mordant à l'épaule.

— Ne bouge pas !

Le vendeur de brochettes m'arrêta au moment où je m'apprêtais à m'élancer. On ne pouvait pas laisser faire cela ! L'homme était tombé à terre et les deux chiens s'acharnaient sur lui, mordant à pleine gueule dans ce corps offert, aboyant de joie.

Et soudain, tout s'arrêta. Dans le silence revenu, les chiens lâchèrent leur proie et s'éloignèrent, rejoignant au pied deux hommes qui venaient de surgir à leur tour sur la place. Deux hommes en uniforme. Treillis, rangers et, sur la poitrine, brillant sous la clarté de la lune, un petit galon doré en diagonale ; deux sergents français.

Un instant calmés par le rappel au sifflet à ultrasons, les chiens se remirent à grogner en tournant autour de leur victime toujours étendue. La scène avait quelque chose d'irréel, de cinématographique, dans ce décor paisible de maisonnettes blanchies à la chaux.

Georges demeurait plaqué contre le mur ; sa peur était presque palpable ; pressée contre mon bras nu pour m'empêcher d'avancer, sa main était glacée et trempée de sueur. Mais de quoi avait-il peur ? Nous étions français, bardés de papiers d'identité à l'authenticité incontestable et notre situation n'avait rien d'irrégulier. Aucune crainte, donc, à avoir — à condition de ne pas rester dissimulés de la sorte.

Me libérant de l'étreinte de mon camarade, j'avançai sur la place en direction des militaires. Les chiens flairèrent aussitôt ma présence et s'apprêtèrent à bondir, retenus au dernier instant par un ordre sec. Les deux sous-officiers me regardaient approcher en silence ; près d'eux, l'inconnu arrêté par les chiens s'était mis à geindre doucement.

— Vos papiers !

Ils étaient jeunes, trois ou quatre ans de plus que moi, à peine, le crâne rasé des baroudeurs et le visage sévère. Pas réellement antipathiques : des engagés, des professionnels de la guerre comme j'en avais souvent rencontré à Laveran.

Afin d'éviter tout malentendu, je décomposai soigneusement mes gestes pour fouiller dans ma poche et en sortir ma carte d'identité militaire. Dès qu'ils y eurent jeté un regard, leur attitude changea. Ils claquèrent les talons, portant la main tendue contre la tempe, en un salut réglementaire :

— Excusez-nous, mon lieutenant, nous ne...

— Qui est-ce ?

Je me penchai sur l'homme étendu à terre ; l'un des chiens grogna : je touchais à sa proie. Triste proie : un jeune Arabe de vingt ans en djellaba qui ne présentait, heureusement, que des blessures superficielles au bras et à l'épaule. Je répétai ma question demeurée sans réponse :

— Qui est ce garçon ?

— Un fell, mon lieutenant. Un de ces petits terroristes embrigadés par le FLN pour poser des bombes. Les chiens les repèrent à l'odeur... C'est qu'ils ne sont pas faits comme nous...

Racisme bien ancré, instinctif. Parfait pour lâcher les chiens, au sens propre de l'expression. L'un des militaires s'était accroupi à son tour près du jeune homme dont il tâta les vêtements sous toutes les coutures.

— Rien sur lui, commenta-t-il seulement. Il a tenté de fuir quand il nous a vus. De toute façon, il a des amis au FLN, c'est sûr.

Si ce n'est pas lui, c'est donc son frère. Logique irréfutable des temps de guerre — la même, sans doute, qui avait conduit les fellagha à trancher la gorge d'un couple de pharmaciens sur la plage, durant l'après-midi ? La violence était un engrenage fatal, tournant follement, comme une vis sans fin, aboutissant à ces morts stupides.

Les deux soldats attrapèrent leur couple de bas-rouges par le collier ; ils souriaient, visiblement fiers de la réussite de leur mission et contents de leurs molosses.

— Et vous les sortez souvent ?

— Tous les soirs, mon lieutenant. Ce sont les meilleurs chasseurs de bicots du pays ! Rien que Balthus, il en a huit à son tableau de chasse ! Couic ! On était arrivés trop tard, quoi...

Petit haussement d'épaules pour regretter ces détails navrants. Couché aux pieds de son dresseur, le bas-rouge n'avait maintenant pas l'air plus méchant qu'un berger allemand de bistrot parisien. De toute manière, mourir égorgé par un chien ou fauché par une rafale de PM, où était la différence !

L'arrivée de la patrouille interrompit le récit des deux sous-officiers. Un adjudant-chef commandait le petit détachement ; il détailla un instant la pauvre proie des chiens, puis s'adressa directement à moi :

— Nous allons vous raccompagner, mon lieutenant. La nuit semble calme, mais on ne sait jamais...

Quelle sollicitude ! Je ne pouvais pas m'y opposer ; un signe à Georges, toujours caché dans le renfoncement de son mur, et nous franchîmes les derniers cent mètres escortés par la patrouille en treillis.

Sans dire un mot, Georges passa derrière le bar de l'hôtel de ses parents, et nous servit deux cognacs. Il était pâle, ses gestes tremblaient et sa chemise, humide de transpiration, lui collait à la peau.

— Pourquoi restez-vous dans ce pays ?

— Parce que c'est le nôtre, aussi bien que le leur...

Un mouvement du menton, en direction de la fenêtre, pour désigner le quartier musulman proche. En quelques mots, le problème venait d'être clairement posé ; les palabres et les lâchetés officielles ne changeraient rien à la situation. Dans cette partie de poker sanglante, il fallait un perdant ; Georges, et tous les pieds-noirs avec lui, savaient désormais qu'ils étaient désignés pour tenir ce rôle.

3

Le cessez-le-feu signé à Evian et la cinquantaine de morts de la rue d'Isly faisaient que nous vivions en ce mois de mars 1962 la fin d'un monde. Colonialisme était un mot désormais à bannir de nos manuels d'histoire ; débandade, exil et abandon le remplaceraient avantageusement. Dans quelques jours, l'exécutif provisoire algérien prendrait officiellement ses fonctions.

Il fallait tirer un trait sur toute une période et même si je n'étais pas directement concerné par le sort des pieds-noirs algériens, il me venait un malaise persistant en songeant à Georges, à ses parents, à tous ceux que j'avais pu rencontrer en quelques mois dans ce pays — à ces gens pour qui le rapatriement constituerait le dernier acte.

Dans une dignité toute relative, l'armée française allait devoir quitter ce territoire qu'elle était venue pacifier six ans auparavant. Le *Sidi-Okba* et d'autres cargos mixtes débarqueraient à Marseille des milliers de bidasses qui avaient appris, à vingt ans, la violence et la honte.

A peine rentré de ma permission à Philippeville, j'avais reçu mon ordre de mutation pour l'hôpital Bégin de Paris, ainsi qu'un billet d'avion — délicate attention de Claire — qui m'éviterait le retour par mer.

Très loin, sous l'aile de la Caravelle d'Air France, un cargo abandonnait dans son sillage une traînée d'écume qui tranchait sur le bleu sombre de la Méditerranée ; la côte algérienne s'estompait sur la droite de l'appareil. Spectacle superbe qui mettait un point final à mon séjour en Afrique du Nord. Un bilan somme toute positif : sous la houlette de Schmidt, j'avais accumulé, dans le bloc opératoire de Laveran, une série d'expériences médicales telles que je n'en retrouverais sans doute jamais plus de semblables tout au long de ma carrière.

Claire m'attendait dans le hall d'Orly, son ventre rond en avant et Philippe dans les bras. Ma femme... Je ne me lassais pas de répéter ces mots. Cette jeune femme que la maternité épanouissait était mienne. Oubliées toutes mes considérations pessimistes d'Algérie, mon rêve rejoignait celui de Claire : fonder ensemble une famille nombreuse. Philippe, ce second enfant qui s'annonçait — une fille, j'en étais d'ores et déjà persuadé — puis beaucoup d'autres ensuite...

Baisers très longs et doux, quelques larmes de mon fils, jaloux de me voir embrasser sa mère, et nous gagnâmes le parking où stationnait la deux-chevaux. Je m'installai au volant, heureux de retrouver également le macadam de Paris, l'odeur si particulière de cette ville.

Je me dirigeais vers le centre, quand Claire me demanda d'effectuer un détour par le quartier des Champs-Elysées où elle devait passer tout de suite. Elle me guida jusqu'à l'avenue Montaigne et me fit stopper, dans la contre-allée, presque en face de la luxueuse boutique de Christian Dior.

— Viens !

Elle me souriait, m'invitant à la suivre dans cet immeuble cossu, exacte réplique de celui des Noblecourt, boulevard Saint-Germain. Moi, je me sentais sale, pas rasé et un peu fatigué malgré tout par le voyage. J'avais bien plus envie de prendre un bain chaud et de serrer Claire dans mes bras, que de l'accompagner chez ses amis pour une visite que j'imaginais, à la seule vue de l'immeuble, empreinte de cette affabilité guindée que j'avais désapprise en Algérie. Mais je cédai, bien sûr, incapable de rien refuser à Claire alors que je venais juste de la retrouver. Elle sonna au second étage ; une soubrette de comédie, hispanisante et délurée, dans son tablier blanc porté sur une jupe noire, ouvrit la porte et lança, avec un merveilleux accent :

— El Papa de la Madame al téléfon... Vénir tousuite !

Je ne comprenais encore pas grand-chose, ni ce que nous faisions là, ni les motifs qui poussaient le Mandarin à nous y rejoindre. Claire, elle, se comportait comme en pays conquis. Elle me précéda dans un vestibule immense, ponctué de portes qu'elle ouvrait tour à tour. Enfin, radieuse, elle se tourna vers moi :

— Voilà, tu es chez toi... chez nous !

Trois cents mètres carrés, huit pièces principales et trois mètres cinquante de hauteur sous plafond. Tel était l'appartement que le Mandarin avait en vue, depuis notre mariage, et que Claire occupait maintenant depuis plus de deux mois. Elle n'avait pas voulu m'en parler dans ses lettres, me réservant la surprise. Qui plus est, cette merveille bourgeoise, régie par la loi de 1948 sur les loyers, ne nous coûterait guère plus cher qu'un banal deux-pièces dans le fin fond du quinzième arrondissement.

Charles Noblecourt m'expliqua tout cela et bien d'autres détails encore, lorsqu'il nous eut rejoints dans le grand salon donnant sur l'avenue Montaigne : quatre-vingts mètres carrés au moins, meublés seulement de trois bergères Louis XV.

— Je t'attendais pour la décoration, précisa Claire. Je ne voulais rien décider en ton absence...

— Merci, mais n'est-ce pas trop...

— Rien du tout !

Le Mandarin balaya mes objections informulées d'un geste de la main. Visiblement, il était satisfait d'avoir aussi bien tenu sa promesse de nous installer de façon indépendante.

— Un de mes amis vivait là... Un veuf, sans enfant, à qui j'avais posé une des premières prothèses de hanche. Il ne pouvait rien me refuser, alors quand il a décidé de s'installer en province...

Evidemment. Impossible à concevoir pour le commun des mortels, une telle opération devenait simple pour un notable comme Noblecourt. La réussite à l'internat, le départ pour l'Algérie et les fantastiques leçons de chirurgie que j'y avais prises, l'obtention de cet appartement était le troisième miracle dont je bénéficiais grâce à mon mariage. Sans compter ce bonheur permanent dispensé par Claire, ni parler de Philippe et de cet enfant à venir. J'avais conclu, ce jour de novembre, ce qui demeurerait peut-être comme la meilleure affaire de ma vie, ainsi que l'affirmait, avec un cynisme qui me rappelait celui de ma première année d'externat, mon ami André Lévy.

Un loyer dérisoire, la possibilité de puiser dans le stock splendide des meubles de la famille Noblecourt, la présence de la soubrette espagnole « prêtée » par ma belle-mère... pouvais-je raisonnablement me plaindre de vivre, à vingt-quatre ans, comme un millionnaire ?

— Puis, ajouta le Mandarin, dès votre clinicat vous recevrez vos premiers malades privés. Une adresse prestigieuse est indispensable...

Tous scrupules anéantis par cette avalanche de bonnes raisons, je me laissai enfin aller au plaisir de mon installation, joint à celui de mes retrouvailles avec Claire.

Le Pr Henri Royer-Bottat avait paru préoccupé des quelques saignements que Claire lui avait signalés lors de ses dernières visites de contrôle. L'obstétricien — un ami personnel de Charles Noblecourt et, comme lui, le premier dans son domaine — avait poussé la sollicitude jusqu'à nous confier son numéro privé, inscrit sur la liste rouge :

— Et vous me contactez aux premières douleurs, quelle que soit l'heure !

Je dormais profondément, lorsque Claire me réveilla en m'embrassant :

— Pierre chéri, je crois que ça y est...

Trois heures du matin. Une odeur âcre, aisément identifiable, montait des draps. Claire était plus gênée qu'inquiète : elle avait été éveillée par une contraction assez forte et par la sensation d'humidité provoquée par une importante hémorragie.

Royer-Bottat avait retenu une chambre pour Claire dans son service hospitalier. Moins d'une demi-heure après ce réveil nocturne, Claire était étendue sur la table d'examen de l'hôpital. L'obstétricien venait d'effectuer un toucher vaginal et d'ausculter le ventre ; il me fit signe de le suivre dans le couloir.

— Monsieur Dalban, je ne vous cache pas que je crains des difficultés...

Je dus pâlir soudain, car il tentait trop de se faire rassurant, ses mains aux doigts fins ponctuant chacun de ses mots comme pour mieux en appuyer la signification :

— Oh, rien de grave, surtout dans les conditions où nous allons travailler. Mais cela saigne beaucoup, il faut déjà compenser cette perte sanguine et je fais brancher une perfusion. En réalité... je pense que c'est un placenta praevia.

Il avait hésité un instant avant d'achever sa phrase. Je rassemblai toutes mes connaissances en obstétrique pour me rappeler qu'il s'agissait d'une mauvaise implantation placentaire qui bouchait l'orifice de sortie du fœtus, au lieu d'être au fond de l'utérus.

Royer-Bottat interpréta mon silence comme un nouveau signe d'inquiétude qu'il s'empressa de dissiper, jouant maintenant avec ses lunettes à la fine monture d'or.

— Je n'en serai sûr que lorsque le col sera suffisamment dilaté. Il faut attendre que le travail se fasse...

— Et ensuite ?

— Cela dépend. S'il s'agit d'un praevia latéral, on peut parfois accoucher par les voies naturelles. En revanche, si c'est un central, il faut césariser.

Le terme était lâché : césarienne. Il devait s'en douter depuis un moment déjà, le bougre. Voilà qui expliquait notre présence à Boucicaut et non dans une clinique privée.

Claire respirait et souffrait en silence ; elle esquissa un pauvre sourire :

— Ta fille a du mal à venir, Pierre. Ce n'est pas comme Philippe...

— Ma fille ? Tu es si sûre qu'il s'agit d'une fille ?

— Bien entendu. Nous la souhaitions, n'est-ce pas ?

Je lui essuyai le front. La sage-femme commença de la faire respirer en cadence ; je n'avais plus qu'à sortir dans le couloir, marcher de long en large, comme tous les pères du monde. Je n'étais plus un futur chirurgien ; le jugement troublé par la crainte, mes connaissances ne me servaient plus qu'à multiplier mon angoisse. Complications et risques opératoires défilaient devant mes yeux en un ballet sanglant dont Claire sortait mutilée, voire morte.

Claire venait d'être transportée en salle de travail, quand Charles Noblecourt arriva. Royer-Bottat s'expliqua immédiatement devant son ami :

— Je suis navré, Charles, c'est un praevia recouvrant central, j'en ai la certitude, à présent — un vrai matelas entre la tête et mes doigts. Il ne faut plus attendre pour sauver l'enfant. Le cœur est bon... J'ai fait préparer le bloc pour une césarienne ; veux-tu y assister ?

Noblecourt avait soudain vieilli de dix ans. Il se laissa tomber sur la banquette de skaï, défait, et balbutia :

— Je ne sais pas, Henri... Je te fais entièrement confiance. Peut-être vous regarderai-je dans quelques minutes.

Royer-Bottat se tourna vers moi :

— Et vous, monsieur Dalban ?

Oui, je voulais assister à la naissance de mon enfant, quelles qu'en soient les modalités. En revanche, je ne me sentais pas la force d'y participer — la crainte, sans doute, de perdre tous mes moyens devant le corps endormi de cette femme que j'aimais. J'allais, au cours des années, changer diamétralement d'opinion sur ce point et préférer faire moi-même, pour les miens, ce que je savais réaliser mieux que les autres.

— Je ne me sens pas le courage de vous aider. Si vous le permettez, cependant, je resterai auprès de vous ?

L'obstétricien hocha la tête :

— Vous avez raison. Allez la voir, je ne lui ai encore rien dit.

Il me remettait la charge de cette annonce délicate. Mais Claire devait déjà se douter de quelque chose. Les contractions se rapprochaient, de plus en plus douloureuses, et elle expulsait chaque fois d'énormes caillots de sang.

— Tout ira bien, ma chérie... Le bébé ne peut pas passer par le bas, tu as un placenta praevia... Il faut pratiquer une césarienne ; je suis là, je vais rester avec toi...

Claire ferma les yeux, retrouvant un instant son visage apaisé d'adolescente. Sa voix n'était plus qu'un souffle :

— Je m'en doutais, Pierre. Ces hémorragies étaient anormales ; je n'en parlais pas pour éviter de t'inquiéter... Une césarienne, à notre époque, ce n'est plus rien. Et les bébés sont superbes !

Merveilleuse Claire ! Malgré ses souffrances, c'était elle qui essayait de me rassurer. A ce moment, je l'aimais plus fort que jamais.

Les brancardiers la conduisirent au bloc opératoire. La surveillante de nuit m'avait fourni une casaque, des bottes et un jersey. Dans une petite pièce attenant à la salle d'opération, la sage-femme avait préparé les appareils nécessaires à la toilette et à l'éventuelle réanimation du nouveau-né.

Royer-Bottat et son aide venaient de disposer les champs opératoires. Claire ne dormait toujours pas — contrairement aux interventions chirurgicales habituelles, la patiente était anesthésiée au dernier moment afin d'éviter que le produit employé, circulant dans le sang, n'agisse sur le fœtus qui risquait de naître alors « endormi ».

L'obstétricien avait la réputation d'être l'un des pionniers des voies de Pfannenstiel pour les césariennes, cette incision horizontale, à la limite des poils pubiens, dont la cicatrice est presque invisible, évitant ainsi aux femmes les séquelles esthétiques d'une incision verticale ; pour Claire, cependant, cette voie d'abord ne convenait pas. Royer-Bottat m'en avait averti :

— Pour toute autre césarienne, mon cher Dalban, je l'aurais proposée, d'autant que Claire m'est chère et que je l'ai vue grandir. Mais pour un placenta praevia, on ne peut prendre aucun risque : seule la voie médiane est possible. J'en suis désolé, c'est impératif...

Il fit un signe à l'anesthésiste, lui signifiant qu'il était prêt ; Claire esquissa un dernier sourire avant de sombrer dans l'inconscience. Courage, tendresse et patience ; en ces instants difficiles, elle faisait montre de ces trois qualités, composantes essentielles de son caractère. Pour offrir à notre couple ce nouvel enfant, elle acceptait de souffrir, d'enfanter dans la douleur.

Royer-Bottat incisa la paroi : tel un énorme ballon lisse, le muscle utérin apparut dans la béance. L'obstétricien glissa alors des champs tétralatéralement, pour protéger les anses intestinales, puis il incisa le muscle transversalement au niveau de l'isthme.

Ses gestes étaient rapides et sûrs ; il écarta les berges de la plaie avec les doigts et insinua l'une de ses mains dans l'orifice. Je vis rapidement apparaître le sommet du crâne de l'enfant, puis toute la tête. S'aidant de l'autre main sous le cou, Royer-Bottat put alors aisément faire sortir le corps.

Deux pinces sur le cordon ombilical, un coup de ciseaux et il tendit l'enfant à la sage-femme qui le reçut dans un champ stérile. Sept minutes à peine s'étaient écoulées, depuis que Claire avait sombré dans l'inconscience.

— C'est une fille !

Une fille... Ma fille Anne. Anne Dalban-Noblecourt. Claire avait donc vu juste ! Royer-Bottat s'était immobilisé, guettant le premier cri qui lui apprendrait s'il avait gagné. La sage-femme tenait l'enfant tête en bas, la nettoyant et frottant son dos. Soudain le petit visage se convulsa et l'air entrant dans les poumons déplissa les alvéoles pulmonaires. Ma fille avait une fort jolie voix.

Charles Noblecourt nous rejoignit. Les larmes aux yeux, le Mandarin ressemblait à un homme, en contemplant ce petit monstre bleuissant qui hurlait de rage.

Cependant, une certaine animation régnait dans la salle d'opération. L'anesthésiste avait réclamé qu'on lui apporte encore deux flacons de sang et qu'on en prévoie d'autres. Royer-Bottat, lui, demeurait silencieux. Il était un peu pâle et quelques gouttes de transpiration apparurent à la limite de son calot, vite épongées par la panseuse.

Penché au-dessus des champs opératoires, il avait gardé une de ses mains dans l'utérus et tentait manifestement une manœuvre difficile. Autour de son poignet, du sang rouge vif suintait, aspiré par la canule de l'aide. Il retira la main et déposa dans le haricot quelques débris de placenta. Le niveau du sang montait dans le bocal d'aspiration et le temps passait anormalement. La délivrance aurait dû être terminée, à présent, et le chirurgien en train de refermer.

Près de moi, Charles Noblecourt s'étonnait également. Je pouvais suivre chacune de ses pensées, ses craintes non encore formulées, tant elles rejoignaient les miennes. Il posa enfin la question :

— Henri, qu'est-ce qui ne va pas ?

— Une saleté, Charles... désolé, vraiment. Le placenta est

acreta. Impossible d'avoir tous les cotylédons, et elle saigne de plus en plus... Il n'y a plus qu'une solution, maintenant, pour sauver Claire et il faut se décider vite...

Une seule solution ? Charles baissa la tête ; lui avait compris. Royer-Bottat continua à mon seul usage :

— C'est un cas très rare, Dalban. Le seul moyen de venir à bout de cette hémorragie de la délivrance, c'est de supprimer totalement la cause du saignement... Hystérectomie.

Le mot tomba, très sec, dans le silence relatif du bloc. Hystérectomie, un terme au moins aussi barbare dans sa prononciation que dans sa signification, malgré la précision que s'empressa d'apporter l'obstétricien :

— Je laisse les ovaires. Du point de vue hormonal, et donc pour sa vie de femme, Claire sera parfaitement normale.

J'étais assommé par cette douche écossaise : depuis trois heures du matin, le doute, la crainte, la joie et, à nouveau, la catastrophe s'étaient succédé. Claire mutilée... Comment réagirait-elle ? Noblecourt s'appuya contre mon bras, aussi désemparé que moi. Ne pas se laisser abattre ; pour le moment, il fallait sauver Claire et puisque c'était là le seul chemin, nous le suivrions !

Je hochai la tête, incapable d'articuler le moindre mot, supputant les difficultés techniques d'une telle intervention sur un utérus gonflé de sa vascularisation de grossesse. Royer-Bottat, qui guettait mon approbation, avait déjà changé de gants.

Il plaça rapidement ses ligatures sur les ligaments larges pour les dégager et arriver ainsi sur le pédicule utérin. Les grosses pinces de Jean-Louis Faure furent alors mises en place. Le chirurgien se tourna vers l'anesthésiste :

— Voilà, l'hémostase est faite. Elle ne saigne presque plus. Comment va-t-elle ?

L'autre contrôla la tension et vérifia ses perfusions :

— Ça ira, je pense. Il était temps : je n'aurais pas pu la maintenir en équilibre plus longtemps...

L'obstétricien n'avait plus alors qu'à compléter son exérèse. Et soudain, je craquai, comme un gosse malheureux, accablé de trop de tension nerveuse retenue. Un sanglot me secoua, irrépressible, qui me submergea.

Je sentis la panseuse me prendre aux épaules pour me

conduire dans le couloir où le Mandarin me rejoignit, les yeux également rougis. Il m'ouvrit les bras. J'étais redevenu le gamin de la butte Montmartre et je pleurais toutes mes peines : mon père disparu qui ne connaîtrait jamais ses deux petits-enfants, Claire mutilée, notre avenir bouleversé. Je pleurais sans plus pouvoir m'arrêter.

4

Mon ami André Lévy me jetait de fréquents coups d'œil étonnés par-dessus la table. Non, moi non plus je ne reconnaissais plus Claire. Celle qui demeurait ma femme pour l'état civil avait changé du tout au tout, radicalement, comme on n'imagine pas que ce soit possible.

Bien sûr, elle restait l'ancienne pensionnaire du couvent des Oiseaux, policée jusqu'à la caricature. Elle ne haussait jamais le ton, conservait un sourire accroché à ses lèvres pleines, mais on sentait que tout cela sonnait faux. Du moins, pas comme avant. Avant...

Il était difficile de fixer une origine précise à cette évolution du caractère de Claire. En y songeant, il me revenait quelques détails à la mémoire, soulignant un imperceptible glissement dans nos rapports. Cette soirée de juillet — Anne avait un mois, à peine — où je m'étais attardé du bout des doigts sur la cicatrice qui ornait à présent le ventre de Claire. Elle s'était brusquement retournée dans le lit, ne laissant à ma tendresse que la perspective d'un dos boudeur.

J'avais interprété cette rebuffade comme un caprice, l'expression d'une lassitude passagère. Eh quoi ? Nous nous aimions, non ? Notre amour avait été cimenté par la venue de ces deux enfants, nous formions un couple. Pas de quoi s'alarmer, donc.

Mais le lendemain et les jours suivants, la même scène s'était reproduite. Je demeurais décontenancé, incapable de la moindre réaction et, plus encore, incapable de comprendre les motifs d'une telle conduite.

Puis il y avait eu cette matinée — un samedi — où, libéré de Bégin par le week-end, j'étais resté à la maison. Claire s'était enfermée dans la salle de bains, me privant de ces instants auxquels je tenais entre tous, durant lesquels, assis sur le rebord de la baignoire pendant qu'elle se lovait dans l'eau parfumée, je lui parlais sans contrainte, complice. Je n'avais pas osé frapper à la porte close, croyant là encore à un caprice passager — une pudeur soudaine qui trouverait rapidement sa conclusion...

— Claire, tu ne reprends pas de salade ?

Sans me répondre, sans même me regarder, Claire se leva brutalement de table, abandonnant sa serviette sur le dossier de sa chaise. Elle esquissa un sourire à l'adresse d'André, murmura : « Pardonnez-moi ! » et quitta la salle à manger. Décontenancé mais bien élevé, André s'absorba dans la contemplation d'une feuille de laitue, tandis que je courais à la poursuite de ma femme.

Elle marchait, très raide, devant moi, comme sourde à mes appels répétés :

— Claire ! Enfin, que se passe-t-il ? Tu n'es pas bien ?

Je n'osais pas élever le ton ni l'agripper par le bras pour la contraindre à me faire face. D'instinct, j'avais en horreur ces étalages d'autorité patriarcale séculaire. Puis, il faut ajouter que je ne savais pas très bien ce qu'il convenait de faire, la manière d'agir dans ces cas-là. Jamais auparavant Claire ne s'était comportée de cette étrange manière. Hormis ces fêlures que j'ai dites dans nos relations — elles demeuraient alors confidentielles, connues de nous seuls —, je n'avais jamais pu constater le moindre changement d'attitude de Claire en public. Ce soir, cependant, André était avec nous. Et même s'il était mon meilleur ami, ce brusque départ devant lui était pour le moins surprenant.

— Claire !

Rien. Elle avançait toujours dans l'immense couloir de l'appartement. Qu'est-ce que je devais faire ? Aborder enfin de front ce problème qui couvait depuis un moment ? Je n'en avais pas le courage — les héros sont fatigués et j'avais trop peur de ce que je pourrais découvrir.

Soudain, elle s'immobilisa, front contre le mur, et fondit en larmes. J'avançai la main vers elle ; la prendre dans mes bras, la consoler et surtout, essayer de comprendre cette douleur qui paraissait la ronger.

— Laisse-moi. Va retrouver André !

Elle se dégagea, poussa la première porte venue — celle de la chambre des enfants — et s'enferma dans la pièce. Tambouriner à la porte aurait été ridicule, je n'aurais fait que réveiller Anne et Philippe car, c'était évident, Claire ne m'ouvrirait pas.

Je ne pouvais donc que regagner, penaud et indécis, la salle à manger où André m'attendait. A lui, je pouvais tout raconter ; il était mon complice de la première heure et peut-être saurait-il me conseiller ?

— Je ne comprends rien... Elle s'est enfermée dans la chambre des gosses... Je crois qu'elle pleurait...

— Les femmes ! soupira André, compatissant.

Qu'est-ce qu'il y connaissait, aux femmes, lui ? Rien. D'ailleurs, il ne s'agissait pas des femmes en général — comme on dirait les aveugles, ou les Noirs —, il était question de Claire. De sa soudaine conduite, imprévisible, qui la faisait me fuir. Allons, ne pas s'emporter, ni houspiller ce pauvre Lévy qui n'y était pour rien, mais essayer d'en apprendre le plus possible.

— Elle ne t'a pas parlé ? Je sais que vous vous voyez de temps en temps, l'après-midi, depuis que tu as abandonné tes études de médecine.

Claire et André visitaient les musées, couraient les expositions artistiques, toutes activités que je n'avais pas le loisir de pratiquer. J'avais vu d'un bon œil, sans jalousie aucune, ce rapprochement entre ma femme et mon plus vieil ami, lorsque André avait décidé de se consacrer tout entier à la peinture.

— Non. Nous discutons d'art...

Il ne m'était pas d'un grand secours, laconique, presque sec. J'insistai :

— Enfin, André, c'est tout de même étrange. Pourquoi, soudain, ce revirement ? Elle ne m'aime plus ?

Il sourit et garda le silence pendant que Marcia desservait la table.

— Bien sûr que si. Simplement, elle a besoin d'être rassurée. Enfin, c'est comme ça que j'interprète la situation...

On ne pouvait pas être moins clair. Je connaissais trop, cependant, la très particulière tournure d'esprit d'André — un artiste, dans toute l'acception du terme — pour insister. Il ne m'en dirait pas davantage, sphinx partagé entre son affection pour moi et la discrétion à laquelle il se croyait tenu vis-à-vis de Claire. Seulement, je ne voyais pas en quoi ma femme avait besoin d'être rassurée. Ni ma sincérité devant elle, ni mon amour ne pouvaient être mis en doute. Alors ?

— C'est ça, la rassurer, reprit André.

Puis il changea totalement de sujet de conversation, me parlant de son père, le Dr Alain Lévy, qui avait guidé mes premiers pas dans le milieu médical, de ma mère qui semblait chaque jour rajeunir, heureuse de ses petits-enfants. Pour André, le chapitre Claire était clos.

Moi, pourtant, je ne parvenais pas à oublier le visage ravagé de larmes qu'elle avait tenté de me dissimuler quelques minutes auparavant. Claire malheureuse ? Je n'arrivais pas à l'admettre.

Notre premier anniversaire de mariage, nous avions décidé de le passer en tête à tête. Pas de famille autour de nous, les enfants confiés à leurs grands-parents, Noblecourt et Marcia en congé pour la journée. En réalité, lorsque je dis que « nous avions décidé », je me dissimule l'indifférence de Claire devant l'approche de cette date.

La lente dégradation de nos rapports s'était poursuivie, sans à-coups, mais sans rémission. Sourires et apparences conservées, mais plus de tendresse entre nous. Une froideur excluant tous moments d'abandon. Et dire qu'il n'avait même pas fallu une année pour en arriver là ! Six à huit mois de mariage avaient suffi, puisque j'étais parvenu à dater précisément le début de ces troubles aux alentours du mois de juin, la naissance difficile d'Anne.

Claire me glaçait littéralement. Sa stricte réserve m'interdisait de rien tenter, tuait dans l'œuf les moindres de mes velléités de discussion. Souvent, rentrant de l'hôpital, je me jurais d'essayer de lui parler ; ce soir serait le bon, il fallait percer l'abcès. Mais non. Impossible. Mentalement je ne parvenais pas à l'approcher non plus. Mentalement, car physiquement, plus rien n'existait entre nous depuis ce soir de juin où elle s'était brusquement retournée dans le lit conjugal, me laissant désemparé et triste. Toutes mes tentatives s'étaient heurtées au mur hostile de son silence et de ce dos, seul offert à mes yeux. Six mois de chasteté, je n'en revenais pas ! Comment avais-je pu me résigner, moi que la seule vue d'un jupon affolait, autrefois ? Une nouvelle sagesse venue avec l'âge ? Plus prosaïquement, la certitude bêtement ancrée en moi que ce malaise n'était que passager, qu'il ne fallait rien brusquer par crainte de tout perdre.

Parce que, froide et dédaigneuse, je continuais d'aimer Claire. Elle avait beau m'humilier par ses rebuffades répétées et ressenties d'autant plus douloureusement que je savais pouvoir imposer mes désirs par la force, l'*ultima ratio regum* ne convenait pas à mon tempérament. Elle avait beau me tenir à distance d'un simple regard de ses yeux bleus, j'en demeurais amoureux avec une sincérité toujours aussi intense.

Donc, j'avais souhaité cette soirée intime pour fêter ce premier anniversaire, décidé à éclaircir le problème en profitant de l'émotion de l'instant. Souper fin aux chandelles, champagne et cadeau — un cadre ancien dans lequel j'avais placé une photographie de nos enfants. L'instant des confidences suivrait inéluctablement et ce serait à moi de saisir cette chance offerte à notre couple.

Novembre 1962 était sans surprise, gris et pluvieux sur Paris qui attendait l'hiver. J'avais allumé un feu de bois dans la cheminée du salon, tamisé l'éclairage et disposé les coupes et le seau à glace sur une table basse. Ce serait là, sur ce canapé, face aux flammes, que tout se dénouerait.

A la fin du repas, Claire se leva pour débarrasser la table. Nous n'avions échangé que des banalités météorologiques et là, elle me fuyait, c'était visible.

— Claire, laisse, veux-tu ? Marcia s'en occupera demain. Je voudrais te parler...

— Comme tu préfères.

Une réponse qui dépeignait bien sa nouvelle attitude. Elle ne refusait rien ; plus subtilement, elle esquivait comme un lutteur habile, pliait pour ne pas rompre. Elle me laissait l'initiative des opérations, n'aidait pas ma démarche ; en fait, elle se posait d'ores et déjà en victime expiatoire offerte à ma colère.

Elle s'installa tout au bout du canapé, loin de la place que je m'apprêtais à occuper. Je me rapprochai d'elle, très près, jusqu'à sentir l'odeur légère de son parfum.

— Claire, qu'est-ce qui ne va pas ?

— Mais tout va bien. Pourquoi penses-tu que... ?

Un petit mouvement sec de la main, un coup de menton vers l'avant, comme un défi ; elle me toisa. Je pensais, moi ? Quelles drôles d'idées j'avais en tête, tout n'allait-il pas pour le mieux dans le meilleur des mondes conjugaux ?

A nouveau, elle manœuvrait avec tant d'habileté que j'en restai pantois. Claire me connaissant bien, savait que ma timidité finirait par l'emporter. Je l'avais conquise à la hussarde, bousculant les événements, cependant je n'étais qu'un gamin devant elle. Il m'était impossible de lui imposer ma volonté, trop respectueux de sa personnalité. Puis je l'aimais, c'est un aveu qui résumait assez mon impuissance.

Je me livrai à une ultime tentative, si pitoyable qu'elle était dès l'abord vouée à l'échec :

— Nous devons parler, mon amour...

— Parler ? Mais que faisons-nous, depuis le début de la soirée ? Je suis fatiguée, je vais aller me coucher, pardonne-moi...

Et voilà. Elle glissa jusqu'à la porte du salon, silhouette fine en tailleur gris perle — un signe également, cela : elle avait abandonné les jeans et les tenues plus sportives adoptées dans l'enthousiasme les premiers temps de notre mariage. J'avais perdu.

Le feu dans la cheminée, le champagne tiédissant dans les coupes et ma mise en scène digne des mélodrames à dix sous... de quoi avais-je l'air ? Ne pas y penser, surtout, afin de sauvegarder ce qui subsistait de foi en nous.

En robe de chambre, Claire fouillait les étagères surpeuplées de la bibliothèque offerte par Charles Noblecourt. Grand amateur de livres, le Mandarin avait déposé dans l'appartement de l'avenue Montaigne toute une partie de ses trésors, prétextant un imaginaire manque de place chez lui. Une manière déguisée de nous faire accepter ce cadeau.

— Tu cherches quelque chose ?

— Un roman. J'ai besoin de lire quelques pages avant de m'endormir...

Quelques pages ! Penser qu'un an seulement auparavant, les nuits nous semblaient trop courtes. Enlacés, serrés l'un contre l'autre, nous luttions contre le sommeil qui allait nous séparer. Et maintenant, elle avait besoin de lire quelques pages avant de dormir... Rien à répondre à cela. Constater, une fois encore, un échec que je ne m'expliquais pas. Je passai dans la salle de bains revêtir ce pyjama qui habillait à présent mes nuits, moi qui n'aurais jamais imaginé dormir autrement que nu près de Claire. Un vieux couple, voilà ce que nous étions devenus en l'espace de quelques mois. Sinistre.

— Bonsoir, Pierre.

Debout dans le chambranle de la porte, elle m'observait pendant que je griffonnais machinalement sur un bloc-notes. Ses yeux bleus braqués sur moi, un sourire de pure forme au coin des lèvres, elle me narguait.

— Tu ne te couches pas ? lui demandai-je, soudain gêné.

Je conservais un fond de naïveté que cette soirée allait achever de me faire perdre. Il faut me comprendre, je n'avais aucune raison, particulièrement en ce jour anniversaire de notre mariage, d'imaginer que cette attitude de Claire signifiait la fin de notre couple.

J'avais envie de son ventre redevenu plat et lisse, barré de cette cicatrice qui excitait ma tendresse ; je désirais son corps, ses seins, sa bouche. Je la désirais toute. Et elle, gainée dans son armure de soie, se contentait de me regarder.

— Tu ne te couches pas ? répétai-je.

— J'ai demandé à Marcia de me préparer la chambre d'amis. Dorénavant j'y dormirai.

Le souffle coupé, j'analysai logiquement la phrase. Elle ne recelait aucun piège, aucune autre signification que l'annonce, très sèche, que nous ferions maintenant chambre à part.

— Tu aurais pu m'en parler, nous...

— C'est fait, Pierre. Bonsoir.

On ne peut pas m'en vouloir réellement. Trop, c'est trop et ma coupe débordait soudain largement. Je bondis vers la porte au moment où elle s'apprêtait à tourner les talons. Mon geste me surprit par sa violence, sa force libératrice. Ce fut comme si ma tristesse, mon ressentiment et mes frustrations accumulées éclataient brusquement. La gifle claqua sur la joue de Claire et la trace de mes cinq doigts écartés s'imprima distinctement sur sa peau.

De son côté comme du mien, la surprise prévalut durant les premiers instants. Je n'avais pas souhaité cela, cette brutalité si peu dans mes habitudes. Claire porta lentement la main à son visage rougi. Elle non plus ne parvenait pas à y croire. Comment, pourquoi en étions-nous arrivés là ? Et précisément aujourd'hui ?

— Claire, je...

— Ne dis rien, Pierre. C'est trop tard.

Pas de cris, pas de larmes. Un absolu détachement et ces mots, plus définitifs qu'un adieu. Je paniquai, passager impuissant d'un bateau sans gouvernail.

— Je t'aime, Claire !

— Tu ne peux pas comprendre.

Notre dialogue ne rimait plus à rien. Nous avions depuis longtemps dépassé les rives du désaccord pour aborder le cœur de l'incommunicabilité. Il n'y avait pas d'hostilité entre nous ; simplement, nous nous étions éloignés de millions d'années-lumière.

L'idée m'effleura qu'Adeline Noblecourt était peut-être à l'origine de la conduite de sa fille ? Mais non, l'influence de sa mère sur Claire avait rapidement décru dès le début de notre mariage. Il me fallait rechercher l'explication dans un autre registre.

« La rassurer », avait dit André. Et si, tout simplement, Claire doutait d'elle-même, de sa séduction, maintenant que son ventre s'ornait de la marque d'une césarienne ? Tout concordait : les dates — l'accouchement difficile qui avait préludé à la naissance d'Anne —, et les faits, — son refus de tout contact physique, ses réticences nouvelles à ce que je la voie nue.

Et je l'avais giflée, pensant à un caprice, vengeur minable d'une virilité jamais mise en cause. J'avais frappé cette femme qui se refusait désormais à moi sans que j'éprouve le besoin de quêter ailleurs la tendresse qu'elle ne me donnait plus. Je l'avais frappée...

Comme à regret, sans me quitter des yeux, Claire s'éloigna vers le fond de notre appartement, vers cette chambre qu'elle avait choisi d'occuper sans moi. Bras ballants, imbécile et vain, je n'essayai même pas de la retenir.

Les semaines qui suivirent ne firent que confirmer ce total bouleversement des règles du jeu conjugal. Je n'avais plus mon mot à dire. Je voulais continuer de croire que tout cela n'était que provisoire, que Claire était malade et qu'elle guérirait rapidement. Illusions.

Feindre une insouciance que je n'éprouvais pas ne servait plus à rien. Je n'avais pas bougé d'un iota, lui exposant mon affection comme une plaie béante. Elle, bien au contraire, avait pris de la distance — Claire ne dormait pas à quelques mètres de moi dans la chambre d'amis, mais elle vivait maintenant à des lieues, en étrangère polie.

D'emblée, Marcia, notre domestique, s'était placée dans le camp de sa maîtresse et je pouvais observer une vague nuance d'hostilité dans son comportement à mon égard. Ainsi, les choses étaient nettes : d'un côté, je m'obstinais seul à tenter de maintenir une illusoire façade de bonheur conjugal ; de l'autre, Claire, Adeline Noblecourt et Marcia faisaient bloc contre moi. Entre les deux clans, Philippe et Anne étaient bien trop jeunes pour être mêlés à nos histoires d'adultes, préservant ainsi leur innocence. Mais pour combien de temps encore ? Qui pouvait assurer que, le jour où la situation serait devenue intolérable, ces deux enfants ne deviendraient pas l'enjeu d'une lutte sordide ?

Bien sûr, nous n'en étions pas là. Il était inconcevable que Claire et moi en venions de la sorte à nous entre-déchirer. Et pourtant... En cette fin d'année 1962, je commençais à entrevoir que l'existence n'est pas forcément simple et linéaire, que les difficultés insurmontables ne sont pas toujours celles qu'on imagine à vingt ans. Je venais de fêter mon quart de siècle, j'avais tout pour être heureux — tout, sauf Claire qui ne tenait plus à moi.

Pour Noël, je connus un sursaut d'espoir. Devant Philippe découvrant son premier sapin et son premier matin de jouets, devant Anne gazouillant dans son berceau, Claire parut un moment oublier sa peine. Elle me sourit, se réjouit avec moi de la fin de mon service militaire officiellement fixée au lendemain. J'allais enfin débuter mon premier semestre d'internat, entamer réellement mon apprentissage de chirurgien. Je n'aurais plus seulement le pied à l'étrier, j'allais monter en selle, prêt à me lancer sur un parcours long et difficile, au cours duquel le sans-faute était impératif.

— Tu réussiras, je le sais...

— Avec toi.

— Là n'est pas la question.

J'évitai de relever ses derniers mots. Ce matin, près de mes enfants, près d'elle, je me sentais bien, soulagé. Quatre jours auparavant, les Russes avaient cédé devant la pression du blocus de Cuba — l'étonnant Kennedy avait gagné : les Soviétiques démantelaient leurs bases de fusées. Pendant les quatre dernières semaines, nous avions été nombreux à redouter l'éventualité d'une troisième guerre mondiale. Des images de champignon atomique étaient venues troubler mon sommeil, déjà agité par l'évocation de mes ennuis avec Claire.

En ce jour de Noël, toutes les hypothèques me parurent enfin levées, les menaces de guerre balayées et ma femme à nouveau souriante. Je croisai les doigts très forts, murmurant sans l'accent corse l'invocation célèbre de Mme Laetitia : « Pourvu que ça dure ! » Mais cela ne dura pas. Si la tension internationale s'apaisa peu à peu, Claire au contraire ne m'accorda que quelques heures de répit, reprenant dès les premiers jours de janvier son masque d'indifférence glacée.

Pourquoi fallait-il que mes histoires d'amour débouchent ainsi sur la tristesse ou la mort ? Monique, Claire... Me revenait en mémoire cette pensée incongrue du soir de mon mariage. Alors que tous riaient autour de moi, j'avais eu soudain l'intuition que la fête ne durerait pas, que derrière le bonheur, il était possible à celui qui acceptait d'ouvrir les yeux d'entrevoir l'ombre du malheur.

En ce matin de fin janvier, je remisai soigneusement mes ennuis conjugaux et mon pessimisme désabusé au fond d'un placard dans le vestiaire du service. Aujourd'hui était un grand jour : j'opérais seul ma première appendicite.

Ma « première » était un grand dégingandé de Camerounais, éboueur de la ville de Paris, entré en urgence et présentant un syndrome abdominal tellement typique qu'on eût dit une question de concours. Une douleur dans la fosse iliaque droite, des nausées suivies de vomissements, de la fièvre accompagnant une belle défense abdominale... Une caricature !

Mon externe m'avait averti. Je retrouvais dans ses yeux l'admiration pour celui qui sait : lui, il venait d'arriver dans le service ; lui, c'était moi trois années à peine auparavant. Il en était à son premier stage d'externat et presque à sa première observation. Fine équipe ! Si ce jeune Africain avait su qui allait s'occuper de lui, il nous aurait peut-être voué une confiance moins absolue que celle que l'on pouvait lire dans son regard sombre.

Vidal, le chef de clinique, assistant-adjoint du service, m'avait seulement précisé :

— C'est toi qui l'as reçu ? Donc tu le feras dès que les résultats des examens de labo seront arrivés...

Et voilà, j'étais lâché, comme un pilote d'avion laissé à lui-même après un apprentissage en double commande. Il fallait y aller : mon Camerounais avait besoin de moi, l'externe également, qui voulait apprendre. Plus moyen de me défiler, même si j'en avais réellement éprouvé le désir — parce que, en réalité, j'en avais tant rêvé, de cette « première », qu'il était hors de question d'en retarder davantage la réalisation.

— Parfait !

Sourire de Vidal qui se rappelait avoir été à ma place, comme je me souvenais, moi, de l'externe que j'avais été dans le service de

Charles Noblecourt. Le chef de clinique m'agrippa l'épaule et la broya un instant dans sa poigne de fer.

— Tout ira bien, tu verras !

Evidemment, que tout irait bien. Des appendicectomies, je connaissais la technique opératoire par cœur ; j'en avais assisté plus d'une cinquantaine et, depuis un mois que j'étais interne, j'en avais opéré douze exactement, aidé par le chef de clinique prêt à reprendre ou à corriger un mauvais geste. Il ne s'agissait donc pas réellement de ma première appendicite, mais c'était la première fois où je n'aurais personne sur qui m'appuyer en cas de défaillance — la première pour laquelle ma responsabilité serait engagée totalement. Fixée au début de l'après-midi, l'opération me donnait le loisir de déjeuner en compagnie de mes « collègues », dans la salle de garde des internes. En réalité, j'étais beaucoup plus ému que je ne l'aurais pensé — les aliments passaient mal et mon pouls accéléré traduisait une excitation croissante. Je retrouvais les symptômes de la décharge d'adrénaline précédant les entrées en concours.

Mon grand Noir, dans son lit, attendant d'être transporté au bloc opératoire... C'était cela, le destin. Pourquoi nos deux vies allaient-elles se rencontrer ce jour-là, l'une devant sauver l'autre ? Quelle somme fabuleuse de hasards imbriqués avait nécessitée cette rencontre ! Il était né à trois mille kilomètres d'ici, fait pour y vivre et y mourir, et j'avais parcouru un long chemin d'efforts pour être prêt, aujourd'hui, à lui enlever ce reliquat embryonnaire de son tube digestif, inutile et infecté.

Je me levai brusquement, c'était l'heure. Capote bleue sur les épaules — il faisait très froid sous les arcades —, je m'attardai une seconde devant le spectacle inhabituel de la cour, blanche d'une neige tombée quatre jours auparavant et qui n'avait pas fondu.

Au bloc opératoire, les panseuses étaient assises autour d'une cafetière dans la salle de stérilisation.

— Tiens, notre interne de garde ! Vous prendrez un café avec nous, monsieur Dalban !

Françoise Delbeck était la seconde, après la panseuse-chef qui ne prenait plus les gardes. Elle m'avait adopté, moi le benjamin, l'exception puisque, en première année d'internat seulement, je passais dans un service où l'on arrivait généralement en deuxième ou troisième année. J'étais, en outre, précédé de ma réputation de gendre de Charles Noblecourt.

Ces deux bonnes raisons, jointes au fait que je mesurais près d'un mètre quatre-vingt-dix, m'avaient attiré les foudres du patron du service, le Pr Bernard Gros. Il me détestait, ou du moins en donnait l'impression. Ce petit homme coléreux était atteint d'un très fort complexe napoléonien. Il avait compensé son handicap physique par un travail acharné, une grande rigueur intellectuelle et était devenu l'un des chefs de file de la chirurgie digestive française. Ce nabot était un très grand patron. Alors comme les autres, j'acceptais tout, les colères et les caprices de Gros, trop content d'appartenir à cette équipe et d'en tirer le meilleur enseignement.

J'avais discuté avec Charles de mon attirance pour la chirurgie reconstructive. Il pensait cette voie pleine d'avenir, tout en regrettant de ne pas me voir séduit par l'orthopédie : j'aurais été un dauphin si parfait ! Quoi qu'il en soit de mon avenir, Noblecourt m'avait conseillé d'acquérir les bases les plus solides en chirurgie générale et d'y consacrer mes deux premières années d'internat. Le service du Pr Gros constituait, dans cette optique, l'un des meilleurs points de chute.

Je reposai ma tasse de café. M. Oufed Bwané, étendu sur son chariot, venait d'arriver au bloc poussé par un brancardier rigolard de la même origine que lui, qui lui racontait quelques horreurs concernant son sort. Mon éboueur avait perdu sa belle confiance de la matinée et nous aurait volontiers quittés si la prémédication ne l'avait pas cloué sur son brancard.

L'externe m'avait rejoint ; je lui demandai de commencer à se laver les mains. Françoise, la panseuse, agissait avec moi comme avec un patron. Elle savait qu'il s'agissait de ma « première », mais n'en laissait rien voir, attentive et sécurisante. Sur mon signe, l'anesthésiste de garde enfonça le piston de sa seringue et M. Bwané sombra dans l'inconscience.

Voilà, l'avion décollait ; plus moyen de reculer. En me frottant les mains, je me récitai une dernière fois le protocole opératoire. J'étais soudain devenu très calme, toute angoisse m'avait quitté.

Repères cutanés et incision de la peau, sur les 8 centimètres réglementaires du traité de technique chirurgicale du Pr Quénu

— je réservais à plus tard les minuscules incisions esthétiques qui conservaient alors la réputation d'être dangereuses.

Je plaçais trois pinces hémostatiques sur des petits vaisseaux qui saignaient, quand les deux mains de mon externe disparurent brusquement de mon champ visuel, tandis qu'un bruit sourd se faisait entendre.

— Merde !

La panseuse s'était précipitée un peu tard : le pauvre garçon gisait sur le carrelage. Pourvu qu'il ne se soit rien cassé ! Avec mon appendicite sur les bras, je ne pouvais rien faire...

Aidée de l'anesthésiste, Françoise assit mon pauvre aide le long du mur. Il avait repris connaissance. Bon, au moins, ce n'était pas grave...

— Je vais vous aider, dit la panseuse. Je vous donne tout ce qu'il faut en ligatures ; s'il manque quelque chose, M. Bernier nous servira.

Je hochai la tête. En l'attendant, je plaçai mes catguts sur les pinces. Habillée, Françoise s'empara des écarteurs de Farabeuf et maintint la béance de la plaie. J'incisai l'aponévrose. Tout se déroulait sans problème. Maintenant une Kocher pour écarter les fibres musculaires... voilà le péritoine. Deux pinces plates, ouvrir la membrane blanche ; un liquide louche s'échappa de l'orifice que j'agrandis : il était temps d'intervenir.

J'installai les Farabeuf plus profondément. Le bon Dieu des appendicites et des chirurgiens était avec moi ! L'appendice était en bonne place, très congestif, couvert de fausses membranes. Une belle appendicite aiguë, avec réaction péritonéale. Encore quelques heures, et cela aurait dégénéré en péritonite...

Je saisis l'objet du délit à l'aide d'une pince en cœur et passai mon fil de lin pour lier sa base. Une double ligature sur le méso, ce tissu lâche reliant l'appendice à l'intestin et contenant les vaisseaux nourriciers, deux pinces, un coup de bistouri et je jetai l'appendice dans le haricot. Un peu d'alcool iodé sur le moignon... Le plus dur était fait, tout s'était passé comme s'il s'agissait d'une centième ; j'étais très content, fier de moi, oui... jusqu'au moment où il fallut décider si je devais ou non enfouir le moignon ? Deux écoles s'affrontaient, au sein même du service :

le patron voulait qu'on enfouisse — comme dans le Quénu —, les assistants n'enfouissaient jamais.

Humble, j'allais opérer comme Gros, quand la phrase de Vidal me revint en mémoire : « N'enfouir que sur un coecum parfaitement sain. Sinon, cela multiplie les risques ! » Or le coecum et la base de l'appendice de mon Camerounais étaient très rouges... Je n'enfouirais pas !

Peut-être me cachais-je ainsi ma peur d'affronter la difficulté de ce geste ; je possédais un prétexte valable qui justifierait mon choix.

— Vous drainez ? demanda Françoise.

Heureusement qu'elle était là... Il n'est pas évident que j'y aurais songé. Sans doute que oui, avec ce liquide que j'avais prélevé pour analyse et antibiogramme. Prudence... Eviter les risques.

— Oui, je préfère. Donnez-moi une lame de caoutchouc.

Je disposai le caoutchouc ondulé et refermai la paroi en plusieurs plans, laissant un petit orifice pour que puissent s'écouler à l'extérieur les sécrétions naturelles ou le pus qui pourrait se former. Enfin, je levai les yeux vers la panseuse ; elle me souriait :

— Bravo, monsieur Dalban ! J'espère que nous allons la boire, cette bouteille !

Et comment ! Atterrissage réussi. J'étais encore vivant, et mon opéré aussi. Champagne pour tout le monde...

En réalité, l'atterrissage était loin d'être achevé ; volets sortis, je continuai de rouler pendant les dix jours les plus longs de mon existence. En effet, contrairement aux professions où le travail est terminé lorsque l'on quitte l'usine, le bureau ou le magasin, pour le médecin consciencieux, le doute et les angoisses persistent à la maison, la nuit même. Les problèmes posés par un patient difficile occupent entièrement l'esprit.

Oui, les dix jours suivant cette « première » furent extrêmement pénibles. La fièvre de M. Bwané ne tombait pas et le drainage donnait beaucoup. Au quatrième jour son transit intestinal n'avait pas repris, son ventre demeurait ballonné. Bref, rien n'allait.

Le patron était passé, le matin ; il venait de parcourir le compte rendu opératoire. Son « Vous n'avez pas enfoui ! » était tombé comme une sentence sanctionnant directement les suites difficiles. Eh non, je n'avais pas enfoui...

Vidal me rassura en expliquant que, dans ces grosses appendicites, tout ceci était courant.

— Rien d'alarmant pour le moment.

La nuit, je m'éveillais en sueur dans le lit conjugal toujours déserté par Claire, revivant pour la millième fois cette damnée opération. Et je l'enfouissais, ce moignon... Puis, avais-je assez serré le nœud ? Non, évidemment. C'était un lâchage : il s'était produit un « trou », la fistule stercorale, sur l'emplacement de l'ancien appendice, par lequel les matières fécales passeraient durant leur drainage vers l'extérieur. Le pus allait envahir le ventre...

En réalité, j'avais bien serré, j'en étais sûr. Mais peut-être trop ? Et mon fil aurait joué les coupe-beurre dans ce tissu fragile ?

Le cinquième matin, je fus accueilli par un énorme sourire réclame de mon Camerounais, accompagné d'un vent fantastique. Qui m'aurait dit que ce pet magistral sonnerait à mes oreilles plus merveilleusement que le divin Mozart ?

— C'est bon, patron ! J'ai plus mal...

Le transit avait repris, et le ventre était plat. Vidal me prit à part :

— Il est guéri, ton type ! Plus de fièvre, et il pète !

Ce n'est que le dixième jour, après l'ablation du drainage, que j'entendis enfin la phrase que j'attendais :

— Prévoyez sa sortie la semaine prochaine, dit le Pr Gros.

Quelques jours, et j'aurais récupéré mon équilibre et mon sommeil — mais il me fallait désormais me blinder, car j'augurais mal d'une suite d'expériences semblables.

5

En parler à Claire ?

A quoi cela servirait-il, en réalité ? Nos relations s'étaient tellement dégradées, ne se limitant plus qu'à une façade de vie conjugale normale destinée à épargner les enfants, que je ne savais même plus si ma femme s'intéressait encore à moi. Si, de mon côté je continuais à jouer la carte de la patience, espérant que la guérison de Claire surviendrait rapidement, elle ne se donnait plus la peine de dissimuler son indifférence. Nous vivions côte à côte, sans plus.

Alors, pourquoi lui dire ce qui me minait depuis une semaine, lui parler de ma crainte d'être très malade ? Elle ne m'écouterait pas. Pourtant, je m'étais diagnostiqué l'une de ces affections au pronostic mortel pour lesquelles notre thérapeutique reste encore impuissante.

En prenant ma douche, j'avais machinalement palpé la base de mon cou et découvert avec netteté un gros ganglion dur, mal limité. Maladie de Hodgkin...

Sans hésitation, j'avais conclu au pire, associant un flot de symptômes convergents. Il y avait le fébricule qui ne me quittait pas depuis quelques jours, et puis cette fatigue inhabituelle que je ressentais. Tout cela faisait à coup sûr partie du syndrome. D'ailleurs, comment envisager une petite infection rhino-pharyngée ou une banale virose de type grippale, lorsque l'on palpe cette masse, derrière le muscle saillant du cou, le sterno-cléido-mastoïdien ? Non, mon ganglion était réellement gigantesque — du moins le percevais-je comme tel.

Et pourtant, je n'avais pas envie de mourir... La vie était bien trop belle, en dépit de mon ménage boiteux. Je me rendais compte à quel point tous les problèmes, même les plus graves, disparaissent ou se réduisent à leur juste valeur, lorsque la santé est en jeu. Inutile d'inquiéter Claire dès à présent... Il serait toujours temps de lui apprendre son futur veuvage.

C'est alors que je me fis une de ces promesses absurdes, à base de superstition, comme ces paris enfantins pris sur le chemin du lycée quand, pour devenir fort comme Tarzan ou avoir 20 en maths, il ne faut à aucun prix dévier de la bordure du trottoir. Si donc je m'étais trompé, si la mort n'était pas au rendez-vous avant l'année prochaine, j'irais, dès la fin de mon premier semestre d'internat, effectuer ce stage aux USA dans les services de chirurgie plastique — Claire pourrait m'y accompagner et l'influence du changement serait à coup sûr bénéfique.

Charles Noblecourt, à qui j'avais fait part de mon projet, m'avait répondu qu'il pensait ce genre d'expérience plus utile en fin d'internat. Pour une fois, je ne me rangerais pas à son avis : tout ce que j'apprendrais là-bas serait un gain, une avance dans ma formation qui me permettrait de me rendre compte dans l'immédiat si telle était ma réelle vocation.

En attendant, ce matin j'allais vivre le « cirque », comme tout le monde appelait ces séances opératoires. Le Pr Bernard Gros recevait de nobles correspondants étrangers — doctes savants et professeurs venus d'universités lointaines, afin de vérifier le haut niveau de la chirurgie française. Habillés, ces messieurs prendraient place dans la plus grande salle et mon patron se livrerait à l'une de ses brillantes démonstrations opératoires.

Malheureusement et à la différence de l'acrobate sur son trapèze, Gros avait besoin de deux ou quatre mains supplémentaires pour monter son numéro. Or, tout en continuant de me détester, le Mandarin avait jugé indéniables mes qualités d'adresse chirurgicale ; il m'avait donc octroyé le redoutable privilège de l'aider pendant ses récitals de ténor miniature.

Aujourd'hui, cependant, j'aurais bien dû trouver un prétexte pour m'esquiver : mon ganglion occupait toutes mes pensées, et je manquais pour le moins de concentration. Mais on ne pouvait refuser un tel honneur au bilieux chirurgien biliaire.

Gros avait droit à une vraie instrumentiste, comme au cinéma, et ne se privait jamais de l'employer en ces occasions. Rose était bâtie sur le prototype des proches collaboratrices de mandarins, telles que j'avais pu les observer dans le sillage de Charles Noblecourt, tant à Beaujon qu'aux Hortensias. Rose... Son prénom lui allait comme un gant — chirurgical, évidemment — si l'on n'oubliait pas de dissimuler son épaisse moustache derrière une bavette. N'apparaissaient plus, alors, que deux yeux bovins exprimant la passion secrète vouée à son patron. Sa docilité était exemplaire et toutes ces qualités en faisaient une remarquable instrumentiste.

Les négatoscopes allumés étaient couverts de radios ; la table pont, domaine de Rose, bardée d'instruments. Et sur la table d'opération, endormi, intubé, installé par nos soins sous les champs, un superbe cas d'empierrement cholédocien attendait le bistouri salvateur. Cette pauvre femme aurait bien patienté encore quelques années, avec son chapelet de cailloux dans les voies biliaires, si l'un d'entre eux n'avait eu la fâcheuse idée de se coincer dans l'ampoule de Vater — qui est l'abouchement du canal cholédoque dans le duodénum —, empêchant ainsi la bile de se déverser dans le tube digestif, tout en donnant, par sa rétention une très belle couleur safran à notre patiente.

Mais voilà les Pères Nobles qui prennent leur place ; l'orchestre accorde ses instruments, le chef ne va pas tarder à apparaître. Un pas vif résonne à l'extérieur ; la panseuse appuie sur la commande d'ouverture de la porte électrique que l'on vient d'installer — puisqu'on a simplement oublié d'installer la même commande à l'extérieur du bloc opératoire — et le patron entre, mains lavées tendues en l'air.

Gros ne regarde pas ses hôtes. Il leur a tenu un petit « staff », quelques minutes auparavant, en leur commentant l'indication opératoire et les pièces du dossier. Tout de suite, et pour l'ambiance, il demande :

— Le billot est en place, j'espère ?

— Oui, Monsieur, répond Rose, soumise.

— Ce n'est pas à vous que je pose la question...

Le malheureux externe choisi pour assister en second n'ayant pas son mot à dire, c'est donc à moi, l'aide en premier, que le patron s'adresse. Je dois répondre, et vite ; on ne peut pas laisser d'emblée s'installer un malaise.

— Oui, Monsieur. Je l'ai monté au maximum, comme d'habitude.

Le petit homme s'agite ; Rose s'approche, il a revêtu sa casaque et tend les mains, l'une après l'autre. L'esclave lui enfile ses gants, selon un cérémonial que j'avais découvert pour la première fois dans ce service. D'un bond inattendu chez un homme comme lui, Gros vient de sauter à pieds joints sur l'estrade qui lui permet de se trouver à bonne hauteur pour opérer — à la hauteur, surtout, de ses aides les plus grands, car on aurait pu baisser la table pour obtenir le même résultat. Et le show commence. Le chirurgien tend la main vers sa droite, les yeux fixés sur le champ opératoire : « Bistouri ! »

Rose est à la fête. Les ordres se succèdent rapidement. Gros opère merveilleusement, et j'oublie tout le reste — même mon ganglion. Il a déjà disséqué le cholédoque et va chercher le duodénum, avant de se tourner vers l'assemblée des spectateurs qui ne voient strictement rien, hormis le dos du petit homme. On m'a affirmé qu'en Amérique, la terre promise en cas d'erreur de mon auto-diagnostic, des caméras de télévision placées au centre des scialytiques permettent aux étudiants de suivre l'intervention presque aussi bien que les opérateurs. Mais ici, à Lariboisière, on a la bonne parole du Mandarin, et c'est tout...

— Dans ces lithiases, avec une telle dilatation de la voie biliaire principale, commence Gros, je fais d'emblée une dérivation, plutôt qu'une tentative de nettoyage cholédocien, avec son risque majeur d'échec et d'infection grave...

Tous hochent la tête, convaincus.

Le Pr Bernard Gros prend alors une pince de Chapput pour saisir la muqueuse duodénale. La pince dérape... un rugissement s'échappe soudain de dessous la bavette, étonnant de puissance provenant d'un corps si fluet. Voilà, le « cirque » débute réellement ?

— Cette pince, c'est de la merde ! éructe le Mandarin. Je vous avais pourtant dit de me vérifier toutes les boîtes, Victor !

Victor, c'est bien sûr Rose Victor, l'instrumentiste, que Gros ne désigne plus que par son patronyme, à des fins vexatoires.

— Foutez-moi ça au baquet ! hurle-t-il.

Et le patron lance de toutes ses forces la pince à travers les airs. A-t-il sciemment visé l'un de ses chers collègues ? Je n'en serais pas outre mesure surpris ; toujours est-il qu'il manque de peu d'éborgner l'un d'entre eux qui ne doit son salut qu'à des réflexes rapides. Ce petit Vietnamien n'en revient pas d'assister à un tel spectacle... On n'a pas fini de parler de Lariboisière, à Saïgon !

Dieu merci, la deuxième pince fonctionne, ainsi que les suivantes. Gros me tend trois d'entre elles à saisir : il va inciser dans le pli formé par la traction. A ce moment-là, sans doute troublé par les décibels, l'externe relâche légèrement sa tension sur la valve protectrice qui maintient le bord inférieur du foie. Il existe, bien sûr, des écarteurs orthostatiques qui peuvent jouer ce rôle, mais Gros préfère les mains d'un aide, prétextant que « l'on peut toujours doser l'effet, alors que l'instrument est sans finesse ». Je le soupçonne, en fait, de sadisme, car rien n'est plus ingrat et fatigant que de rester ainsi sans bouger d'un millimètre, dans des positions souvent inconfortables.

Gros a découvert sa seconde victime en la personne de l'externe. Il gueule derechef :

— Et celui-là. Il bouge au moment le plus délicat ! C'est incroyable, ce petit con bouge quand je vais inciser ! Comment vous appelez-vous ?

Il connaît évidemment le nom de l'externe, auquel il s'est adressé une heure auparavant pour le désigner — ce qui reste d'ailleurs un grand honneur —, mais on n'est jamais trop vexant.

— Vous ne vous en souvenez pas ? Ce n'est pas grave ; « Petit Con » fera l'affaire ! J'espère que vous êtes prêt, cette fois-ci, Monsieur Petit Con ?

L'externe rougit, blanchit, puis acquiesce — on lui a raconté les éclats de Gros ; il ne bougera plus.

L'intervention se poursuit sans heurt, avec le même brio. J'attendais mon tour, et je suis très surpris d'avoir été épargné. Le Mandarin termine sa suture digestive, je tiens le surjet sous tension, tout se déroule parfaitement, quand :

— Porkkk...

Gros prononce le C comme un K, insistant sur la finale du mot.

— Porkkk ! Je vous ai dit mille fois de tenir la tension dans l'axe du surjet. Regardez ce que vous faites ! Quand on est aussi maladroit, on ne sévit pas en chirurgie, on reste dans un bureau !

Cette fois, il y va un peu fort, le patron. Sans que je parvienne encore à déterminer si ses colères sont spontanées, à demi seulement, ou entièrement feintes, il existe, quoi qu'il en soit, une étroite et significative corrélation entre l'intensité de l'orage et le nombre des spectateurs. Aussi, attentif, je ne bronche pas.

— Vous avez failli me faire foirer cette suture, porkkk !

Il s'empare alors d'une pince, et me tape sur les doigts. Il m'a fait mal, le petit despote ! Les insultes, je tenais le coup, mais là, il dépasse les bornes du tolérable ! Je m'écarte brusquement de la table en arrachant ma bavette :

— Je ne suis plus à l'école communale pour me faire taper sur les doigts, Monsieur ! Vous finirez sans moi...

Un éclat de colère assez inhabituel chez moi... Tant pis, j'aurai tout le temps d'apprécier les conséquences de mon geste plus tard. La panseuse-chef m'avait rejoint dans le sas :

— Monsieur Dalban, vous êtes fou ! Laisser le patron en plan, au milieu d'une intervention, il ne vous le pardonnera pas !

Je haussai les épaules. Les reproches, cela suffisait pour aujourd'hui :

— Vous savez très bien que nous achevions le dernier surjet. Il pourra fermer la paroi avec l'externe... ça ne lui est sans doute pas arrivé depuis longtemps !

Françoise Delbeck était arrivée d'une autre salle. L'histoire se propageait à la vitesse grand V.

— Bravo, monsieur Dalban ! Vous avez très bien fait ! Cela fait longtemps que nous espérions une telle réaction... ça c'est un homme, conclut-elle en défiant la panseuse-chef du regard.

Mais l'homme s'en foutait. Son ganglion lui était revenu en mémoire. Cette fois, il me semblait même qu'il me faisait mal... C'en était trop ; la politique de l'autruche ne pouvait pas payer indéfiniment. Je me changeai, enfilai ma capote et me dirigeai vers la consultation du service de médecine interne.

La salle d'attente était bondée, comme de coutume. La surveillante me salua, mon tissu de laine bleue étant le meilleur des laissez-passer :

— Monsieur Goldstein, s'il vous plaît...

C'était un jeune chef de clinique célibataire, qui parasitait toujours la salle de garde, où je l'avais rencontré. Bête à concours, d'une fine intelligence, il promettait d'entrer rapidement au cénacle. J'avais pleine confiance en son diagnostic. Je le trouvai auscultant un jeune Nord-Africain secoué d'une petite toux sèche.

— Tiens, Dalban ! Quel bon vent t'amène ? Ecoute ça, tu me diras ce que tu en penses.

Et il me tendit le stéthoscope... Bon sang, je me rendis compte à quel point j'étais déjà spécialisé... Incapable de reconnaître quoi que ce soit ! Quelle honte... Je bredouillai quelques mots vagues, pendant que le patient se rhabillait. Goldstein sourit de ma mine déconfite :

— Bon, on a compris. Ces chirurgiens sont de bons manouvriers, mais ils n'ont plus d'oreille. C'est une pleurésie, mon bonhomme, et à 99 pour cent d'origine tuberculeuse...

Dire que j'étais interne des hôpitaux de Paris... Mais Goldstein me rassura :

— C'est normal, ce n'est pas ton rayon. Tu parais inquiet, quelque chose ne va pas ?

Je lui exposai mes craintes et défis ma blouse pour montrer le ganglion. Le chef de clinique m'examina longuement, me faisant pencher la tête en avant, sur les côtés, puis :

— Déshabille-toi complètement, on va chercher d'autres localisations.

Je n'étais rien moins que rassuré. Est-ce que son auscultation attentive ne traduisait pas une reconnaissance tacite de la gravité de mon cas ? Il était bien long, bien sérieux... Il me fit même passer en scopie.

— Alors ?

— Tu as commandé le cercueil, mon pauvre Pierre, n'est-ce pas ?

C'était d'un infarctus que j'allais mourir, et sans attendre, quand il éclata de rire :

— Mais tu n'as rien du tout, bonhomme ! Sacré Dalban, c'est que tu m'aurais presque fait peur...

— Rien du tout ?

A la réflexion, je me demande de quoi je pouvais avoir l'air, en cet instant ? Soulagé et cependant toujours incrédule, je guettais un complément d'explication qui se laissait désirer :

— Il n'existe que dans ta tête, ton ganglion ! T'as vu comment tu es foutu ? Ce que tu crois palper, c'est du muscle, avec, par-dessus, un petit ganglion banal, physiologique. Comme nous en avons tous, puisque le système lymphatique apparaît juste sous la peau ! D'ailleurs, si tu tâtes de l'autre côté, tu sentiras la même chose...

Effectivement, maintenant qu'il me le disait, je le percevais bilatéral, mon ganglion... Du muscle ! Ridicule ; il était impossible que je me sois trompé à ce point.

— C'est la première fois ? reprit Goldstein.

— Quelle première fois ?

— Que tu t'inventes un truc grave ? Oh, rassure-toi, nous y sommes tous passés ! Bon, ce soir, tu me paies le champagne, évidemment !

Malgré l'assurance du chef de clinique, il demeurait au fond de moi comme un doute. Tout de même... Que je ne reconnaisse pas, au bruit, une pleurésie d'origine tuberculeuse, passe encore — quoique... Mais que j'aie commis une telle erreur de jugement, là... En fait, je tenais à ganglion et j'étais presque triste de le voir disparaître !

Goldstein se leva pour ouvrir la porte de communication de son bureau d'examen avec la pièce voisine, et appela :

— Fournier, viens voir ! Je te présente Pierre Dalban, un collègue chirurgien qui se meurt d'une maladie de Hodgkin. Peux-tu l'examiner, s'il te plaît ? Simplement la région cervicale gauche...

Ce grand type maigre à la calvitie précoce — l'assistant du service de médecine interne — me palpa avec autant de soin que son chef de clinique. Il se releva enfin, souriant :

— Vous n'avez rien, mon pauvre vieux ! Pas le moindre ganglion ! Je vous ferai venir, un jour, pour en palper un, un vrai. Vous verrez ce que c'est qu'une adénopathie maligne...

Eh bien voilà, je n'avais plus qu'à prendre mon billet pour les Amériques. Ganglion était mort et Pierre Dalban demeurait obstinément vivant ! Tant pis ? Tant mieux ?...

C'est en regagnant le service du Pr Bernard Gros que je me rappelai la conclusion de la séance de cirque, ce sursaut de dignité qui m'avait fait quitter le bloc opératoire avant la fin de l'intervention. Trop occupé par ma maladie de Hodgkin, j'avais oublié cet épisode. Mais le petit Mandarin bilieux n'allait pas tarder à me le remettre en mémoire.

Dans le vestiaire du service, sur mon armoire, était fixé un bristol : « Le Pr Gros vous attend. » Je l'imaginais déjà, pianotant avec impatience sur son bureau, ruminant ses griefs à mon encontre. Il allait me chasser du service, purement et simplement. Mon premier stage d'internat s'achèverait en débâcle — et le ganglion imaginaire ne pourrait plus me servir de motif d'excuse.

Ce verre d'eau que je me forçai à boire sans envie, ces rangements inutiles que j'entamai dans mon placard... J'effectuais ces gestes d'une grande banalité dans le seul but de retarder l'instant du tête-à-tête avec Gros. En fait, j'avais peur. A vingt-cinq ans, vivre encore dans la crainte du maître d'école ! Pitoyable !

Deux coups secs à la porte du bureau, et je pénétrai dans l'antre du Mandarin. Paisiblement assis dans son fauteuil, le chirurgien parcourait *Le Figaro ;* il releva les yeux vers moi, et me sourit. Oui, il me sourit...

— Vous tenez vraiment à scier mon autorité, Dalban ?

— Je... euh..

— N'en parlons plus. Vous voulez boire quelque chose ?

La rançon de l'inconscience. Mon éclat avait transformé son hostilité latente en une amitié balbutiante. Plus encore, Gros, qui me reprochait essentiellement d'être le gendre de Charles Noblecourt qu'il détestait, prit rang parmi mes protecteurs — une protection affectueuse qui n'allait jamais se démentir au cours des années.

6

L'été indien s'éternisait sur New York. J'aimais ce soleil d'automne qui allumait de brun-roux la cime des arbres ; j'aimais ces gens que je croisais tout au long de mes promenades dans Central Park. Je les avais trop rêvés, ces Américains, pour ne pas les apprécier, avec leur folie, leur démesure et ce perpétuel défi lancé à leur génie inventif, comme pour compenser, en devenant les meilleurs, leur regret d'être d'un pays sans passé.

Depuis près de quatre mois, je vivais à New York, dans un studio confortable mis à ma disposition par l'Université. Quatre mois passés à m'initier aux secrets de cette chirurgie réparatrice qui me fascinait — et aussi à découvrir la technique connexe de la précédente, l'esthétique pure.

Claire avait refusé de me rejoindre aux USA, trop occupée par les enfants, disait-elle. Une explication qui ne recelait qu'une partie de vérité. En fait, elle n'en éprouvait pas le désir. J'étais loin, et c'était bien. Nous échangions des lettres fréquentes et quelques coups de téléphone, toutes relations qui ne faisaient que souligner le fossé entre nous — elle, froide et distante, moi toujours amoureux, quoique échaudé.

Doug, mon nouvel ami — le Dr Douglas R. Clayman, pour l'état civil —, parlait un excellent français qui me rendait honteux de mes timides bafouillages en anglais. Sans doute était-ce l'ultime hommage du Nouveau Monde, la dernière politesse rendue à notre vieux pays battu sur tant de plans techniques, que de respecter sa langue ? Toujours est-il qu'à New York il était élégant de parler français et que je profitais largement de ce snobisme.

Doug et moi, nous nous trouvions dans une petite salle contiguë au bloc opératoire principal du New York University Medical Center, à l'Institut de Chirurgie plastique réparatrice de la First Avenue. Sur les écrans de télévision tapissant tout un mur, devant nous, nous pouvions suivre, point par point, les étapes d'une opération de chirurgie esthétique que me commentait Doug. Les mains qui intervenaient étaient celles du Pr Stevenson, le plus grand spécialiste américain, et donc mondial, de ces techniques.

Stevenson achevait ce lifting sous l'œil attentif de la caméra. Merveilleuse Amérique qui me faisait songer, avec un brin de nostalgie ironique, au cirque du Pr Bernard Gros, à Lariboisière. Lorsque j'avais quitté son service, le petit Mandarin avait écrasé une larme fictive et m'avait assuré de nouveau de son soutien le plus complet :

— Vous verrez, Dalban, que dans ce métier il faut pouvoir s'appuyer sur des amitiés solides !

Cher Gros ! J'étais le seul interne de haute taille à avoir jamais trouvé grâce à ses yeux. De son enseignement également j'avais tenté de tirer le meilleur parti, mais la page était tournée. A New York, au University Medical Center, je me rapprochais bien davantage de ce que j'envisageais.

Sous les doigts de Stevenson, les rides s'effaçaient du visage de l'homme. Parce que c'était un homme que le chirurgien transformait aujourd'hui. Quelque chose en moi avait réagi en apercevant, fixées au mur du bloc, les photos du visage de cet inconnu. Je ne concevais pas qu'un homme, une personne de mon sexe, puisse éprouver le désir d'un lifting. Il s'agissait, dans mon esprit, d'une attitude incompatible avec mon vieux fonds de machisme européen.

Doug s'était franchement moqué de mes réticences :

— Il faut raisonner en Américain, Pierre. Ce patient, c'est Terry Gallaway, le propriétaire des laboratoires Dorset...

Dorset... Un fantastique empire financier bâti, comme Revlon, sur la base d'un laboratoire de produits cosmétiques. Je n'ignorais pas que les tarifs pratiqués par le Pr Stevenson ne permettaient qu'aux plus riches de se faire opérer par lui, mais là, on atteignait réellement le sommet de l'échelle sociale.

N'empêche, Dorset ou pas, qu'un homme subisse un lifting, cela me laisserait toujours un doute...

— Si tu voyais sa femme, ricana Doug, tu balaierais immédiatement tes stupides soupçons ! Non, simplement, Gallaway est un homme d'affaires de tout premier plan et il a besoin de conserver une apparence jeune. Vous ne pouvez pas comprendre, vous autres... Regarde Kennedy, par exemple, crois-tu qu'il aurait été élu s'il avait ressemblé à un vieux grand-père ventripotent ? Sûrement pas ! L'apparence, Pierre...

En ce détail éclatait toute la différence entre nos deux univers. Il était dans le vrai, mon ami Doug. Kennedy, auquel ceux de ma génération vouaient un culte, s'était également imposé parce qu'il représentait l'image heureuse d'une certaine jeunesse.

Sur les photos, les cinquante-cinq ans de Terry Gallaway se traduisaient clairement en rides au coin des yeux, en bajoues un peu flasques. Pourquoi ce marchand de rêves sous forme de produits de beauté n'aurait-il pas souhaité retrouver le visage de sa jeunesse ? C'était logique ; il en possédait les moyens et, en la personne de sa femme dont Doug parlait avec tant de fièvre, la motivation.

Dans quelques semaines, les hématomes consécutifs à l'intervention effacés, Terry Gallaway serait redevenu le play-boy milliardaire dont les frasques, un temps, avaient défrayé la chronique.

— Rendre, sinon la vraie jeunesse, du moins l'espoir à nos patients. Est-ce que tu ne crois pas que ça constitue un projet assez excitant pour qu'on s'y consacre totalement ?

Devant l'enthousiasme communicatif de Doug et de tous les spécialistes du Medical Center, devant surtout les résultats étonnants qu'ils produisaient, j'en arrivais effectivement à me sentir de plus en plus attiré par la chirurgie plastique — d'autant que, d'emblée, j'avais eu tendance à préférer ce qui reconstruit à ce qui mutile. Cependant, en première année d'internat seulement, j'avais encore un long chemin à parcourir. *Wait and see*, auraient pu conseiller mes amis américains.

Stevenson avait achevé son intervention. Lorsque l'on aurait enlevé les pansements recouvrant maintenant le visage de l'homme d'affaires, je pourrais me rendre compte des résultats concrets de l'opération — des résultats certainement positifs ; Stevenson n'était pas sans motif le premier de sa spécialité.

Doug bondit sur ses pieds. Voilà, la journée était terminée ; une nouvelle et merveilleuse soirée de New York s'annonçait.

— Kate et Sue nous attendent...

Sue Maugham — comme Somerset, mais sans lien de parenté, hélas ! (Dans ce pays où tout est possible, rencontrer la fille du grand écrivain n'aurait rien eu d'invraisemblable.) Sue était la fiancée de Doug, et Kate Clayman, sa sœur. Nous formions, depuis mon arrivée, un quatuor inséparable. Et, bien sûr, le charme discret du *French Lover* avait agi sur Kate, à la grande joie de son frère. Ma longue période de chasteté dans la fidélité à Claire avait pris fin dans les bras de la superbe Kate. Je n'éprouvais plus ni remords ni culpabilité — seulement un infini plaisir.

Sic transit... Tout passe, tout lasse ; même et surtout les bonnes résolutions. J'en avais eu assez de ne rien voir venir, sœur Anne d'un attachement conjugal désormais stérile. Je demeurais amoureux de Claire, sans compromission aucune dans mes sentiments, mais libéré du joug psychologique qui pesait sur moi. Si ma femme revenait un jour à de meilleurs sentiments à mon égard, ce que je continuais de souhaiter, eh bien, tout pourrait reprendre comme avant.

En attendant, Kate et Sue nous souriaient, radieuses dans le soleil couchant, là-bas, adossées à la grille de Central Park. Et c'était bien.

Le poste de radio ronronnait dans un coin de la cuisine — Kate avait l'habitude typiquement américaine de l'allumer dès qu'elle entrait dans la pièce. Cette musique souvent entrecoupée de spots publicitaires auxquels je ne comprenais rien ne me gênait pas. C'était la toile de fond d'une Amérique que j'aimais ; et puis ce qui comptait, c'était elle...

Kate, étendue sur le lit, s'offrait sans pudeur à mon regard. Des jambes très longues, fines et musclées, achevées par des chevilles qu'on aurait pu croire fragiles tant elles étaient déliées. Depuis toujours j'étais attentif à la minceur des chevilles chez les femmes que je fréquentais — une certaine induration de la peau, des gouttières achilléennes moins marquées, tout cela était pour moi synonyme de laideur. Cela me poussait à l'élimination d'emblée des pauvres jeunes filles condamnées dès leur plus tendre enfance par des parents insouciants aux méfaits de la danse classique. Ah, ces pieds plats, ces démarches de canard et ces mollets plus musclés que ceux d'un coureur cycliste ! Anne, ma fille chérie, je te préserverai de ces horreurs, j'en fais le serment !

Un ventre plat, enfantin, à la peau douce soulignée de la trace plus blanche du maillot de bain... Des seins haut placés, petits et fermes, aux pointes provocantes... Un visage aux pommettes saillantes, dévoré par deux yeux immenses, d'un vert intense... Kate était belle, d'une beauté que l'on commençait seulement à découvrir en Europe. La femme-objet, la femme-poupée, la femme fatale cédaient enfin la place à une nouvelle race de créatures qui n'attendaient plus seulement de l'homme des fourrures et des bijoux. Monroe s'évanouissait dans les bras du président Kennedy, Mae West se dégonflait dans les soutes des porte-avions nucléaires, Jane Fonda apparaissait au firmament du cinéma, silhouette juvénile et pas encore pasionaria de combats d'arrière-garde.

Jane Fonda et Kate ; Raquel Welch et Kate. Kate, Kate, Kate... Elle m'envahissait, m'obsédait. Qu'on ne s'y méprenne pas, cependant, je ne l'aimais pas ; plus prosaïquement, je la désirais sans que se calme jamais cette faim.

Les dîners dans les caves de Manhattan ou les bistrots d'un Harlem pas encore interdit aux Blancs, les balades le long de la côte dans la Ford cabriolet de Doug, et les nuits dans les bras de Kate... Oui, je vivais quelque chose qui ressemblait au bonheur.

— Doucement, Pierre...

Kate prononçait mon nom avec un merveilleux accent, moins à l'aise en français que son frère, cependant. Du bout des doigts, je parcourus les courbes de son corps nu, irritant volontairement mon désir, retardant son assouvissement. Plaisir un peu masochiste de l'amour, volupté forte de cette approche de deux corps qui se connaissent, se reconnaissent, se cherchent et se trouvent dans le creux d'un lit partagé.

Dire que durant de trop longs mois j'avais su oublier que de tels instants existaient ! Sans en garder la moindre rancune vraie à Claire qui m'avait privé de ces joies, je ne pouvais m'empêcher d'éprouver, parfois, des mouvements d'humeur passagers.

— Viens, maintenant...

Kate gémissait, la bouche entrouverte offerte à mes lèvres. Ses yeux avaient viré au vert le plus transparent ; après l'amour, ils seraient gris et ne retrouveraient que lentement leur nuance profonde d'origine. Elle était ainsi, Kate, à transformations, tour à tour furie puis soumise, entreprenante puis pudique.

Combien d'heures avions-nous passées, côte à côte, dans ce studio aux rideaux tirés ? Une journée entière, peut-être. Ou bien était-ce toute une nuit et quelques heures de la matinée ? Le temps nous appartenait et nous le dilapidions comme un trésor que l'on imagine inépuisable. La radio continuait à diffuser un air de jazz, soudain interrompu par un commentateur au débit saccadé :

— *Listen !* dit Kate.

Elle repoussa brusquement le plateau de la collation que nous partagions et sauta hors du lit pour se précipiter à la cuisine et hausser le son du récepteur. Le journaliste parlait trop rapidement pour que je puisse saisir autre chose que deux mots revenant comme un leitmotiv dans ses phrases : « Kennedy... Dallas ».

Je ne m'étonnai pas trop de la conduite de Kate : en ce qui la concernait, la fascination exercée par le jeune président jouait à plein. Un peuple entier se reconnaissait en cet homme, lui vouait une confiance aveugle au point de s'engager à sa suite dans la boue des rizières vietnamiennes. Mais on ne récrit pas l'Histoire. Pour moi aussi, Européen, il était le merveilleux John Fitzgerald Kennedy. Merveilleux... pas au point cependant d'apprécier qu'il sabote ainsi mes heures de plaisir.

— Kate !

Elle apparut à la porte de la pièce. Elle pleurait.

— *He's dead...* Il est mort !

22 novembre 1963. L'annonce officielle de la mort du premier président catholique des Etats-Unis venait d'être lancée sur toutes les chaînes de radio et de télévision du pays. Une page d'histoire avait été tournée, quelque part dans une avenue de Dallas.

Dans un coin du bureau de consultation du Pr Stevenson, je tentais de passer inaperçu, sans toutefois rien laisser passer moi-même. Terry Gallaway, que je n'avais pas eu le loisir de revoir avant son départ du NYU Medical Center, venait subir ce matin une dernière visite de contrôle.

Le milliardaire était ponctuel comme savent l'être les hommes importants. Annoncé par la secrétaire de Stevenson, il fit bientôt son entrée dans le bureau du plasticien.

J'avais feuilleté le dossier de l'homme d'affaires, relu le compte rendu opératoire ; cela, joint à mes souvenirs encore frais de l'intervention, faisait que je possédais une connaissance complète du cas Gallaway — un sujet intéressant, exemplaire même, pour moi qui avais tiqué en voyant cette chirurgie esthétique appliquée sur un homme. Cependant, lorsque Terry Gallaway pénétra dans la pièce, ce ne fut pas lui que je regardai. Mon attention glissa rapidement sur son visage sans ride pour se poser sur la femme qui l'accompagnait.

— Mme Gallaway... s'inclina Stevenson.

C'était donc elle, cette femme superbe dont Doug m'avait parlé avec flamme. Elle était plus belle, infiniment plus belle que la description laconique de mon ami ne me l'avait laissé supposer. Pour parler franc, Joan Gallaway était la plus belle femme qu'il m'avait jamais été donné de rencontrer. L'épouse archétypique d'un milliardaire de l'envergure du propriétaire de Dorset.

Elle resplendissait dans l'éclat de ses vingt-huit ans, écrasant d'un simple battement de paupières toutes les femmes du monde. C'est stupide à raconter : moi, le petit interne en médecine français, je tombai immédiatement amoureux de cette créature de rêve qui ne baissa même pas les yeux sur moi, trop occupée à suivre les gestes du Pr Stevenson.

Kate, Monique, Claire même demeuraient très loin derrière ce véritable sex-symbol. Cette expression américaine m'avait toujours fait rire, jusqu'à ce qu'aujourd'hui, dans un bureau du New York University Medical Center, j'en comprenne toute la signification.

— Voyez, Pierre, comme la peau est à présent aussi souple que...

Holà, Dalban ! Il faut te réveiller, l'ami. D'un sourire, j'implorai le pardon du plasticien pour ma seconde d'absence. Seul Doug, qui avait suivi la direction de mon regard, en saisit la cause.

Quoi qu'il en soit de Joan Gallaway l'inaccessible, l'intervention effectuée sur le visage de son mari se révélait être une parfaite réussite — un nouveau succès pour le célèbre chirurgien new-yorkais. Et, pour le moment, il était surtout question que j'apprenne à faire aussi bien...

7

Cursus honorum, un latin de cuisine moins pédant que sa traduction française, pour raconter ces cinq années durant lesquelles il ne se passa rien. Interne, chef de clinique... Je suivais la filière qui devait me conduire au sommet que je visais depuis le début de mes études, ce mandarinat, Everest de la médecine française, avec service hospitalier et chaire à la faculté à l'appui.

Tous, autant que nous étions, nous aspirions à cette réussite — mais combien d'entre nous y parviendraient-ils ?

1963-1968. Dégradation de mes rapports avec Claire, progression de ma carrière hospitalière. RAS, comme on disait à tort en Algérie.

— Messieurs, une centrale pour notre externe de garde !

C'est moi qui commandais les réjouissances. Le temps avait passé depuis mon premier tonus à Beaujon. Ici, j'avais été élu économe de la salle de garde — un honneur qui consacrait, hélas ! mon vieillissement. Déjà la troisième année d'internat, et l'expérience s'engrangeait dans ma mémoire et dans mes mains. Chirurgien... Il y a le mot « manuel », dedans. Qui le sait encore ? Les hellénistes disparaissent des lycées, et le sens de l'orthographe se perd en même temps que le plaisir des recherches étymologiques — c'est peut-être dommage.

Je m'étais toujours considéré comme un manuel, un travailleur aux qualifications sans doute plus complexes que d'autres, mais un manuel. Je trouvais anormal qu'en France la sélection d'un futur chirurgien ne passe que par des critères de connaissances essentiellement intellectuelles. J'aurais souhaité qu'un examen des capacités physiques de l'opérateur existe. Combien avais-je vu de mes collègues aussi peu faits pour la chirurgie que moi pour les sciences ésotériques s'entêter à pratiquer une discipline à laquelle seule leur faculté de passer les concours leur avait donné accès ? Les mains tremblantes, les gestes maladroits, l'incapacité naturelle à saisir instinctivement un outil faisaient de ces hommes de redoutables apprentis sorciers.

Cuillers et fourchettes battaient la cadence sur la table. Birojout, l'externe, était rose de bonheur.

— Messieurs, en remerciement pour votre ovation, l'externe de garde va vous raconter pourquoi il a droit à votre admiration...

— Birojout, debout ! Birojout, debout ! scandait la tablée sur l'air des lampions.

Lorsque le matin mon externe m'avait raconté son aventure * de la nuit, j'avais tellement ri que je m'étais promis d'en faire profiter tout le monde. Birojout était toulousain ; sa faconde naturelle et son accent chantant faisaient de lui un merveilleux conteur qui savait immédiatement capter l'attention de son auditoire.

— On me réveille à une heure du matin, commença-t-il, pour une urgence. Je trouvais que l'infirmière me regardait bizarrement, comme si elle me préparait une bonne blague... J'arrive dans la salle d'examens et je vois une fille superbe de 25 à 30 ans, en pleine forme, ainsi qu'un type du même âge. Je cherche en vain mon blessé ou mon malade... C'est alors que l'infirmière me désigne la fille, qui baisse pudiquement les yeux et balbutie son explication : « Docteur, nous faisions l'amour mon ami et moi ; il avait mis un préservatif et... je ne sais pas ce qui s'est passé, quand

* Note de l'auteur : histoire authentique. En 1965-1966, il n'y avait encore ni avortement légal, ni contraception orale (pilule).

il s'est retiré, après, la capote est restée au fond ! Vous comprenez, je suis dans ma période d'ovulation et j'ai tellement peur de tomber enceinte... Je me suis dit qu'en venant tout de suite, si vous le sortiez, le préservatif, sans le vider de son contenu, on pourrait éviter le pire... »

Birojout fut interrompu par les rires et les éclats de joie des convives. Il y avait là une urgence digne de la grande tradition canularesque. Sûr de ses effets, l'externe attendait que le silence revînt pour poursuivre :

— J'ai donc fait installer la belle, pattes en l'air sur la table d'examen. Elle avait un fort beau cul dans lequel j'aurais volontiers introduit autre chose que mon spéculum, mais... enfin, je prends une longuette et je vais pêcher délicatement au fond du vagin le vilain condom... vide, bien entendu. J'ai donc dû leur expliquer que si les spermato étaient en route, plus rien, hélas ! ne pouvait les arrêter. *Alea jacta est...*

Nouveaux rires et applaudissements. Birojout n'avait pas achevé son récit :

— Et dans le compte rendu opératoire, j'ai noté : extraction d'un corps étranger intravaginal... Il fallait bien justifier les honoraires de l'AP !

— J'espère que tu as retenu l'adresse de ton opérée !

Pendant quelques instants, les plaisanteries fusèrent. Rien ne pouvait mieux distraire mes administrés que ce genre d'incident un peu graveleux. C'était la soupape de sécurité indispensable à la tension énorme et aux responsabilités assumées par ces jeunes gens durs au travail.

— Téléphone pour l'économe !

Je m'isolai près de l'appareil. La voix de Claire était sèche et précise, comme gravée au burin :

— Pierre, je dois prendre une garde imprévue. Je n'ai pas pu joindre maman, et la bonne m'avait demandé sa soirée... Je ne sais quoi faire pour les enfants.

La bonne ! Claire avait conservé de son enfance dans le faubourg Saint-Germain l'usage de termes souvent méprisants qui me heurtaient. Nos rapports avaient étrangement évolué, depuis mon retour des Etats-Unis. Son instinct lui avait soufflé que j'avais connu d'autres femmes, là-bas ; cependant, elle ne pouvait me tenir rigueur de ces accrocs à la fidélité conjugale dont sa conduite était responsable. Etait-ce par sens du devoir ou sous l'effet d'un reste d'amour pour moi ? Toujours est-il qu'elle avait regagné notre chambre et réintégré le lit de nos premiers mois. Elle était une parfaite épouse et une mère irréprochable, mais je tenais entre mes bras un mannequin sans vie. Elle acceptait mes étreintes comme un pensum nécessaire à la satisfaction de mes besoins sexuels. Le plaisir cependant l'avait quittée ; je sentais même sa répulsion pour nos ébats.

Alors je ne manquais aucune occasion de la tromper. Ce gâchis m'écœurait, allait à l'encontre de l'amour que je continuais de lui porter, et pourtant, j'avais tant de désir de serrer contre moi un corps vivant qui vibrerait à l'unisson du mien que je ne parvenais pas à m'interdire ces foucades.

— Ne t'en fais pas : je sors de garde juste après la visite et j'irai directement à la maison pour m'occuper des petits...

Anne et Philippe, mes deux trésors — la vraie réussite de notre couple. Mon instinct paternel grandissait à l'unisson de ces deux enfants. Ils demeuraient mon espoir que tout n'était pas fini entre leur mère et moi ; que les choses, un jour, reviendraient à la normale.

— Très bien.

Elle allait raccrocher sans ajouter le moindre mot, sans rien dire qui marque notre connivence. Elle était lointaine, froide, désespérément froide...

— Claire, je...

— Oui ?

— Non, rien. Bonne garde.

Le chahut continuait dans la salle ; j'essayai de me mêler aux rires — le cœur n'y était plus.

J'achevais ce que mon cher beau-père appelait « la formation de base », avant de me lancer dans les services de chirurgie plastique où je ne ferais plus que de la chirurgie réparatrice hautement spécialisée. Certains après-midi, déjà, Noblecourt m'avait trouvé des aides en esthétique dans une clinique de

Neuilly voisine des Hortensias, où opérait le Dr Nollet, l'une de ses bonnes relations.

En attendant donc de me spécialiser vraiment, je sévissais à Curie, dans le service de cancérologie du Dr Pornille. Mon nouveau patron était un homme admirable à plus d'un titre et qui possédait cette qualité indispensable à tout chirurgien : une adresse remarquable. Tout devenait facile lorsqu'on l'aidait ; les plans de clivage étaient comme par miracle à leur place, les pinces tombaient précisément sur les pédicules et le déroulement opératoire se poursuivait sans heurt ni saignement, à une vitesse étonnante. Pornille pourtant ne cherchait pas la performance, il opérait à son rythme, mais le résultat était patent : à peine plus de vingt-cinq minutes pour l'amputation du rectum par voie mixte à laquelle je l'avais aidé ce matin. Par ailleurs, cet homme d'apparence un peu froide était chaleureux, humain et plein d'un humour qui fait trop souvent défaut aux membres de notre profession.

Oui, j'admirais Pornille — je l'admirais surtout d'avoir choisi cette voie de la cancérologie, une spécialité qui allait à l'encontre de mes pulsions les plus profondes. Bien sûr, on rendait service, on sauvait la vie ou on la prolongeait, on évitait parfois des souffrances intolérables. Mais les gestes étaient toujours mutilants — ablations d'organes malades, de parties du corps — avec pour sanction la perte de l'intégrité. Puis ce contact permanent avec des patients dont le mal grevait le pronostic vital nécessitait une force de caractère que je ne possédais pas.

Cependant, à Curie, j'apprenais la chirurgie d'exérèse qui pousse à une parfaite connaissance des pièges anatomiques. Nos programmes portaient essentiellement sur les curetages ganglionnaires jugulo-carotidiens, les amputations du sein, les hystérectomies élargies. Noblecourt avait eu une fois de plus raison : la connaissance parfaite de l'anatomie du cou et de la face, indispensable à nos exercices quotidiens, me libérait l'esprit et me rendait infiniment plus aisée la chirurgie de surface de la plastique faciale — qui peut le plus peut le moins. J'entendais assez mon plasticien de Neuilly, bon chirurgien titré et compétent, pester contre les confrères qui se lançaient dans l'esthétique sans formation solide ni, parfois, qualités d'opérateurs — je l'entendais assez pour me convaincre, s'il en était besoin, de la justesse du point de vue de Charles Noblecourt.

Ainsi, deux mois auparavant, j'avais assisté à une scène qui aurait pu tourner au drame sans la présence du Dr Nollet. Nous opérions des seins, lorsque la panseuse du bloc voisin accourut :

— Monsieur, pardonnez-moi de vous déranger, mais... ça ne va pas du tout, à côté. Je crains le pire...

Elle nous expliqua qu'elle servait un chirurgien esthétique pratiquant un grand lifting. Au fond de son décollement, à la base du cou, il avait dû blesser un vaisseau assez important qui saignait beaucoup. Le chirurgien s'énervait, tentait de poser des pinces à l'aveuglette, tamponnait à grand renfort de compresses... bref, il perdait les pédales sans parvenir à juguler le saignement. Voilà pourquoi elle avait pris sur elle de venir demander de l'aide...

Nollet me demanda de rester en place et de parfaire l'hémostase tandis qu'il se rendrait dans l'autre salle. Il en revint une dizaine de minutes plus tard, me racontant que notre voisin avait effectivement blessé une jugulaire externe.

— Vous comprenez, Dalban, ce type est un simple ORL qui n'a même pas fait un externat. Il s'est lancé dans l'esthétique car il est bien introduit dans le monde du spectacle et a réussi quelques rhinoplasties — il a même obtenu de beaux résultats. Tant que tout se déroule aisément, aucun problème, mais dès que les événements opératoires le dépassent... c'est la catastrophe ! La solution, en l'occurrence, était pourtant simple pour qui sait disséquer une gouttière jugulo-carotidienne : j'ai pratiqué une petite incision juste au niveau de l'hémorragie, j'ai repéré la veine blessée latéralement, ce qui rendait inefficaces ses tamponnements ; il ne restait plus qu'à la lier proprement...

Nollet reprit notre intervention interrompue après s'être rhabillé stérilement. C'était l'occasion rêvée pour lui de réenfourcher son cheval de bataille :

— C'est intolérable, Dalban ! Il faut réformer les études... En France, le parchemin de docteur en médecine donne le droit de tout faire ! Un ORL qui pratique des rhinoplasties : bravo ! Je dirai même qu'il les réalisera peut-être mieux que d'autres. Qu'il demeure sur la face et le cou, très bien... Il y a laryngologie dans le terme : allons-y pour les liftings et les oreilles décollées ! Cependant, lorsqu'ils se mettent à faire des seins ou des ventres, je ne suis plus d'accord ! Nez-gorge-oreilles... Même en extrapolant sur le mot gorge, ils ne devraient pas se permettre de toucher à la poitrine !

L'homme dans la chambre duquel je venais d'entrer, à Curie, n'avait pas atteint la cinquantaine. Il ne l'atteindrait d'ailleurs jamais. Ce n'est que sur les photos prises dans les camps de concentration nazis qu'il m'avait été donné de voir des êtres humains d'une telle maigreur. Il mesurait près d'un mètre quatre-vingts, et pesait 35 kg. Cet homme, en position semi-assise dans son lit, calé par de gros oreillers, allait mourir — d'un cancer bien sûr, mais plus précisément, il allait mourir de faim.

Le mal avait atteint le tube digestif, cancer de l'œsophage décelé trop tard et placé à un endroit inopérable. L'œsophage, au cours des mois, s'était rétréci jusqu'à se boucher quasi complètement. Le malade avait dû d'abord fractionner ses aliments, puis ne manger que des bouillies. A présent, même les liquides ne passaient plus. L'homme avait été admis pour une phase de simple survie, consistant à placer directement dans l'estomac une sonde de caoutchouc ressortant sous les côtes, et qui permettait de l'alimenter. Cette gastrostomie ne lui donnerait en réalité qu'un bref répit, car la tumeur progressait dans le médiastin, cette zone située entre les deux poumons, détruisant et comprimant d'autres organes vitaux.

— Bonjour, docteur Dalban !

Sa voix était également altérée par l'atteinte des nerfs récurrents. Le sourire niais et la bonne humeur de circonstance affichés, j'avais presque honte de ma bonne santé, de la force vive que je sentais en moi... Sale coup de mauvaise conscience, aussi instinctif que stupide, et qui cependant me prouvait que j'étais toujours capable de sensibilité.

— Vous voyez, monsieur Rombier : vous commencez à aller mieux ! Vous avez repris 500 g, depuis que la gastrostomie est faite...

500 g... Un cent cinquantième de ce qu'aurait dû être son poids normal ! Je lui débitais avec aplomb des fadaises de gamin jouant

au marchand. Marchand de bêtises de Cambrai, marchand d'espoir... C'est dans ces moments-là que le doute vous assaille. Trilogie infâme du doute, des scrupules et du découragement... Combien y succomberaient ? Beaucoup, avec plus ou moins de franchise. André, mon excellent ami André Lévy, avait été de ceux qui déclarent forfait. Et encore, lui possédait l'explication-excuse de son talent de peintre, cette exigence artistique qui lui imposait de tout sacrifier à son art.

Il avait plongé, abandonné études de médecine et confort probable pour tenter l'aventure. Contrairement à beaucoup, à son père entre autres, je l'avais encouragé dans cette voie sans erreur, puisqu'il s'accomplissait lui-même.

— Quand vous aurez retrouvé un poids et une résistance plus importants, on va pouvoir aller le déboucher, ce sale tuyau !

Mentir, mentir encore... J'en rajoutais dans l'hypocrisie, mais cela en valait la peine, à voir la petite lueur qui s'allumait dans ses yeux. Il me croyait, le pauvre. Il me croyait alors que pour nous, le problème était de l'empêcher de souffrir puisqu'on ne pouvait l'empêcher de mourir. Cette saleté, en plus de la faim incoercible qu'elle avait provoquée au début, le rongeait comme un crabe, causant d'atroces douleurs. Crabe... le cancer stylisé des signes zodiacaux ; qui se rappelle encore l'étymologie du nom de cette maladie ?

La morphine souveraine lui était donnée sans restriction. Et si elle possédait un effet dépresseur parfois mortel à hautes doses, tant pis... Ou plutôt, tant mieux ! Et qu'on ne me parle pas des faux problèmes d'euthanasie ou d'acharnement thérapeutique — ces questions ne préoccupent guère les praticiens de bon sens, lesquels font ces choses-là sans les dire, avec pudeur et amour, pour sauver ce qui peut l'être de la dignité humaine.

Au-delà de tous les fanatismes et partis pris, les cas comme celui de cet homme interpellaient avec violence ceux qui les côtoyaient, remisant à leur juste place nos ennuis quotidiens. Sa mort prochaine et mon impuissance à le soulager dans un plateau de la balance ; mes soucis conjugaux de l'autre... Il n'y avait pas de comparaison possible.

On venait d'installer au bloc le merveilleux microscope opératoire commandé récemment. C'était un modèle permettant à un tiers, sur une oculaire supplémentaire, de suivre l'intervention en même temps que l'opérateur ; on pouvait également adapter à l'objectif appareils photo et caméras, afin d'enregistrer certaines phases intéressantes de l'opération en cours.

L'apparition de ces engins, accompagnant la conception d'instruments aux extrémités dix fois plus fines et précises que celles des outils classiques, marquait la naissance d'une nouvelle ère médicale : celle de la microchirurgie. Tout cela était quasi-expérimental, et j'étais un peu responsable de cette acquisition, moi qui avais expliqué à mon patron le bénéfice et les progrès que nous pourrions tirer de ces techniques récentes pour notre spécialité.

En fait, au départ, tout venait de l'ophtalmologie et de la nécessité, pour les greffes cornéennes, d'utiliser des fils et des instruments très fins sur un champ opératoire très réduit. Evidemment, il devenait ensuite tentant d'employer ces mêmes méthodes pour suturer des vaisseaux sanguins de plus en plus petits, de réaliser des anastomoses nerveuses impossibles à tenter à l'œil nu. Ce progrès fantastique, réalisé dans un domaine précis, prenait alors une ampleur non prévue initialement, mais tout aussi excitante pour l'esprit et passionnante à explorer.

Dans ce but, j'étais allé « faire du chien » au Fer-à-Moulin... Oui, je connais la litanie des ennemis de la vivisection, leur opposition farouche à toute expérimentation sur « nos amies les bêtes ». Je sais leurs arguments et je les approuve entièrement, sans réserve, en homme qui adore les animaux. Je suis le premier à reconnaître l'inutilité souvent meurtrière de certains essais de drogues ou de produits cosmétologiques, mais... Mais en ce qui concerne la mise au point de techniques opératoires nouvelles, seule l'expérimentation sur les mammifères de grande taille peut permettre d'avancer et de ne tenter l'aventure sur l'homme que lorsque les résultats sur l'animal sont probants. Ainsi certaines équipes de chirurgie vasculaire travaillaient-elles à la greffe cardiaque telle que venait de la réaliser au Cap le Pr Barnard. Demain, les premières transplantations françaises seraient tentées.

Pour ma part, je m'attaquais à des greffes composées qui permettraient, en cas de succès, de résoudre en particulier de difficiles problèmes de réparation ostéo-musculaire ; je m'intéressais aussi à la réimplantation de doigts ou de membres totalement sectionnés à la suite d'un accident. Deux cas mondiaux, publiés en Chine, montraient que la chose était possible ; nous n'avions cependant pu nous procurer les protocoles opératoires, le pays étant fermé aux étrangers et la nouvelle n'ayant été diffusée que pour servir de propagande au savoir des médecins chinois.

Aujourd'hui, le fameux microscope allait servir... J'avais passé aux internes la consigne de m'appeler, même si je n'étais pas de garde, au cas où se présenterait une « occasion ». Le temps passait si vite... je n'appartenais déjà plus à cette caste élitiste qui me faisait tant rêver autrefois. Ma médaille d'or m'avait procuré le privilège d'une année supplémentaire d'internat, mais j'entamais désormais ma seconde année de clinicat : la route était belle au gendre Noblecourt, et long le chemin parcouru...

Le service des urgences avait donc accueilli la victime d'un accident de travail dramatique, et l'on m'avait rapidement prévenu. Un garçon de vingt-deux ans, en pleine santé, avait trébuché sur le tapis roulant d'une usine ; il n'avait pu dégager sa jambe assez rapidement : un rideau de tôle avait joué les massicots à mi-cheville. Le pied, sectionné net, n'était plus réuni à la cheville que par un petit morceau de peau, un lambeau fragile et dérisoire. Le garçon n'avait pratiquement rien senti, qu'un choc violent, douloureux un instant seulement, et il ne se rendait pas bien compte de la gravité de sa blessure.

Sans savoir encore clairement de quelle manière nous allions procéder, une seule chose nous paraissait évidente : la nécessité de rétablir le plus rapidement possible la circulation sanguine. En chirurgie réglée, en effet, les délais de garrot sont de une heure — au-delà peuvent apparaître des lésions cellulaires irréversibles. Sur les chiens mes réussites étaient survenues dans des délais encore plus courts et je n'aurais rien tenté sur ce garçon si les circonstances — après accident — ne l'avaient pas désigné. L'infirmière attachée à l'usine aimait son métier et avait lu certaines revues professionnelles où l'on commençait à parler des tentatives de réimplantation. Elle connaissait les contraintes du facteur temps et s'était débrouillée pour faire évacuer le blessé par ambulance escortée de motards sirène hurlante, grâce à quoi il me restait trente-cinq minutes pour rétablir un passage artériel.

Le temps que je me change et me lave les mains, le type avait été radiographié, endormi et intubé. C'était à moi de jouer...

D'abord, régulariser les extrémités osseuses que j'aurais à solidariser tout à l'heure ; l'articulation étant fichue, le raccourcissement indispensable allait permettre de gagner de la longueur sur les éléments vasculo-nerveux à recoudre et faciliter la reconstitution. Certains chirurgiens s'élevaient contre ces tentatives de réimplantation, arguant que, même en cas de réussite, le blessé se retrouverait avec une cheville raide, un pied quasi inerte et une jambe plus courte que l'autre... En gros avec une gêne fonctionnelle que ne lui imposerait pas une bonne prothèse. Il y avait du vrai dans ce plaidoyer, cependant je pensais que conserver ses deux jambes était psychologiquement plus tolérable qu'une sévère amputation — laquelle pouvait toujours être proposée par la suite.

J'avais disséqué les pédicules antérieur et postérieur, et retrouvé les bouts distaux. Je commençai par l'artère tibiale antérieure. Le coup de tranchoir avait été presque chirurgical, avec peu de perte de substance : la régularisation des deux extrémités, avec le gain du raccourcissement, permettrait une suture sans tension..

Dans le champ du microscope, l'artère m'apparaissait de la taille d'une aorte ; restait à m'installer correctement. En effet, malgré ma sûreté de mouvement et l'absence de tremblements, il n'était pas question d'opérer mains libres dans le vide. Sous le microscope, l'ampleur des gestes était multipliée par le grossissement, et le contrôle devenait difficile. Tout devait se faire du bout des doigts, les mains en appui stable des paumes. Je débutai la suture lentement, décomposant mes gestes avec prudence... Voilà. La suture achevée, je lâchai le petit clamp qui pinçait l'artère en amont, interdisant la circulation du sang... Le passage était bon, et le pouls satisfaisant. Ma première anastomose était étanche.

Je devais à présent m'attaquer à la tibiale postérieure, puis assurer le retour du sang veineux. A ce stade, le pied serait irrigué de sang oxygéné et aurait donc une chance de survie. Ensuite, il resterait à suturer les principaux nerfs et à maintenir le montage par une fixation solide des extrémités osseuses — le plus simple de l'affaire, en réalité.

Je levai les yeux des oculaires pour découvrir le sourire franc de ma panseuse et son geste d'encouragement, pouce levé : chapeau, monsieur le chef de clinique Dalban !

Merci à elle de me soutenir de la sorte... La nuit allait être longue.

Carnaval ! Avec quelque trois mois de retard sur un calendrier que personne ne consultait plus, Paris prenait des allures de Mardi gras prolongé. Le printemps éclatait avec une violence inattendue ; toute une jeunesse s'acharnait à arracher un par un les pavés du boulevard Saint-Michel, espérant découvrir, dessous, une plage cachée, une société nouvelle.

Les bourgeois frileux, eux, se dissimulaient dans le fond de leurs appartements entre des montagnes de conserves et des kilos de sucre stockés, au cas où... Carnaval. Tout un monde vacillait sur ses bases ; la France crevait de trouille et manquait de super. On ressortait les vélos oubliés, on réapprenait à marcher. Le système D retrouvait ses droits.

Paris, mai 1968. Je vivais cette époque, bousculé entre des sentiments contradictoires, parvenu à cet âge charnière — trente ans — où l'adolescent, même prolongé, cède la place à l'adulte. Sans être de leur avis, je les comprenais, ces étudiants qui dévalaient la rue Soufflot en levant le poing : leur révolte n'aurait-elle pas été la mienne, autrefois ? Tout seul, je n'avais pas chanté l'*Internationale,* je n'avais pas nargué les CRS abrités derrière leurs boucliers de plexiglas. Mais si je l'avais pu, osé ? Qui sait ?

Rien n'allait plus avec Claire qui avait à nouveau quitté la chambre commune. La haine qu'elle me vouait, désormais, me laissait des loisirs que je passais dans les rues de la capitale à guetter la montée de la fièvre, de la fête. Parce qu'à cette violence omniprésente s'ajoutait le sentiment impalpable d'une liesse populaire. Oui, si je tremblais souvent devant ces gamins débraillés qui hurlaient, se battaient, je ne pouvais me retenir de renier mon camp d'adoption pour leur offrir toute ma sympathie.

Charles Noblecourt, comme la plupart des mandarins parisiens, s'était inventé une maladie diplomatique et offert un séjour réparateur à La Baule. Là-bas, tout au bout de la plage Benoît, il pouvait contempler les événements qui agitaient la grande ville avec plus de lucidité.

— Monômes de potaches excités, téléphonait-il quotidiennement à Claire. Viens donc nous rejoindre avec les enfants.

— On ne trouve plus d'essence pour la voiture, tu le sais bien ! Quant aux trains...

— Fais bien attention, alors ! Embrasse Pierre pour nous...

— Bien sûr.

Sur cet acquiescement, les apparences demeuraient sauves, et mon cher beau-père, le seul Noblecourt à songer encore à moi sans acrimonie. Certes, il savait que mon ménage battait de l'aile ; pour son confort intellectuel, cependant, il refusait d'en apprendre davantage et s'obstinait à m'embrasser au nom de la charmante Adeline et au sien.

Tout cela ne me tourmentait plus guère. J'avais peu à peu pris mon parti de ces déboires conjugaux. Claire ne m'aimait plus ? Soit. Ce qui importait était les neuf ans pleins de curiosité de Philippe ; ce qui comptait, le charme fou de ma petite Anne...

— Vous sortez ?

Claire avait instauré le voussoiement entre nous. Une habitude bien faite pour souligner la distance qui s'était établie, mais que je ne respectais que rarement, ce qui rendait nos dialogues boiteux et ridicules.

— Il fait bon, je vais marcher un peu. Tu ne veux pas m'accompagner le long des quais ?

Haussement d'épaules signifiant l'impatience, sourire de connivence à Marcia entièrement passée à sa dévotion, Claire éluda ma proposition. Et c'était mieux ainsi : je n'aurais pas su quoi lui dire, elle aurait trouvé à critiquer l'agitation des rues et nous nous serions disputés.

Le printemps était doux, merveilleux, comme si la nature elle-même participait à la fête. Oh, je sais que ma vision des événements de ce mois de mai peut sembler idyllique. Je n'oublie pas les blessés de part et d'autre, les milliards de francs de dégâts commis, l'économie entière paralysée. Je n'oublie pas les craintes et la souffrance, mais je ne veux retenir que cette impression de fête et d'imagination au pouvoir. « Faites l'amour, pas la guerre », proclamaient les murs. Comment ne pas être en plein accord avec cette injonction, quand le vent léger de la Seine retroussait les jupes des filles, quand les passants souriaient avenue Montaigne ?

Avec des bruits de pétards joyeux, les cocktails Molotov éclataient au quartier Latin. Des gamins asphyxiés par les fumigènes fuyaient les CRS et leur charge, matraque en avant. De pauvres voitures, traînées au milieu de la chaussée, n'en finissaient plus de se consumer, maigres barricades à l'hystérie.

Sous les pavés, la plage... On ne se dorait pas encore à la Sorbonne, pourtant Cohn-Bendit galvanisait ses troupes à l'intérieur de l'Odéon, dont un vieil acteur et sa compagne avaient ouvert les portes — étonnante illusion de l'âge qui s'obstine à croire qu'avoir vingt ans est une maladie contagieuse. Tout en haut de la rue Gay-Lussac, une jeune fille accouchait sur le trottoir, tandis que deux flics tabassaient son amant. Le général, moins brillant qu'au temps de l'Algérie, s'en allait prendre les eaux à Baden-Baden — la chienlit, Yvonne...

Carnaval ! Quarante morts à Rio la même année, et combien à Paris ?

Après avoir traîné un moment le long des quais, je ne pus m'empêcher de traverser la Seine, de quitter la rive droite désertée, pour m'aventurer le plus loin possible sur le boulevard Saint-Germain. Le café de Cluny avait fermé sa terrasse, brisée à coups de pavé. C'était ma jeunesse qu'on détruisait, et cependant je n'en voulais pas aux « fauteurs de troubles ». L'aventure était enfin au coin de la rue, le rêve, même s'il dégénérait, faisait effort pour devenir réalité.

Je vivais ces heures au premier degré, refusant une analyse

plus poussée qui m'aurait immanquablement conduit à prendre parti pour l'ordre. Accepter l'utopie... Cinq années plus tôt, j'aurais également tendu le poing, j'en suis persuadé — ou, plus exactement, je veux en être sûr — ; cinq ans plus tard, ma réaction aurait été celle de Charles : une crainte diffuse et un mépris total pour ces jeunes excités. Mais aujourd'hui, passif, je me laissais flotter entre ces deux attitudes. Trente ans, la ligne de crête, la frontière... Plus un étudiant et pas encore un bourgeois, malgré deux enfants et un appartement avenue Montaigne. Je ne parviens pas davantage à justifier mon attitude que par cet âge charnière. D'ailleurs est-il réellement besoin d'une explication que personne ne songe à me réclamer ? Nos sentiments nous dirigent, irrationnels, ponctuels et sujets à de brusques revirements. Mai 68, ce fut peut-être pour moi l'occasion inespérée de revivre, par procuration, la folie d'une jeunesse que je n'avais connue que studieuse ?

— Fais gaffe ! Ils descendent le Boul'Mich...

Ils... traduction : les CRS casqués, « ultime rempart d'une société civilisée », comme les avait appelés un ministre de l'Intérieur. Le gamin qui m'avait lancé cet avertissement, blouson en jean et casque de moto sur la tête, me jeta un regard surpris : que venais-je faire dans cette vaste cour de récréation qu'était devenu le quartier Latin, avec mon costume de flanelle, mes chaussures bien cirées et mes cheveux coupés court ? Bourgeois en uniforme, je n'y avais pas ma place ! A moins que...

— T'es journaliste ?

— Non.

— Alors, tu ferais mieux de te tirer ! Ils sont mauvais, ce soir !

Comme lui, ils étaient des centaines à dévaler les rues en direction de Saint-Germain, oasis de calme pour le moment. Là-haut, vers le Luxembourg, des bombes fumigènes obscurcissaient la vue.

Il avait raison, le petit lycéen, je n'avais rien à faire ici, que respirer les vapeurs délétères d'une fête à laquelle je n'avais pas été convié. Claire m'attendait, ou plutôt, elle me guettait sans m'attendre, dans l'appartement de l'avenue Montaigne. Ma place était là-bas, au cœur des beaux quartiers. Le Dr Pierre Dalban, ancien interne des hôpitaux de Paris, chef de clinique dans le service du Pr Beaudoin à Necker, se rendait ridicule à errer de la sorte dans un Paris dévasté. Pitoyable nostalgie...

Voilà, c'était dit. Je m'étais battu pour parvenir à ma situation ; un brusque retour de puberté ne saurait tout remettre en question.

La nuit hésitait à tomber, comme si elle refusait d'offrir sa complicité. Mains dans les poches, je rebroussai chemin dans la rue de l'Ecole-de-Médecine, bousculé, exhorté à presser le pas par toute une foule d'étudiants refluant du Luxembourg. Derrière moi, quelqu'un hurla dans un mégaphone. Sa voix, amplifiée, résonna longuement contre les murs de la fac :

— Tous à l'Odéon. AG à 23 h !

Une AG... une assemblée générale, une de plus. Eux qui refusaient en bloc un système de société retombaient dans son défaut majeur : les palabres sans fin, paralysant l'action. La « civilisation » du ministre de l'Intérieur avait encore de beaux jours devant elle !

Carnaval. Et soudain, les masques tombèrent ; plus de faux nez, mais les casques aux visières baissées des compagnies républicaines de sécurité. Nous étions encerclés, pris dans la nasse, entre les troupes qui bloquaient la rue de l'Ecole-de-Médecine et celles qui barraient le boulevard Saint-Germain à la hauteur du carrefour de l'Odéon.

Les premiers cocktails Molotov commencèrent à voler, lancés par je ne sais qui ; aussitôt, les CRS ripostèrent par le jet de quelques grenades lacrymogènes.

Sortir mon mouchoir... Le plaquer sur le bas de mon visage, comme je le voyais faire autour de moi. Quelle connerie ! J'allais être pris dans une de ces rafles monstres qui secouaient le quartier jusqu'au petit matin. Mais pourquoi étais-je venu me fourrer dans ce piège ?

— Ils vont charger !

Ces scènes vues à la télévision, lues dans les quotidiens, cette violence abstraite, voilà que je la vivais ; elle devenait mienne. Mon cœur battait à l'unisson de celui de ces étudiants ; leur frayeur, je la ressentais. Plus d'issue... Si, la petite rue, au coin de la librairie Maloine, qui grimpe jusqu'à la rue Monsieur-le-

Prince. Courir, toujours plus vite, comme des dératés, les poumons en feu, remonter en direction du Luxembourg en espérant que le carrefour Rostand soit maintenant dégagé.

Devant nous, à vingt mètres, ils sont une dizaine à renverser une vieille deux-chevaux cabossée en travers de la chaussée. Odeur d'essence, petite flamme d'un briquet... Nous nous plaquons dans l'encoignure d'une porte cochère. L'explosion nous secoue, suivie d'un fracas de verre brisé. Un liquide gluant me coule sur la joue : un éclat de verre s'est fiché dans ma pommette. Mon costume gris, maculé, déchiré aux coudes, a achevé sa carrière en cette soirée de mai. Pas le temps d'y rechercher le moindre symbole : un instant retardés par l'explosion, les CRS ont repris leur progression.

— Je me promenais dans le quartier, lorsque je me suis trouvé pris dans un flot de...

Sourire un peu goguenard du brigadier de police qui tenait mes papiers d'identité — un coup de téléphone à je ne sais quel service centralisé venait de lui prouver leur authenticité.

— Vous vous promeniez, docteur ? Vraiment ?

Son air dubitatif en disait assez long. Inutile de palabrer. Certes, avec mon visage ensanglanté et mon costume crasseux, je n'avais rien d'un rêveur solitaire au clair de lune. Le quartier Latin, si agité en cette saison, ne constituait pas un lieu de méditation idéal, n'est-ce pas ?

Il me rendit mes papiers :

— Vous pouvez partir, docteur. Avec nos excuses, pour ce contretemps...

Six heures trente du matin. Un petit jour blafard se levait sur le Luxembourg ; l'air conservait quelques relents âcres de lacrymogènes. J'avais passé plus de la moitié de la nuit au commissariat, interpellé, comme la plupart des jeunes gens qui remontaient avec moi la rue Monsieur-le-Prince, au débouché sur Saint-Michel. Quelle apothéose, pour l'ultime soubresaut de mon adolescence ! En quelques heures passées sur un banc de bois, j'étais devenu adulte, définitivement.

— Tu me paies un crème ?

Petite fille de vingt ans en jean et tee-shirt de coton, elle était assise au bord du trottoir. Sur ses joues, les larmes mêlées au rimmel avaient laissé deux traces noires, donnant à sa bouche une moue désabusée. Grenades des CRS, ou désillusion ? La fête était finie, les derniers lampions — carcasses d'automobiles encore fumantes — s'éteignaient. Les héros étaient fatigués.

— Viens...

Elle me prit par la main et m'entraîna vers le bas du boulevard Saint-Michel où nous trouverions sans doute un bistrot déjà ouvert.

— C'était bien, hein ? Tu viendras, ce soir ?

Elle n'en avait donc pas encore assez ? La bouche amère et pâteuse, les petits matins de dérive le long des caniveaux, elle en redemandait ? Là, je ne comprenais plus.

Croissants chauds et café brûlant... Il allait faire encore une belle journée, aujourd'hui. La fille s'agrippa à mon bras, fit glisser ses doigts le long de ma chemise déchirée :

— Tu restes avec moi ? J'ai une chambre, rue du Dragon...

Faites l'amour, pas la guerre ! Privilège de l'âge, je n'avais pas plus envie de l'un que de l'autre.

Les quais étaient déserts. Après une nouvelle nuit de folie, le Paris de mai 68 venait de s'endormir. Carnaval.

8

Aux violences du mois de mai avait succédé la torpeur de l'été. La « révolution » ne passa pas le cap du printemps, ainsi que l'avait estimé le général. L'essence revint dans les cuves des stations-service et le début des traditionnels congés payés sonna la fin de la récréation sauvage. Cohn-Bendit s'exila quelque part en Hollande, on balaya l'Odéon et les premiers touristes s'empressèrent d'accourir pour photographier le boulevard Saint-Michel goudronné.

Fin du premier acte, rideau. Le second ne serait pas joué — l'automne promis chaud n'était que pluvieux.

Pourrais-je inspirer confiance ? Pour la centième fois aujourd'hui, je m'inspectais dans la grande glace de l'entrée. Non, vraiment, je paraissais bien jeune, trop jeune, en attendant les rides que la trentaine n'avait pas encore inscrites. Puis ce nœud papillon « chirurgical », conseillé par Noblecourt, n'arrangeait rien ; heureusement que j'avais su éviter le port des grosses lunettes à monture d'écaille qu'il avait également suggérées.

J'étais bien plus ému que je ne voulais l'admettre, pourtant tout était prêt, mon premier client privé pouvait sonner. Au fond de la galerie, j'avais fait installer un bureau moderne, de verre et d'acier, derrière lequel, feuilletant un fichier encore vide, trônait la charmante Marcia — laquelle n'avait consenti à cette mascarade en blouse blanche que poussée par Claire. Dès que j'en aurais les moyens, il serait temps d'employer une véritable secrétaire aide-instrumentiste.

Le petit salon ouvert sur la galerie avait été transformé en salle d'attente : l'un des ensembles Louis XV, bois doré et velours rouge, des Noblecourt produisait, sur la moquette beige, un parfait ensemble cossu bourgeois, nécessaire et rassurant. Mon bureau attenait à ce salon.

Lorsque la vicomtesse de G., opérée par Charles Noblecourt d'une méchante fracture du col du fémur, lui avait parlé des oreilles décollées de son petit-fils, le Mandarin lui avait conseillé un très bon praticien qui remédierait à cette disgrâce un peu vulgaire, aux dires de la grande dame. Le fait que ledit praticien soit le gendre de Noblecourt n'avait pas constitué un obstacle, mais une recommandation supplémentaire.

Coup de sonnette impérieux de gens accoutumés à être entendus. Ils arrivaient... Je me précipitai dans mon bureau sur un dernier signe à Marcia : pourvu qu'elle ne commette aucune bévue. Leur ponctualité m'arrangeait bien — ne recevant que sur rendez-vous, je pouvais ainsi expliquer une salle d'attente vide. Ma chérie de mère s'était bien proposée pour faire de la figuration intelligente sur le velours cramoisi, j'avais reculé devant cette mise en scène.

Rendez-vous ou pas, il fallait les faire patienter quelques minutes ; je rongeai mon frein en remaniant l'alignement des ouvrages médicaux de ma bibliothèque. Bon, voilà... Un ultime coup d'œil à mon studio de prises de vues photographiques — une pâle imitation de celui de mon patron, le Pr Moncel, qui ne « travaillait », lui, qu'au Hassel Blad, format 6 × 6. Moi, j'avais dû opter pour le 24 × 36, moins onéreux...

J'attendais deux personnes, trois entrèrent dans mon cabinet — la grand-mère avait tenu à accompagner sa fille et le futur candidat aux délices chirurgicales —, me posant ainsi un problème auquel je n'avais pas songé. Tant pis pour le petit-fils, il resterait debout puisque je n'avais prévu que deux fauteuils pour les patients.

— Asseyez-vous, je vous en prie...

Je regardai le dossier rempli par Marcia de son écriture

maladroite. Les G. habitaient tout près, dans les premiers numéros de l'avenue Montaigne.

— Nous sommes voisins, dis-je pour réchauffer l'atmosphère.

A la fois sèche et hautaine, la vieille dame maintenait visiblement ses distances.

— Oui, docteur... J'ai tenu à accompagner ma fille, car je me sens un peu responsable de notre venue chez vous. Je trouve que les oreilles de mon petit-fils lui donnent un air niais... Qu'en pensez-vous ?

Difficile d'approuver, comme cela, d'emblée. Le pauvre garçon ne respirait effectivement pas l'éveil ni l'assurance ; cependant, à bien regarder ces deux femmes, on pouvait lui voter les circonstances atténuantes. Je me tirai de ce piège verbal par une pirouette :

— Je vais l'examiner...

Un petit visage chafouin, un nez aristocratique et fort proéminent — les G. ne sont-ils pas apparentés aux X de Y ? —, des dents de lapin et deux oreilles en coupe-vent, parfaitement perpendiculaires au crâne... le gamin n'était certes pas gâté par la nature et sa particule lui serait plus tard une maigre consolation.

— Alors, docteur ?

La vicomtesse continuait de mener les débats. Je me rassis derrière mon bureau :

— De fait, madame, il existe une malposition des oreilles. Techniquement, l'opération ne pose aucune difficulté et est aisément réalisable. Cependant...

Je me tournai vers l'heureuse maman :

— Votre fils vous a-t-il fait part de moqueries de ses camarades, à l'école ? Semble-t-il souffrir de ses oreilles, en avoir un « complexe », comme on dit ?

La jeune femme parut gênée. Après tout, elle le trouvait très beau ainsi, son Jérôme, et s'il n'y avait eu la vicomtesse...

— Ma mère pense qu'il faut opérer.

Point à la ligne. Inutile de discuter. J'étais, pour ma part, plutôt d'avis d'attendre que les enfants manifestent une inquiétude au sujet de leur apparence. Mais si Mme de G. était d'une opinion contraire...

— Parfait. Quand souhaitez-vous que l'intervention ait lieu ?

— Si cela vous était possible, au début des prochaines vacances scolaires. Il n'est pas bon que mon petit-fils manque la classe.

Evidemment ; laid peut-être, mais instruit. La vicomtesse s'enquit ensuite du montant global qu'elle aurait à verser et je pus enfin les raccompagner jusqu'à la porte. Mon premier opéré payant était sur les rails.

Cette petite intervention de chirurgie esthétique d'une heure environ allait me rapporter plus de la moitié de mes émoluments mensuels de chef de clinique. De quoi rester rêveur... Et je ne pus m'empêcher d'extrapoler en imaginant une longue file de patients me suppliant de les opérer. Multiplication des zéros sur mon compte bancaire. C'était cela, aussi, la médecine libérale. Même si je n'étais pas fondamentalement intéressé par le profit, il était bien que ce travail qui me passionnait se révèle également rémunérateur.

Un tourbillon de cris et de rires franchit alors la porte de mon bureau et je me retrouvai étouffé sous les baisers d'Anne et de Philippe. Ils n'avaient guère l'habitude de me voir à la maison à cette heure-ci. Comme chaque fois, j'étais émerveillé. Si Claire et moi avions échoué dans notre couple, au moins avions-nous réussi nos enfants !

Toute modestie mise à part, Philippe était mon portrait, avec la couleur des yeux de sa mère. Quant à Anne, on ne pouvait que la comparer à ces poupées de collection, fragiles et belles, comme on en voyait parfois à la télévision. Le tourbillon des enfants s'éloigna dans le couloir :

— Maman, papa est là ! Tu viens ?

Claire nous rejoignit. Devant eux, nous jouions le jeu des parents unis — en accord, au moins, sur ce seul point. Avec un collègue psychiatre, j'avais tenté de démêler l'écheveau des raisons qui avaient conduit ma femme à cet état d'hostilité à mon égard. Morali avait été direct :

— Mon cher Pierre, ta bonne femme est mal baisée, crois-moi ! Au début, après sa césarienne, elle était honteuse de se montrer à toi avec un corps qu'elle ne trouvait plus aussi parfait — cette cicatrice tellement disgracieuse... Puis, rapidement, c'est la notion de sa stérilité qui a pris le dessus. Quoi qu'elle en pense, Claire est profondément imprégnée de préjugés religieux catholiques : elle désirait d'autres enfants, elle te les devait... Faire l'amour, c'est aussi procréer — c'est avant tout procréer. Le plaisir est en prime. Si l'on est stérile, l'acte sexuel ne se justifie plus...

Morali avait enfourché l'un de ses dadas. L'ennui était que sa connaissance presque cynique de la sexualité des femmes s'appliquait sans restriction au cas de Claire. Il avait poursuivi :

— Tu ne le sais peut-être pas, certaines femmes sont incapables de jouir dès lors qu'elles font le moindre usage d'un type de contraception... Alors qu'à l'évidence, ce devrait être le contraire. Claire est de celles-là. En outre, tu es indirectement responsable de son état : c'est ton enfant, ta fille qui l'a rendue infirme. Tout ceci se complique de son amour passionnel pour toi et du fait qu'elle s'en veuille justement d'avoir de telles réactions ! Inextricable cercle vicieux...

Bien observé et bien raisonné, le psychiatre ! Oui, inextricable et encore aggravé par mes frasques extra-conjugales de plus en plus fréquentes. Même si Claire les ignorait, elle percevait comme une insulte suprême ce désir qui me possédait de sentir entre mes bras des créatures vivantes — et non pas la victime expiatoire qu'elle était devenue.

Claire serra contre elle ses deux enfants, immobile dans l'embrasure de la porte. Où était ma couventine des premiers jours ? Comme pour me narguer davantage, elle était devenue une sorte de perfection pour les yeux ; sa trentaine lui avait octroyé un épanouissement physique total : visage lisse, rendant parfaitement le modelé des pommettes et de la mâchoire, ligne du cou plus nette et lèvres plus pleines encore. Comment une telle bouche avait-elle oublié le goût des baisers ?

Après avoir renvoyé les enfants à leurs jeux, elle s'assit dans le fauteuil qu'occupait la vicomtesse quelques minutes auparavant. Cela était bien inhabituel ; Claire n'était pas entrée dans mon bureau depuis bien des mois et ce n'était certes pas pour me demander comment avait marché cette première consultation qu'elle était là. Je pris les devants :

— Tu voulais me parler, Claire ?

Un peu de gêne de sa part ; l'aspect direct de ma question la surprenait, elle qui aimait tant les circonlocutions verbales. Puis elle se décida :

— Je viens voir le chirurgien que tu es, Pierre. Pour un avis...

A la précipitation soudaine de mon pouls, je réalisai combien je l'aimais encore :

— Tu es malade ?

— Non, non... Pas moi. C'est maman...

Je laissai échapper lentement l'air de mes poumons. Qu'avait donc Adeline Noblecourt ? Claire reprit :

— Maman n'a pas voulu inquiéter papa — elle ne lui a rien dit. Mais depuis plusieurs mois, elle pense palper quelque chose dans un sein.

— Elle a consulté quelqu'un ?

— Bien sûr que non ! La politique de l'autruche : plus elle était inquiète et plus elle se dissimulait la vérité. Ajoute à cela une pudeur d'un autre âge... Ce n'est qu'hier qu'elle a consenti à me laisser l'examiner.

— Alors ?

— Alors, je crains le pire. Je ne suis pas spécialiste, mais... De plus, mon jugement est troublé : je n'ai pas examiné un adulte depuis si longtemps...

Claire avait abandonné la médecine sans s'installer, après avoir achevé, en même temps que moi, un brillant internat qui lui avait conféré ses lettres de noblesse en pédiatrie. Elle voulait, affirmait-elle, se consacrer désormais à ses propres enfants, trop négligés à son gré durant ses études.

L'état de santé de sa mère devait diablement l'inquiéter, pour qu'elle s'en ouvre ainsi à moi, oubliant même à cette occasion le voussoiement distant qu'elle s'imposait d'ordinaire en me parlant. La sentir désemparée me troublait — vieux fonds incoercible de sentimentalisme.

— Que veux-tu que je fasse ? Ta mère ne me porte pas particulièrement dans son cœur !

— Peut-être. Encore que tu ne la comprennes pas — nous n'allons pas en discuter aujourd'hui. Quoi que tu puisses en penser, elle apprécie ta valeur professionnelle et a toute confiance en toi. Elle a accepté que tu l'examines...

Difficile de refuser une telle demande, et présentée par Claire, de surcroît. En réalité, j'étais furieux, persuadé que ma belle-mère avait encore découvert là un moyen de me placer dans une situation désagréable. Comment ? Avec tous les chirurgiens compétents et tous les cancérologues de haut niveau qu'elle pouvait connaître, l'épouse du Pr Charles Noblecourt venait chercher son gendre tant critiqué ?

— Bon, d'accord, dis-je pourtant. Je passerai boulevard Saint-Germain demain matin. Charles sera à l'hôpital et n'en saura rien, puisqu'elle semble désirer le tenir à l'écart — ce qui est ridicule, soit dit en passant, car s'il y a une décision à prendre, il faudra bien l'en informer...

— Pierre, il est inutile de te déranger : maman est là, tu vas pouvoir l'examiner tout de suite.

Le traquenard était bien monté. Je baissai les bras, vaincu.

Adeline Noblecourt avait mal vieilli. Dans sa soixantième année, elle en paraissait largement dix de plus. Ma belle-mère avait très mal vécu le mariage de sa fille, n'ayant pas les mêmes raisons de m'apprécier que son époux, et pour elle, la césarienne dramatique de Claire était, à l'évidence, la juste punition divine de la mésalliance et d'une première grossesse conçue hors des liens sacrés du mariage.

Aujourd'hui, sa morgue avait disparu. Je n'avais plus en face de moi qu'une femme malade, en proie à la plus vive anxiété. Mes réflexes de médecin jouèrent immédiatement devant cette détresse et mes réserves tombèrent pour faire place à une sincère compassion :

— Claire m'a expliqué, Adeline. Il ne faut pas s'alarmer inutilement...

Le sein gauche de la vieille dame était déformé par une importante tumeur dure, bosselée, irrégulière, d'environ six centimètres de diamètre. Le derme adhérait à la profondeur et se rétractait en peau d'orange. Je vérifiai la mobilité des tissus par rapport au plan musculaire profond et palpai sous l'aisselle ; quelques ganglions durs y roulaient sous mes doigts.

Vacherie... Cancer évident et déjà bien évolué. Je la fis allonger pour palper soigneusement l'abdomen à la recherche des signes de métastases. Adeline guettait sur mon visage les moindres réactions.

— Depuis combien de temps, en réalité, avez-vous découvert cela ? Claire m'a parlé de quelques mois ; moi, je pencherais pour un délai plus important.

Un peu de rose lui vint aux joues. Elle en avait bien besoin.

— Vous avez raison, Pierre. Cela fait près d'un an...

Qui a dit que les cordonniers sont toujours les plus mal chaussés ? Un incurable pessimiste probablement, qui avait, hélas, misé juste.

— Vous pouvez vous rhabiller. Il va falloir pratiquer des radios des seins avant toute décision. Quoi qu'il en soit, une intervention sera nécessaire, ne serait-ce que pour vérifier la nature exacte de la tumeur...

— C'est un cancer, n'est-ce pas ? Je veux la vérité, Pierre ! Je veux savoir !

Eh là, il n'était pas question que je dise tout ! Pas avant d'avoir parlé à Claire et à Charles ; je tombais une nouvelle fois dans le piège de la dissimulation au malade, malgré mon goût pour la sincérité...

— Je ne sais pas, Adeline. Rien n'est sûr avant la radio et surtout la biopsie. Certaines tumeurs ressemblent à s'y méprendre à des cancers et sont parfaitement bénignes...

Adeline sourit. L'espoir est une merveilleuse plante vivace : tout est bon pour le faire refleurir. Claire attendait dans mon bureau. Elle comprit, à un signe, que je ne voulais pas parler maintenant. Adeline nous rejoignit et je lui tendis une ordonnance :

— Pour la mammographie. Vous me montrerez les clichés dès que vous les aurez et nous déciderons, alors, de la marche à suivre.

Claire attendait mon verdict. J'étais d'autant plus ennuyé que je savais combien les deux femmes étaient proches. Mais un abcès doit être incisé. Mieux valait être direct :

— Cancer, ma chérie. Je ne crois guère me tromper. Il évolue sans doute depuis plusieurs années. Si elle en avait parlé avant... Enfin, tu as vu, je ne lui ai rien dit.

Claire éclata en sanglots, manifestement à bout de nerfs, craquant devant la confirmation de ce qu'elle craignait depuis quelques jours. Je m'approchai d'elle qui, dans un geste d'abandon, appuya sa tête contre moi. Dieu, que je l'aimais encore ! La sentir trembler de faiblesse et d'angoisse faisait ressurgir toute ma tendresse pour elle. Mais elle recula brusquement, séchant ses larmes :

— Pardonnez-moi, je suis fatiguée. Que doit-on faire et quel est le pronostic ?

Elle avait repris ses distances après un bref instant qui rappelait le passé. Le voussoiement était là, à nouveau, comme une mise au point.

— Eh bien, prévenir ton père et trouver quelqu'un pour opérer Adeline. On va lui servir la salade habituelle : « Pendant que vous dormirez, on pratiquera la biopsie et, s'il subsiste un doute, on sera peut-être amené à enlever le sein... » Un doute ! On lui dira ensuite qu'il ne s'agissait pas vraiment d'un cancer, que seules quelques cellules... Qu'il valait mieux amputer, cependant, pour sa sécurité. Même procédé pour les rayons...

— Seront-ils nécessaires ?

Direct. Franchise totale devant elle qui pouvait comprendre l'importance du cas :

— Je ne te cache rien, Claire. Elle a des ganglions non seulement axillaires, mais aussi sus-claviculaires. Le pronostic est très mauvais. En cette fin de 1968, et dans l'état actuel de notre science, on ne peut tenter autre chose que la radiothérapie.

Claire avait retrouvé un calme serein — ou à tout le moins, ses apparences. Elle se leva :

— Très bien, merci. Je vais prévenir papa.

Je retrouvai sur le visage de Charles Noblecourt, vieilli de dix années en quelques semaines, l'expression résolue que je lui avais déjà vue lors de la césarienne de Claire.

— Vous êtes prêt, Pierre ? Pornille vient d'arriver.

Nous nous tenions dans le vestiaire des Hortensias. Oui, j'étais prêt, prêt à opérer ma belle-mère, Adeline Noblecourt née Beaumont, prêt à foncer tête baissée dans la machination infernale mise au point par la vieille dame.

Lorsque j'avais discuté avec Charles du cas de son épouse, nous étions tombés d'accord sur la conduite à tenir : intervention indispensable et pratiquée de préférence par le Dr Pornille, de l'hôpital Curie, le spécialiste en la matière, chez qui j'avais passé six mois d'internat — un stage durant lequel je m'étais familiarisé avec les techniques de chirurgie carcinologique mammaire et de chirurgie d'exérèse des tumeurs cervico-faciales. Cela, dans le cadre de ma formation générale.

Consulté donc, Pornille avait confirmé mon diagnostic. Il avait fallu prévoir un encadrement radiothérapique préopératoire, et l'intervention avait été planifiée dans des délais normaux. Tout était parfaitement réglé quand, brusquement, Adeline Noblecourt exigea que son gendre lui-même l'opère. C'était moi, ou personne ! Aucun argument ne parvint à vaincre son entêtement pathologique. Ni le fait que, quoique compétent puisque ayant pratiqué près d'une centaine d'amputations du sein, on ne pouvait comparer mon expérience à celle de mon ancien patron qui en possédait plusieurs milliers à son actif et avait une réputation non surfaite de brillant opérateur ; ni celui que je pouvais être troublé d'opérer un membre de mon entourage, perdant ainsi tous mes moyens.

Rien n'y fit, Adeline s'obstina. Morali, mon ami psychiatre, m'avait une nouvelle fois éclairé sur les motivations d'une telle exigence :

— Ta belle-mère sait, inconsciemment, qu'elle est perdue et qu'elle va mourir malgré cette intervention. En te contraignant à opérer toi-même, elle te rend responsable de sa mort — tu deviens son bourreau, en quelque sorte... Elémentaire, mon cher Watson ! Elle punit ainsi sa fille de t'avoir épousé et lui lègue la suspicion que, peut-être, un autre l'aurait sauvée...

Quelle mécanique que l'esprit humain, admirablement démontée par Morali ! Tout était cohérent, dans ce raisonnement ; les effets et les causes s'emboîtaient sans heurt.

Et j'avais dû jurer sur la tête de Anne et Philippe que ce serait bien moi qui tiendrais le bistouri, que personne ne me remplacerait, l'anesthésie effectuée. En revanche, je n'avais rien promis pour l'aide que j'appellerais à m'assister. Voilà pourquoi Pornille venait d'entrer dans le vestiaire :

— Bonjour, Dalban ! Sale truc, hein ? Enfin, nous aurons le plaisir de rajeunir de quelques années, lorsque je vous ai aidé pour votre premier grand sein...

Une cure de jouvence dont je me serais volontiers passé et qui m'avait conduit, la semaine précédente, dans le bloc opératoire de Curie afin de m'y rafraîchir la mémoire technique.

Je passai dans la salle d'opération. Le fidèle Bernstein, devenu un véritable ami, attendait pour presser sur sa seringue. Adeline fit un petit signe de tête pour me montrer qu'elle m'avait vu, mais ne dit rien. Bon, eh bien on pouvait y aller...

Mme Noblecourt dormait, les bras en croix sur des planchettes perpendiculaires à la table d'opération. Je plaçai les champs en dégageant la moitié gauche du thorax, l'épaule, le creux de l'aisselle et le haut du bras. Pornille pénétra dans le bloc, suivi de Charles.

— Maintenant qu'elle dort, vous ne voulez pas que j'opère ? Personne n'en saura rien... Qu'en dites-vous, Charles ?

— C'est à Pierre de décider.

Superstitieux, je refusai : n'avais-je pas juré sur la tête de mes enfants ? Puis, secondé par le Dr Pornille, je pouvais assurer à ma belle-mère des conditions opératoires idéales.

Je saisis le sein, repérai de deux griffures du bistouri la largeur de la résection et entamai la peau d'un geste large, au-dessus de la tumeur. Comme Pornille me l'avait enseigné à Curie, je disséquai ensuite au bistouri le lambeau supérieur jusqu'au muscle pectoral, très haut, en atteignant presque la clavicule. Pornille suivait ma progression en plaçant des pinces à hémostase sur les vaisseaux les plus importants.

J'agis de même vers le bas, circonscrivant pratiquement tout le sein au large de la tumeur. Sur ce dessin en raquette, je branchai une incision en T au niveau du creux axillaire. Il fallait maintenant entamer et sectionner les muscles pectoraux. La grande amputation large que je réalisais était très mutilante, car elle devait emporter toute la couche musculaire située sous le sein, jusqu'au plan du gril costal. C'est l'ablation de ce capiton qui donnait, dans les suites, ce creux du décolleté si inesthétique, en plus de la suppression du sein. Là encore, Pornille plaçait les pinces au fur et à mesure que je sectionnais les insertions du grand pectoral.

L'intervention se déroulait sans anicroche. J'avais totalement oublié la personnalité de ma patiente, ce qui me conférait une complète liberté de gestes, ainsi qu'une parfaite concentration sur mon travail. Le plus délicat venait à présent : il fallait disséquer, au ras des vaisseaux et des nerfs allant vers le bras, tout le tissu adipeux du creux de l'aisselle contenant des ganglions — ceci en continuité avec les attaches mammaires. Ce curetage ganglionnaire était la phase la plus importante, car il emportait le premier relais susceptible d'être atteint par les cellules cancéreuses migrant du sein vers l'organisme. J'employai pour cela un dissecteur carré, sorte de pince aux bouts mousse, recourbés à angle droit et qui se glissaient entre les organes.

Je passai mes catguts sur les veines et les artères que ligaturait Pornille. Bientôt, le creux axillaire fut vidé, nettoyé, apparaissant comme la planche anatomique d'un écorché. La masse du sein, de ses muscles et des tissus du curetage ne tenait plus que par un pédicule latéral. Je plaçai deux pinces et coupai au milieu, annonçant : « La pièce ! »

La panseuse tendit une bassine chromée où je laissai choir la pièce opératoire. Pièce opératoire... Un vocable si technique pour désigner cet amas de peau, de chair qui avait été le sein d'une femme. Peut-être en avait-elle nourri Claire ? Peut-être avait-il aussi été un jour sa fierté, l'objet d'un désir ? J'eus un léger frémissement qui n'échappa pas à Pornille :

— Tout va bien, mon garçon ?

Je me ressaisis. De toute façon, l'opération était pratiquement achevée ; le reste n'était qu'une question de routine :

— Drain de Redon...

La petite tubulure de plastique souple était branchée sur un flacon dans lequel on créait un vide, aspirant ainsi le sang qui pouvait se répandre sous la peau.

Puis, je commençai ma suture à points séparés. Trente minutes s'étaient écoulées depuis le coup de bistouri initial. A la place du sein, une hideuse balafre de plus de quarante centimètres barrait le thorax. La grande amputation, type Halstaedt modifiée Taillefer, était terminée.

Claire raccrocha le combiné. Sa main ne tremblait pas, son visage conservait la grimace figée des instants précédents.

— Maman est morte, dit-elle.

Les fenêtres du grand salon de l'avenue Montaigne étaient ouvertes sur le soleil de ce mois de juillet 1969. Une belle saison pour mourir. Dans deux jours, nous devions quitter Paris pour deux semaines de vacances familiales à La Baule où les enfants se trouvaient déjà. Une nouvelle fois, Adeline Noblecourt se plaçait en travers de nos projets conjugaux — une fois de plus, mais sans doute la dernière.

Claire s'accouda au balcon de pierre. Il fallait que j'aille vers elle, que je la prenne dans mes bras pour lui dire des mots tendres, les mots de consolation qu'on se doit de prononcer en de telles occasions. Il fallait... et cependant, je ne bougeai pas, continuant de regarder bêtement les feuilles des marronniers jouant sous la lumière.

— Claire...

A mon appel, elle se retourna lentement, les yeux secs, le visage impassible. Oui, aller vers elle et la serrer contre moi... J'avais peur de sa rebuffade, cependant, peur qu'elle se détourne brusquement et quitte la pièce sans attendre.

— Je suis désolé, balbutiai-je maladroitement.

— Désolé, vraiment ?

Son ironie glacée me clouait sur place. Morali avait vu juste : superbe générosité, Adeline Noblecourt avait légué à sa fille la haine qu'elle avait pour Pierre Dalban. Durant la dizaine de mois qu'avait duré la survie de ma belle-mère, l'indifférence de Claire à mon encontre s'était muée en une hostilité réelle et marquée. Oh, pourtant, Adeline avait été une patiente modèle. Ne se plaignant jamais, elle avait accepté tous les traitements complémentaires, toutes les investigations nécessaires... Cette soumission, pourtant, relevait d'une infinie perfidie. En s'abandonnant à un traitement dont elle savait qu'il resterait impuissant à la guérir, Adeline me rendait responsable de sa mort.

Simple et efficace.

Comme pour leur faire plus encore regretter sa future disparition, Adeline s'était montrée d'une tendresse sans limite pour Claire et les enfants. Mais le mal progressait inexorablement ; elle avait été opérée bien trop tard, les cellules migratrices parties du sein avaient déjà franchi toutes les barrières pour coloniser les tissus pulmonaires et cérébraux.

Trois mois après l'intervention, Mme Noblecourt s'était mise à cracher du sang et à tousser. Les clichés radio montraient les ombres arrondies des métastases pulmonaires. On tenta un tout nouveau médicament qui s'attaquait aux cellules malades — la chimiothérapie effectuait des débuts prometteurs. En réalité, on ne maîtrisait pas parfaitement les effets de ce produit très toxique qui entamait également les cellules saines. Les ombres sur les clichés s'estompèrent un peu, au prix cependant d'une fatigue considérable. Une miraculeuse rémission était survenue qui ne dura que l'espace de trois ou quatre semaines, pour aboutir à cet appel téléphonique de l'hôpital.

— Claire, je ne sais pas quoi dire...

— Alors ne parle pas. C'est inutile ! Maman a beaucoup souffert, et en vain... Je ne peux pas l'oublier ! Paradoxalement, je suis presque soulagée, aujourd'hui...

Voilà. Comme sa mère l'avait prévu, contre toute logique et malgré ses connaissances médicales, il était évident que Claire me tenait pour responsable de cette disparition.

— Papa, c'est vrai que tu as tué ma grand-mère ?

Anne levait vers moi ses yeux candides de petite fille. Elle n'avait pas lâché ma main et continuait de trottiner pour se maintenir à mon allure toujours trop rapide pour elle, malgré l'attention que je portais à raccourcir mes foulées.

— Qui t'a dit une chose pareille ?

— Maman, bien sûr...

— Mais quand ? Et pourquoi t'a-t-elle raconté ce mensonge horrible ?

Anne haussa les épaules. Dieu, que les adultes pouvaient être agaçants avec leurs questions ! Qui, quand, pourquoi... Etait-ce vraiment important ?

— Alors, c'est un mensonge ? reprit-elle, négligeant mes interrogations.

— Evidemment ! Ta grand-mère était très malade... Puis ce n'est pas un sujet de conversation pour une petite fille de neuf ans !

J'étais réellement bouleversé, furieux également contre Claire. Comment pouvait-elle avoir ainsi rompu le pacte tacite qui nous liait ? Que notre couple se désagrège, soit ! Mais pour quelle raison avait-elle mêlé les enfants à notre discorde en introduisant en eux le germe sournois de cette allusion à la mort d'Adeline Noblecourt ? C'était impardonnable, même si la question de ma petite fille reflétait sa candeur et son incompréhension devant la fin dramatique de sa grand-mère.

Philippe, qui marchait à quelques pas derrière nous, s'était rapproché et avait entendu la conversation. Il intervint, avec toute la sagesse de ses dix ans passés.

— Ce n'est pas maman qui nous l'a dit ; on l'a entendue en parler au téléphone, l'autre jour. Elle racontait que tu avais raté l'opération, que c'était ta faute si grand-mère était morte. C'est faux, hein ?

— J'ai fait tout ce que j'ai pu pour votre grand-mère, mes chéris. Maman le sait, d'ailleurs...

Qu'ajouter, puisque je me refusais à entamer une polémique avec Claire par enfants interposés ? Anne et Philippe devaient demeurer en dehors de nos problèmes conjugaux. Ils étaient ce que nous avions fait de mieux, la seule réalisation positive d'une union qui battait de l'aile ; notre devoir était de les épargner. Cependant, en filigrane, se dessinait une véritable ligne de fracture dans cette ombre que le temps avait douloureusement précisée. Si Philippe, d'emblée, refusait de croire que son père ait pu faire quoi que ce soit de mal, Anne, elle, se montrait plus sensible aux allégations de sa mère.

— Je suis content...

Philippe enfouit sa main dans la mienne et me força à poursuivre notre promenade : nous devions encore voir la fosse aux ours et le rocher des singes. Mais le Jardin d'acclimatation avait perdu tout charme pour moi ; je me sentais trahi, floué.

Veronika — à moins que ce ne soit Monika ? — gémissait de plus en plus fort, en cadence. Son corps se tendait vers le mien en un arc de cercle parfait qui creusait encore la cambrure de ses reins. Elle explosa soudain en un rugissement fauve qui la plaqua contre moi ; je la suivis dans cette jouissance contrôlée, maîtrisée, calculée.

Elle gardait les yeux fermés, presque innocente maintenant.

— Tu me donnes une cigarette ?

Classique, comme dans un roman pour midinettes. La cigarette après l'amour, les deux corps moites côte à côte dans un lit de passage... Clichés ! Je tâtonnai sur la table de nuit afin d'y pêcher le paquet de Players aperçu en arrivant. Anglaises et Dupont en or, elle accumulait les poncifs de la femme entretenue.

— Tu es très bon, très fort..., dit-elle encore avec son ineffable accent, partie intégrante, elle ne l'ignorait pas, de son charme nordique.

Je grognai pour éviter de répondre ; je n'avais pas envie de parler. Je caressai doucement ses reins, regardant les projecteurs d'un bateau-mouche qui balayaient les quais. Claire, Claire... Il fallait que je t'exorcise, que je te chasse définitivement de ma vie ! La conversation avec les enfants, peu avant leur départ en vacances, m'avait ouvert les yeux. De l'indifférence, tu en étais passée à l'hostilité, à la médisance. A quoi servait de prolonger une expérience qui débouchait sur la destruction de la confiance chez Anne et Philippe ?

Veronika s'agita ; je l'avais levée au bar des Théâtres. Levée... Le mot était ignoble et cependant tellement adapté au chasseur de femmes que j'étais en passe de devenir. La chaleur moite de l'été parisien m'avait conduit là pour boire un citron pressé. Quelle ironie : en arriver à choisir un bar situé à moins de cent mètres de mon appartement, simplement pour éviter d'affronter la haine de Claire ! Je sortais de ma consultation à l'hôpital Saint-Louis ; j'avais traversé un Paris plein de cuisses nues dévoilées par les minijupes venues d'Angleterre — un Paris débraillé aux hommes en bras de chemise et aux touristes en short. Des gamins barbotaient dans les fontaines publiques... L'été.

Un an auparavant, presque jour pour jour, Claire apprenait le décès de sa mère et commençait de me détester.

L'oublier ! Chasser de ma vie cette femme avec qui je ne

pouvais plus vivre — l'aimais-je encore, Claire qui me méprisait ? Le plus terrible de l'histoire était que la réponse à cette question demeurait un « oui » sans compromission. Je l'aimais toujours, parce qu'on ne commande pas à ses sentiments les plus profonds ; je l'aimais parce que je détestais l'idée que les choses puissent s'achever ainsi, sans raison valable, dans la laideur.

Nous avions tout pour nous : nommé assistant du meilleur service de chirurgie plastique de Paris, je réussissais également avec ma clientèle privée qui se développait harmonieusement. Nos enfants étaient beaux et intelligents, en pleine santé ; Claire resplendissait. Tout allait bien, tout. Et pourtant, j'étais couché entre les draps de satin d'une cover-girl norvégienne très séduisante et très conne, dans le petit studio que lui louait son amant en titre — un marchand de viande en gros, un vieux de cinquante ans pour qui une telle créature faisait partie des signes extérieurs de réussite sociale, au même titre que l'appartement à Cannes, les bijoux de Madame ou la Porsche que l'on est incapable de conduire.

— Tu es chirurgien esthétique ? Comment trouves-tu mon nez ? Et mes seins ?

Ses seins étaient parfaits, et son nez adorable. Elle avait tout pour plaire aux hommes les plus exigeants ; sa jeunesse, sa fraîcheur les feraient craquer. Que faisais-je avec cette idiote ? Nous n'avions rien de commun !

Je sautai hors du lit, promettant de téléphoner. Ma voiture fila le long des quais. L'appartement de l'avenue Montaigne était silencieux... Anne et Philippe étaient partis en vacances, c'est vrai. Sous la porte de la chambre de Claire filtrait un rai de lumière : elle ne dormait pas, guettant peut-être mon retour. Je n'entrerais pas ; inutile et vaine, ma quête se heurterait à ses reproches. Notre vie commune était terminée.

Troisième Partie

JOAN

1

Je venais d'achever un lambeau de rotation pour réparer le scalp qui défigurait ma patiente. Elle était venue me consulter de sa province, à la suite d'une grave brûlure du cuir chevelu. On commençait à savoir que je préconisais quelques idées nouvelles, surtout après la publication de nombreux articles dans les journaux médicaux et à la Société française de Chirurgie plastique.

Je me trouvais désormais dans le collimateur — à la fois admiré et envié, mais aussi déjà dénigré et calomnié. On n'y échappe pas...

Il est vrai que mon parcours avait été sérieusement favorisé par ma situation sociale de gendre du Pr Noblecourt. Avantage que partageaient peu de collègues de ma génération, ce statut m'avait valu des outils de travail parfaits, l'accès à l'une des meilleures cliniques privées de Paris, un appartement de prestige à bas prix, sans oublier le noyau de base de ma clientèle. Mon patron actuel, en outre, m'abandonnait au compte-gouttes les petites interventions qui l'ennuyaient ou les clients insuffisamment fortunés pour régler ses honoraires.

Ma patiente, en se penchant sur la porte ouverte du four de sa cuisinière, avait renversé une casserole d'eau bouillante dont le manche dépassait. La brûlure du second degré avait contraint les chirurgiens à pratiquer une greffe qui lui avait sauvé la vie, mais lui donnait une pseudo-calvitie de la partie droite du crâne, au-dessus du front. Cette jolie femme de vingt-cinq ans souffrait énormément de la disgrâce provoquée par cette zone de chair de la taille d'un paquet de cigarettes qui ouvrait une clairière dans sa chevelure. Je m'étais rendu rue du Fer-à-Moulin pour étudier quelques tracés sur un cadavre, et j'avais appliqué les techniques des plasties de rotation. Le principe en est simple : basculer la zone de cuir chevelu de la région de la tempe se prolongeant au-dessus de l'oreille à la place du scalp, et, pour combler le trou laissé par le lambeau, glisser les cheveux vers le haut, comme dans un lifting.

En pénétrant dans le vestiaire, je pensai soudain qu'il y avait peut-être quelque chose à tirer de ce que je venais de réaliser, pour le traitement de la calvitie chez l'homme jeune... Les postiches et leur cortège d'astreintes de tous genres me semblaient déjà bien dépassés.

— Je peux te parler, Pierre ?

Noblecourt arrivait de la salle d'opération voisine. Le Mandarin entrait dans sa soixante-dixième année et avait pris sa retraite de l'Assistance publique depuis près de quatre ans, mais il continuait d'opérer quelques malades privés — une activité devenue d'autant plus nécessaire, depuis la mort d'Adeline, qu'elle lui avait seule permis de supporter le choc.

Il me posa la main sur l'épaule, un geste qui, joint au tutoiement instauré lors de la naissance d'Anne, me rappelait les « mon petit Dalban » de la première année d'internat.

— Tu as cinq minutes ? insista-t-il.

Oui, cinq minutes ou même davantage. Cet entretien, je l'attendais depuis quelques mois déjà, souhaitant que l'initiative lui en revienne.

Comme au premier jour des Hortensias, Charles m'accueillit dans son bureau. Il attaqua bille en tête, sans détour, en homme accoutumé à trancher, en fonceur qu'il demeurait :

— Claire m'a fait part de votre intention de vous séparer. Ce n'est pas une surprise pour moi ; cependant, je tenais à te dire que je suis fermement opposé à tout divorce...

Evidemment. Faubourg Saint-Germain, on ne divorçait pas, on prenait son mal en patience. On dissimulait. Mais moi, j'étais né à Montmartre...

— Ecoutez, Charles, vous n'êtes sans doute pas au courant de tous les paramètres. J'adorais Claire, je l'aime encore : voilà pourquoi je ne peux plus supporter l'existence que nous menons. Claire s'est mise à me haïr...

— Tu exagères !

— Hélas, non. Il s'agit bien de haine, encore accentuée à la mort de votre femme — et vous le savez bien. Claire fait chambre à part, je ne l'ai pas touchée depuis je ne sais plus combien d'années et, auparavant, elle était devenue totalement frigide. Voilà la situation.

Charles eut un petit rire triste, vaguement moqueur :

— Mon pauvre Pierre ! Adeline et moi avions commencé à faire chambre à part l'année même de notre mariage, et sans divorcer pour autant. Puis, je n'ignore pas que tu ne restes pas chaste ; tout le monde est au courant de tes frasques, même si tu es discret — et qui pourrait te les reprocher ? Certainement pas moi. Je vais te parler crûment, Pierre, peut-être te choquer : dans notre milieu, sexe et mariage vont rarement de pair. Prends toutes les maîtresses que tu veux, baise qui tu veux, où tu veux... Mais pas de divorce ! Tu ne peux te plaindre : lorsque tu es entré dans la famille, je t'ai expliqué les règles du jeu : pas de réformé, pas de planqué, pas de divorcé ! Et les enfants, as-tu songé aux enfants ? Philippe va avoir onze ans, Anne dix ; c'est le plus mauvais moment pour assister à la séparation de ses parents.

Les arguments du prince, je les connaissais par cœur. Sauver les apparences à tout prix, maintenir la façade. La raison dictait cette conduite — la mienne comme celle du Mandarin. Cependant je me sentais à bout de résistance. Quant aux enfants :

— Ils ne sont pas idiots, Charles ! Ils se rendent parfaitement compte que nous ne vivons pas comme les parents de leurs amis : jamais de sortie en commun, les vacances prises séparément et cette hostilité latente... Puis Claire ne joue pas correctement le jeu. Sans le dire clairement, elle laisse entendre que je suis responsable de la mort de sa mère. Vous le savez, il n'y avait rien à faire pour sauver Adeline ; tout a été tenté. Je n'y suis pour rien, pas plus que Claire ne peut me tenir rigueur de la mauvaise position du placenta dans son utérus. Alors, pour quelle raison précise m'en veut-elle ? J'ai toujours considéré sa conduite comme une maladie dont elle guérirait : il apparaît à présent qu'elle est incurable. Moi, je ne veux plus souffrir ; à trente-quatre ans, on conserve le droit de vivre...

Plaidoyer maladroit. Je ne faisais appel à aucun sentiment que Noblecourt puisse comprendre — ou seulement admettre. Mes états d'âme lui importaient peu ; moi, je n'avais rien d'autre à lui offrir pour ma défense. Et d'ailleurs, à quel titre devais-je me défendre, pour quel motif ?

Charles ne m'avait pas interrompu. Au fur et à mesure que je parlais, il sembla rajeunir, rajeunir de colère, et je retrouvai soudain mon grand patron de Beaujon, froid et incisif :

— Je n'aime ni les menaces ni le chantage, Pierre, mais je te demande de réfléchir — et tu es bien trop intelligent pour croire à un bluff. Tout ce que j'ai construit pour toi, je peux le détruire... Alors, en cas de divorce, plus d'Hortensias, plus de clientèle ; tes enfants, tu ne les verras plus. Enfin, je te barrerai toute chance à l'agrégation. Sans Noblecourt, tu ne seras jamais chirurgien des hôpitaux de Paris. Finie la carrière. Est-ce assez clair ?

Limpide, Monsieur, limpide... La règle du jeu, n'est-ce pas ? J'étais bien placé pour la connaître.

Assis dans la pénombre de la chambre d'Anne, je ne quittais pas du regard la place vide dans son lit. Ma poupée était partie. Charles Noblecourt avait gagné sa sale guerre... Une victoire à l'arraché, en quelque sorte.

« Tout le monde est au courant de tes frasques, même si tu es discret... », m'avait-il dit, ce salopard d'ancien élève des jésuites. Tout le monde, en effet, et quelqu'un eût-il encore exprimé un doute, le détective privé engagé par le Mandarin, les photos prises au téléobjectif et les témoignages obtenus l'auraient convaincu définitivement.

Le petit Montmartrois n'avait aucune chance — les juges et Noblecourt sont du même monde. D'ailleurs, vue de l'extérieur, Claire était blanche comme neige, fidèle et bonne mère. Qui désertait le domicile conjugal ? Qui s'exhibait dans les bars élégants avec des Norvégiennes de papier glacé ? Madeleine Jeanson, toujours fidèle à son patron, avait donné une version très personnelle de l'affaire Monique Sidkowski, exhumée pour la circonstance. On n'avait pas manqué non plus de rappeler que j'avais passé certaine nuit de mai 68 dans un commissariat de police.

Mon existence avait été passée au crible, exposée sur la place publique. Je n'étais qu'un vil séducteur, un lâche, un dangereux gauchiste... Claire avait obtenu la garde des enfants et moi, un médiocre droit de visite.

Les meubles du salon et de la salle d'attente avaient regagné le boulevard Saint-Germain, où Claire s'était installée avec les enfants. Je devais payer une importante pension alimentaire à mon ex-épouse pour élever Anne et Philippe. On ne m'avait pas fait de cadeau ; une page venait de se tourner.

Aux premiers instants d'accablement et d'indignation avait succédé une sorte d'exaltation. Non, je n'avais pas été totalement dépouillé ! Outre la passion pour mon métier, mon expérience et mes ambitions, me restait ce superbe appartement professionnel. Même Noblecourt n'avait pu agir sur les engagements de location : le bail, récemment renouvelé, demeurait à mon nom et je réglais scrupuleusement mon loyer. Quant à la clientèle, ce serait à moi de veiller à ce qu'elle se développe, en dépit des contrecoups possibles du divorce.

Tant de boue avait été remuée, tant de souvenirs impossibles à oublier, mais enfouis dans un passé dont ils n'auraient jamais dû sortir. Monique... La panseuse de Beaujon me hantait à nouveau depuis que Madeleine Jeanson m'avait accablé de la responsabilité entière de sa mort. Tous les moyens avaient été employés pour me salir — je ne pouvais croire que Claire se soit de bon cœur associée à ce hallali sordide. Charles avait tout manigancé, conseillé par ses avocats. C'était sûrement ainsi que cela s'était passé, imaginer une participation active de celle que je continuais d'aimer m'était trop douloureux.

La dernière menace du Mandarin portait sur ma nomination à l'agrégation. Noblecourt allait s'y opposer ? Eh bien, on allait voir si un professeur à la retraite était aussi influent qu'il voulait bien le prétendre ! Il ne conservait pas que des amis, au sein de ses pairs...

En attendant, un peu désabusé, je me retrouvais propulsé plus de dix années en arrière, à ce jour où j'avais pénétré pour la première fois dans l'immeuble de Charles Noblecourt, décidé à jouer les Rastignac. Perpétuel recommencement, les spectateurs réclamaient un bis ; je devais le leur donner.

— Regardez en l'air, madame. Voilà, comme si vous souhaitiez examiner le plafond... Très bien !

J'avais décollé, en la disséquant, la peau des paupières inférieures au niveau des « poches sous les yeux ». Je venais d'exciser les petits pelotons graisseux qui, en bombant, forment justement ce qu'on nomme les « valises ». Maintenant, il fallait retendre la peau en ôtant l'excédent au ras des cils. Le danger était d'en enlever plus que nécessaire, ce qui donne un œil rond. C'est pourquoi cette opération de chirurgie esthétique se déroulait sous anesthésie locale, afin de conserver la mobilité de l'œil.

Ma patiente ne sentait rien ; la solution de xylocaïne adrénalinée infiltrée sur place était très efficace. A l'aide du crayon à encre dermique, je dessinai le tracé de ma résection. Martine Soulquet, mon aide, maintenait la traction avec de fins crochets métalliques. Je saisis les petits ciseaux droits, pour suivre le pointillé ; les lunettes-loupe de microchirurgie me permettaient d'affiner mes gestes. Rien ne saignait, tout allait bien...

Ligature au crin 0,7, fin comme un cheveu ; je commençai le surjet.

— Voilà, c'est fini. On va faire le pansement, à présent. Vous allez conserver les yeux bandés durant quelques heures ; c'est le plus pénible, madame...

Je me tournai vers le photographe qui avait pris des clichés tout au long de l'intervention :

— Allez-y, on voit parfaitement l'ensemble des sutures sur les yeux ouverts.

Je terminai le pansement compressif avant d'interroger la

grande fille brune au visage volontaire qui demeurait derrière moi :

— Cela vous a plu ?

— Extraordinaire, docteur ! Un article choc...

La journaliste de *Elle* était venue avec son photographe, huit jours après m'avoir interviewé. Elle tenait à ce sujet de chirurgie esthétique et l'astuce était d'avoir découvert une femme acceptant de se laisser photographier. Il fallait maintenant patienter quelques semaines avant que le photographe puisse prendre les clichés postopératoires. L'article présenterait la patiente avant et après, ainsi que les photos commentées des différentes phases de l'intervention.

Pressé, comme tous ceux qui exercent ce métier, le photographe nous quitta au sortir de la salle d'opération. J'invitai la journaliste à passer dans mon bureau :

— Voulez-vous boire quelque chose pour vous remettre ? Cela n'a pas été trop pénible ?

— Au début, un peu angoissant. Puis l'intérêt a pris le dessus.

— N'oubliez pas : mon nom ne doit pas être mentionné. Dr X., c'est tout. Le Conseil de l'ordre ne badine pas avec ce genre de plaisanteries !

Cette condition *sine qua non* de la publication, mille fois répétée, la fit sourire. Elle était pleine de charme, la journaliste.

— Vous savez ce qui m'a poussée à vous choisir ? demanda-t-elle. La curiosité... Vous êtes devenu un personnage : le chirurgien play-boy dont on parle beaucoup. Et quand j'ai appris votre âge, j'ai su que c'était vous qu'il me fallait, et pas un autre !

Par le biais de l'intervention, on s'embarquait là dans les chemins du potin à scandale. Un sujet que je n'appréciais pas tellement. Je haussai les épaules :

— Vous comprendrez aisément que je ne cherche pas à être connu pour mes bonnes fortunes : cela relève de l'invention de vos confrères de la rubrique mondaine. Pour ma part, je préférerais que ce soient mes trouvailles chirurgicales qui vous aient conduite jusque-là...

— Mais bien sûr, docteur, uniquement... Puis, cet appartement transformé... On n'a pas souvent l'occasion de voir une salle d'opération en face de chez Dior !

Elle souriait de plus belle. Effectivement, devant les quatre cents mètres carrés de l'avenue Montaigne à habiter seul, j'avais eu l'idée d'organiser une structure permettant d'opérer sur place, pour pratiquer les petites interventions ne nécessitant ni anesthésie générale, ni hospitalisation. Après accord de la rue de Turbigo et de mon propriétaire, l'un des salons avait été mué en salle de repos, une chambre en bloc opératoire et sa salle de bains en office de stérilisation. Cela, équipé au plus haut niveau technique, afin de me placer à l'abri de reproches éventuels — il y avait, en particulier, tout ce qu'il fallait pour entreprendre une réanimation en urgence, et je n'opérais jamais sans la présence d'un médecin anesthésiste.

— Tout cela a dû coûter horriblement cher ? reprit mon interlocutrice.

Une petite fortune, oui, empruntée sur dix ans à ma compagnie d'assurances. Egalement, mais je ne pouvais pas en parler à la journaliste, une clinique de Neuilly m'avait accueilli à bras ouverts, après mon éviction des Hortensias, me permettant de continuer à opérer ma clientèle privée. Bref, la période de vaches maigres promise par Noblecourt n'avait été que transitoire. Dieu merci...

Sirotant son martini, la fille ne me quittait pas des yeux. Quel âge pouvait-elle avoir ? Comme moi, sans doute, aux alentours de trente-cinq ans. En réalité, je ne portais aucune attention à l'âge des femmes qui pouvaient me séduire. Plus jeunes, plus vieilles... c'était le charme qui comptait, ce petit déclic qui se produit parfois — alchimie mystérieuse qui fait naître le désir au creux du ventre. Et celle-ci me plaisait.

— A propos, docteur, que faites-vous pour le réveillon ?

Le réveillon ? C'est vrai, nous étions déjà à la fin décembre. Pour Noël, j'avais promis une soirée à ma Jeanne de mère ; elle avait, affirmait-elle, une surprise pour moi. En revanche, pour la Saint-Sylvestre, non, je n'avais rien prévu. Pourquoi attendre jusque-là ? L'occasion de célébrer s'offrait là, maintenant.

— Voulez-vous visiter le reste de l'appartement ?

Elle se leva immédiatement. Le long couloir, la porte de ma chambre, le lit qui avait été conjugal. Je pris la journaliste contre moi ; elle ne résista pas, appréciant sans doute comme moi ces corps à corps spontanés, lorsque deux êtres sont brutalement traversés de la plus violente pulsion, le sexe. Non, décidément, nous ne patienterions pas jusqu'à la fin de l'année.

— M. de Boildieu... Antoine de Boildieu. Mon fils, Pierre.

Ma mère semblait particulièrement émue en nous présentant, l'air un peu coupable d'une écolière qui a séché son cours de français. La présence de cet inconnu le soir du réveillon, rue Simart, m'étonna un instant, mais je serrai aimablement la main de ce petit homme sec, d'une soixantaine d'années, à l'élégance aristocratique que ne démentait pas son nom.

— Je suis très fier de vous rencontrer, monsieur Dalban. J'ai été passionné par vos derniers articles !

— Mes articles ? Vous êtes...

La délicieuse Jeanne se précipita vers moi et me prit par le bras, empêchant le pauvre homme de répondre à la question encore informulée. Je la sentais tout excitée, ma mère — la surprise qu'elle me destinait, peut-être ?

— Oui, fit-elle précipitamment, Antoine est médecin. C'est lui, tu sais, qui m'a soignée, lorsque j'ai eu cette petite grippe, en automne, à Melun...

Melun, la ferme familiale des Truchot où Jeanne aimait à passer une semaine de temps à autre. Elle s'y était rendue en octobre et, bien sûr, avait pris froid dans ces chambres mal chauffées. Une petite poussée de fièvre, vite jugulée par quelques cachets d'aspirine prescrits par un médecin de campagne. *Ecce homo.* Le Dr Antoine de Boildieu, au patronyme merveilleusement cinématographique, avait donc été l'artisan de la prompte guérison. Tout cela ne m'expliquait pourtant pas ce qu'il faisait là, ni pour quelle raison Jeanne l'avait revu.

La main de ma mère quitta mon bras pour se poser sur celui du médecin. C'était donc cela ! Merveilleuse émotion, dont ils n'osaient, pas plus l'un que l'autre, me faire part.

Antoine de Boildieu se décida enfin. Il se racla la gorge et commença cérémonieusement :

— M. Dalban... Pierre, si vous permettez que je vous appelle

Pierre ? Vous... Je... Je voudrais épouser votre mère. Si vous le voulez bien, évidemment.

Si je le voulais ? Les regards amoureux que Jeanne jetait au Dr de Boildieu répondaient pour moi. Elle était radieuse, ma mère, éclatante de beauté dans la jeunesse de ses cinquante-quatre ans. J'avais adoré mon père — et elle aussi —, mais il était évident qu'elle avait encore droit au bonheur ; un bonheur qu'Antoine de Boildieu lui apporterait. La surprise était de taille, si belle que j'en oubliai un moment la blessure lancinante de ce premier Noël sans mes enfants, partis pour la montagne avec Claire.

Quinze jours auparavant, je goûtais avec eux dans un salon de thé de la rue de Rivoli. Entre deux bouchées de mont-blanc, Anne m'avait reproché de les avoir chassés de sa maison. N'était-elle pas née avenue Montaigne ? Pourquoi l'avoir exilée à présent boulevard Saint-Germain ? J'étais un bien méchant père qui n'aimait personne — sa mère le lui avait affirmé... Bien sûr, Philippe avait volé à mon secours. Il saisissait mieux que sa sœur la complexité de la situation et se doutait bien que tous les torts de la séparation de ses parents n'étaient pas à mettre à mon crédit. Mais comment pouvait-il lutter, dans l'esprit de sa sœur, contre les affirmations perfides de Claire ?

Les absents ont toujours tort, et le jugement du tribunal m'avait condamné à l'absence.

— Et les enfants ? demanda Jeanne.

— Pas maintenant, maman. Ce soir, c'est fête.

Les semaines défilaient, s'additionnaient en mois que je ne voyais pas passer. Le remariage de ma mère avec le Dr Antoine de Boildieu ? Il avait eu lieu pendant ce printemps pluvieux que les amoureux avaient fui en voyage de noces à l'autre bout de la terre. L'été orageux de 1974 avait passé à la vitesse des éclairs qui zébraient le ciel, laissant place à une merveilleuse arrière-saison qui me rappelait l'été indien de New York, onze années auparavant.

Ronde infernale du temps... La tristesse de mon divorce et la joie devant le bonheur de ma mère, désespoir et euphorie, ces deux sentiments extrêmes m'avaient envahi en un laps de temps si bref que, vieux de quelques mois seulement, ils me semblaient appartenir à un passé très ancien.

Tout allait vite, trop vite. Mais peut-être était-ce mieux ainsi.

— Alors, comment va mon grenadier ?

Le petit homme se leva de derrière son bureau pour me serrer la main, se retenant visiblement de me pincer le lobe de l'oreille. Le Pr Gros n'avait pas changé ; plus jeune que Charles Noblecourt, il continuait d'exercer sa tyrannique activité de chef de l'un des plus célèbres services de chirurgie digestive parisiens.

Le grenadier se portait bien, merci. Je regardai autour de moi cet appartement dans lequel je n'avais jamais encore pénétré. Pour faire mentir une certaine tradition, Gros habitait un immeuble moderne. La grande baie vitrée qui occupait tout un mur du bureau ouvrait sur une vaste terrasse de plain-pied, plantée de fleurs et d'arbustes. L'agrément des très grandes surfaces était ici compensé par une netteté fonctionnelle et une clarté ensoleillée. Le spectacle ouvrait sur les toits de Passy, avec une vue unique sur la Seine miroitant dans le soleil couchant et la tour Eiffel.

— Extraordinaire ! fis-je.

— Oui, j'ai eu le coup de foudre lorsque l'opportunité d'acheter cet appartement s'est présentée. J'ai abandonné sans regret mes huit pièces de l'avenue de Breteuil et la rive gauche. Mais vous n'êtes pas venu admirer le panorama, mon jeune ami...

Non, j'étais venu prosaïquement pour savoir où en étaient mes chances à l'agrégation. Qui, mieux que le Pr Bernard Gros, qui m'avait un jour assuré de son appui sans faille, pouvait les connaître ? Il m'invita à m'asseoir dans un fauteuil de rotin. Une autre des portes donnant sur la terrasse livra passage à une jeune femme, mince et distinguée, portant un plateau de boissons fraîches.

— Ma fille Muriel, présenta le chirurgien. Vous boirez bien quelque chose, Dalban ?

Trente ans à peine, et un charme certain, visage classique un peu froid, à la Catherine Deneuve, Muriel s'éclipsa discrètement après nous avoir servis.

— Ma fille vient de divorcer... Encore un de ces mariages bâclés... Heureusement, elle n'avait pas d'enfant !

A bon entendeur... La présence de la fille du chirurgien et ces allusions étaient-elles le fait du hasard, au moment précis où je venais chercher un appui auprès de mon ancien patron ? Enfin, je me faisais peut-être des idées : la jeune femme devait vivre ici, depuis sa séparation. Gros m'avait assez fait languir :

— Mon cher Dalban, votre dossier est parmi les meilleurs. Vos travaux, vos titres, vos classements aux concours, la médaille d'or... Tout ceci vous donnerait de larges chances d'être nommé. Hélas, il y a un mais...

La pierre d'achoppement de l'édifice, je l'identifiais sans difficulté ; mieux valait, cependant, laisser parler mon informateur :

— Vous vous êtes fait un terrible ennemi en la personne de votre beau-père, mon collègue Charles Noblecourt. Il est certes à la retraite, mais il a conservé des relations au bureau central. De plus, il existe des moyens de pression souterrains dont vous n'avez pas idée... Vous êtes encore pur, Dalban — les hommes vieillissants ont des lubies et des hochets, comme les enfants. Ces jouets, ce sont des rosettes rouges à la boutonnière, des places honorifiques dans les académies...

Académies ? Si j'avais, jusqu'alors, parfaitement suivi la démonstration de Gros, là, je décrochais. Quant à la pureté, quoi que le vieux professeur en ait dit, je savais mieux que personne combien elle avait été émoussée depuis mon entrée dans le sérail. Dès ma première visite à Charles Noblecourt, j'avais reçu une bonne leçon de cynisme.

— Le goût des honneurs, reprit Gros, sentencieux. On fait la tournée des amis — on fait sa cour. On promet à l'un, on menace l'autre. On se rappelle de vieilles amitiés politiques. Noblecourt s'est beaucoup agité, ces derniers temps... et vos chances paraissent très compromises.

Le chirurgien tournait en rond avec un sens aigu du suspense. Mon métier m'avait enseigné à demeurer impassible en toutes circonstances ; je ne bronchai pas. Sourire approbateur de Gros qui n'aimait rien tant que le flegme, lui dont les numéros de « cirque » à Lariboisière restaient mémorables :

— Compromises ne signifie pas perdues, Dalban. Et la vocation de Noblecourt à l'immortalité lui vaut de sérieux ressentiments de la part de ceux qui n'y prétendront jamais...

— L'immortalité ?

Maintenant hilare, mon ancien patron était visiblement ravi de sa révélation :

— Eh oui, vous ne le saviez pas ? Charles Noblecourt brigue un fauteuil à l'Académie française ! *Vanitas vanitatum*... Alors, supposez qu'un malveillant aille mêler le fisc à ses tractations ? Un contrôle, suivi d'un redressement fiscal, n'a jamais satisfait personne. Voyons, il n'y a pas de fraudeur en habit vert... Oh, je vous vois blêmir, Pierre ! Il n'est évidemment pas question de commettre pareille vilenie, mais simplement de laisser entendre que des lettres de dénonciation aussi ignobles peuvent exister !

Machiavélique. Qui aurait songé que les coups bas puissent atteindre une telle ampleur, dans ce milieu préservé des grands patrons ? Noblecourt ne m'avait fait aucun cadeau lors de mon divorce, je n'allais pas m'embarrasser aujourd'hui de principes éculés.

— N'oubliez pas, Dalban, ajouta Gros, qu'un service rendu réclame le renvoi de l'ascenseur...

Oui, je saurais m'en souvenir, me graver définitivement dans l'esprit qu'il fallait, parfois, savoir se compromettre.

2

Avril 1975. La galerie Drouant grouillait de cette faune si particulière qui hante les vernissages. Quelques têtes célèbres, quelques inconnus qui ne souhaitent pas le rester et les inévitables pique-assiette en mal d'invitation à dîner : le Tout-Paris était là. La ravissante et dynamique Danielle qui aidait son père avait bien fait les choses — c'est elle qui avait organisé l'exposition d'André Lévy.

Le souffle coupé, je m'arrêtai devant une toile que je ne connaissais pas. Depuis longtemps, je savais qu'André possédait un don certain pour la peinture — une voie que je l'avais encouragé à suivre —, mais là, il me sidérait. Je comprenais que son succès soudain n'était pas dû au seul bon « marketing » de ses marchands : il tenait à ce que l'on se trouvait devant un peintre majeur, comme il n'en naît qu'une dizaine par génération.

Toute une symbolique juive éclatait dans cette toile où le style particulier d'André, mélange de fantastique et d'hyperréalisme foisonnant, son travail à la tempera et la qualité dans la réalisation éclataient, incontestables. De plus, mon ami ne se réclamait d'aucune école ; ce qu'il peignait ne ressemblait à rien de connu — c'est lui qui serait rapidement imité.

Devant moi, une très belle jeune fille aux yeux orientaux fendus en amande sortait d'une gangue minérale. Sur sa tête, une espèce de casque métallique s'épanouissait en tubulures complexes se fondant dans le roc. Des lettres hébraïques en ronde bosse dans la pierre et une étoile à six branches sur la coiffe montraient dans l'éxécution des ombres et des reliefs une perfection digne des drapés des peintres de la Renaissance.

— Elle te plaît, Pierre ?

André n'avait pas changé depuis notre externat : ni barbe épaisse ni tenue excentrique, il ressemblait aussi peu que possible au chromo de l'artiste inspiré, l'air, plutôt, d'un étudiant attardé. Son regard étonné derrière des verres de myope paraissait trouver inutile et saugrenue toute cette agitation autour de son œuvre.

Je l'embrassai ; notre enfance sur les trottoirs de la rue Simart nous chauffait le cœur. Tout ce chemin parcouru...

— Si elle me plaît ? J'espère qu'elle n'est pas vendue : je la veux dans mon bureau !

Danielle Drouant nous avait rejoints et entendus.

— Dans ton bureau ? intervint-elle. Mais seras-tu assez riche pour l'acquérir ? André est devenu très cher...

— Je te la donne, Pierre, coupa André. Elle est à toi !

Danielle, responsable de la cote de son artiste, haussa les épaules, vaguement réprobatrice :

— André, que se passera-t-il si tu distribues tes toiles à tous tes amis ? Enfin, pour le Pr Pierre Dalban, je fermerai les yeux...

— C'est vrai, renchérit André : chirurgien des hôpitaux de Paris et professeur agrégé dans sa trente-septième année, c'est une belle réussite !

— Quant à peintre de renommée internationale à trente-huit ans, ce n'est pas mal non plus... Cela dit, cette toile, je tiens à la payer : elle sera le cadeau que je m'offre pour ma nomination. Comment s'intitule-t-elle ?

— Tikva... C'est le chant d'espoir, l'hymne des juifs de la diaspora. Elle porte bonheur.

Et j'accrochai la Tikva à la place d'honneur, au-dessus de la cheminée de mon bureau. L'enfant qui venait d'entrer la regarda longuement, fasciné sans doute par l'extraordinaire présence de cette femme, avant de me prêter attention. Ses parents avaient endossé leur plus bel habit du dimanche, mais leurs visages burinés, marqués par les intempéries et le travail, ne pouvaient dissimuler ce qu'ils étaient : de solides paysans de l'Aveyron. Le

Dr Bertrand, de Villefranche-de-Rouergue, me les avait adressés — intérêt, entre autres, des articles publiés dans les journaux professionnels.

— Vous allez pouvoir faire quelque chose, monsieur le professeur ?

Dans cette question banale reposait tout l'espoir de cette mère — un espoir retrouvé deux mois auparavant, lorsque son médecin lui avait expliqué qu'aujourd'hui, à Paris, il existe des chirurgiens qui savaient opérer ces choses...

Quel martyre, pour ces pauvres gens et cet enfant à l'intelligence intacte, que ce faciès monstrueux. Le gamin souffrait d'une maladie rare, mauvaise croissance des os du crâne entraînant une difformité de la tête rappelant l'aspect des gargouilles de Notre-Dame, nommée, entre autres, gargoylisme.

Il y avait peu d'années encore, les malheureux atteints de cette pathologie étaient condamnés à en supporter la disgrâce et à vivre quasi reclus, tant leur aspect était difficilement supportable pour un œil non averti. Mon maître Moncel avait, le premier, osé réaliser de grands découpages de la face permettant de remodeler ces visages à l'image de Dieu. J'avais appris avec lui, puis apporté à sa technique des modifications personnelles ; l'intervention, très délicate, réclamait l'aide d'une équipe de neurochirurgie qui doublait le travail du plasticien en permettant aux nerfs crâniens et au cerveau de ne pas souffrir des changements de volume et d'emplacement causés par la reconstruction osseuse. L'opération durait parfois plus de huit heures d'affilée.

La mère guettait ma réponse avec impatience. Je me montrai direct :

— Oui, madame, on peut faire quelque chose. Mais attention : il faudra être patient et votre fils devra supporter des choses désagréables. Cependant, au bout du compte, le résultat sera là : un visage pratiquement normal...

Elle éclata en sanglots ; son mari, gêné, lui tendit un mouchoir et s'excusa :

— Maman, tiens-toi ! Vous savez ce que c'est, monsieur le professeur ? Une telle joie, une telle émotion... Il faut lui pardonner. Vous savez, on a même été à Lourdes, il y a deux ans.

Alors, c'est tout dire ; ce que vous allez faire là, c'est miraculeux !

Papa aussi avait l'œil humide. Il se maîtrisa, on ne pleure pas quand on est un homme, sacredieu. Il avait raison, mon homme du Rouergue : c'était miraculeux. Et c'était grâce à ces miracles que j'avais appris à réaliser, que je pensais exercer le plus beau métier qui soit et que je n'aurais pour rien au monde voulu en changer. L'argent était très secondaire ; si j'en gagnais également, tant mieux... La justification de mes efforts était là, dans la reconnaissance de cette mère et, plus tard, dans le visage humain retrouvé de l'enfant. Plus j'avançais dans mon métier, et plus cette récompense m'était nécessaire.

Je leur expliquai ensuite les différentes phases de l'intervention, illustrant mon commentaire d'une projection de diapositives prises lors d'un cas similaire. L'homme comprit parfaitement : dans le fond, ce n'était guère que de la menuiserie de précision, et cela, il connaissait. La femme, elle, se montra plus sensible à la photo du résultat :

— Mon Alain sera aussi beau que celui-là, après ?

Beau ! Ah, le vocabulaire d'une mère... Oui, ce visage, loin d'être parfait, mais qui avait perdu les caractères de la monstruosité, serait beau pour elle.

— Oui, madame, il sera très semblable au cliché. Je vais maintenant prendre toute une série de photos d'Alain. Puis, je vous adresserai à mon radiologue, qui effectuera des radios spéciales du crâne permettant, sur des calques gradués, de prévoir les coupes à réaliser. Lorsque le dossier sera prêt, je vous convoquerai pour l'opération. Soyez patients... Malheureusement, votre cas n'est pas unique et il faudra attendre quelques mois.

— On a déjà attendu si longtemps, monsieur le professeur... Quant à l'argent, on n'est pas bien riches, mais on paiera ce qu'il faut. Pensez, notre fils...

Je leur souris ; leur joie visible était ma plus belle gratification. D'ailleurs, je les rassurai :

— Pratiquée à l'hôpital, cette intervention ne vous coûtera pas un sou...

Je les raccompagnai, après qu'Alain eut jeté un dernier regard à la Tikva ; peut-être bien, comme l'affirmait André, portait-elle bonheur ? Ces trois-là, en tout cas, avaient de quoi rêver durant les longues soirées de l'Aveyron.

Comme je regagnais mon bureau, Philippe, mon fils, surgit au détour du couloir. Il avait quatorze ans, à présent, et j'avais aimé qu'il me demande, quelques mois auparavant, la clé de cet appartement de l'avenue Montaigne. Mon souhait le plus cher était que Claire relâche un peu son emprise sur les enfants et leur permette de coucher parfois chez moi — j'avais, à cet effet, conservé vides leurs chambres.

— Comment vas-tu, mon fils ?

— Oh, bien...

Divine pudeur acquise avec la puberté, il m'effleura vaguement la joue : on ne s'embrasse pas entre hommes.

— Et ta mère ?

— Justement... Je voulais te dire... J'aimerais bien vivre ici, avec toi, papa... Je ne supporte plus d'entendre tout ce qu'elle raconte. Ce n'est pas vrai que tu nous as abandonnés !

Non, Claire ne jouait pas correctement le jeu du divorce. Son ressentiment à mon encontre, si bien analysé par mon ami Morali, lui interdisait une attitude de fair-play. La révolte de Philippe contrebalançait heureusement le penchant de sa cadette à prendre le parti de sa mère.

— Et Anne ? demandai-je, sans illusions.

— Elle te déteste aussi, elle ne veut plus te voir. Elle croit tout ce qu'affirme maman... C'est vrai que tu vas te remarier avec Muriel Gros ? Maman ne parle plus que de ça : que tu es intéressé, que tu veux épouser cette Muriel parce qu'elle est, comme maman, la fille d'un patron...

Quel gâchis ! Et maintenant, Muriel Gros... Je l'avais complètement oubliée, celle-là ; une petite aventure sans lendemain. Je n'avais aucune envie de me remarier, quoi qu'en pense Claire.

Ma consultation était terminée ; j'invitai Philippe à boire un chocolat au bar des Théâtres, devenu en quelque sorte mon quartier général, l'annexe de la cuisine rarement fréquentée de l'appartement. Dans les yeux de mon fils, une lueur d'espoir. Lui m'aimait sincèrement et voulait rester avenue Montaigne. Mais était-ce bien le moment d'envenimer plus encore mes rapports avec Claire.

— Ecoute, Philippe, tu sais comme je voudrais te garder près de moi ? Cependant, il faut être raisonnable. En rentrant boulevard Saint-Germain, tu pourras dire à ta mère que je n'ai pas l'intention d'épouser Muriel Gros, ni personne d'autre, si cela peut la rassurer. Quant à Anne, je pense qu'elle comprendra, plus tard. Rien n'est vraiment simple...

Rien n'était simple, non. Et le malin plaisir que prenait Claire à souiller ce qui, entre nous, était demeuré intact, ne faisait qu'aggraver une situation déjà délicate. Amour passion contrarié, l'histoire de notre mariage avait mal tourné, malgré les sentiments que nous continuions de nous porter. Même en triturant le passé, je ne voyais rien à me reprocher. Mais ma bonne conscience, en réalité, ne m'était que d'une maigre consolation.

Mai 1977. Deux années passèrent, que rien ne marqua particulièrement. Chocs pétroliers successifs, soubresauts de violence au Moyen-Orient, génocide délibéré de tout un peuple, au Cambodge, perpétré par un dictateur au nom clownesque — Pol Pot. L'Amérique centrale s'agitait ; aux Etats-Unis, le grand benêt incapable de descendre d'un avion sans tomber, qui avait succédé à Nixon, fut remplacé par un marchand de cacahuètes... Le monde suivait son petit bonhomme de chemin — l'année 1977 ressemblerait aux autres.

Je m'étais accoutumé à ma solitude. Sans aucun doute, l'intensité et la qualité du travail que je fournissais m'y aidaient. Petite fourmi méritante, en effet, je trouvais tous les prétextes à m'octroyer un minimum de loisir. J'avais eu la chance d'obtenir un poste de chef de service à temps partiel dans un hôpital un peu excentré — merci au Pr Gros qui avait tendu la main à celui qu'il imaginait déjà comme un gendre très convenable. Mais, pauvre Muriel Gros, je pensais ne plus pouvoir tomber amoureux. En filigrane de mes aventures faciles et parfois tapageuses, le visage de Claire se superposait à mes fantasmes les plus fous. Je me sentais inguérissable. Alors, je m'étais composé un personnage dont je me moquais souvent, tant il me rappelait certaines scènes du *Dictateur* de Chaplin : deux minutes pour le piano, deux de sourire figé devant le peintre, et deux minutes pour faire l'amour...

J'évoluais dans un univers parfaitement planifié où plus rien n'était abandonné au hasard. Mes sorties parisiennes — restau, danso, baiso — n'empiétaient jamais sur les horaires de mes consultations, auxquelles succédaient ponctuellement mes séances opératoires.

Il n'était certes pas question de bonheur, mais l'ordre régnait sur ma vie.

L'homme allongé sur la table d'opération présentait, aux yeux non avertis, un aspect pour le moins bizarre. Un tube de chair du diamètre d'un très gros cigare partait de l'emplacement du nez qu'il remplaçait, jusqu'au côté gauche du cou — comme une anse de seau ou la poignée d'une valise.

Ce lambeau tubulé allait servir à la reconstruction du nez de ce chauffeur de poids lourds, amputé totalement au ras de la face lors d'un accident de la route. Son allure, lorsque je l'avais reçu six mois auparavant, était terrifiante : un masque de tête de mort, avec un trou au milieu du visage. Désespéré, suicidaire, ce père de famille n'osait plus se montrer en public ni embrasser ses enfants. J'avais alors eu la joie de lui expliquer que, à la condition qu'il soit patient, je parviendrais à lui rendre un nez acceptable.

Je suis partisan de la démythification de l'acte chirurgical. Au grand mystère entretenu par la génération précédente, à laquelle les patients se livraient pieds et poings liés, je préfère l'exposé clair de ce qu'ils auront à subir. Avec des mots simples et quelques schémas sur une feuille blanche, il est toujours possible de faire comprendre le principe de techniques opératoires même compliquées.

Mon routier avait parfaitement saisi. J'allais construire un tube de peau, à l'aide d'une bande prise le long du thorax et retournée sur elle-même. Puis, en plusieurs temps opératoires, je ferais progresser ce tube vers la face, comme une chenille, en ne détachant qu'un des pieds à chaque fois pour l'implanter plus haut, l'autre servant de racine nourricière au tube.

Aujourd'hui venait le dernier temps avant la reconstruction du nez proprement dit — une intervention très simple qui consistait à sectionner le pied du tube tenant au cou. L'un des internes, récemment entré en fonction, m'aidait ce matin. Pour son premier stage de chirurgie plastique, il avait choisi un nouveau service et un jeune patron — une audace qui n'aurait peut-être pas été la mienne en son temps, et que j'appréciais à sa juste valeur.

Depuis que j'étais passé de l'autre côté de la barrière, je me rendais compte combien une certaine autorité peut être nécessaire au bon fonctionnement d'un service hospitalier. Il n'était pas question, évidemment, de la tyrannie despotique des grands Mandarins de mon externat ; les temps avaient changé, les rapports entre maîtres et élèves étaient devenus différents et Mai 68 était passé par là, mais je devais me montrer inflexible sur la discipline intérieure et la qualité des soins.

Le cursus des études médicales avait rapidement évolué. Le concours de l'externat dont j'avais été si fier de sortir major avait été supprimé — l'on devenait externe d'office. Et quant à l'internat, il n'en subsistait que l'épreuve écrite. J'enviais presque ces jeunes gens qui n'auraient plus à connaître les injustices de l'oral, cet amphithéâtre transformé en tribunal aux jurés indifférents à qui n'appartenait pas au sérail. En pratique, ce véritable nivellement par le bas entraînait une baisse d'un degré dans les titres. Nos internes n'étaient plus que des super-externes ; les chefs de clinique, l'équivalent des anciens internes et les agrégés, quelque chose comme les assistants des hôpitaux...

J'avais d'ailleurs été le premier à bénéficier de cette inflation des titres : jamais, trente ans auparavant, je n'aurais pu être nommé professeur agrégé si jeune.

Jacques Marchand, mon interne, n'était pas maladroit — il m'était cependant difficile de le juger objectivement sur une aussi courte intervention. Celle-ci se déroulait sous anesthésie locale, dont on aurait même presque pu se passer, puisque le lambeau tubulé était insensible. J'avais sectionné le pied cervical, et le tube pendait maintenant à la place du nez, cylindre rosé qui me donnerait la matière vivante nécessaire au remodelage d'un nouveau nez dans l'un des trois ou quatre temps ultérieurs. Entre chacune de ces opérations, il fallait laisser passer, en effet, au minimum quatre semaines afin de permettre une bonne cicatrisation. Je refermai la plaie du cou ; un petit pansement, et l'homme put regagner sa chambre. Marchand m'accompagna dans le vestiaire :

— Marchand, est-ce que je vous ai raconté l'histoire du célèbre plasticien Gillies ?

— Non, monsieur...

— Eh bien, Gillies a pratiquement inventé la méthode que nous avons employée. Il venait d'accomplir le dernier temps de section du lambeau nasal, ce que j'ai achevé ce matin, et il laisse sortir son opéré, convoqué un mois plus tard afin de commencer le modelage. Mais à la date prévue, personne... Gillies pense que l'homme est mort, qu'il a eu un accident, que sais-je ? Il oublie l'affaire ; deux ou trois ans passent et il se rend en vacances au pays de Galles, dans un petit village où une foire foraine s'installe A l'époque, l'exhibition des monstres était fréquente — vous avez peut-être vu le film *Freaks* ?

— Non, monsieur...

— A l'occasion, ne le manquez pas ! Bref, Gillies voit une baraque avec un calicot : « Venez admirer l'homme-éléphant ». Il paie ses deux pence et entre, curieux, comme tous les plasticiens, des phénomènes naturels. L'homme-éléphant était son opéré...

Marchand éclata de rire à cette anecdote, un classique dans les milieux de plasticiens.

— Oui, mon vieux ! L'homme avait préféré montrer cette trompe et gagner sa vie, plutôt que de retrouver un nez normal et, peut-être, le bureau de chômage ! Je me demande souvent, à ce propos, comment il se fait que je n'aie pas plus de dingues pour me réclamer des oreilles en pointe, comme un chat, ou une queue...!

L'interne prit le parti de sourire à nouveau. Cependant, je sentis bien le doute l'envahir : avait-il choisi le bon service ?

Le renom de mon service hospitalier avait bien sûr rejailli sur ma clientèle privée, entraînant un surcroît de travail. J'avais eu la chance d'être parmi les derniers nommés à un poste à temps partiel, ce qui me laissait la possibilité d'opérer chez moi ou à la clinique, à la différence de la plupart de mes collègues. Eux avaient subi un véritable chantage moral : on leur offrait un poste hospitalier, mais seulement à temps plein — c'était cela, ou ne pas être nommé. En échange, ils avaient le droit, à l'hôpital, d'ouvrir une consultation privée à honoraires libres et d'opérer quelques malades, également en exercice pseudo-libéral. Si ces hommes de valeur avaient su que cette carotte qu'on leur tendait, cette contrepartie normale à leurs efforts, ce contrat allait être rompu unilatéralement, moins de cinq années plus tard, par un pouvoir politique souhaitant écraser la médecine libérale, qu'auraient-ils choisi, alors ?

J'avais donc été contraint de planifier mes journées très strictement, entre hôpital, clinique et consultations privées.

— Votre femme a téléphoné. Elle souhaite que vous la rappeliez durant l'après-midi...

Je hochai la tête, bien plus dans le but de préciser à ma secrétaire que je l'avais entendue qu'en signe d'approbation. Le coup de téléphone hebdomadaire de Claire ne rimait plus à rien, et son rituel désuet soulignait la vacuité de nos rapports. La rappeler durant l'après-midi... Pour quel motif, grand Dieu ? M'entendre débiter une litanie de reproches souterrains, camouflés sous une amabilité glacée ? Inutile. Le seul profit que je pouvais tirer de ces conversations était d'obtenir quelques nouvelles d'Anne qui refusait désormais, au contraire de son frère, de me rendre visite — et encore Claire me les distillait-elle, ces nouvelles, avec une parcimonie qui confinait à la cruauté mentale.

Affirmer, après cela, que nous continuions de nous aimer paraîtrait ridicule... Et pourtant, j'étais persuadé que quelque chose demeurait de notre complicité d'antan ; passion et haine se confondent si fréquemment que je me refusais à toute conclusion hâtive.

— Votre premier rendez-vous est dans une demi-heure, monsieur. Voulez-vous un café ?

Chère Marcelle ! Elle ne me quittait pas du regard, multipliant les attentions délicates, les gentillesses à mon égard. Dire que pendant tant d'années j'avais raillé, sans en comprendre la raison profonde, cette tendance des grands pontes de la médecine française à s'entourer de dragons femelles au visage rébarbatif. Et voilà qu'à mon tour, sans même attendre mon quarantième anniversaire, je m'étais adjoint l'une de ces collaboratrices archétypiques : la ménopause bien sonnée et une autorité à fleur de peau couronnant un fabuleux sens de l'organisation. Bref, une femme de tête, doublée d'un cœur d'or qui ne battait que pour moi. La perle des secrétaires.

Pas un mot plus haut que l'autre, jamais la moindre remarque en ce qui concernait mes « écarts de conduite » — comme disait feu ma belle-mère — ; simplement, de temps en temps, lorsque je dépassais visiblement les bornes qu'imposait ma situation, Marcelle se permettait un léger froncement de sourcils, feu rouge clignotant bloquant net mes excès.

— Pas de café, merci. Aucun appel, hormis celui de ma femme ?

— Je vous l'aurais signalé.

Quel tact. Marcelle n'aimait pas Judith et me le laissait précisément entendre. D'ailleurs, Judith, ou Florence qui l'avait précédée, ou celle qui la suivrait et que nous ne connaissions pas encore, Marcelle n'aimait pas ces femmes qui se succédaient dans mon lit. Surgie dans ma vie bien après mon divorce, trop tard donc pour l'empêcher, elle m'aurait voulu chaste, voire asexué, plutôt que coureur impénitent. Là résidait notre seul point de désaccord.

— Quel est le programme de l'après-midi ?

— Quatre consultations, monsieur. Ce soir, vous dînez chez le Pr Vernon, à vingt heures. Demain, vous opérez à sept heures trente à la clinique... Mme Dussault.

Un agenda dans la tête, parfaite Marcelle !

Deux femmes et un homme se succédèrent dans mon cabinet — j'avais fini par vaincre mes réticences initiales à l'application de la chirurgie esthétique aux hommes —, mais le quatrième consultant de l'après-midi se laissait désirer :

— Qui est-ce, Marcelle ?

Réponse instantanée de ma dévouée collaboratrice qui, comme moi, tolérait mal que l'on soit en retard aux rendez-vous.

— Mme Joan Gallaway... Son rendez-vous a été pris directement de New York, la semaine dernière.

Je réprimai un sourire de satisfaction. Signe indéniable d'une réussite balbutiante, depuis la mort prématurée du Pr Stevenson, le plus grand plasticien mondial, celui-là même qui m'avait initié à ses techniques lors de mon passage à New York durant l'automne 1963, quelques patients d'outre-Atlantique venaient enrichir ma clientèle. Cependant, ils étaient généralement d'une ponctualité parfaite, contrairement à cette Mme Gallaway. Gallaway... Le nom me rappelait vaguement quelque chose. Le souvenir imprécis, flou, d'un patronyme entendu près de quinze années auparavant. Gallaway, comme Terry Gallaway, ce milliardaire propriétaire des laboratoires Dorset sur lequel Stevenson avait pratiqué un remarquable lifting.

Puis elle entra dans mon bureau, introduite par Marcelle, et la mémoire me revint brutalement de cette femme superbe pour qui, jeune interne français en stage aux USA, j'avais éprouvé un violent coup de foudre. Tailleur Chanel sur chemisier de soie sauvage, cheveux mi-longs encadrant un visage bronzé, Joan Gallaway était toujours la plus belle femme que j'aie jamais vue.

Elle n'avait littéralement pas pris une ride, depuis notre première et unique rencontre. Visage lisse et parfait dont les yeux verts se vrillèrent dans les miens :

— Pardonnez-moi, je vous prie... Les embouteillages parisiens sont traîtres.

Me reconnaissait-elle ? Sûrement pas. Je n'avais été qu'une silhouette fugace, entrevue dans le coin d'un cabinet de consultation — un personnage sans consistance qu'on ne regardait même pas. Si elle ne se souvenait pas, moi, en revanche, je revivais chaque seconde de cette rencontre : mon trouble et le sourire ironique de Doug, la subite illumination qui m'avait fait comprendre le phénomène si américain — à l'époque — du sex-symbol, et la pointe de jalousie qui m'avait envahi en songeant que des créatures de rêve comme celle-ci demeuraient l'apanage de milliardaires comme Gallaway.

En attendant, la créature de rêve me jaugeait sans s'en cacher. Son regard ne me quittait pas, reflétant peut-être une légère surprise devant ma visible distraction.

— Je suis venue vous voir, professeur Dalban, parce que Stevenson disait le plus grand bien de vous...

Nouvelle pause dans son discours. Il fallait tout de même que je réagisse, silencieux que j'étais demeuré depuis que je l'avais accueillie dans mon bureau.

— M. Stevenson a été mon maître, fis-je sans grande originalité. Que puis-je... ?

— Mes paupières, monsieur Dalban.

Elle cligna les yeux, comme pour mieux souligner l'urgence qu'il y avait à s'en occuper. Dieu, que les femmes sont étranges ! Avant même de m'approcher d'elle, avant même de l'examiner, je sus, dans un élan d'un lyrisme total, que je ne toucherais jamais à ce visage : on ne corrige pas la perfection et Joan Gallaway était, à mon goût, parfaite. Elle saisit ma réticence :

— Alors, vous ne voulez pas ?

— Ce n'est pas que je ne veux pas, simplement, il n'y a pas lieu d'intervenir...

— Mais j'ai quarante-deux ans, professeur Dalban !

Avec une impudeur qui ne rendait que plus ridicules les réticences de certaines femmes françaises, elle n'hésitait pas à mentionner son âge sans tricher. Quarante-deux ans ! J'aurais pu lui répondre que, de trois années plus jeune qu'elle, je me sentais infiniment plus marqué par le temps. Ou j'aurais pu lui débiter quelques-unes de ces banalités apprises au fil des consultations. J'aurais pu... Avec une autre, je n'aurais pas hésité. Mais pas avec elle.

— Vous êtes merveilleusement belle, Mme Gallaway. Votre mari est un homme comblé.

Aveu de gamin qui me valut un nouveau regard étonné, un sourire moqueur et l'annonce de la mort de Terry Gallaway, quelques mois auparavant — un cancer. J'avais devant moi non plus l'épouse du milliardaire, mais une veuve richissime, propriétaire de Dorset. Pas le moment, certes, de mentionner notre première rencontre. Puis, à quoi bon ?

— Je suis désolé, j'ignorais ce...

Il fallait qu'elle parte, à présent. Je bafouillais stupidement, perdant mes moyens, ridicule petit chirurgien français en extase devant la beauté faite femme. Non ; qu'elle s'en aille très vite, que je retourne à mes amours de passage : Judith, Florence et les autres, celles-là étaient pour moi.

— Vous êtes certain de ne pas vouloir... ?

Elle cligna à nouveau les paupières, maintenant debout près de moi, me frôlant distraitement.

— Non, madame, ce serait une hérésie... Je vous raccompagne, si vous le voulez bien.

Marcelle me parut étonnée : j'avais omis de faire payer cette cliente américaine ; puis la consultation avait été si brève...

— Quelque chose ne va pas, Monsieur ?

— Non, Marcelle, non. Une ombre, un souvenir qui s'accroche assez fort.

— N'oubliez pas le dîner chez le Pr Vernon, conclut-elle, pragmatique et insensible à mon vague à l'âme.

De quoi avais-je l'air, assis à mon bureau, la tête entre les mains ? D'un pauvre type rêvant à une femme aussi lointaine que ces silhouettes entrevues au coin d'une rue ou dans un autobus. Ecrire au courrier du cœur ? Passer une petite annonce dans le *Chasseur français ?* Ou s'efforcer d'oublier, tout simplement ? Aucune solution n'apparaissait vraiment bonne ; j'étais peut-être destiné à échouer systématiquement, dans mes relations avec les femmes. Mariage raté avec Claire, liaisons tapageuses avec n'importe qui, et coup de foudre irréaliste pour Joan Gallaway... Pauvre Dalban !

Quelque part au fond de l'appartement, le téléphone sonna, puis un voyant clignota sur mon appareil, signe que le correspondant avait franchi victorieusement le barrage de Marcelle. Pourvu qu'il ne s'agisse pas d'un nouvel appel de Claire ! Je n'étais pas d'humeur à supporter sa rancœur.

— Oui ?

Un blanc, à l'autre bout de la ligne, comme si le ton impatient dont j'avais usé avait su être décourageant. Enfin, on se décida ; le souffle d'une respiration prise trop près du combiné retentit, puis :

— Je suis Joan Gallaway...

— D'où appelez-vous ?

Question sans intérêt, posée par instinct bien plus pour gagner du temps que pour en connaître la réponse. Après tout, elle ne m'avait quitté que depuis dix minutes à peine, et je ne l'imaginais pas introduisant cinquante centimes dans la fente d'une cabine téléphonique. Le bar du Plaza Athénée, peut-être ? Peu importait, en réalité. Ma stupéfaction s'effaça pour céder la place à une volonté formelle de ne pas laisser passer ma chance. A deux reprises, déjà, ma route avait croisé celle de Joan Gallaway ; le miracle ne se répéterait sans doute plus.

— Mme Gallaway, repris-je, voulez-vous dîner avec moi ?

Rire de gorge. Elle qui parlait un français impeccable, à peine teinté d'un léger accent américain, riait comme seules les femmes d'outre-Atlantique savent le faire.

— J'allais vous le proposer. Disons vingt heures chez moi ? Votre secrétaire connaît mon adresse... Au fait, je suis encore en bas de votre immeuble. A tout à l'heure !

Elle raccrocha et je me précipitai à la fenêtre pour apercevoir la Rolls blanche qui s'éloignait avenue Montaigne.

Vingt heures chez elle... Tant pis pour le Pr Vernon ! Une grippe diplomatique de dernière minute arrangerait l'affaire. J'étais si heureux que je ne songeai pas une seconde à m'interroger sur les motifs de cette invitation.

— Marcelle, vous décommanderez le Pr Vernon...

— Mme Gallaway, n'est-ce pas ?

Cette extraordinaire indiscrétion de la part de ma collaboratrice me sidéra. Le front de Marcelle était plissé comme un vieux tapis, ses yeux papillotaient à un rythme effréné, signes d'alerte maximale. Elle était visiblement furieuse.

— Enfin, Marcelle, qu'est-ce que... ?

— Pardonnez-moi, monsieur, vous ne pouvez pas faire cela ! Annuler le Pr Vernon, passe encore. Mais dîner avec cette... femme, non, c'est impossible. Vous ne savez pas qui elle est ! Les journaux la fiancent chaque semaine à un homme différent. Lisez, vous verrez bien que je ne mens pas...

Elle étala sur son bureau quelques numéros de *France-Dimanche* et *Ici-Paris*. Etrange Marcelle, qui avait des lectures que je n'aurais jamais soupçonnées, presse du cœur et potins mondains, elle que j'imaginais à longueur d'année plongée dans des revues scientifiques. Enfin, là n'était pas le problème.

Quelques photos de Joan s'étalaient, en effet, sur les pages de ces journaux. Toujours souriante, accompagnée d'hommes beaux et célèbres auxquels les légendes la fiançaient sans discernement, Mme Gallaway n'avait pas l'air éperdu d'une jeune veuve.

— Une mangeuse d'hommes, rugit encore Marcelle. Vous n'allez être qu'un numéro sur sa liste, qu'est-ce que vous croyez ? Si ce n'est pas lamentable ! Un père de famille... Ah, je ne sais pas ce qui me retient...

Et je ne pus même pas me fâcher, tant était émouvante sa colère.

— Vous êtes ponctuel, professeur Dalban. Vos fleurs sont merveilleuses, vous n'auriez pas dû...

Joan Gallaway m'accueillait en robe d'intérieur de soie multicolore. Un numéro sur sa liste..., avait dit Marcelle. Beaucoup d'hommes auraient donné cher pour y figurer, même en place d'attente. Cependant, quitte à passer pour un mufle ou à tout compromettre, il fallait que je sache.

— Votre invitation m'a énormément touché, Mme Gallaway, mais je...

— Vous aimeriez en connaître les motifs ?

— Exactement.

Son regard se voila ; une certaine gravité se mêla à l'humour qui continuait d'y affleurer.

— Vous m'avez surprise, Pierre. D'abord en refusant d'opérer mes paupières, et maintenant par la franchise de votre question. Surprise et troublée... Mon coup de téléphone, après votre consultation, avait été comme un caprice. Je ne le regrette pas.

Un numéro sur sa liste. Tant pis, je ne pouvais plus résister. Je m'approchai à la frôler ; elle ne se déroba pas.

3

— Jerry, ne sois pas stupide et réponds à Pierre en français !

Jerry haussa les épaules et se détourna. Sale môme ! Jerry F. Gallaway, le fils de Joan et Terry Gallaway, le futur héritier de l'empire Dorset... Joan m'avait amené son fils peu avant que ne débute ma consultation, pour que je lui fasse visiter mon installation et la petite salle d'opération. Elle espérait, en montrant à son fils le sérieux du nouveau prétendant, l'amadouer et le séduire.

La manœuvre avait pitoyablement échoué. Le garçon m'avait détesté dès la première minute, manifestant une haine et un rejet total pour cet étranger, un Frenchie, qui lui prenait sa mère. La puberté et les bouleversements qu'elle entraîne compliquaient encore ses sentiments à mon égard. Joan ne s'était jamais séparée de son fils depuis la mort de Terry Gallaway. Il l'avait suivie partout, inscrit dans de multiples cours privés de par le monde. Et s'il avait déjà souvent rencontré d'autres « messieurs » qui avaient courtisé sa mère, ces météores de peu d'importance — play-boy de jet set, coureurs automobiles ou champions de tennis — ne lui avaient jamais ravi l'affection de Joan. En revanche, il avait immédiatement flairé le rival dans le chirurgien parisien — pour la première fois, sa mère affichait ouvertement des sentiments d'affection.

Aux yeux de ce jeune Américain élevé dans le culte du « best in the world », les Européens n'étaient pas fréquentables et parmi eux, les Français arrivaient au plus bas de l'échelle. Bref, je cumulais les défauts : prince charmant et manant... Je n'avais pour souvenirs d'enfance que les balades sur la Butte ou les films au cinoche de quartier ; lui représenterait à sa majorité une puissance financière de plusieurs centaines de millions de dollars. Il était roi dans notre univers d'argent, et je n'étais rien qu'un bellâtre, dernier caprice de sa mère !

En outre, Jerry avait adoré son père, lequel idolâtrait ce fils tard venu dans son existence. Cela n'avait fait qu'accroître son ressentiment : il me haïssait, alors que j'aurais pourtant souhaité qu'il voie en moi une image paternelle, affectueuse et protectrice ! Tant pis. Joan avait compris la situation ; à son avis, ces réactions épidermiques étaient normales ; le temps et la patience arrangeraient les choses.

En attendant, il se refusait ne serait-ce qu'à m'effleurer du regard et ne m'adressait la parole qu'en un américain mêlé d'argot : à moi de comprendre !

— *Let's go, Ma... This place is so boring...*

Joan soupira, me fit un signe d'impuissance et s'éloigna à la suite de son fils. Comme lors de notre première rencontre à mon cabinet et de cette consultation éclair, je m'approchai de la fenêtre pour voir la mère et le garçon s'installer dans la Rolls blanche. J'aimais cette femme, avec laquelle tout s'était passé si vite. Après le dîner en tête à tête à Neuilly et la découverte fantastique que nous étions faits l'un pour l'autre, nous ne nous étions plus quittés. Je la voyais dans tous les temps libres que m'accordait mon travail, nous dormions ensemble tantôt chez elle et tantôt chez moi avenue Montaigne... C'était le bonheur retrouvé, un nouveau bonheur qui m'angoissait tant j'avais peur de le perdre.

La sonnerie du téléphone bourdonna sur mon bureau. La voix de Marcelle était un peu agacée : ma collaboratrice avait du mal à digérer Joan.

— Vous avez déjà deux personnes dans la salle d'attente, Monsieur. Je vous porte les dossiers.

Je souris à Marcelle, un sourire qui me valut un regard d'abord furieux puis très vite indulgent. La chère femme m'adorait et acceptait de m'accorder son pardon. Je parcourus le premier dossier : un nom à consonance étrangère, une bonne adresse du

XVIe arrondissement, pas de profession, cinquante-deux ans... A la rubrique « adressée par », Marcelle avait précisé : BDN. Boule de neige, la meilleure clientèle, celle qui a constaté les résultats d'un traitement sur une amie et obtenu les coordonnées du praticien.

Après « motif de la consultation », je lus : « Le visage et le reste ? Ne sait pas... » Il y avait parfois de quoi sourire des formulations de mon assistante qui prenait un malin plaisir à retranscrire toutes les hésitations des patientes.

A la suite de ces questions banales d'identification que posait Marcelle, venait tout un protocole d'interrogations soigneusement mises au point avec la complicité d'un ami psychiatre, et visant à cerner les motivations du consultant en chirurgie esthétique pure. Au cours de la conversation avec mes patients, j'envisageais tous les problèmes soulevés par une éventuelle intervention puisque pour moi, et dans la lignée de mes maîtres, la notion de service rendu était souveraine. Je ne comptais plus les cas où j'avais refusé d'opérer, convaincu de ne pas pouvoir améliorer, ne serait-ce que psychologiquement, l'état du patient.

En agissant ainsi, j'étais mon meilleur allié. Il est indéniable que, indépendamment des fautes grossières, les échecs de la chirurgie esthétique proviennent avant tout de la mauvaise indication opératoire. Plus même, il est évident qu'il n'existe aucune relation directe entre la qualité objective d'un résultat et son appréciation par l'opérée. Tel nez quasi parfait peut être rejeté par celle qui y trouvera toujours le petit défaut polarisant son mécontentement, dès lors que l'intervention ne s'imposait pas ; tel autre, à la limite du « loupé », et qu'on proposerait spontanément de retoucher, est accepté avec joie et reconnaissance par celle pour qui l'indication opératoire était la bonne.

J'ouvris la porte du salon d'attente. Avec le plaisir d'opérer, cette première prise de contact avec un être humain inconnu qui souhaite se confier à vous constitue l'un des volets passionnants de ma profession.

— Asseyez-vous, je vous en prie...

La femme qui venait de s'installer devant moi était belle ; grande et distinguée, des cheveux blonds discrètement décolorés, elle possédait un visage bien modelé, à la ligne de mâchoire marquée, un long cou et un port de tête superbe. J'attendis qu'elle explique les motifs de sa consultation — cette entrée en matière est souvent révélatrice. Elle hésita, puis commença :

— Docteur, je voudrais savoir ce que vous pourriez faire pour moi... Je ne peux plus me regarder dans une glace... Je me sens vieille, laide... J'ai vu ce que vous avez fait à mon amie Mme Delcroix : j'ai retrouvé son visage de mes souvenirs d'il y a une quinzaine d'années. C'est magique !

Elle s'interrompit. Je demeurai cependant silencieux, persuadé qu'elle n'en avait pas terminé.

— Et puis mon corps qui se dégrade. Je sais que je n'ai plus vingt ans, mais voyez-vous docteur, on m'a toujours dit que j'avais été une jolie fille... Sans être prétentieuse, j'étais fière de ma plastique. Alors, maintenant ! Je suppose que les gens qui ont été beaux ont plus de mal que les autres à vieillir...

Je l'interrompis. On sortait là du strict cadre d'une consultation d'esthétique ; en outre, je n'approuvais pas sa dernière phrase.

— Madame, il faut que vous le sachiez : vous vous trompez ! Les gens laids ne se voient que rarement comme tels — c'est d'ailleurs une grâce de la nature. Inversement, ce sont souvent les plus belles femmes qui se chagrinent et se complexent du moindre défaut... Je vais vous examiner, madame, mais d'emblée je peux vous rassurer : spontanément, sans le recours de la chirurgie esthétique, vous faites bien moins que votre âge... Suivez-moi.

Je la précédai dans la salle d'examen ouvrant sur mon bureau, et la fis asseoir face à un éclairage spécial qui accentuait les défauts. Je lui tendis un miroir.

— Montrez-moi ce qui vous chagrine...

— Docteur, vos lampes sont impitoyables ! Je me trouvais déjà vilaine, mais là, j'en ai la confirmation ! Regardez, ces yeux qui paraissent tomber, ce repli de la paupière... cela me donne un air triste ! Et ces rides au coin de la bouche et à la patte-d'oie... Et là, l'ovale du visage... Tout ce qui tombe...

Je lui repris le miroir et lui fis pencher et lever la tête. Puis j'examinai sa denture, la texture de sa peau, la tonicité de ses muscles ; je testai l'effet prévisible du lifting en étirant sa peau vers l'arrière, je regardai l'implantation et la qualité des cheveux.

— Bien, madame. J'ai vu ce qui m'intéressait, nous pouvons retourner dans mon bureau.

— Et le reste, docteur ?

Le reste ! Comme sur le dossier perfidement annoté par Marcelle. Je lui demandai de se déshabiller. Pour sa cinquantaine entamée, elle restait superbe — à peine un peu empâtée. Elle avait conservé un ventre lisse, une taille marquée. Seuls les seins un peu lourds signaient le passage des années.

— Bien...

Rhabillée, elle me retrouva un instant plus tard dans le bureau, impatiente et attentive :

— Alors, docteur ?

— Je vais d'abord vous donner l'avis du technicien. Ensuite nous discuterons de tout cela... D'abord, votre visage : tout ce que vous avez noté existe, et la chirurgie peut parfaitement y remédier. Il est tout à fait normal, après quarante-cinq ans, d'avoir des ridules au coin des yeux, des paupières un peu lourdes ; et, en effet, surtout en position penchée, il existe un début d'affaissement facial au niveau du rictus et des bajoues. Le traitement ? Un grand lifting avec les paupières supérieures. Quant à votre corps, rien à dire, excepté peut-être une intervention envisageable pour la légère ptôse mammaire. Cependant, je vais vous montrer des photos d'opérées : il vous restera des cicatrices indélébiles. C'est donc un choix : ou demeurer comme vous êtes avec des seins intacts, ou retrouver la fermeté et un galbe perdu au prix de seins marqués...

Elle m'avait écouté en silence, gravant chacun de mes mots dans sa mémoire. J'étais partisan du maximum d'informations préopératoires, en particulier en ce qui concernait les inconvénients de certaines interventions. Cela en dérangeait certaines, mais elles ne pouvaient pas, ensuite, me reprocher la présence de marques ou cicatrices qu'elles n'auraient pas prévues. J'avais donc fait imprimer de courtes notices d'information sur chaque intervention, où j'expliquais les techniques et répondais à toutes les questions que l'on était en droit de se poser : durée d'hospitalisation, douleurs, séquelles...

Ma patiente me regarda avec étonnement :

— Alors, docteur, vous me conseillez l'opération ?

— Pas du tout, madame ! Je n'ai pas dit cela... Je viens de vous donner l'opinion du technicien, ce qu'on peut faire, ce qu'il faut en attendre... A présent, la décision doit venir de vous, et de vous seule. Cependant, je peux peut-être vous aider, si vous acceptez de répondre à quelques questions un peu indiscrètes...

Je pris dans le dossier le questionnaire sur les motivations.

— Etes-vous mariée, madame ?

— Oui, bien sûr...

— Quel âge a votre mari ?

— Comme moi. Cinquante-deux ans...

— Sa profession ?

— Industriel... Nous possédons une petite usine de fabrication de tuyauteries plastiques.

— Sait-il que vous êtes venue me consulter ?

— Non, non !

Elle paraissait soudain anxieuse, nerveuse. Je venais de mettre le doigt sur le point sensible.

— Allez-vous le lui dire, ou déciderez-vous de l'intervention sans lui en parler ?

Elle se tordait les doigts, incapable de répondre. Le problème était donc plus crucial encore. J'insistai :

— Avez-vous des ennuis... de couple, actuellement ?

Pas très difficile à deviner. Une femme de cinquante ans, un mari du même âge que devait travailler un démon de cinq heures — l'histoire était banale, conventionnelle. Avant même que ma patiente me réponde, je savais ce qu'elle allait m'avouer.

Son vernis de calme venait de se briser. Elle éclata en sanglots ; je lui tendis un kleenex, attendant qu'elle se reprenne, ce qu'elle fit au bout d'un instant, me priant de lui pardonner cet éclat.

— Docteur, mon mari me délaisse... Vous devez comprendre ce genre de situation ?

Allusion à ce que certains journaux disaient parfois de moi ? Ou simple prise à témoin ? Dans le doute, je m'abstins d'une réponse qu'elle n'espérait d'ailleurs pas.

— Il a pris une maîtresse, sa secrétaire qui a vingt-quatre ans... Plus jeune que notre fille ! Comment voulez-vous que je lutte avec elle ? Je la connais, elle est belle, fraîche... Une peau de vingt ans...

— Et vous avez pensé qu'après un lifting, avec l'apparence de votre trentaine retrouvée, votre mari reviendrait vers vous ?

Ma question et le ton avec lequel je la formulai contenaient déjà les éléments de la réponse que j'allais y apporter. Pourtant, ma cliente hocha la tête. Oui, c'était bien là ce qu'elle pensait : il lui reviendrait, parce qu'il la trouverait à nouveau belle et désirable ! Mirage...

— Ecoutez-moi, madame — et j'insiste sur ce point. Je n'ai jamais rencontré, ni dans ma pratique ni dans celle de mes maîtres, un monsieur qui serait devenu plus amoureux de sa femme après une chirurgie esthétique faite à son insu ! Jamais ! Il faut vous enlever cette idée de la tête ! Au contraire, souvent il découvre là un prétexte supplémentaire à une rupture, dans le style : « Tu as fait cela sans me le dire... Moi, je te trouvais très bien comme tu étais... » Avec, pour corser les reproches, des phrases signifiant le mépris pour cette folie dispendieuse : « Tu dépenses ton argent pour des bêtises... » Bref, mieux vaut éviter de tendre les verges qui vous fouetteront ! Dans votre cas, le lifting est justifié sur le plan esthétique pur ; vous êtes même un parfait sujet. Visage maigre, ossature solide et cou dégagé : vous obtiendrez un excellent résultat ! Mais il faut faire cela pour vous — et pour vous seule. Sans surtout compter sur la chirurgie pour rattraper votre époux !

Je n'étais pas cynique, simplement assez franc pour bien lui mettre toutes les données du problème en main. Elle le comprenait ainsi, d'ailleurs, qui lentement parvenait même à sourire.

— Vous savez, repris-je, je reçois souvent des couples. Le mari accompagne sa femme pour l'encourager. La situation est alors toute différente... J'ai même parfois opéré les deux, le même jour, en les mettant dans la même chambre de clinique.

— Docteur, je vous remercie de votre franchise ! Je vais réfléchir, mais je pense le faire quand même... Pour moi.

Je me levai. La consultation était terminée.

— Bravo ! En ce cas, je suis à votre disposition. Vous devrez reprendre rendez-vous pour que je vous photographie et que nous décidions ensemble de la date de l'intervention.

Juste avant la porte du bureau, elle se retourna. Sa dernière question, je l'attendais depuis un instant. Les gens étaient toujours étrangement gênés d'aborder les problèmes financiers. La supériorité des Américains, en ce domaine, était incontestable.

— Un dernier point, docteur... Vous comprenez, si je le fais pour moi, je... quels sont vos honoraires ?

— Tout cela est noté sur la fiche que je vous ai remise, madame. Il est important que les choses soient claires avant de commencer...

Elle était partie. Chez elle, également, le bonheur avait cédé la place à un déchirement de tous les instants. Partout, je retrouvais l'amour et la haine étroitement imbriqués, comme les deux faces de passions jamais éteintes. Joan, que j'avais peur pour nous ! Une peur gratuite, celle que me dictait une expérience malheureuse avec Claire.

Joan posa sa main sur la mienne, enthousiaste comme un enfant à son baptême de l'air.

— C'est beau, n'est-ce pas ?

— Merveilleux !

Par les trouées entre les nuages, on apercevait quelques arpents de terre. L'Amérique. Pour la deuxième fois de mon existence, je survolais ce continent un peu fou qui continuait d'exercer sur moi la fascination trouble de l'inconnu. Mon séjour étudiant à New York m'avait laissé un goût si plaisant que j'avais cédé au désir de Joan de me faire connaître « son Amérique » — et, avant tout, le Texas, berceau de la famille Barnes.

Concorde, de Roissy à New York, puis nous avions pris place à bord du jet privé des Barnes. Nous atteindrions Houston moins de dix heures après avoir quitté l'hôtel particulier de Neuilly.

Que de difficultés j'avais rencontrées pour parvenir à me libérer durant tout un mois de vacances ! J'avais dû nommer l'un de mes adjoints responsable du service ; cesser d'opérer dix jours avant le départ — j'étais trop consciencieux et inquiet de nature pour partir avec des opérés de vingt-quatre ou quarante-huit heures ; annuler des rendez-vous pris parfois depuis plusieurs mois... A cette occasion, il m'était apparu que je n'avais plus marqué un aussi long entracte d'affilée depuis mon clinicat et mes premiers essais en microchirurgie avec ce garçon de vingt-deux ans happé par un tapis roulant. Tiens, il faudrait que je m'informe de son état en regagnant Paris...

— Oublie tes malades, Pierre ! Nous somme ensemble.

Oui, Joan avait mille fois raison : j'étais là pour m'aérer l'esprit. J'étais là pour elle.

— Tu vas connaître mes parents...

— Oui.

Faible enthousiasme de ma part. J'étais par avance un peu gêné d'être traité comme une espèce de curiosité : le dernier amant de la fille de Frank J. Barnes. Vous savez, un Frenchie déniché à Paris. Pigalle, le béret et la baguette de pain sous le bras. Il est chirurgien — effectivement, même en France il y a des chirurgiens...

Joan m'avait expliqué la fierté des Barnes de compter parmi les plus authentiques WASP — les White Anglo-Saxon Protestants. Jeremy Barnes avait débarqué du *Mayflower* et appartenu aux premiers colons de la conquête de l'Ouest. Les descendants de ce pionnier s'étaient fortement enracinés dans cette terre riche où leur ténacité les avait fait prospérer. Les Barnes avaient multiplié les têtes de bétail, étendu les terres et les concessions au point de devenir, lorsque l'or noir avait jailli, propriétaires de milliers de puits. Frank J. Barnes ne s'était alors pas contenté d'exploiter cette richesse ; milliardaire en dollars, flairant le vent des techniques nouvelles, il avait investi dans la recherche sur les micro-ordinateurs, en Californie. Silicon Valley, Joan m'en avait parlé sous le sceau du secret, accoucherait bientôt de processeurs miniaturisés qui révolutionneraient le marché.

— A quoi penses-tu, Pierre ? Pas trop fatigué par le décalage horaire ?

Le vol du jet en direction de l'ouest avait en effet arrêté la course du soleil dans le ciel. Ce 15 juillet ne voulait pas s'achever ; pour moi il avait déjà plus de trente heures, mais je ne m'en ressentais pas. Cette distorsion du temps n'était cependant pas l'objet de ma rêverie : je songeais aux hasards de mon existence, aux chances qui m'avaient été octroyées sans que je parvienne à toutes les saisir, au gâchis qui avait ponctué certains épisodes.

— Fatigué, Pierre ?

— Pas du tout ! Je pensais à toi, Joan — à nous. A cette rencontre incroyable...

A chaque seconde je craignais de m'éveiller de ce rêve merveilleux — voilà que je me mets à écrire comme un conseiller matrimonial. Mon seul regret était que nous n'ayons pas eu, tous deux, vingt années de moins, afin d'aborder notre histoire avec l'esprit neuf, vierge de toute réminiscence. Hélas, les souvenirs pesaient lourd : Terry et Claire... Claire et Terry... Sans oublier Monique, Anne, Philippe et cette lucidité formidablement pessimiste qui me poussait à attendre le pire quand je vivais le meilleur.

Nous survivions à un passé chargé, un fardeau que ne faisait qu'alourdir l'inimaginable fortune de Joan Gallaway.

Le Falcon s'immobilisa à quelques mètres d'un hélicoptère arborant sur son flanc les mêmes initiales, BSPC, que le jet. Le ranch familial des Barnes était bâti à cent cinquante kilomètres environ de Houston, dans la proche banlieue de la ville, compte tenu des moyens de déplacement du clan.

Une vingtaine de minutes après le décollage, Joan me signala une ligne, à peine marquée sur le sol : la double barrière de fil de fer barbelé limitant la propriété. Un calcul rapide, sachant qu'il nous faudrait encore quinze minutes de vol, me permit d'établir que les terres de la Barnes and Son Petroleum Company représentaient près du quart d'un département français.

La famille Barnes nous attendait, près de l'aire d'atterrissage, prévenue au radiotéléphone par le pilote. En retrait, trois ou quatre types déguisés en cowboys portaient des fusils sur l'avant-bras, surveillant notre débarquement. Joan se jeta dans les bras de son père, puis de la réplique de celui-ci avec quarante années de moins et, enfin, claqua deux baisers sonores sur les joues d'une étonnante créature féminine.

Joan me présenta. Frank J. Barnes, bien sûr, le patriarche encore vert pour son âge ; son frère, Peter F. Barnes, le *« and Son »* de la raison sociale ; la créature, sa femme Karin, une caricature de pin-up girl vivante. Tout était multiplié par quelque chose, chez cette fille : pieds nus, elle me dépassait allégrement d'une tête ; sa taille exagérément fine faisait encore plus ressortir ses énormes seins, prodiges de la nature résistant aux lois de la pesanteur ; les jambes et les cuisses étaient interminables ; les faux cils de dix centimètres et la bouche trop fardée accentuaient l'expression totalement niaise de son visage de poupée gonflable.

Etonnante famille Barnes, qui me reçut à grand renfort de claques amicales dans le dos. J'étais immédiatement devenu « Pierre », avec un superbe accent texan traînant sur la dernière syllabe et même Jerry s'était mis à me parler français, ambiance aidant.

L'actuelle maison avait été construite et agrandie à partir du ranch initial, laissé intact. La simplicité de cette demeure devenait presque surprenante, lorsqu'on connaissait la fortune de la famille. Mais pour Frank J. Barnes, l'argent devait travailler, travailler toujours, et non être investi en frivolités improductives. On laissait à Joan les raffinements européens et leurs plaisirs douteux.

En me faisant visiter les écuries, Frank me découvrit cependant sa seule faiblesse : les chevaux. De la France, il ne connaissait que l'aéroport de Touques et la route entre celui-ci, le Royal et la société des courses de Deauville où avait lieu, chaque année, la fameuse vente de yearlings. L'alezan qu'il me désignait avait coûté deux millions de dollars et le milliardaire ne mit pas plus de trente secondes à me prouver que l'étalon allait lui en rapporter bien davantage.

— Au fait, Pierre, combien valez-vous ?

— Combien je...

Il éclata de rire, prenant mon incompréhension pour de la gêne — cette sacrée pudeur des Européens, dès qu'il est question d'argent. Il ne fallait pas oublier que, ici, tout le monde sait ce que gagne son voisin ; on joue à coffres ouverts, aux USA. Alors, pourquoi ne pas le lui dire ? J'étais son invité et l'amant de sa fille.

A l'énoncé du chiffre, son sourire s'accentua. Nouvelle claque sur l'épaule, et :

— *Well, old fellow !* Vous avez peur de tout dire à oncle Frank ? Je saurai par ma fille...

Effectivement, le chiffre sincère que j'avais avancé avait dû lui paraître si ridicule, qu'il ne parvenait pas à croire que sa fille fréquentât un tel misérable. J'aurais dû lui avouer combien gagnait mon représentant de père, Maurice Dalban... Simplement pour le plaisir de contempler sa réaction.

J'avais refusé la balade à cheval proposée après le déjeuner. Je ne savais pas monter et je n'avais aucune envie de courir le risque d'une fracture. Face aux compagnons habituels de Joan, aux membres de sa famille, j'avais réellement des lacunes sur le plan sportif — pas eu le temps ni l'argent de jouer au tennis ou de skier. Les Montmartrois de la rue Simart ne sont pas inscrits au Racing et j'avais dû attendre trente ans pour m'initier à ces deux sports.

J'étais donc resté seul au bord de la piscine, quand un « plouf » retentissant me fit ouvrir les yeux. Karin Barnes venait de plonger, chassant sur les dalles du pourtour la moitié de l'eau du bassin. Tiens, je l'avais oubliée, la poupée gonflable. Elle ne devait pas savoir monter non plus, à moins que sa poitrine...

Nageant un crawl coulé sans défaut qui la rendait presque élégante, elle émergea près de moi :

— Vous permettez, Pierre ? Joan m'a dit que vous étiez chirurgien esthétique. Vous avez vu mon nez ? Il a été refait... *Nice, isn't it ?*

Nice, réellement. J'aimais assez cette franchise des Américaines, se montrant leurs cicatrices de lifting et parlant de leur chirurgien esthétique, comme les Françaises échangent l'adresse de leur coiffeur. Cela expliquait le fabuleux boom de cette spécialité, ici.

— Vous êtes plus jeune que Joan, n'est-ce pas ? attaqua-t-elle ensuite.

— Nous avons à peu près le même âge...

— Ah bon ? Je pensais que vous aviez trente ans. Moi, j'en ai vingt-cinq... Comment me trouvez-vous ?

— Très jolie, très... séduisante.

— Ah, ces Français ! Il n'y a qu'eux pour faire d'aussi beaux compliments ! Les hommes, ici, ne savent pas parler aux femmes... J'étais comédienne, vous l'ignoriez ? J'ai abandonné ma carrière pour épouser Peter F... J'avais commencé à tourner, à Hollywood ; tous les producteurs me réclamaient. J'ai beaucoup de talent...

Son talent débordait largement du soutien-gorge de son petit maillot de bain. Son babillage n'en finissait plus ; elle me raconta encore sa première soirée avec Barnes junior, les fleurs qu'il lui avait envoyées, leur mariage à Houston et son existence paradisiaque au ranch. Le bonheur à l'américaine...

— Vous restez longtemps ici ?

— Non, nous partons demain. Je n'ai qu'un mois de vacances et il y a tant de choses à découvrir, aux USA...

Là, bien involontairement, je l'avais contrariée. Elle esquissa une petite moue boudeuse et, décidant que je ne présentais plus d'intérêt, se leva pour disparaître sous le porche de la grande maison.

Depuis que nous parcourions les Etats-Unis de long en large, deux semaines, je venais de ressentir le second choc violent, viscéral, de ce périple. Le premier avait été la visite du Grand Canyon du Colorado et ses paysages lunaires. Le second, décharge électrique qui m'avait secoué jusqu'aux tripes, je l'avais encaissé devant cet arbre, le plus vieux de notre planète. Il avait plus de deux mille ans et ressemblait déjà à un fort sapin de nos montagnes quand, en Galilée, un charpentier et sa femme se réfugièrent dans une étable.

Les chiffres énoncés par notre guide avaient peu d'importance, ces cent quarante mètres de hauteur, ce diamètre fabuleux ne comptaient pas. Ce qui me bouleversait était de percevoir comme une évidence la précarité de l'existence de l'homme devant cette permanence.

Joan me rejoignit, laissant le guide à ses records. Elle était comme je l'aimais, grave et authentique ; personne, ici, ne pouvait conserver les masques et les faux-semblants de la société. Elle s'appuya contre moi pour m'embrasser longuement :

— Pierre, je t'aime comme je n'ai jamais aimé. Je ne pourrais plus vivre sans toi.

Et moi, je l'aimais comme le premier jour dans mon bureau — comme un fou, ou un enfant.

— Pierre, je voudrais que nous nous mariions. Nous sommes libres tous les deux, et...

Epouser Joan Gallaway... J'y avais songé, bien sûr, mais pour aussitôt écarter cette idée comme une folie. Joan était bien trop riche pour moi : on penserait immédiatement que je ne l'avais séduite que pour son argent. Puis il y avait Jerry, qui continuait de me détester — l'existence commune deviendrait, pour lui comme pour moi, un enfer. Et il ne fallait pas oublier le clan Barnes :

— Pour ta famille, je ne suis rien, Joan... J'ai beau être fier de ma réussite, ton père et ses amis ne me considèrent que comme un ouvrier, tout juste un peu plus spécialisé que les autres. Ne proteste pas ! Il ne peut admirer, tu le sais bien, que des hommes d'affaires de son envergure, ceux qui « valent », comme il le dit, quelques millions de dollars. Même si les médecins sont nécessaires, comme les plombiers ou les maçons, la fille de Frank J. Barnes ne saurait épouser le Dr Dalban !

Les mêmes mots, ou presque, que ceux prononcés dix-sept années plus tôt, avant mon mariage avec Claire Noblecourt. Alors, c'était la fille unique d'un mandarin qui ne pouvait épouser un Pierre Dalban. Depuis, l'externe visait plus haut, mais toujours des cibles estimées hors de sa portée.

— Pierre, je t'en prie, ne dis pas cela. Ici, en Amérique, nous apprécions les *self-made men*... Puis, ce n'est pas mon père qui t'épouse ! Même s'il me désapprouvait, même s'il me déshéritait, ce qu'il ne fera jamais, je reste propriétaire des vingt-deux pour cent des actions de la BSPC qu'il nous a lui-même distribuées. Sans parler de la Dorset. Terry Gallaway n'avait aucune famille, en dehors de Jerry et moi. Je gère la part de mon fils, jusqu'à sa majorité, mais je suis personnellement propriétaire de cinquante-deux pour cent de la Dorset. Tu sais ce qu'est la Dorset ?

Ses yeux brillaient, dans son excitation à me convaincre. Je trouvais sacrilège de parler d'argent ici ; n'avions-nous pas commencé par des mots d'amour ?

Comme on étale ses cartes au Monopoly, Joan énuméra :

— La Dorset, Pierre, ce sont des dizaines d'usines de cosmétiques dans le monde, des brevets internationaux, une griffe et un sigle. Ce sont des milliers de boutiques et d'instituts de beauté, des millions d'utilisateurs... La Dorset, c'est plus d'un milliard de dollars de chiffre d'affaires...

Vertige. Vertige à suivre le fût du séquoia jusqu'à la cime. Vertige de ces chiffres qui ne signifiaient plus rien tant ils étaient énormes, inconcevables. Des milliers d'individus travaillant dur toute leur vie ne parviendraient jamais à en amasser le centième.

Non, je ne pouvais pas épouser cette femme — vivre avec elle, oui, le temps que notre amour durerait.

— Joan, comprends-moi... Si je t'épouse, je deviens M. Dorset, ou M. Gallaway. Un prince consort, en quelque sorte. Et tu aurais raison de me faire remarquer combien il peut être ridicule de travailler quand, sans rien faire, on touche de tels dividendes quotidiens qu'il serait impossible de les dépenser chaque jour. J'aime trop la chirurgie pour l'abandonner ; elle est ma raison de vivre, une source perpétuelle de joies.

Puis, je n'étais pas au bout de mon ambition ; je voulais grimper plus haut encore dans la hiérarchie — devenir ce qu'était mon ex-beau-père : un grand patron. Ne plus être seulement professeur agrégé, mais professeur tout court. Avoir une chaire à la faculté. Et tout cela signifiait une présence et une disponibilité totales, des vacances limitées, une existence sédentaire qui pèseraient très vite à Joan, accoutumée à une liberté entière.

Comment dire ces choses à la femme que j'aimais ? Comment, sans la heurter ? Elle me saisit la main et la serra fortement, comme pour me contraindre à prêter attention aux paroles qu'elle allait prononcer.

— Tu me connais mal, Pierre. Je sais tout cela, et ce que tu n'oses pas ajouter. Cependant, c'est avec toi que je veux partager ma vie. Je vivrai comme tu le veux, je m'occuperai du foyer et tu continueras d'opérer. Je ne mettrai pas le moindre obstacle à ta vocation...

Elle était sincère — inconsciente aussi, peut-être, de tout ce que cela signifierait sur le plan pratique — et je l'aimais. Ce serait suffisant...

Quelque part au Nouveau-Mexique, dans un village au nom imprononçable et qu'on aurait dit figé dans un passé de western, un forgeron recueillit nos deux signatures sur un registre, contre un chèque libellé en dollars. Joan Gallaway devenait Joan Dalban.

— Anne n'est pas là ?

Philippe haussa les épaules et ébaucha un sourire contrit.

— Tu sais bien que...

Que ma fille refusait de me voir. Non, je ne l'avais pas oublié ; j'espérais seulement que cette attitude négative ne serait qu'un mauvais passage, comme un remous de l'adolescence. Il n'en était rien. Le travail de sape, la lutte sournoise et souterraine à laquelle Claire s'était livrée pour briser l'image de leur père dans l'esprit de mes enfants avait trouvé sa récompense. Si Philippe me demeurait fidèle, Anne m'avait renié.

— Ton voyage aux Etats-Unis ?

La question de mon fils me tira de la morosité. Ce que j'avais à lui annoncer était important, et j'avais tenu à ce qu'il en soit le premier informé : Joan était entrée dans ma vie.

— Fantastique ! C'est un pays étonnant, je te le ferai connaître un jour. Mais il y a autre chose... Philippe, il faut que je te le dise... Je me suis remarié.

— Ah ! Je te souhaite d'être très heureux !

Il n'avait marqué qu'une seconde d'hésitation avant de me dire son espoir en forme de cri du cœur. Je lui parlai ensuite de Joan, de la fortune de Dorset, anticipant sur les réactions prévisibles de Claire qui ne manquerait pas de souligner la « bonne affaire » financière que constituait cette union. Mon nouveau mariage serait, bien entendu, d'intétêt.

— J'aimerais te présenter Joan, Philippe...

Les rôles conventionnels étaient inversés : balbutiant, timide comme un collégien, je souhaitais que mon fils fasse la connaissance de la nouvelle élue de mon cœur.

— Je lui ai beaucoup parlé de toi, tu sais. Elle sera très heureuse de te rencontrer.

— Moi aussi, papa. Mais... plus tard, si tu veux bien. J'aimerais m'habituer à cette idée.

— Je comprends.

Philippe s'était plongé dans l'étude attentive des boulettes de mie de pain qu'il roulait nerveusement sur la nappe depuis un moment. Enfin, il releva les yeux vers moi.

— Tu l'aimes ?

— Oui.

Réponse aussi directe que la question. Mon fils me sourit :

— Alors je suis content pour toi...

Pourquoi cette injustice ? Que se passait-il donc, dans cet organisme, qui explique cette prolifération anarchique ? Et quand déterminerions-nous le *primum movens,* le motif qui faisait que la reproduction et la multiplication des cellules s'emballaient brusquement ?

Je savais que l'homme était construit pour durer un siècle ; bien peu, cependant, y parvenaient. Mon père, mort à cinquante et un ans, ou ce jeune homme qui n'avait pas atteint la trentaine et ne la dépasserait jamais. Comme à chaque fois que je me heurtais aux limites de notre science, j'enrageais de dépit.

Ce type était atteint d'un cancer, le pire de tous, cancer noir de la peau — nævo-carcinome. Pourquoi s'inquiéter d'un petit bouton sur le mollet, une sorte de grain de beauté comme on peut en posséder des dizaines sur le corps ? Il ne serait jamais venu me consulter si sa femme n'avait remarqué que le grain de beauté avait grossi, que la peau était devenue rouge tout autour et que, bref, elle trouvait cela vilain.

Consulté, leur dermatologue avait immédiatement identifié l'ennemi et m'avait adressé le patient pour avis. Je l'invitai à s'allonger sur la table d'examen. Autour de la petite tache noire, grosse comme une lentille avec son auréole rosée, la peau était infiltrée, tendue au niveau de la zone inflammatoire, et la tumeur glissait mal sur le plan profond.

A l'aine, trois ganglions durs et roulant sous les doigts témoignaient d'un processus métastatique déjà avancé. Le pronostic était effroyable ; s'il était venu me voir un ou deux mois plus tôt, je l'aurais peut-être sauvé. A présent, on allait tenter l'impossible, tout en sachant que les cellules malades avaient sans doute migré plus haut et plus loin que les adénopathies inguinales.

Pauvre garçon... Il commença de me raconter sa vie. Il venait d'être nommé sous-directeur d'une petite agence de la Société générale et, voyant son salaire augmenter, avait épousé six mois auparavant celle avec laquelle il vivait depuis quelques années. Le mois prochain, elle arrêterait la pilule — lui souhaitait un fils... Une histoire banale, qui aurait pu être celle d'un couple heureux. Le plus dur, pour moi, restait à faire : informer cette jeune femme sympathique de la gravité du mal.

— Vous m'enlevez ce bobo quand, professeur ? demanda le banquier.

— Je pense pouvoir organiser cela pour la semaine prochaine. Vous pouvez vous rhabiller...

— On fera cela ici ? Votre secrétaire m'a dit que, pour les petites choses, vous opériez sous anesthésie locale dans votre cabinet. Moi, j'aimerais autant : l'hôpital...

Il était incapable d'accepter la révélation de son mal — je devais biaiser, le tromper pour lui éviter une angoisse inutile. Toujours cet éternel problème de la vérité médicale. Tout dire, ou garder le silence ? Chaque cas reposait la question en des termes souvent dramatiques.

— Non, monsieur Dervieux. Je vous explique : je dois enlever ce nævus assez largement ; il faut donc procéder à une anesthésie générale. En outre, nous serons peut-être amenés à nettoyer les ganglions que vous avez à l'aine... Vous entrerez en clinique pour quatre ou cinq jours.

Il pâlit, à peine rassuré par le court délai dont je lui parlais. Sa femme et lui s'entre-regardèrent :

— Ce n'est pas cancéreux, au moins ?

— Mais non ! Qu'allez-vous penser là ? Effectivement, cela pourrait le devenir, c'est pourquoi il faut me faire confiance et me laisser enlever ce qui est nécessaire.

— Et pour la cicatrice ?

— Bonne question, monsieur Andrieux ! Vous auriez fait un excellent étudiant en médecine. Eh bien, je vous prendrai un bout de peau sur le ventre pour le greffer sur le mollet. Cela atténuera votre petit bedon...

Ils sourirent, apaisés par mon ton primesautier. J'appelai Marcelle par l'interphone :

— Intervention, la semaine prochaine à Neuilly, pour M. Andrieux. Vous lui expliquerez, pour la prise en charge Sécurité Sociale...

— Qu'est-ce que je marque ?

— Oh... Exérèse nævus suspect, avec greffe de peau totale et, peut-être, curetage ganglionnaire...

Marcelle comprit ; le « peut-être » n'était destiné qu'au patient qui se leva pour suivre ma secrétaire. Dès qu'il eut tourné la tête, j'adressai à sa femme un petit signe de connivence. Il était indispensable que nous conversions quelques instants tous les deux :

— Madame, je dois vous parler, mais pas maintenant, votre mari va se méfier. Prenez rendez-vous avec ma secrétaire...

Je les raccompagnai jusqu'à la porte. Quel drame cette femme allait vivre lorsqu'elle téléphonerait dans l'heure qui suivrait ! Ensuite, elle devrait supporter le calvaire de celui qui sait ce que l'autre doit continuer d'ignorer. Et tout cela, il allait me falloir le lui annoncer. Horrible corvée : à la minute présente, je détestais ce que je faisais.

Marcelle m'intercepta, comme je regagnais mon bureau :

— Votre femme a téléphoné ; elle est chez vous.

« Votre femme » et « chez vous » avaient du mal à passer. Pas plus qu'elle n'avait admis mon divorce, vécu pourtant à posteriori, ma collaboratrice n'avait apprécié ce second mariage. Qu'en outre je ne conserve plus l'appartement de l'avenue Montaigne que pour ma consultation la mettait hors d'elle. En un mot, elle n'aimait pas Joan, les titres tapageurs que continuait de lui consacrer la presse du cœur et son aura de femme fatale.

Cela dit, pour complaire à Marcelle, je n'allais tout de même pas me priver de ce nouveau bonheur ni du plaisir de vivre à Neuilly. Joan possédait, à Saint-James, l'un des derniers hôtels particuliers non vendus aux promoteurs immobiliers qui les démolissaient pour construire à leur emplacement ces casernes bétonnées au luxe impersonnel.

La haute grille de fer forgé, bordée d'arbres centenaires, isolait un jardin assez grand pour qu'y aient été installés un court de tennis et une piscine couverte. J'avais découvert, en m'installant là, l'agrément de quelques longueurs de bassin, le matin au réveil.

Je tenais cependant à ce que, en apparence au moins, rien dans mon existence quotidienne n'ait changé, pour mes malades, mes élèves et mes assistants à l'hôpital. Dans cette optique, j'avais par exemple fermement refusé les déplacements en Rolls — excepté en compagnie de Joan — pour conserver la petite R5 si pratique dans Paris.

Je composai le numéro de Neuilly, sous l'œil réprobateur de Marcelle. Joan décrocha elle-même :

— Ah, Pierre... Je t'avais appelé pour que tu me confirmes : tu t'es bien libéré, le week-end prochain, comme prévu ?

J'avais complètement oublié... Le prochain week-end était celui de la Saint-Sylvestre. Avec le lundi, férié, je devais disposer de trois journées libres pour aborder 1978, et j'avais promis à Joan qu'elle en organiserait elle-même, en toute liberté, l'emploi du temps. Elle se pliait pour le moment de bonne grâce aux astreintes de mon calendrier — je la soupçonnais même de prendre un certain plaisir masochiste à être obligée de comptabiliser ses jours de loisir, comme une employée de grand magasin.

Un regard à mon agenda ; il n'y avait aucun obstacle majeur :

— Oui, c'est parfait, ma chérie !

Son cri de joie dans le combiné me fit plaisir. Après la pénible consultation que je venais de vivre, il était comme un antidote nécessaire à ma remise sur pied.

Sous la neige qui tombait dru, je descendis de la Rolls, tendant mon bras à Joan pour lui éviter une glissade intempestive, quand l'éclat des flashes et le bruit caractéristique des moteurs d'appareils photo me firent tourner la tête. Nous étions entourés de quatre ou cinq types, bardés de matériel, qui nous mitraillaient sous tous les angles.

Joan leur sourit, se prêtant de bonne grâce à leurs demandes ; elle avait l'habitude. Tournant autour de nous comme des mouches, ils nous suivirent jusqu'au salon d'embarquement réservé aux vols privés d'Orly, où ils nous abandonnèrent enfin.

Ce ballet m'avait surpris et énervé ; je préférai cependant n'en rien dire à Joan.

Moins de dix minutes plus tard, le Boeing 727 décolla. En montant dans l'appareil, Joan m'avait désigné les initiales portées sur la carlingue : PJD 1.

— Notre avion, Pierre : le Pierre et Joan Dalban 1. Il est à ta disposition quand tu le veux...

Si le Falcon des Barnes m'avait déjà impressionné, le Boeing de ma femme — ma propre femme... — me sidéra par son raffinement. Tout l'espace libre de cet énorme avion avait été conçu pour le confort de cinq ou six passagers. Il y avait, en particulier, une véritable chambre à coucher avec sa salle de bains et tous les gadgets électroniques possibles, de l'écran de télévision géant jusqu'à la chaîne hi-fi haut de gamme. Attenant à ce havre de paix, un bureau muni de télex et de téléphones reliait l'appareil à l'agitation du monde des affaires.

J'avais rapidement découvert, en effet, que Joan ne se contentait pas de vivre en percevant les dividendes d'une gestion faite par ses nombreux collaborateurs, mais qu'elle menait sa barque elle-même — devenue le véritable patron de l'empire Dorset.

Dans ce jet, peut-être plus que partout ailleurs, je touchais du doigt l'inconcevable distance qui me séparait de ma femme. Je ne parvenais pas à imaginer ce que coûtait un avion comme celui-ci, ni à combien s'élevait son entretien quotidien. Le pilote qui nous avait salués en compagnie de l'équipage, à notre arrivée, devait gagner le double ou le triple des émoluments d'un chef de clinique hospitalier !

C'était fou, étonnant comme devant Joan, devant l'existence qu'elle menait et dont j'apercevais encore quelques vestiges, j'en venais à raisonner en termes d'argent. Souvent même, il m'arrivait de ne pas croire que c'était bien moi, le Pierre Dalban de la rue Simart, qui me trouvais à cette place. Je ressentais alors la désagréable impression d'un dédoublement de la personnalité ; schizophrénie débutante, je me voyais vivre de l'extérieur, comme si, assistant à un spectacle ou lisant un roman, il m'arrivait de m'identifier au héros sans y croire totalement.

Joan m'effleura la main :

— A quoi penses-tu ?

— A tout ça — je désignai la cabine. J'ai de la difficulté à en accepter la réalité. Explique-moi : pourquoi cet avion ? Tu pourrais aussi bien voyager en première classe sur des lignes régulières. D'ailleurs, je m'étonne à présent que nous ayons traversé l'Atlantique en Concorde, cet été ?

— Je ne voulais pas t'effrayer, sourit Joan. J'ai bien fait, à voir ta réaction aujourd'hui ! Quant à l'intérêt de cet avion, il est double : éviter la fatigue et pouvoir demeurer en permanence au courant de mes affaires — comme toi, je n'ai jamais de vacances totales. Je dirige la Dorset... mes concurrents et mes employés ne comprendraient pas que...

Oui, le monde des affaires aimait les apparences. Tout comme Terry Gallaway avait tenu à effacer sur son visage les rides de la cinquantaine en se faisant lifter par Stevenson, Joan se devait de posséder un tel gadget de prestige.

— Et d'ailleurs, conclut-elle, cet avion ne coûte presque rien. Moins cher, en tout cas, que le budget transport d'une famille modeste !

— Tu sais ce qu'est une famille modeste ?

Je regrettai aussitôt la perfidie de ma question, devant la mine contrite de Joan. Je n'avais pas voulu la blesser, pas lui faire de peine. Pauvre petite fille riche, ce n'était pas à moi, qui m'efforçais d'en gagner chaque jour davantage, de lui reprocher son argent ! Je changeai de sujet :

— Que voulaient les photographes, tout à l'heure ?

— Ton portrait, bien sûr... Pour ces gens-là, tu es devenu une vedette.

Une vedette... La proie de paparazzi n'ayant plus rien à voir avec les aimables chroniqueurs parisiens qui m'avaient épinglé comme chirurgien-play-boy, dans les années qui avaient suivi mon divorce. Ceux-là m'éclabousseraient sans ménagements de leurs ragots. Joan haussa les épaules, avec la philosophie de l'habitude : « Quelle importance ? ».

Aucune, évidemment. Elle se leva pour fermer à clé la porte de la chambre-cabine et revint se blottir dans mes bras. Je n'avais jamais fait l'amour à mach 1 et à presque dix mille mètres d'altitude — belle expérience en perspective.

Joan m'avait fait revêtir une tenue de lin blanc et un chapeau de brousse, mais sans pour autant m'éclairer sur la destination de notre vol. Ce réveillon de la Saint-Sylvestre était une surprise et elle devait, pour moi, le demeurer jusqu'au bout.

En descendant de la passerelle, la chaleur suffocante me coupa la respiration. Un hélicoptère attendait à quelques mètres du Boeing, dissimulant en partie une énorme inscription que je réussis néanmoins à déchiffrer : Aéroport international de Dakar... J'aurais dû me douter, au moins à la longueur du vol, que Joan Dalban-Gallaway ne passerait pas une fin d'année banale à Monte-Carlo !

L'hélicoptère longea le bord de mer au-dessus d'immenses plages, avant de piquer du nez en direction d'une villa au toit plat, entourée de jardins, pour se poser sur l'aire bétonnée d'un ponton adjacent à une plage privée. Un couple en maillot de bain nous attendait, agitant les mains dans ce décor à la James Bond et me donnant une étrange impression de déjà vu : Peter J. et sa pin-up de Karin.

Dans son accolade, le géant me souleva presque du sol :

— *Nice idea, isn't it ?*

Oui, une excellente idée de Joan, que ce réveillon en famille au Sénégal, pour fêter l'arrivée de l'année 1978.

Peter J. m'entraîna vers la maison, pendant que Karin accaparait Joan de son babillage insignifiant.

— Cette propriété appartient à l'un de nos amis, un membre du gouvernement avec qui les Barnes sont en affaires, m'expliqua le Texan. Demain, si vous êtes d'accord, nous partons pêcher le gros... *Fabulous !*

Il désigna un cabin-cruiser amarré au ponton. Son enthousiame me gagnait ; après tout, pourquoi ne pas faire taire mes scrupules ? Ce qui arrivait ressemblait à un conte de fées — la pêche au gros avait été l'un de mes rêves d'adolescent. Alors, le voir réalisé...

En riant aux éclats, j'assenai une énorme claque dans le dos de mon beau-frère, sans illusions cependant sur mes capacités à lui retourner la bourrade qui m'avait à demi assommé tout à l'heure.

La stridence du fil se déroulant à grande vitesse de l'énorme moulinet m'éveilla brusquement de la torpeur où j'avais sombré, étendu sur une chaise longue, à l'ombre du taud qui abritait le pont de la canicule. Plus d'une heure auparavant, notre capitaine pêcheur, un immense Sénégalais, avait installé au bout de l'hameçon grand comme la moitié de ma main l'un des poissons vivants pris à la traîne dans les premiers instants de notre virée en mer. Puis plus rien ; l'attente somnolente dans le roulis du cabin-cruiser avançant à faible allure, moteurs au ralenti.

Joan se leva pour saisir la caméra 16 mm, le sourire réjoui de notre capitaine augurant d'une bonne touche. J'avais saisi la canne et calé mes pieds en diagonale, attendant le signal. Le fil continuait de se dérouler.

Le capitaine abaissa la main, tout en faisant virer le bateau. Je poussai alors le frein du moulinet et ferrai la prise d'un grand et rapide mouvement de la canne vers l'arrière. Choc violent dans mes mains... suivi d'une résistance.

— C'est bon !

Joan continuait à filmer ; Peter applaudit, puis désigna un point, sur l'océan. A quelque deux cents mètres de nous, dans une gerbe d'écume, un poisson géant avait sauté à plus d'un mètre au-dessus de la surface.

— *A sail-fish ! Fantastic !*

J'étais soudain très loin de la chirurgie et de mes opérés. Une excitation incroyable s'était emparée de moi, ainsi qu'une joie énorme, forte, que seuls ceux qui ont eu la chance de pratiquer ce sport comprendront. Là-bas, au bout de mon fil, cet espadon-voilier aux couleurs d'arc-en-ciel...

Je m'arc-boutai pour commencer de rembobiner. Le temps n'existait plus, remplacé par l'effort intense, la chaleur dans les muscles du dos, cette manivelle à tourner et les bonds du poisson, tentant de s'échapper mais se rapprochant inexorablement, mètre après mètre, du cabin-cruiser.

Peter m'arrosait périodiquement d'un grand seau d'eau qui m'évitait de périr de chaleur. Bientôt, le long fuseau argenté, avec sa nageoire dorsale évoquant la voile d'un navire ancien, se laissa dériver le long de la coque, asphyxié par sa lutte. Le capitaine coupa le moteur et sauta sur la petite plate-forme installée au ras de l'eau ; il empoigna l'espadon par le rostre et fit mine de le hisser à bord.

Aussi soudainement qu'elle était apparue, mon excitation tomba. L'adversaire s'était rendu et je ne voyais pas de quel droit j'allais supprimer la vie de cette merveille. Il avait fallu des années pour qu'il croisse, un hasard fabuleux pour que, sur les millions d'œufs pondus par la femelle, cet alevin survive et échappe aux prédateurs, devenant cette masse de près de cinquante kilogrammes, ce roi de l'océan. J'interpellai le capitaine :

— Attendez ! Est-ce qu'on peut le sauver ? Je n'aime pas les trophées — les photos et le film seront bien suffisants !

L'autre me regarda avec étonnement. Enfin, il était là pour satisfaire ses riches clients, même ceux qui entendaient gâcher la marchandise — c'est que c'est bon, l'espadon...

— Oui, on peut le relâcher. Il se débarrassera de son hameçon, mais il faut le ranimer, sinon il va couler et mourir.

Le capitaine fit signe à l'un des marins de remettre les moteurs en route à faible allure, puis il coupa le bas de la ligne, maintenant le poisson à fleur d'eau dans le courant.

Au bout d'un instant, un frémissement parcourut le fuseau argenté, précédant un battement de queue ; l'oxygène recommençait de circuler dans le corps du *sail-fish*. Je souris en pensant à mon anesthésiste à qui je raconterais cette réanimation peu ordinaire... Brutalement, dans un saut, le poisson échappa à la main qui le soutenait. Nous vîmes sa nageoire dorsale s'éloigner en zigzagant, comme pour nous saluer avant de disparaître dans les profondeurs.

Joan posa sa caméra ; elle avait filmé la scène depuis le moment où j'avais ferré ma prise.

— Pierre, tu me surprendras toujours. Mais j'ai adoré ce que tu as fait !

Peter ne dit rien, cependant je le soupçonnai de regretter un trophée qui aurait été à sa place dans le bureau du ranch, à Houston. Il donna seulement le signal du retour : Karin devait s'ennuyer à la villa — car, évidemment, la sirène californienne était restée au bord de la piscine.

Karin s'approcha de moi ; elle avait beaucoup bu — trop — et son rouge à lèvres, débordant maintenant largement du dessin initial, s'étalait, accentuant l'aspect en rebord de vase de nuit de ses lèvres. Voici quelques années, en salle de garde, je n'aurais pas manqué de souligner l'usage possible d'une telle bouche... Mais j'avais vieilli, je m'étais peut-être policé.

Dans la bonne tradition d'un érotisme de barrière qu'elle cultivait instinctivement et comme pour donner raison à mes coupables pensées, la belle fellatrice mangeait avec gourmandise une énorme banane...

On n'avait pas lésiné sur le champagne frappé, pour notre réveillon et, peu avant minuit, une troupe de Noirs en boubous était venue danser pour nous au son des tams-tams. Dans la lumière diffuse, à l'échange des vœux, Karin colla contre moi ses deux obus de chair ferme et m'embrassa sur la bouche de façon très peu fraternelle. Joan le remarqua, mais ne dit rien ; Peter, quant à lui, avait trop abusé des différents alcools mélangés en cocktail de son invention pour s'apercevoir de quoi que ce soit avant le lendemain matin. La chaleur était accablante ; je sortis sur la véranda où Karin me rejoignit, proposant sa banane :

— *You want some...*

Non, je n'avais pas faim. Elle se pelotonna contre moi, doux euphémisme puisque, juchée sur ses hauts talons, elle me dépassait d'une bonne tête. Je tentai de reculer : cette poupée gonflable qui aurait fait fantasmer des régiments entiers de bidasses ne m'excitait pas du tout. Elle finit par s'en apercevoir, malgré l'alcool qui lui embrumait l'esprit, et s'écarta de moi avec un regard haineux, peu accoutumée à ce qu'on refuse ses faveurs :

— *Son of a bitch !*

Elle s'éloigna, furieuse ; j'entendis l'éclat d'un rire, derrière moi. Joan avait assisté à toute la scène, cachée dans la pénombre :

— Ta belle-sœur n'a pas l'air de te plaire, mon chéri...

J'étais gêné, encore que j'eusse la conscience en paix — gêné surtout pour Peter J.

— Ne t'en fais pas, Pierre. Cette fille se tape absolument tous les pantalons garnis qui passent à sa portée. Mon frère s'en doute, d'ailleurs ; il n'attend qu'un prétexte pour rompre, d'autant qu'elle refuse d'avoir un enfant, de peur d'abîmer son merveilleux petit corps... On ne sait jamais, si un producteur venait à passer par Houston !

Ma Joan ! Adorable et drôle ! Je l'entraînai vers le jardin et la plage. La jungle était loin, mais la nuit africaine restait magique, poussant à la folie. Bain de minuit un 31 décembre ; l'eau était encore chaude, les vagues venaient mourir en petits rouleaux sur le sable. Joan était mouillée contre moi et salée sous ma bouche.

4

Soirée en tête à tête, musique douce et tendresse... Qu'aurais-je pu souhaiter de plus ? Joan avait tenu à fêter dignement mon quarantième anniversaire et même si, sans doute, elle eût préféré que cela se déroulât loin de Paris, aux Bahamas ou sur une île grecque, elle n'avait marqué aucune contrariété devant l'intransigeance de mon emploi du temps.

— Tu es né à quelle heure ? demanda-t-elle pour la millième fois.

— Vingt-trois heures. Encore quarante minutes !

Joan paraissait impatiente, riant à l'avance du plaisir que j'éprouverais en découvrant ma « surprise », à l'heure précise de mon anniversaire. Oui, parce que le stylo Mont-Blanc, les gadgets siglés par Cartier, les innombrables cravates et nœuds papillons, la raquette de tennis et la paire de skis qu'elle m'avait offerts, tous ces cadeaux ne constituaient, à ses dires, que des broutilles destinées à me faire patienter en attendant l'heure fatidique.

Joan... Que je t'aimais ! J'appréciais cette application d'enfant sage que tu mettais à être, chaque jour, la parfaite épouse du Dr Pierre Dalban, depuis notre mariage éclair huit mois auparavant. Mais il me plaisait également que, parfois, ton naturel de femme d'affaires brassant des milliards revienne à la surface. Ton inconscience, ta démesure éclataient alors en étincelles de folie : ce réveillon du Nouvel An au Sénégal, ce week-end surprise dans le Colorado, pour le plaisir d'une descente à vélo-ski sur les pistes d'Aspen, ce petit château que tu venais d'acquérir dans la région de Fontainebleau — pour que nous puissions passer des dimanches confortables près de ma mère... L'argent ne comptait plus. Et si tu m'effrayais un peu, dans ces moments-là, je ne t'en aimais que davantage.

— Voilà, il faut y aller !

Joan se leva brusquement du canapé sur lequel nous étions installés, interrompant un moment de quiétude que j'aurais voulu voir durer. Sa tête sur mes genoux, ma main posée sur sa poitrine, j'étais bien, en paix.

— Aller où ?

— Ta surprise... Ou, plutôt, tes surprises !

Sans me laisser le loisir de relever ce nouveau pluriel, elle m'entraîna vers le garage de l'hôtel particulier. Elle n'avait tout de même pas acheté une autre voiture ? Non, Joan monta dans la R 5 et m'ouvrit la portière du côté du passager.

— Où...

— Tu verras.

Je respectai son mystère. Comme à son habitude, elle conduisait vite, plus vite que ne l'auraient permis la raison et les pavés mouillés de pluie de Neuilly. Mais, seule ou avec moi, hors de la présence de son chauffeur-garde du corps en tout cas, Joan retrouvait la griserie d'une forme de liberté au volant — un plaisir que ne troublaient pas mes conseils de prudence.

Le boulevard André-Maurois, la porte Maillot ; la voiture longea le récent hôtel Concorde-Lafayette et sa tour, pendant à celle de la gare Montparnasse, puis le boulevard Gouvion-Saint-Cyr, avant d'obliquer à nouveau en direction de Neuilly par le boulevard Bineau.

Cet itinéraire fantaisiste — Joan n'avait que très peu la notion de la ligne droite dans Paris — me rappela le temps des Hortensias. La porte Champerret et le boulevard Bineau, c'était le chemin de la clinique, parcouru d'abord à pied, en courant pour éviter d'être en retard, comme externe de Noblecourt, puis en voiture, lorsque j'étais devenu « le gendre ». Aujourd'hui, les Hortensias avaient fermé leurs portes, après la retraite du Mandarin ; tout un pan de mon passé n'existait plus, doublement balayé par mon remariage.

A mon grand étonnement, Joan s'immobilisa devant les grilles de la clinique et, fouillant la poche de son loden, en tira un trousseau de clés qu'elle me tendit :

— Ouvre !

Je ne comprenais rien, incapable d'imaginer la suite des événements, parce que dans l'impossibilité matérielle de savoir que de pareilles choses existaient. Comment avait-elle eu connaissance des Hortensias dont je ne lui avais jamais parlé, et pourquoi était-elle en possession de cette clé, je l'ignorais.

Je fis comme Joan me le demandait ; je descendis ouvrir la grille. Abandonnant la R 5 entre la double rangée d'arbres, Joan me rejoignit sur le perron de l'ancienne clinique. Je ressentais un peu de vague à l'âme devant ces volets clos, nostalgie de l'adulte devant les paysages de son adolescence — il ne fallait pas oublier que, ce soir, je fêtais mes quarante ans !

— Qu'est-ce que... ? Tu sais, Joan, cette clinique était celle de Charles Noblecourt. Jusqu'à mon divorce, j'y suis venu presque tous les jours.

Elle hocha la tête, attentive à débloquer la serrure de sécurité de la porte vitrée du hall. Quand elle y fut parvenue, Joan me prit par la main et m'entraîna jusqu'au bureau de l'hôtesse — le dragon à moustache de mon ancien beau-père — demeuré au milieu de la vaste pièce au sol de marbre. Là, elle se serra contre moi, murmurant :

— Bon anniversaire, Pierre. Tu es chez toi, ici, dans la clinique du Pr Dalban. C'est ma première surprise. La seconde, la plus importante... J'attends un enfant ; un enfant de toi.

Coups répétés à l'estomac, sensation de froid, puis de chaleur intense, je réagissais viscéralement aux deux surprises de Joan. Une clinique dont je ne serais plus seulement l'hôte, mais le patron, et un enfant d'elle. Affirmer que je me sentis immédiatement comblé serait inexact ; ma première réaction fut d'incrédulité. Trop forte, la joie annihile la spontanéité.

Impossible de trouver le repos. Je connaissais bien ce type d'insomnies. Les années n'y avaient rien changé ; j'étais entré dans ce cycle infernal avec la première opération que j'avais effectuée — l'appendicite de ce grand éboueur noir — et je n'en sortirais qu'en cessant d'opérer.

Ma dernière cranioplastie allait mal ; la fièvre apparue le septième jour ne tombait pas, malgré les antibiotiques, et l'enfant présentait de légers troubles neurologiques très inquiétants. Pour la trentième fois depuis que je m'étais couché, je revécus toute l'intervention, geste après geste, tâchant de découvrir l'erreur éventuelle — mais rien.

Certes, je savais que le risque opératoire existe et que des complications graves, parfois mortelles, peuvent survenir en l'absence de toute faute. Cependant, à chaque fois que ces complications survenaient, l'affreux doute, l'angoisse s'installaient. Le public, enviant parfois la situation sociale de certains médecins, savait-il que le prix à payer était très élevé ? Que, contrairement au travailleur qui rentre paisiblement chez lui ses heures terminées, le médecin continue sa journée de labeur après son travail proprement dit ? Que son repos et la paix de son esprit sont très souvent compromis ?

J'avais eu à ce sujet une conversation orageuse avec l'un de mes amis, ingénieur des Ponts, ancien de l'X et technocrate aux idées avancées, qui se plaignait que son salaire soit très inférieur aux gains, par exemple, de son médecin généraliste. Des hommes comme lui prêchent la fin de notre médecine libérale, au nom d'un égalitarisme utopique. Il leur est insupportable de songer qu'eux, qui se considèrent comme l'élite intellectuelle absolue — « l'X et l'ENA, c'est autre chose que la fac de médecine, n'est-ce pas ? » —, puissent gagner moins d'argent qu'un médecin.

J'avais tenté de démontrer à mon ami qu'il se trompait d'un bout à l'autre de son raisonnement. Dans les chiffres, d'abord, car on ne pouvait comparer un salaire net, toutes charges sociales réglées par des tiers et le personnel payé par l'entreprise, à des honoraires bruts sur lesquels le médecin libéral doit prélever sa propre cotisation à la Sécurité sociale, le salaire de sa secrétaire et les multiples charges s'accumulant devant lui. Sur le plan strictement pratique, restait au médecin beaucoup moins à dépenser que le salaire de l'énarque.

En outre, à quel âge un spécialiste comme moi commençait-il à gagner de l'argent ? Bien tard — sept à dix ans après ceux qui sortent d'une grande école. Enfin, ces heures de crainte que nous étions conduits à vivre n'étaient jamais comptabilisées...

Qu'on le veuille ou non, le temps des Mandarins était bien achevé. Mon statut, mes rapports avec l'administration étaient bien différents de ceux qu'avait connus un Charles Noblecourt. Sans le regretter tout à fait, je ne pouvais m'empêcher d'y songer parfois.

Dans le lit, près de moi, Joan remua. Elle non plus ne dormait pas :

— Tu as des soucis, Pierre ?

— Un jeune opéré... Ne t'en fais pas. Je suis désolé de t'avoir réveillée, ma chérie...

— Je ne dormais pas. Pierre... J'ai reçu plusieurs lettres de mon père, et des coups de téléphone. C'est presque la guerre entre lui et moi...

Et moi qui avais toujours cru, un peu stupidement, qu'une Joan Gallaway était, par définition, à l'abri des ennuis ! Ses histoires de famille, j'en devinais aisément la cause...

— A cause de moi, évidemment ?

— Oui. Mais c'est un prétexte ; tu n'as rien à te reprocher. Mon idée de réveillon à Dakar était très mauvaise : mon père te rend responsable du divorce que Peter envisage : Karin t'a accusé d'avoir tenté de la séduire, presque de l'avoir violée. Et comme mon frère n'attendait que cette occasion pour s'en débarrasser... Mon père veut te casser les reins.

Jerry qui continuait de me détester, et maintenant Peter et Frank Barnes qui me tenaient pour un briseur de ménage — superbe prétexte pour me faire payer ce mariage avec Joan que ni les uns ni les autres n'avaient apprécié.

— Ce n'est pas vrai, pour Karin. J'espère que tu me crois, Joan ?

— Bien sûr. Je te rappelle que j'étais là, derrière vous...

Elle me caressa tendrement le visage et je posai ma tête sur son ventre. Là, minuscule, enroulé sur lui-même dans son océan primordial, mon enfant était en train de croître. Non, ce réveillon à Dakar n'avait pas été une mauvaise idée, puisque, trois mois plus tard, je croyais déjà percevoir, en tendant l'oreille, les bruits de cette vie conçue là-bas, dans les vagues.

Joan crispa le poing autour de mon bras :

— Si mon père veut la guerre, il l'aura. Il oublie simplement que je suis plus riche que lui et qu'à ce jeu, l'argent mène la danse... Pour toi, mon chéri, la seule chose qui importe, c'est d'être un homme de verre, transparent, limpide... Mon père ne peut avoir de prise que sur tes faiblesses.

Alors, tout était bien, parce que mon unique faiblesse, en ce mois d'avril 1978, c'était elle.

— C'est un garçon, monsieur...

Cliché, cette annonce conventionnelle faite par une infirmière en blouse immaculée au pauvre homme qui arpente à grandes enjambées les dalles de marbre de ce hall de clinique. Cliché encore, ce soleil d'arrière-saison éclaboussant la surface du lac et les sommets des Alpes, là-bas, en face de moi. Cliché enfin, cette Rolls qui nous avait amenés au petit matin de la maison de Corsinges, près de Genève, jusqu'à cette maternité dont le jardin s'achevait en pente douce dans les eaux du Léman.

3 octobre 1978. Parce que l'enfant de Joan Gallaway-Dalban ne pouvait naître qu'en Suisse, parce que les meilleurs accoucheurs mondiaux continuent de se trouver là, nous avions choisi cette clinique de luxe de Genève, située à quelques kilomètres seulement de la résidence helvétique des Gallaway — pratique, pour traiter certaines affaires.

Il s'appellerait Roy, comme un roi qu'il était destiné à devenir, cet enfant tard venu dans nos deux vies mais qui scellait l'accord parfait existant entre Joan et moi.

Je quittai la salle numéro 1, me défaisant de ma bavette et des gants maculés de sang. La première rhinoplastie de l'après-midi était achevée. Par le sas de réanimation situé entre les trois salles principales du bloc opératoire de la clinique, je jetai un coup d'œil pour vérifier que mon lifting était installé. Tout était en place.

Les travaux dans l'ancienne clinique des Hortensias avaient duré près d'un an. Une année entière pour réaliser ces installations ultra-modernes et adapter les locaux à ma conception de leur utilisation future. Le cadeau d'anniversaire de Joan avait réellement été un présent royal puisque j'étais, quelques semaines auparavant, entré en possession d'un outil de travail parfait.

J'opérais désormais sur trois salles, en tournant. Cette organisation minutieuse, après un léger rodage des équipes, me permettait maintenant d'abattre en quelques heures un programme opératoire qui eût été le pain hebdomadaire de bien d'autres plasticiens.

Lavage minutieux des mains — ce rite indispensable, enseigné dans les belles années de Beaujon par Madeleine Jeanson, constitue également le temps de concentration indispensable avant d'attaquer chaque nouveau cas — et changement de casaque ; je m'apprêtais à pénétrer en salle numéro 2, quand la panseuse s'approcha, accompagnée d'une jeune fille :

— Monsieur, voici la nouvelle instrumentiste qui désire entrer dans votre équipe.

Un visage encore enfantin qui rosit en ma présence. Mignonne, oui, mais le charme ne pouvait pas être la qualité première de mes collaboratrices, seulement un plus...

— Vous lui avez expliqué ?

— Bien sûr, Monsieur.

— Elle a le cahier ?

— Il est là, oui, Monsieur.

— Et elle ne craint pas d'essayer ?

Je continuais de m'adresser à la panseuse, comme si la jeune fille n'existait pas, transparente. Ce travers des Mandarins que j'avais déploré tout au long de mes études, voilà que je l'avais attrapé, sans trop m'en rendre compte. S'il était inhumain et parfois blessant, il avait au moins l'avantage de raccourcir les débats en visant à l'essentiel, et de préserver le mythe du patron. Le patron... L'homme inaccessible, l'homme pressé, celui qui sait et tranche avec partialité ; celui qu'on admire et qu'on craint.

J'étais devenu un patron et même si, souvent, je ne pouvais y croire, s'il m'arrivait de l'oublier en songeant au chemin parcouru, des regards comme celui de cette jeune fille, braqués sur moi, entre émotion et indignation, venaient me le rappeler. Elle avait peur de moi, de mon verdict et en même temps, d'emblée elle me détestait parce que je n'avais pas fait mine de la voir. Elle trouvait que j'étais triste, que je ne souriais jamais. Elle pensait que tout en haut de l'échelle — là où elle m'imaginait, là où je n'étais pas —, on était bien malheureux.

Pour établir mon personnage, pour continuer d'être le patron de cette équipe, de cette clinique, je ne pouvais me permettre aucune faiblesse.

La panseuse tenait un gros cahier broché, fait de pages polycopiées, que je désignai à la jeune fille. La mise en scène exigeait à présent que je lui parle :

— Mademoiselle, voici les instructions concernant la manière dont le travail est organisé dans le bloc. Il y a une centaine de pages que vous apprendrez par cœur ; vous ne commencerez que lorsque vous en serez imprégnée. Quand vous estimerez être prête, vous débuterez votre service. A compter de ce jour, vous aurez droit à trois erreurs...

Elle m'écoutait quasi religieusement. Dans son esprit, sa carrière entière dépendait de mes paroles. Si elle avait su qu'alors, je pensais à Roy, si elle s'était doutée qu'en cet instant précis, je rêvais de la petite chambre aux murs bleu ciel, m'aurait-elle accordé sa confiance ? Aurais-tu cru que je jouais, petite fille qui voulais devenir mon instrumentiste, si je te l'avais affirmé ? Sans doute pas et c'était mieux ainsi...

— J'imputerai la première erreur à votre jeunesse, à votre inexpérience et à la difficulté de votre métier. Pour la seconde, je penserai à un manque de travail et je reprendrai mes explications... La troisième erreur prouverait, elle, une mémoire un peu défaillante. Quant à la quatrième, elle signifierait que vous êtes stupide, donc à la fois inutile et dangereuse au sein de mon équipe. Mais nous n'en sommes pas là.

Elle prit le cahier, recula d'un pas, sembla hésiter, puis esquissa une révérence à demi inconsciente — reliquat certain d'un passage dans une institution privée aux règles strictes. Sur un signe de tête, je passai en salle numéro 2.

Mon lifting était correctement installé — j'avais déjà oublié la future instrumentiste, pour ne plus penser qu'à ce cou à remodeler... A l'encre dermique, je dessinai dans le cuir chevelu et autour de l'oreille le tracé de l'incision, avant d'infiltrer la peau d'une solution adrénalinée.

Gestes précis, coulés, qui en devenaient paradoxalement presque lents. Le bistouri suivit le trait bleu, puis je glissai des ciseaux sous la peau de la face et du cou que je décollai très loin de l'incision. Anne, qui m'assistait, maintint la béance et la tension à l'aide de fins crochets d'acier poli. La salle demeurait parfaitement silencieuse, à l'exception du respirateur et du bip régulier de l'électrocardiogramme s'inscrivant sur l'écran cathodique.

— Lumière froide.

Le tube de verre flexible, partant du générateur optique, arrivait au bout d'une valve que l'on glissa sous la peau décollée afin d'éclairer le fond de la plaie. A l'aide de pinces électriques, je coagulai les petits vaisseaux sanguins ; il était possible, à présent, de remodeler les muscles profonds et de retendre la peau.

Tout l'art, à cet instant de l'intervention — celui qui différencie le bon du mauvais ouvrier — résidait dans le drapé à donner au masque, et dans le calcul de l'excédent cutané qui tomberait dans la bassine à déchets.

— Suture.

Je fis courir le fil porte-aiguille le long des berges de l'incision. Sur le visage allongé, la ligne de la mâchoire était réapparue, nette. Les principales rides s'étaient effacées ; dix à quinze ans venaient de partir dans le baquet.

— Installez pour le deuxième côté, je change de gants !

Je me redressai. Derrière la vitre du sas de réanimation, j'aperçus mon ami Yann, le brancardier, le seul membre du personnel des Hortensias version Noblecourt que j'avais repris pour travailler avec moi ; je lui fis un petit signe de complicité — ce solide Breton, célibataire endurci, m'était sympathique : j'appréciais sa diligence, son efficacité et son dévouement. C'était grâce à des collaborateurs comme lui que la clinique avait connu le succès.

De l'autre côté de la même vitre, la jeune instrumentiste ne me quittait pas du regard, serrant toujours son cahier d'instructions contre elle ; dès ce soir, c'était évident, elle allait commencer de l'apprendre par cœur, avec application, ainsi que je le lui avais ordonné. Elle surprit mon geste d'amitié à l'adresse de Yann, et son visage refléta un certain étonnement : m'arrivait-il également, par extraordinaire, de me montrer aimable ?

Petite gamine égarée dans un monde d'adultes au sein duquel je jouais le rôle de l'ogre, la santé de mes patients, la réussite de mes interventions étaient au prix de ce que tu prenais pour de la tyrannie ; il ne fallait pas m'en tenir rigueur. Tu venais de t'en rendre compte : parfois, je devenais humain.

Pas vraiment mauvais bougre, je lui souris.

Joan paraissait heureuse et détendue, sincèrement intéressée. Si, en l'épousant, j'avais découvert la *jet society,* elle me devait d'avoir découvert le monde modeste du travail au quotidien, des petits gains durement acquis, des joies simples. Joan n'ignorait certes pas l'existence de cet univers, simplement, sans moi, elle n'aurait jamais eu l'occasion de l'explorer.

Nous étions assis dans le salon de la maison de mon beau-père, le Dr de Boildieu, le mari de ma mère. Jeanine nous avait confectionné l'un de ses repas de fête où elle accumulait ses meilleures recettes. Ma Jeanine, si belle, si jeune dans ce bonheur retrouvé. J'avais un peu aidé la nature en lui faisant un lifting l'année précédente, lui rendant le visage des jours paisibles de la rue Simart.

Maman avait accueilli Joan avec chaleur et amour. Puisque cette femme rendait son fils heureux et lui avait donné un nouveau merveilleux petit-fils, elle lui pardonnait volontiers d'être si riche ! Riche... Pauvre maman ! Riche, pour elle, c'était déjà ce qu'elle était devenue en épousant son généraliste de province. Elle ne pouvait heureusement pas imaginer l'argent de Joan.

Boildieu bourrait sa pipe avec volupté :

— Pierre, vous prendrez une petite poire ? Elle vient de ma « campagne »... J'ai vu votre émission à la télévision, la semaine dernière : très bien, très bien. Mais, dites-moi, vous ne craignez pas les ennuis avec le Conseil de l'ordre ? On donnait votre nom en toutes lettres ; de mon temps, c'était le Dr X, Y ou Z...

Je lui souris, à maman également, qui s'était immobilisée, buvant d'avance ma réponse.

— On ne prête qu'aux riches, mon cher Antoine ! C'est injuste, cependant il existe manifestement deux poids et deux mesures... Vous connaissez Abramovitch, un collègue d'internat ; il a abandonné la carrière hospitalière et fait de la chirurgie esthétique dans une clinique du XVIe arrondissement. C'est un excellent opérateur, mais c'est un franc-tireur qui n'a pas voulu s'inféoder à notre chère Société de Chirurgie plastique, laquelle l'avait du reste refusé pour de basses raisons de jalousie professionnelle : il avait trop bien réussi en clientèle privée. Eh bien, Abramovitch a obtenu un bon article dans *Marie-Claire,* un papier avec schémas et photos. Un semaine plus tard, il recevait une lettre du conseil de l'ordre. Moi, j'apparais à la télévision en tant qu'hospitalier, je suis déjà connu... On me fiche la paix ! C'est objectivement scandaleux, quand on pense à l'impact de la télé ! Depuis l'émission, mon téléphone n'arrête pas de sonner ! Mais assez parlé de moi ; vous, racontez-moi, Antoine ?

Mon beau-père refusait de prendre sa retraite. Il tenait à travailler tant que ses jambes lui permettraient d'aller visiter ses patients, tant que son intellect et sa finesse lui laisseraient poser ses diagnostics. Il rechargea sa pipe :

— Ça va, je ne me plains pas... de ma clientèle en tout cas, car pour le reste... Je dois travailler de plus en plus pour survivre ! Enfin, je ne veux pas vous ennuyer avec ces détails...

— Pas du tout ! Vous savez l'admiration que je vous porte à vous, les généralistes — c'est au Dr Lévy que je dois d'avoir réussi. Moi, je n'aurais jamais eu le dévouement, la vocation de faire ce que vous accomplissez. Pas de nuit tranquille, dérangé à toutes les heures...

— Oh, ça va mieux de ce côté-là ! Nous nous sommes organisés, regroupés pour décider de tours de garde. Mais effectivement, voici quelques années...

— Sans démagogie, je reste persuadé qu'un généraliste devrait pratiquer deux tarifs différents : l'un, normal, pour les clients connus pour la routine ; et l'autre consultant, lorsque le praticien doit passer trois quarts d'heure ou une heure à débrouiller un nouveau cas...

— Utopie ! Les gens ne se prennent plus en charge — le corps est pourtant leur capital le plus précieux, mais s'ils acceptent de dépenser trois cents francs pour faire réparer leur téléviseur en panne, ils rechignent à payer leur médecin quatre-vingts francs, lesquels leur seront remboursés à soixante-dix pour cent ! Je suis beaucoup plus âgé que vous, Pierre, et je peux vous assurer que la considération envers le médecin a diminué de manière aussi régulière que ses revenus.

Joan nous écoutait attentivement. J'appréciais toujours l'ouverture d'esprit de cette femme, sa vive intelligence qui lui permettait d'appréhender immédiatement des situations et des problèmes auxquels elle était étrangère. Elle demanda :

— Docteur, je ne comprends pas très bien cette diminution de vos revenus, si vous affirmez travailler de plus en plus ?

— C'est simple : nous sommes conventionnés, c'est-à-dire que nous devons appliquer des tarifs imposés. Or, la lettre C, coefficient de notre consultation, n'a pas évolué parallèlement au coût de la vie ; donc, en francs constants, un acte médical est payé aujourd'hui deux à trois fois moins cher qu'il y a cinq ans...

Je renchéris :

— Et que dire du K chirurgical ? Mes amis chirurgiens généralistes en souffrent terriblement : une diminution de moitié en dix ans ! Quel est le groupe socioprofessionnel qui aurait accepté de voir son pouvoir d'achat amputé de cinquante pour cent sans se plaindre ? Il n'y a que les médecins pour ça ! Quand je pense qu'on fait des grèves pour des un-un demi pour cent, c'est dérisoire...

— Oui mon cher, mais il s'agit de « travailleurs » !

Je ris. L'anticommunisme viscéral d'Antoine lui arrachait des jugements à l'emporte-pièce pas toujours dépourvus de justesse. Partis comme nous l'étions, il allait enfourcher son cheval de bataille favori...

— Vous savez, chère Mme Dalban, en France, le mot « travailleur » ne s'applique qu'à une frange très précise de la population : les ouvriers. Moi qui suis cinquante heures par semaine sur la brèche, sans compter les nuits blanches ; votre mari, le commerçant qui se lève à quatre heures du matin pour aller à Rungis... nous ne sommes pas des travailleurs, nous nous reposons. En réalité, on ne travaille qu'à Billancourt ! Prenez, si vous le voulez bien, le cas des accidents du travail...

C'était terminé, il nous fallait l'écouter jusqu'au bout. Mais cela lui faisait si plaisir de parler devant une auditrice comme Joan.

— Pierre l'aura constaté mille fois, en tant que chirurgien. Prenez deux hommes du même âge, dans le même état de santé. L'un est un « travailleur » et l'autre un artisan — un menuisier à son compte, par exemple. Tous deux sont victimes de la même blessure : ils se sectionnent un tendon au cours de leur activité professionnelle. Le même chirurgien les opère avec le même succès. Eh bien, que se passe-t-il ?

Il nous menaçait en pointant le menton et la pipe dans notre direction. Joan esquissa un haussement d'épaules ; elle ne savait pas...

— Je vais vous le dire : l'artisan qui a besoin de sa main pour travailler et faire vivre sa famille ne s'arrêtera que le minimum de temps et, miracle de la chirurgie, il récupérera cent pour cent en peu de semaines... Tandis que l'autre, salarié, va s'arrêter le plus longtemps possible, son doigt demeurera raide... D'arrêt de travail en arrêt de travail, il passera devant une commission d'invalidité et comme il n'aura pas guéri... il aura droit à une pension plus ou moins importante suivant ses talents de comédien !

Il y allait un peu fort, le Dr Antoine de Boildieu ! Toute exagération mise à part, cependant, je ne pouvais que lui donner hélas raison. La récupération fonctionnelle après une même opération dépendait de facteurs socioculturels assez précisément établis et dont tous les services de chirurgie tenaient compte.

— Je vous ai dit tout à l'heure que mes revenus avaient baissé, reprit Antoine, mais mes dépenses, elles, ont augmenté de manière folle ! On dit que les médecins sont riches, quelle fable ! On ne considère que leur chiffre d'affaires. En réalité, tous les frais payés, il leur reste pour vivre moins qu'à un cadre moyen ! Ces longues études, ces efforts et ce dévouement pour en arriver là... Lamentable !

Joan opina aimablement du chef. Aux USA, les médecins

demeuraient des privilégiés. Les Américains, il est vrai, possédaient une autre conception de l'existence et l'on ne sanctionnait pas l'esprit d'entreprise et la réussite. Il n'était pas honteux d'avoir su devenir riche par son travail. Au contraire.

Jeanine avait achevé de desservir. Elle jeta un regard attendri à son mari qui reprenait lentement son calme après cette période d'excitation militante. Terre à terre, la grand-mère balaya les soucis mineurs dont nous débattions d'un geste de la main : les cotisations à l'URSSAF, les frais d'assurance et les impôts n'avaient aucune importance au regard de la seule question intéressante :

— Et Roy, comment va-t-il ? Vous devriez me l'amener plus souvent... L'air de la campagne lui ferait du bien.

Chère maman, te voir radieuse m'était d'un tel réconfort que j'en oubliais un instant ces nuages noirs que je voyais s'accumuler à l'horizon ! Tu te moquais de nos jérémiades, toi qui avais connu les heures parfois difficiles de la rue Simart... Comme tu avais raison !

Quatrième Partie

CLÉA

1

Tous ces congrès internationaux se ressemblaient. Qu'ils aient lieu à Abidjan, comme le dernier en date, à Sydney, comme le prochain, ou plus banalement à Nice comme celui-ci, on y croisait les mêmes visages célèbres, on y côtoyait la même élite médicale mondiale.

En réalité, plus que l'exposition publique de nos travaux en une conférence d'une heure ou deux, ces réunions étaient l'occasion de rencontres amicales que nos emplois du temps chargés ne nous permettaient pas en cours d'année.

Joan ne m'avait pas accompagné ; la Côte d'Azur l'ennuyait et la préparation de la sortie d'une nouvelle ligne de produits de beauté Dorset l'absorbait tout entière. Mais c'était peut-être mieux ainsi : ma femme ne bénéficiait pas d'une très bonne presse, dans le milieu médical français. Certes, on l'appréciait, on vantait sa beauté, sa fortune cependant ne passait pas. Trop, c'est trop. Les milliards de Dorset sentaient le Nouveau Monde — un crime impardonnable aux yeux d'Européens de bonne souche.

Le Pr Bernard Gros, mon ancien patron de Lariboisière, l'homme qui avait organisé, soutenu et obtenu ma nomination à l'agrégation, me l'avait révélé, avec sa franchise habituelle.

— Vous n'auriez pas dû épouser cette Américaine, Pierre. Elle sabote votre carrière !

— Comment cela !

— Trop d'argent, là-dedans, trop d'argent ! Cette clinique de Neuilly achetée sur un coup de tête, ces équipements de luxe !

Non, c'est trop ! Comment voulez-vous faire confiance à un chirurgien si riche qu'il n'a pas besoin de son art pour vivre ? Puis, vous faites trop d'esthétique... Ce laboratoire... Dorset, est devenu votre pourvoyeur en clientèle, non ?

Concentrées en peu de mots, Gros venait d'énumérer toutes les attaques dont j'étais l'objet depuis le succès de la réouverture des Hortensias. Trop d'argent, trop d'esthétique, des clients trop fortunés... Tout se conjuguait au superlatif pour signer ma condamnation. Parce que je n'ignorais pas que, en France, les bruits de couloir ne m'étaient guère favorables, même si l'étranger me couvrait de louanges. Nul n'est prophète...

Je tentai de défendre Joan :

— Je ne crois pas qu'elle soit nuisible à ma carrière. Au contraire, débarrassé des soucis financiers par la réussite des Hortensias, je peux bien mieux me consacrer aux problèmes de cranioplastie à l'hôpital...

— Que vous dites ! Si vous aviez épousé Muriel, on n'en serait pas là !

Je ne pris pas garde, sur le moment, à ce reproche lâché comme une incidente dans la conversation, sur le ton de la plaisanterie. Pour moi, l'affaire Muriel Gros était enterrée depuis longtemps — une passade de quelques semaines. Non, ce qui comptait davantage était ma future nomination au titre de professeur. Professeur tout court, celui qui possède une chaire à la faculté, et plus seulement professeur agrégé. A Gros, je pouvais parler sans détour :

— Et ma nomination ?

— Mon pauvre ami... Tout ce cinéma, autour de vous, ces photos dans les journaux. Vous savez que le conseil de l'ordre apprécie la discrétion...

Son pessimisme ne parvenait pas à m'inquiéter vraiment. Mes travaux, cette communication que j'allais faire le lendemain, ma réputation qui allait grandissant, tout cela faisait que la nomination me semblait plus que probable. Mais le Pr Gros aimait à inquiéter ses amis, n'est-ce pas ?

— Certes, la difficulté technique de ces cranioplasties demeure une...

Le vieux truc de Noblecourt, je le reprenais chaque fois qu'il me fallait parler en public ; ce « certes », placé en début de péroraison et qui captait l'attention de l'auditoire, marchait encore bien. Dès mes premiers mots, le silence complet se fit dans l'immense salle du palais des Festivals.

J'aimais discourir en public, jouer de ma voix comme au jour de mon échec à l'internat, dans l'amphithéâtre de Necker. J'appréciais cette sensation immodeste du pouvoir auprès de ces gens venus pour m'entendre. Je ne sais pas si je parvenais réellement à les captiver, tout ce que je peux dire est que les deux heures environ que je passais généralement derrière le micro me semblaient quelques minutes.

Applaudissements, quelques questions de chirurgiens étrangers intéressés par ce sujet, applaudissements à nouveau puis je pus quitter le palais des Festivals rassuré : cela avait bien marché.

— *Fantastic,* Dalban ! *I'd be so...*

Cet accent du Connecticut, cette manière de ramasser son *« I would be »* en une bouillie infâme : le Pr Terence était là, qui me secouait la main avec férocité. J'étais depuis si longtemps en désaccord avec lui que sa présence me fut un plaisir, pimenté encore par sa requête d'assister à une cranioplastie dans mon service hospitalier.

Je serrai encore une vingtaine de mains : Vernon, le grand plasticien parisien, Schoer de Munich, des Anglais, des Belges... Enfin, je parvins à leur fausser compagnie, avec Gros qui jouait volontiers les mentors en de semblables circonstances, écartant les importuns et abrégeant les congratulations.

— Vous étiez très bien, Pierre. Trop bien...

Voilà qu'il recommençait, le cher homme. Pour le contraindre au silence, je l'invitai à dîner dans l'arrière-pays, loin des potins de couloir du congrès.

— Toutes mes félicitations, Dalban !

Je levai des yeux surpris sur le Pr Olivier Vernon. La veille, il avait été l'un des rares Français à me dire quelques mots gentils à l'issue de ma conférence — les autres, influencés sans doute par les petites phrases des membres du conseil de l'ordre, m'avaient battu un peu froid.

— Je suis très heureux pour vous...

Il radotait, ce pauvre Vernon avec son *Figaro* à la main, brandi comme un étendard. C'était lamentable, un si habile praticien, vieux à cinquante ans...

Je me levai pour l'accueillir à la table où j'achevais mon petit déjeuner.

— Voulez-vous un jus de fruits ? Un thé ?

— Non, merci.... Je tenais à être le premier à vous dire ma joie. J'ai très bien connu votre femme, autrefois. Enfin, votre ex-femme, la charmante Claire Noblecourt... Vous voudrez bien lui transmettre toute mon amitié.

— Mais, Vernon, je ne...

Incompréhensible. La conduite de cet homme d'ordinaire sérieux et incapable de la moindre plaisanterie me paraissait incohérente. Qu'il ait été, un moment, l'un des soupirants de Claire après notre divorce, je l'avais appris par Philippe. Mon ancienne épouse l'avait évincé, comme elle écartait en général ceux qui lui tournaient autour avec trop de persévérance. On aurait dit qu'elle se vouait à un monacat laïque... Sa conduite, cependant, ne regardait qu'elle.

Devant ma stupeur, Vernon déplia son journal et l'ouvrit à la page du carnet mondain ; il suivit du bout du doigt les lignes qu'il me lut :

— Mme Claire Dalban-Noblecourt, le général et Mme Dautrémont sont heureux de vous faire part du mariage de leurs enfants, Anne et Frédéric, célébré dans l'intimité à l'église..., etc. Ne me dites pas, Dalban, que vous l'ignoriez ?

— Et pourtant, si...

Anne, ma fille chérie, venait de se marier avec le grand dadais de fils d'un militaire étoilé, et je ne l'apprenais que par hasard, parce qu'un de mes confrères parcourait avec avidité la chronique mondaine du *Figaro* !

En cet instant, je maudissais mon divorce et son cortège de rancœurs. Anne refusait de me rencontrer depuis bien des années, emportée par sa mère dans un tourbillon de haine. Elle avait grandi, vécu et aimé loin de moi... Voilà que je la perdais une seconde fois, parce qu'elle venait d'unir sa vie à un godelureau peut-être saint-cyrien. Saurait-il l'aimer, lui ? La protéger ? Pourquoi Anne ne m'avait-elle pas prévenu ? Je l'aurais rencontré, ce prétendant ridicule, je lui aurais expliqué que ma fille n'était pas pour lui — trop belle, trop intelligente. Le fils d'un général ! N'importe quoi... Ma pauvre Anne, livrée sans m'en avertir à ce mariage en solde ! Mon Dieu, non ! Ce n'était pas possible !

Et Claire ? Son ressentiment à mon encontre allait-il jusque-là ? Comment sa rancœur pouvait-elle être si profonde, se teinter de tant de mesquinerie ? Elle m'avait aimé, pourtant, et je savais bien que la haine tenace qu'elle me vouait dissimulait quelque chose qui pouvait bien ressembler à du dépit amoureux. Les années n'avaient pas émoussé la passion de nos rapports ; entre nous, tout était hypertrophié. Le moindre signe prenait une importance considérable et les silences mêmes revêtaient une signification. Son refus de m'annoncer ce mariage signifiait qu'elle ne me pardonnait pas Joan, que le temps passé n'avait pas entamé sa jalousie.

Claire, Anne... J'arrachai le journal des mains de ce brave Vernon, et me précipitai vers le téléphone. Dix chiffres sur le cadran, la voix d'Armand à l'autre bout de la ligne.

— Est-ce que ma femme est là ?

Merveilleux lapsus que ne manqua pas de relever le maître d'hôtel :

— Votre femme ? Non, Mme Dalban-Noblecourt est absente pour la journée... Le mariage, vous comprenez. Mais...

— Et Philippe ?

— Je vous le passe, Monsieur.

Le claquement sec du combiné reposé sur le marbre d'une commode. Quelques secondes de silence et la voix de mon fils, enfin.

— Tu as appris, papa ?

— *Le Figaro*. Pourquoi... ?

— Je ne l'ai su qu'au dernier moment. Anne était persuadée que je m'empresserais de te le dire. Elle m'en a parlé avant-hier ; j'ai alors tenté de te joindre, mais tu étais déjà parti pour Nice sans laisser de numéro de téléphone.

— Je comprends... Je rentrerai à Paris dans la soirée. Viens déjeuner avec moi demain ; midi et demi, à la clinique.

Ma déception, mon échec — à quoi bon camoufler ce fait sous un autre terme en forme d'euphémisme — ne quittaient pas mon esprit, mêlés à un vague ressentiment à l'encontre de Joan. Certes, tout ce qu'elle avait fait, elle l'avait fait pour moi, pour ce qu'elle croyait être mon bien. Pour Joan, devenir en quelque sorte le plasticien officiel des laboratoires Dorset, opérer à grands coups de millions les riches clientes de ses instituts de beauté n'avait rien de déshonorant. Mes pairs, cependant, en avaient décidé autrement.

Mes pairs... Je voyais désormais tout ce que ce qualificatif pouvait avoir d'ironique. Le Pr Bernard Gros m'avait lâché ; il ne m'avait pas pardonné d'avoir négligé sa fille ou, plus précisément, de ne pas l'avoir épousée. Avec lui, mon plus fidèle soutien au sein du conseil de l'ordre et dans le clan des Mandarins s'était évanoui. Les autres appréciaient mes travaux, m'estimaient mais me jalousaient, enviant cette clinique ultra-moderne et la clientèle qui la fréquentait. Pour eux, l'époux d'une milliardaire n'avait que faire d'une chaire à l'université.

Dans sa retraite bauloise, Charles Noblecourt devait s'en étrangler de plaisir ; à six années de distance, il triomphait. Et s'il n'était pas parvenu à empêcher ma nomination à l'agrégation, il ne pouvait que se réjouir, car aujourd'hui, plus sévère était la chute.

Toute cette agitation autour de moi durant le congrès de Nice, ces bruits de couloir qui couraient et que je n'avais pas voulu ou su entendre avaient constitué un ultime avertissement. Il était cependant déjà trop tard : la France est un pays où l'on ne pardonne pas la réussite — air connu, qui se vérifie étrangement à chaque occasion.

Oui, j'en voulais à Joan. Comment expliquer l'indicible, cette sensation floue encore mal avouée, à peine exprimée, qui faisait que, soudain, je lui trouvais moins de charme, ses habitudes de businesswoman me heurtaient, son amour pour moi me pesait ?

« Votre femme sabote votre carrière », avait affirmé le Pr Gros durant le congrès. J'avais réagi violemment, bien sûr, à cette présentation des choses ; j'avais défendu Joan, parlé de son esprit américain de femme d'affaires, si différent du nôtre. Mais il apparaissait que le Mandarin avait vu juste. Joan n'avait pas saboté la réussite financière de ma carrière, elle m'avait, ce qui était pour moi mille fois plus grave, coupé la route des honneurs auxquels mes travaux me conduisaient.

Ceux qui pensaient que l'appât du gain me menait se trompaient. Ce que je désirais de toutes mes forces, ce vers quoi je tendais, c'était la reconnaissance publique. Le gamin de la rue Simart voulait une chaire à la fac — devenir un maître. Sans m'en rendre compte, j'étais parvenu à ce moment de la vie où, pour atténuer la pénible sensation du ratage, des compensations sont nécessaires, ces hochets dont je me moquais, avec Gros, un soir d'été sur sa terrasse, contemplant les toits de Passy et parlant de Noblecourt.

— Tu seras nommé l'année prochaine, m'avait dit Joan.

Je l'imaginais déjà, sortant son carnet de chèques et brandissant ses enveloppes rédigées en dollars : un titre de professeur, cela avait un prix, comme le reste, non ?

Cette image ne m'arrachait même plus un sourire ; je ne me pardonnais pas d'y songer, et pourtant... Non, Joan, il ne fallait pas y compter : je ne serais pas nommé, plus nommé. Ni l'année prochaine, ni les suivantes. Le poids de la respectabilité était trop fort et les milliards de Dorset sentaient trop le commerce.

Il me fallait oublier ce titre que je convoitais, ne plus y songer — jamais. Une résolution d'autant plus difficile à tenir que cette déception suivait de très près le mariage de ma fille. A une blessure d'amour succédait une égratignure d'amour-propre. Anne, ma nomination... Quoi d'autre, à présent ?

Dans les bras de Philippe, ma mère ressuscitait pour moi la vieille photo jaunie qu'elle conservait dans son sac à main : ce couple, c'était nous, vingt années auparavant. Machinalement, je cherchai du regard la silhouette de mon père, Maurice Dalban, en arrière-plan, son éternelle cigarette collée au bord des lèvres.

Ma mère souriait, radieuse, serrée contre l'image retrouvée de son fils de vingt ans — mais un fils plus épanoui et sans doute plus heureux. Encore que... Je devais me tromper : à l'âge de mon fils, je n'avais, moi, d'autre problème que celui d'étudier le plus sérieusement possible pour récompenser l'amour et les sacrifices de mes parents. Philippe, en revanche, avait eu à affronter les tourments d'un divorce et son adolescence avait été troublée par les échos de la rancune de Claire. Aujourd'hui encore, il en conservait une cicatrice profonde.

— Comment va ta sœur ?

Ma petite Anne et son militaire... Il allait lui faire cinq enfants sans attendre : on ne prend pas la pilule, dans ces familles, puis la France a besoin de petits soldats ! Je plaisantais, et cependant l'idée de ce mariage continuait de me meurtrir. Sans le connaître, je détestais le troufion galonné qu'avait épousé Anne.

Philippe m'avait apporté l'album des photos du mariage : la haie des sabres croisés à la sortie de l'église, les visages rubiconds de vieilles ganaches avec ou sans uniforme, un vrai ministre. Puis Anne, souriante, au bras de Charles Noblecourt qui avait pris ma place, ce jour-là. Le Mandarin devait jubiler... Il gagnait sur tous les fronts ; il aurait même volontiers fait sauter le Dalban, accolé par un trait d'union à son propre nom, sur les faire-part envoyés au Tout-Paris médical et militaire.

Et les photos de Claire... Claire près de sa fille, Claire inchangée — peut-être plus belle encore, comme préservée du vieillissement par sa vie de recluse. Mon émotion en regardant ces clichés me confirmait, s'il en était besoin, qu'un fil solide me reliait toujours à cette femme.

Je refermai l'album à la couverture de soie pour le rendre à mon fils : Philippe n'avait fait que l'emprunter à sa sœur, qui se serait certainement montrée furieuse de me voir le feuilleter.

— Et tes études ?

— Ça marche très bien !

Philippe avait commencé sa médecine — une vocation. Il se voyait, cœur généreux, partant pour soigner les blessés de toutes les catastrophes et de toutes les guerres, sous la bannière de Médecins sans Frontières. Je l'avais emmené en salle d'opération : Philippe Dalban-Noblecourt avait hérité tout à la fois les yeux bleus du Mandarin, les qualités des deux lignées médicales Beaumont et Noblecourt, et mes talents propres. Il voulait devenir chirurgien, comme son père, son grand-père et ses deux arrière-grands-pères. Il ne pouvait me faire plus de plaisir ; dans ce passage à vide, il était mon unique consolation.

En robe longue de Saint-Laurent, Joan avait disparu au milieu des cadres internationaux de la Dorset — son état-major. Relégué près du buffet, j'attendais avec impatience l'instant de la délivrance, le moment de regagner l'hôtel particulier de Neuilly.

Ces soirées m'ennuyaient, et celle-ci plus que les autres, durant laquelle Dorset venait de présenter sa dernière ligne de produits de beauté au public. Cocktail au pavillon Gabriel et foule de pique-assiette parisiens, vedettes et demi-mondaines sans qui une fête ne pouvait être réussie.

André Lévy m'avait fait l'amitié de passer quelques minutes, mais depuis son départ, l'ennui me gagnait. Un dernier petit four, un jus d'orange... Les garçons me regardaient avec étonnement : comment le mari d'une femme si riche pouvait-il avoir l'air aussi sombre ? Leur expliquer que je souffrais plutôt que je ne profitais de l'argent de Joan ? Ils m'auraient pris pour un fou. Puis après tout... oui, quelques gouttes de gin dans mon jus d'orange pour tenir le coup.

— Pierre, tu es là ? Regarde la campagne de publicité qui démarre demain dans les journaux...

J'appréciai le geste de Joan de me mêler à ses affaires : elle souhaitait qu'aux yeux de ses collaborateurs je ne sois pas seulement le prince consort, mais un véritable conseiller. Gentille attention. Quoi qu'il en soit, les publicités de Dorset ne me passionnaient guère : les mêmes filles de papier glacé, dans des poses alanguies, vantaient des crèmes au collagène ou aux extraits de caviar. Ridicule !

— Elle est belle, non ?

Joan parlait-elle de la photo, de l'accroche publicitaire ou de la fille ? Peu importe. Coup au plexus, au bas-ventre plus précisément. Désir immédiat et impérieux de cette fille brune aux yeux violets qui sortait de l'eau, nue, sur fond de ciel d'orage.

— Superbe...

L'un des directeurs de la Dorset prononça quelques phrases dont je ne saisis pas le sens et l'on propulsa devant Joan et moi l'original de la photo, habillé maintenant, mais avec la même expression de candeur enfantine dans le regard. J'aurais voulu la violer sur place, fouiller son corps sur la moquette crème du pavillon Gabriel, l'aimer comme un fou.

Joan lui serra la main, lui dit trois mots aimables puis s'éloigna, suivie de son escorte. La fille resta près de moi.

— Vous êtes le mari de Mme Dalban-Gallaway ? Le Pr Pierre Dalban ?

On pouvait lire en elle comme dans un livre de comptes. Oui, je valais cher, plusieurs millions de dollars ; je valais ce que valait Dorset, tant que je demeurerais l'époux de Joan — et, bien sûr, elle se montrerait assez habile pour ne rien exiger de moi que je ne puisse lui donner. Elle avait deviné mon désir ; tous les deux, nous jouerions la carte de l'objectivité : démon de midi pour moi et intérêt pour elle. Mannequin vedette et poule de luxe, elle annonçait la couleur d'emblée : ce serait cher, très cher. D'accord, marché conclu, j'étais prêt à payer le prix fort pour ses dix-huit ans.

Sur une page d'agenda, elle griffonna son numéro de téléphone :

— Appelez-moi, si vous le voulez...

Salope ! J'étais ferré, comme l'espadon de Dakar, et elle le savait. Il ne fallait cependant pas compter sur sa sollicitude ; elle ne me remettrait pas à l'eau avec mille précautions. J'allais être pressé jusqu'à la dernière goutte. « Si vous le voulez... » La garce !

— Au fait, j'ignore votre nom ?

— Cléa. Cléa Goldstein.

Cléa... Un prénom sans doute fabriqué pour les besoins de sa cause et qui signifiait pour moi le début d'une nouvelle époque : je commençais à rechercher les honneurs, et j'allais payer pour une femme. A quarante-deux ans !

Mon ami et avocat Berger disait souvent combien est étroite la marge qui sépare « l'honnête homme » du délinquant, voire de l'assassin. Une faille dans le métal, un grain de sable dans l'engrenage, un événement d'apparence mineure suffisaient parfois à tout faire basculer. Et ceci était vrai de tous les comportements humains qui pouvaient sembler aberrants à des tiers — il ne faut juger de rien sans connaître au préalable ce fameux facteur déclenchant. Ainsi, je m'étais fréquemment moqué ou indigné de ces hommes mûrs qui acceptent de briser une vie sur un coup de cœur pour une gamine. Et aujourd'hui j'étais de ceux-là !

Moi qui aimais Joan, qui depuis mon mariage me sentais à l'abri d'aventures sans lendemain, j'étais tombé dans le piège de Cléa. Mais que le quadragénaire qui n'a pas au moins une fois ressenti cette pulsion folle de la tentation physique me jette la première pierre !

Cléa, c'était l'extraordinaire impression de réendosser mon physique de vingt ans, de sentir mon sang plus vif, de percevoir à nouveau cette chaleur dans le bas-ventre qui annonce le désir, cette soif impérieuse du corps de l'autre, cette envie érotique qui rappelle les émois de l'adolescence. Tout cela, que je croyais définitivement passé, m'était rendu. Pour cette cure de jouvence, je comprenais soudain qu'on puisse être prêt à tout.

Cléa... J'avais bâclé ma visite, télescopé mes horaires pour cette heure et demie volée à mon existence quotidienne. Elle m'attendait, en jean tellement serré qu'on eût dit un collant, seins nus sous un pull de mohair. Démaquillée, les cheveux maintenus en queue de cheval, les lèvres pleines et boudeuses, elle paraissait plus jeune encore que ses dix-huit ans... Une enfant, mais une gamine perverse, déjà si habile et expérimentée qu'elle parvenait à m'effrayer.

Son studio était à son image : poupées, jouets en peluche, lit géant et miroirs de bordel. Lolita. Je restai debout au seuil de la pièce, appuyé contre le chambranle de la porte refermée. Elle ôta son pull et s'agenouilla devant moi. Tintement de boucle de ceinture, zip du pantalon qui s'ouvre, j'étais bouleversé, haletant, contemplant le triangle de son dos souple, sa nuque fragile, sa peau de brune à la douceur fantastique.

Elle accéléra sa cadence, impatiente, et je sentais à chaque instant ma maîtrise vaciller. Je tentai de l'arrêter :

— Attends, Cléa ! Je veux...

Mais elle s'obstina, gourmande, têtue, se pressant contre moi, m'avalant tout entier, crispant ses deux mains sur mes fesses contractées. Je perdis tout contrôle...

Nous étions allongés sur le couvre-lit de fourrure.

— Ça t'a plu ?

Je dissimulai le sourire qu'elle n'aurait pas compris : il s'agissait d'un ricanement devant le monde à l'envers, d'ironie saluant ces dialogues de série B — tout cela n'était qu'amusements d'adultes. Elle était d'ailleurs déjà passé à autre chose, saisissant son press-book et le feuilletant pour moi : Cléa en maillot ; Cléa en vison ; Cléa en fourreau de satin... Quelques coupures de presse mentionnant son premier film ; sa chute de reins avait vivement impressionné les salles de rédaction.

Elle me dévoilait son univers, un monde dans lequel j'étais entré un peu par effraction, à la suite d'une erreur d'aiguillage, occupant la place d'un producteur ou d'un réalisateur. Mon fort était d'avoir de l'argent, beaucoup d'argent, et d'avoir été enlevé à la puissante Joan Gallaway, si belle, distinguée et sûre d'elle-même.

— Pierre, tu me consacres combien de temps, aujourd'hui ?

— Encore une demi-heure...

— Trente minutes ! Quelle chance de t'avoir si longtemps pour moi seule ! Un chirurgien aussi célèbre ! Il faut en profiter !

Elle s'empara de mes mains et les posa sur ses seins. Le moment était venu de lui faire l'amour à nouveau. Il y avait beau temps que je ne m'étais pas lancé ainsi, deux fois de suite de manière si rapprochée ! Cléa et mes vingt ans retrouvés...

Le démon de cinq heures avait du bon.

2

— La rhino est prête en salle 1, monsieur, me lança la panseuse.

Je me délassais un moment entre deux interventions, en écoutant au walkman un passage du *Requiem* de Verdi dans le bureau des chirurgiens. La journée avait été rude : un lifting avec paupières, des prothèses mammaires, une rhinoplastie, un ventre, des paupières encore et cet autre nez pour terminer. Jamais je n'aurais pu abattre un programme aussi important sans cette infrastructure en trois salles avec plusieurs équipes, organisation qui épargnait les temps d'installation et de suture, longs, fastidieux et ne réclamant pas mon savoir-faire.

J'essayais d'alterner des interventions de nature différente, afin d'éviter la pénible impression de routine de l'ouvrier sur sa chaîne de montage. Malgré cela, je ne pouvais que constater l'importance prise par la chirurgie esthétique, aux dépens de la chirurgie réparatrice, dans mon emploi du temps — mais il m'était difficile de refuser des patients qui avaient attendu parfois longtemps pour être opérés.

Je sortis le dossier de la jeune fille installée en salle 1. Venue me consulter avec ses parents, trois mois auparavant, elle représentait selon moi le cas idéal de rhinoplastie correctrice. Secrétaire bilingue, fille unique de braves commerçants boulangers du XXe arrondissement, pas encore marié à vingt-quatre ans, elle refusait, comme me l'avait expliqué sa mère, « de sortir avec des garçons, de peur qu'on ne se moque de son nez ».

J'avais envoyé la jeune fille consulter Gérard Nortier, un psychologue avec lequel je travaillais souvent. Ce dernier m'avait confirmé le bon état mental et l'absence de dysmorphophobie de la patiente. Elle avait seulement un « complexe » dû à son profil, mais bien fondé sur l'aspect réel de son nez, sur lequel le traitement chirurgical serait souverain.

Bien sûr, d'autres, avec le même nez, auraient vécu sans problème ; ma patiente, elle, avait probablement eu la malchance de subir les remarques malicieuses d'adolescents désobligeants à l'âge où se forme la personnalité. Elle marchait donc tête baissée, tentant de masquer l'objet de répulsion à l'aide d'énormes lunettes et d'une frange épaisse.

J'étudiai les photos prises lors des consultations à mon cabinet. Oui, un très bon cas : les yeux, la bouche, le modelé du visage, tout était parfait — et là-dessus, posé comme un postiche, se greffait un grand nez trop long, bossu, qui rendait la physionomie sévère et vieillissait les traits.

Sur deux des clichés, de profil et de trois quarts, j'avais dessiné au feutre noir les contours de mon projet de réduction. La jeune fille devenait très jolie... J'étais toujours gêné devant les « mauvais » cas, ceux où un nez aussi vilain que celui-là accompagne des traits ingrats, une peau marquée. Les patients espèrent alors que la rectification nasale leur apportera la beauté, ce qui est faux, évidemment, et délicat à expliquer sans se montrer vexant. Nortier m'était d'une aide précieuse pour ces cas, les aiguillant sur une autre voie que la chirurgie. Je suis persuadé que les mauvais résultats, ceux du moins qui sont vécus comme tels par l'opéré lui-même, en dehors des « loupés » possibles mais rares, sont surtout dus à la mauvaise indication opératoire.

J'entrai dans la salle d'opération et accrochai les clichés sur un petit chevalet spécial, placé à portée de ma vue.

La jeune fille dormait ; la sonde d'intubation, reliée au respirateur, disparaissait sous les champs bleus. Seul le visage apparaissait dans la lumière du scialytique. Rapidement habillé, je saisis la seringue à locale que me tendait Marina, pour infiltrer légèrement la peau, malgré l'anesthésie générale, et aider ainsi au décollement tout en diminuant le saignement.

Je soulevai le bord de la narine pour inciser la muqueuse. Tout se réalisait « de l'intérieur », expliquant l'étonnement des opérées, lorsque j'ôtais le plâtre après la réduction d'un nez particulièrement grand, devant l'absence de toute cicatrice visible.

— Comment faites-vous ? demandaient-elles.

Heureusement qu'elles ne pouvaient pas constater la manière dont je m'y prenais ! Rien n'est plus spectaculaire qu'une intervention de chirurgie esthétique sur le visage, souvent sanglante et touchant à la personnalité même du patient.

Je décollai ensuite la peau recouvrant le squelette ostéo-cartilagineux. Toute l'astuce de cette chirurgie pratiquement inventée par le Dr Joseph, un Allemand du début du siècle, réside dans l'élasticité naturelle de la peau et sa tendance à se rétracter. Ainsi, une fois la charpente de l'os et du cartilage dessinée et remodelée, la peau se recolle-t-elle sur ce nouveau moule, l'élasticité des fibres réduisant l'excédent de surface, comme dans le cas d'un ballon de baudruche qui se dégonfle.

Sous le tunnel de peau décollée, j'introduisis un écarteur à lumière froide qui éclaira les profondeurs : on voyait parfaitement la bosse d'os et de cartilage. L'instant le plus délicat arrivait, celui qui déterminerait la nouvelle ligne du profil.

Nouveau coup d'œil aux photos et aux angles de résection ; je plaçai un ciseau-burin dans le décollement, au contact de la bosse. Marina prit le petit maillet métallique chromé — une fois de plus, comme au temps de l'orthopédie chez Noblecourt, les gestes étaient proches de ceux d'un menuisier ou d'un sculpteur : le burin et le maillet !

C'est l'aide qui frappait ; mes deux mains étaient nécessaires pour guider précisément la lame d'acier sectionnant la bosse que je pus bientôt saisir et retirer. De profil, le nez apparaissait maintenant creusé, trop plat, avec sa pointe énorme — tout le modelage restait à effectuer.

Marina aspira à l'aide d'une fine canule le sang qui sortait des narines ; soudain, il me parut anormalement noir — la couleur du sang est, pour le chirurgien, le meilleur indicateur de l'oxygénation du patient. Je signalai le fait à Berthier, qui avait pris la succession de mon très cher Bernstein, maintenant à la retraite, et dont l'humour à froid me manquait énormément. Berthier, lui, était jeune, dynamique, un puits de science de réanimation, mais il était si totalement dépourvu de ce répondant caustique qui faisait le charme de son prédécesseur que nos relations se limitaient pratiquement aux séances opératoires, aux Hortensias ou à l'hôpital.

J'étais allé recruter Berthier dans le meilleur service d'anesthésiologie de Paris ; ce jeune homme sérieux s'était fait tirer l'oreille pour abandonner les grands opérés — la chirurgie esthétique, pensez... — et ce n'était que la perspective de me suivre à l'hôpital pour les cranioplasties qui l'avait fait céder.

Berthier s'inquiéta de cette couleur sombre du sang qui persistait depuis maintenant deux minutes. Pourtant, le cœur était parfait sur l'oscilloscope, les gaz arrivaient normalement et les pressions se maintenaient. Brusquement, aussi mystérieusement qu'il avait foncé, le sang redevint rutilant et vermeil. Berthier demeurait soucieux, sans entrevoir la moindre explication à ce phénomène.

Je poursuivis l'intervention. Il fallait sectionner les os propres, la partie haute de la pyramide nasale, au ras des maxillaires, afin de les rapprocher l'un de l'autre — encore de la menuiserie. Bientôt l'arête du nez fut affinée ; le dernier temps consistait à en réduire et remodeler la pointe pour l'harmoniser avec la partie haute.

J'aimais la délicatesse de ce travail où tout se faisait « à l'envers », le cartilage des ailes du nez étant éversé et sorti. Je séparai avec de fins ciseaux la muqueuse de la surface cartilagineuse, puis je la retaillai. Le nez était pratiquement achevé. On voyait maintenant la nouvelle ligne du profil et la diminution considérable du volume. Ne restait plus qu'à parfaire l'intervention en retouchant quelques détails : amincir ici, corriger là, enlever un peu de graisse sous la peau.

Quelques points de suture au catgut et j'appliquai le pansement plâtré que mon opérée garderait une dizaine de jours.

— Alors, Marina ?

— Très bien, Monsieur. Moi, je l'aurais peut-être un peu plus creusé...

J'aimais les remarques de mon aide et je l'encourageais à les dire tant elles étaient souvent bien fondées. Là, cependant, je n'étais pas d'accord :

— Non, cela aurait donné un nez en trompette — trop petit pour ce type de visage. Regardez les photos : il fallait un nez parfaitement droit, chez elle, pour ne pas porter atteinte à sa personnalité.

Berthier s'approcha et nous interrompit :

— Je ne comprends rien à ce qui s'est passé tout à l'heure. Je viens de descendre vérifier les bouteilles à la réserve, tout est normal...

— Alors c'est OK ; je peux partir ?

— Oui, les autres opérés sont remontés dans les chambres. Je vais surveiller celle-ci...

En réalité, j'étais pressé de quitter les Hortensias, pressé d'aller retrouver Cléa... De voir sa moue boudeuse, respirer son odeur, sentir cette exaspération de mes sens...

Je me changeai rapidement et sautai dans ma nouvelle voiture. J'avais acheté en quelques minutes cette Porsche 928 S, la semaine précédente. Une folie pour moi qui me fichais éperdument de ces engins à moteur, pourvu qu'ils me transportent d'un point à un autre. J'avais foncé comme un gamin excité avenue de la Grande-Armée, chez le concessionnaire, simplement parce que Cléa s'était étonnée de me voir, moi le chirurgien renommé, rouler dans ma R 5 automatique.

— Une Porsche te conviendrait mieux...

Une remarque en forme de souhait aussitôt exaucé.

Joan avait paru très surprise de ce brusque engouement pour les automobiles de prestige ; je m'étais un peu embrouillé dans une explication concernant les signes extérieurs de richesse, somme toute indispensables auprès d'une certaine clientèle, et elle s'était réjouie de cet achat comme d'un rapprochement entre nous... Joan... à qui j'en voulais toujours un peu de mon récent échec ; Joan que je trompais allégrement avec une gamine de dix-huit ans, mais à qui, pour rien au monde, je n'aurais voulu faire de la peine.

J'avais fait transférer mon téléphone voiture sur la Porsche qui se glissait mal dans les encombrements du soir. Il y avait près de trois quarts d'heure que j'avais quitté les Hortensias ; dans cinq minutes, j'allais grimper quatre à quatre les escaliers menant au studio de la belle... Déjà, j'imaginais son corps soyeux ; je la prenais contre moi, je... Le bip du téléphone retentit :

— Monsieur ? Ici les Hortensias. Je vous passe l'infirmière du réveil.

Qu'est-ce qui pouvait se passer ? J'avais donné des ordres stricts pour qu'on ne m'appelle dans la voiture qu'en cas d'extrême urgence. Je pris un ton un peu sec :

— Qu'y a-t-il ?

— M. Dalban, je suis Monique Fabre, la nouvelle infirmière. Je suis ennuyée, parce que votre dernière rhinoplastie saigne...

— Beaucoup ?

— Oh non, Monsieur. Mais son pansement est taché et je crains qu'elle ne déglutisse encore du sang...

— Sa tension ?

— Très bonne : 12-8 et 80 pulsations minute...

— Bon, il faut simplement surveiller son réveil. Effectivement, le seul problème est d'éviter qu'elle ne s'étouffe... Demandez à la panseuse, elle a l'habitude ; s'il le faut, elle renforcera le méchage avec une solution adrénalinée. Berthier est encore là ?

— Oui, Monsieur. Il est simplement monté dans les étages faire sa visite ; il va repasser. Vous ne venez pas la voir ?

— Non, non... N'ayez aucune crainte : ces saignements sont fréquents et sans danger. Dites à Berthier de me rappeler en cas de problème.

Je coupai la communication : rien que de très normal, dans cette histoire. L'affolement de cette infirmière s'expliquait par le fait qu'elle ne connaissait encore rien à la chirurgie esthétique, où les saignements postopératoires sont monnaie courante.

En sonnant à la porte de Cléa, une soudaine angoisse me prit : et si elle n'était pas là ? Si elle ne m'avait pas attendu ? Incroyable de constater combien cette possibilité me bouleversait. Il me faudrait alors patienter plusieurs jours avant de pouvoir distraire à nouveau un moment dans mon emploi du temps en trouvant un prétexte valable pour Joan...

Mes craintes étaient vaines, terreurs d'adolescent qui préfère envisager le pire de crainte d'être déçu ; elle m'ouvrit la porte, superbe et impudique dans un tee-shirt d'homme descendant au ras des fesses.

Cléa... Tu avais l'âge de ma fille et je voulais m'enfouir en toi, boire à ta jeunesse. Ton nez était le modèle auquel j'aspirais dans mes plus belles réussites, tes seins la perfection des formes. Moi qui par mon métier côtoyais l'artifice, la fausse beauté, la jeunesse fabriquée, je plongeais avec délices dans la sincérité de ton corps à la peau lisse et tendue, vierge de toute marque.

Tu étais là, appuyée au chambranle de la porte, sûre de toi, un peu agacée par mon retard mais fière néanmoins de ton pouvoir sur cet homme connu et riche que j'étais...

Cléa aux dents longues, à l'ambition et aux désirs violents ; nous n'avions qu'une heure pour nous, une heure seulement avant que je ne sois contraint de rentrer à Neuilly.

Joan m'attendait dans le salon, nerveuse :

— Pierre, tu dois téléphoner tout de suite à la clinique, Berthier veut te parler. Voilà plus d'une heure qu'il cherche à te joindre...

Je sortis de ma poche le petit paquet que j'étais passé prendre en coup de vent sur le chemin du retour :

— C'est trop bête... Je suis allé voir quelques costumes, sur les Champs-Elysées et prendre ceci pour toi, ma chérie...

Elle ne m'interrogeait jamais sur mon emploi du temps et je n'avais pas à me justifier devant elle. Cependant, je faisais en sorte qu'aucun soupçon ne puisse l'effleurer, multipliant les attentions. Son cadeau était une parure fantaisie en lapis-lazuli que nous avions remarquée ensemble, quelques jours auparavant.

— Oh, Pierre, tu es adorable... Et moi qui pensais que tu faisais la cour à une petite secrétaire !

Bien sûr, il s'agissait d'une plaisanterie, mais je la pris comme un avertissement. En sortant des bras d'une femme, j'avais toujours l'impression que mon infidélité s'affichait aux yeux de tous. Puis, Joan était présente lorsque j'avais fait la connaissance de Cléa...

J'appelai Berthier de mon bureau. Nous ne nous tutoyions

toujours pas — la différence d'âge, ou les titres. Sa voix était cassée, tendue :

— Monsieur, je crains un gros pépin avec notre dernière rhinoplastie...

— Elle s'est mise à saigner davantage ? On m'a appelé tout à l'heure, à ce sujet.

— Non, ça ce n'est rien ! En fait, elle ne se réveille pas. J'ai été obligé de la réintuber et de la placer sous respiration assistée... Les parents commencent à s'inquiéter qu'elle ne soit pas remontée dans sa chambre.

Le gros pépin, comme disait Berthier. J'étais effondré :

— J'arrive dans cinq minutes. Vous m'expliquerez !

La clinique des Hortensias était assez proche de l'hôtel particulier, lorsqu'on n'empruntait pas les itinéraires fantaisistes de Joan. J'y parvins rapidement et trouvai Berthier au chevet de la jeune opérée, dans la salle de réveil-réanimation du bloc.

A première vue, elle dormait comme lors d'une anesthésie générale. Sur l'oscilloscope cathodique, le tracé du rythme cardiaque semblait bon.

— Quand j'ai eu terminé ma visite, dit Berthier, elle ne se réveillait toujours pas, contrairement à ce qui aurait dû se produire. Même, sa respiration devenait difficile... J'ai aspiré quelques mucosités. Puis, comme la déglutition ne revenait pas, il était dangereux de la laisser sans intubation car elle continuait de saigner. J'ai donc...

— Vous avez une explication ?

— Non. Tout se passe comme si elle avait subi une sévère anoxie cérébrale...

Le sang noir, durant l'intervention... Cela correspondait, le temps était suffisant pour que se créent des lésions irréversibles. Quelle saloperie !

— Mais comment, nom de Dieu, comment ?

Haussement d'épaules impuissant de Berthier :

— J'ai tout vérifié ; les bouteilles sont bien branchées, il ne manque pas d'oxygène en pression. Pourtant...

— Transport en urgence chez Tavernier, à la Salpé. C'est un coma profond. Il faudra attendre, en espérant qu'elle récupère...

Berthier bondit sur le téléphone. Moi, je devais maintenant annoncer aux parents qu'il y avait eu un petit accident, que leur fille unique était devenue un légume, qu'elle était comme morte — ou qu'il aurait peut-être mieux valu qu'elle le fût réellement...

« Morte pour devenir belle », ne manquerait pas de titrer la presse, avide de ces drames.

3

Pour moi, le ciel s'obscurcissait soudain d'une manière imprévisible. Ennuis familiaux et soucis professionnels, fausses inquiétudes qu'envenimait mon pessimisme naturel et drames concrets, tout m'arrivait en l'espace de quelques semaines.

Anne, ma petite fille, mariée sans me prévenir, était partie loin de Paris avec son béret rouge ; Philippe avait le cœur écartelé entre Claire et moi ; déchiré de tous côtés, assailli par sa sœur et sa mère, il continuait de me vouer un amour sans limites. La haine, partout, et le ressentiment. Pourquoi ne pouvait-on se quitter sans se détruire ? Ne plus vivre ensemble ne signifiait pas cesser d'aimer — pour moi, du moins, et je craignais chaque jour davantage d'être seul de mon espèce.

Puis il y avait Cléa qui m'obsédait ; caprice coûteux et frivole dont le premier coup de vent — un homme plus jeune que moi, maître nageur au torse viril, ou sexagénaire plus généreux — me séparerait. Il y avait cette gamine qui ne s'était pas réveillée à l'issue de sa rhinoplastie et croupissait maintenant sur un water-bed de la Salpêtrière ; cette gamine que chaque seconde éloignait de la vie sans la rapprocher de la mort devenue seule issue — coma dépassé.

Et je n'oubliais pas Joan. Si la passion des premiers mois s'était estompée sous les coups de boutoir répétés de l'argent trop envahissant, de mon échec pour la nomination au titre de professeur et de l'adultère, demeurait la tendresse. Oui, j'avais le cœur assez grand pour aimer deux femmes et les enfants qu'elles m'avaient donnés, et en désirer une troisième.

Cléa pour le sexe, Claire pour le souvenir et Joan pour l'attachement. Anne, Philippe et Roy. Roy... mon petit roi aux balbutiements bilingues d'enfant de deux ans issu d'un mariage franco-américain. Tous ces prénoms ponctuaient les étapes de ma vie, tous ces êtres que j'avais fait souffrir, sauter sur mes genoux ou hurler de plaisir, je les aimais. Cette belle profession de foi traduisait mon désarroi.

Parce que je me sentais — comment le dire sans emphase et sans dépasser le strict cadre de la vérité ? — désemparé, parvenant à un carrefour de mon existence en face duquel, pour la première fois, la route à suivre ne m'apparaîtrait pas clairement. Pour retarder le ménage mental inéluctable, pour mieux m'y préparer, j'avais accepté l'offre de Joan : une semaine de repos aux Bahamas.

Paradis pour milliardaires, à quelques kilomètres de Nassau, sur la côte, nous occupions dans cette enclave privée aux entrées sévèrement gardées une villa de style colonial dont je ne cherchai même pas à savoir si elle appartenait en propre à Joan, aux Barnes ou si elle était la propriété de la Dorset. Les grandes pièces aux meubles de bois contrastaient par leur fraîcheur avec l'étouffante moiteur du bord de mer. Ventilateurs aux grandes pales alanguies, domestiques si discrets qu'ils se confondaient avec le mobilier, j'accueillis cet environnement sans surprise : Joan, je ne l'ignorais pas, avait le don de découvrir exactement le lieu qui convenait au bon moment. En l'occurrence, j'avais besoin de cette atmosphère irréelle, de ce bonheur superficiel que nous trouvions ici.

Huit jours, c'était peu pour remettre les pendules à l'heure, mais huit jours sans Cléa, huit jours sans opérer ? Non, je ne pouvais pas en envisager davantage.

Les Tropiques donnaient rapidement des habitudes de paresse, comme si le paysage apaisé déteignait sur le caractère. Cocotiers à la cime à peine agitée par le vent du large, sable blond de la plage qui coulait entre les doigts... Je m'enfonçais avec volupté dans une existence végétative, dégagée des contraintes quotidiennes. Tout était paix, ici, et je ne voulais pas croire le maître d'hôtel décrivant les coups de vent violents et subits qui, parfois, apportaient la pluie des côtes de Floride. Non, ces îles étaient un paradis perpétuel, dont les jours lénifiants me convenaient.

Tard levés, nous prolongions Joan et moi les plaisirs de la nuit au creux de ce lit qu'on eût dit destiné à l'amour. Je parvenais à faire taire cette petite voix insidieuse, me rappelant périodiquement les superlatifs du Pr Gros, et que tous ces avantages matériels dont je jouissais causaient ma perte. Pas maintenant ; plus tard, à Paris, j'y repenserais...

Deux jours, trois jours au cœur de ce rêve. Tout s'estompait dans ma mémoire, les contours de mes soucis et cette impression fâcheuse d'être parvenu à la croisée de chemins inconnus. Nous étions attablés pour le dîner servi sur la terrasse, quand Joan murmura :

— Pierre, je sais pour Cléa... Cléa Goldstein.

Pas un mot plus haut que l'autre, une phrase qui s'éleva à peine au-dessus du bruit sourd des rouleaux venant mourir sur la plage. Le maître d'hôtel continuait de passer des plats de poisson, invisible et pourtant efficace. J'aurais pu oublier cette plainte de Joan, faire mine de ne pas l'avoir entendue, perdue dans le son du ressac. J'aurais dû... Mais comme un coq hargneux, je me dressai sur mes ergots, prêt à attaquer celle qui ne me voulait aucun mal.

— Comment l'as-tu appris ?

— Tu sais bien que mon père te fait surveiller, depuis l'affaire de Dakar. Ce n'est pas pour rien que je t'avais conseillé d'être un homme de verre... J'ai reçu un appel de Houston, cet après-midi, pendant que tu somnolais sur la plage.

— Et alors ? Qu'est-ce que tu comptes faire ? Tu veux m'empêcher de la voir ? Tu n'y peux rien, elle...

Imbécile, je m'emportais. Mâle macho, phallo... Qu'on ne touche pas à mon sexe ! Il était à moi, j'en usais selon mon gré. Libre, j'étais libre... Imbécile s'emportant pour défendre l'injustifiable. Oui, j'avais une maîtresse de dix-huit ans ; oui, elle me coûtait une fortune ; oui, j'aimais son corps... Coupable ! Quel con !

— Pierre, je t'en prie... Je ne te demande rien, je ne veux rien savoir. Je t'aime, Pierre...

Sensation de gâchis, viscérale, forte comme une évidence. L'autre poursuivait son travail, débarrassait des assiettes encore pleines, présentait d'autres mets auxquels nous ne toucherions pas. Du gâchis, partout, toujours, autour de moi — comme si je l'induisais par ma seule présence.

Je me rassis — parce que je m'étais levé, ridicule et gesticulant ; dans la lumière incertaine du coucher de soleil, un petit éclat de diamant roulait sur la joue de Joan. Larme de chagrin, larme d'amour et de regret.

Nous ne fîmes pas l'amour, cette nuit-là, chacun accroché à son côté du lit comme un noyé à sa bouée. J'aurais voulu la prendre dans mes bras, la toucher, lui parler, le calme retrouvé. Mais je n'osais pas, j'avais trop peur d'une rebuffade, tout comme elle n'osai sans doute pas se lover contre moi après les cris que j'avais poussés. Joan... Mon Dieu, quel con j'ai été !

Ciel bleu, intense, sans changement par rapport aux jours précédents. Un peu de gris, peut-être, dans le vert des yeux de Joan ? D'un accord tacite, nous agissions comme si rien ne s'était passé.

Amanda, la cuisinière, servait le thé du matin. Soleil déjà pesant sur la plage, ombre douce des palmiers, je proposai :

— Si nous faisions un tour en Tornado ?

— D'accord.

Sourire de Joan. Non, rien ne s'était produit ; aucune ombre, pas de nuage entre nous.

— Vous ne devriez peut-être pas, intervint la cuisinière. Je sens que...

Elle fit un petit geste tourbillonnant de la main. Mais le ciel était si bleu, si pur, distillant quelques nuages effilochés là-haut, très loin sur l'horizon, que je ne me souciai pas de cette remarque.

— Mais non, il fait grand beau !

Le catamaran filait par vent arrière, effleurant à peine la surface de l'eau dans un crissement léger. Ce plaisir du bateau, de la navigation, cette joie de barrer une embarcation aussi maniable que le Tornado, c'était à Joan que je les devais. Elle avait su vaincre mes réticences, ma peur instinctive de l'eau, pour m'apprendre quelques rudiments indispensables. Puis tout s'était enchaîné ; à l'appréhension avaient succédé le plaisir, la jouissance.

Le soleil brûlant, la mer d'un bleu translucide et Joan très bronzée, vêtue seulement d'un petit slip noir, couchée devant moi sur la toile tendue entre les deux flotteurs du catamaran... Le bonheur ressemble parfois à ces cartes postales que l'on achète en souriant de leur naïveté. Un chromo, un cliché dont je me serais moqué si je n'avais pas appris, à mes dépens peut-être, qu'il pouvait être réalité.

Joan savait désormais, pour Cléa ? Tant pis, ou plutôt tant mieux ; la duplicité m'était intolérable. Elle comprendrait, elle avait déjà compris, que cette histoire ne revêtait qu'une importance passagère.

Nous naviguions depuis plus de deux heures ; le vent, d'abord établi à l'arrière, était peu à peu tombé, devenu un souffle infime qui gonflait à peine la voile. La terre était loin, maintenant, bande sombre de la cocoteraie bordée du trait clair de la plage à l'horizon. Je continuais de barrer ; Joan, redressée sur les coudes, me regardait sans mot dire. Nous étions bien — quelle banalité dans les mots ! —, apaisés après l'orage.

— Amanda avait raison, remarqua soudain Joan. Le temps se gâte...

Derrière nous, au-dessus de l'île, le ciel était devenu d'un gris métallique intense.

— On vire de bord.

Une manœuvre rapide et aisée, avec le maniable Tornado. Le vent qui forcissait à présent de seconde en seconde nous arrivait dans le nez ; il nous faudrait tirer des bords pour regagner la plage.

Joan s'installa au rappel — le flotteur droit du catamaran bondissait à près d'un mètre au-dessus des vagues ; j'avais de plus en plus de difficulté à maintenir le cap et à maîtriser les sursauts brusques du Tornado dans les creux qui se formaient. Notre promenade de santé se transformait en partie de sport...

— Je ne fais pas le poids ! hurla Joan.

Effectivement, même suspendue à son trapèze, le corps

parallèle à la surface de l'eau, elle ne parvenait pas à contrôler le mouvement ascendant du flotteur ; la gîte devenait inquiétante. En rappel, mes quatre-vingts kilos seraient plus efficaces et Joan était capable de barrer au moins aussi bien que moi.

— D'accord ! J'abats un peu et on change !

Joan débloqua le mousqueton du trapèze ; trempée d'écume, elle grelottait — le soleil avait disparu, il faisait presque frais. Elle me sourit. Elle, la fonceuse, la businesswoman américaine appréciait cette lutte avec les éléments. Aucune crainte dans ses yeux, seulement une lueur vive d'énergie, presque de satisfaction.

Coup de vent violent nous prenant par le travers, creux de vague plus important encore, dans lequel l'avant du Tornado se planta, ou fausse manœuvre de ma part, je ne sais pas ce qui se produisit. Images successives, rapides, gravées à tout jamais dans ma mémoire... Joan debout, en équilibre instable, à quelques centimètres de moi ; la bôme balayant soudain le pont sur un quart de cercle et le cri rauque poussé par ma femme en tombant à l'eau.

Je l'appelai désespérément, par un réflexe stérile d'incrédulité. Mon hurlement dérisoire ne dut pas porter plus loin que l'avant du catamaran. A chaque seconde, apparaissant et disparaissant au gré des lames, la chevelure blonde de Joan s'éloignait du Tornado devenu ingouvernable.

Mais, bon dieu, ce n'était pas possible ! Elle qui nageait comme un poisson, infatigable, ne pouvait pas... Bouchon de liège dérisoire, son corps dérivait sans résistance. Plonger, tout de suite, avant qu'il ne me soit plus possible de la rejoindre. La terre était loin ? Qu'importait, je saurais la ramener. La voile du catamaran faseyait lamentablement... Et il n'y avait même pas de gilet de sauvetage à bord ! Sans plus penser à rien qu'à me rapprocher de Joan, je sautai dans l'océan devenu glauque et sombre.

Nager, brasse coulée ou crawl dérisoire ; j'avais l'impression, malgré mes efforts désespérés, que la distance entre elle et moi ne cessait de s'accroître. Puis, enfin, je pus la toucher, saisir sa chevelure. Joan était inconsciente.

La voile blanche du catamaran se trouvait maintenant à

plusieurs centaines de mètres de nous, jouet du vent. Inutile de songer à le rejoindre. Non, ce qu'il fallait, c'était que je conserve mes forces pour nager vers la côte...

Je serrais Joan contre ma poitrine, tentant de lui maintenir la tête hors de l'eau malgré les paquets de mer qui nous submergeaient par instants. Elle demeurait inerte — le choc, sans doute.

— Joan, réponds-moi !

C'était trop con... Tout allait si bien, cette petite brise arrière, ce ciel limpide et...

Garder mes forces pour nager. Tenir, encore, jusqu'au bout... Jusqu'à cette plage que j'apercevais, très très loin, là-bas, du côté où le ciel s'éclairait, lorsque, porté par la crête d'une vague, je parvenais à tourner la tête.

J'alternais de longs moments de planche sur le dos, repos indispensable, avec des efforts intenses durant lesquels je sentais se tétaniser les muscles de mes jambes et ceux du seul bras dont je pouvais m'aider, l'autre soutenant Joan. Autour de nous, lentement, le coup de vent paraissait se calmer et les flots recouvraient leur transparence.

Tenir, tenir encore... On allait venir enfin à notre secours. Contre moi, Joan se faisait de plus en plus lourde ; son corps glissait sans cesse le long du mien, et je ne parvenais qu'à grand peine à le redresser. Tenir... Il fallait qu'ils viennent maintenant, ces secours ! Il le fallait. Bientôt il serait trop tard... « Elle, ou moi... Elle, ou moi... » Les mots me martelaient la tête, je me les répétais à mi-voix, serrant les dents pour les empêcher de sortir, comme une vérité néfaste que l'on veut conserver pour soi. Nous en étions là, j'en avais conscience désormais — la certitude tragique. C'était elle, ou moi. Si je ne me décidais pas à lâcher Joan, nous allions couler tous deux dans un instant.

Elle, ou moi. Je desserrai l'étreinte de mon bras gauche...

Odeur d'éther, murs laqués de blanc. Un hôpital. Quelques blouses blanches autour de moi, ainsi que deux hautes silhouettes en costume sombre. Je m'efforçais d'ouvrir les yeux avec une difficulté infinie, en même temps que se produisait mon retour à la lucidité. Joan, où était Joan ? Je tentai d'articuler son nom :

— J... Joan...

— Vous l'avez tuée, Pierre ! Tuée !

La voix de Frank J. Barnes... Mais ce n'était pas vrai. Il mentait, n'est-ce pas ? Joan était...

— Vous l'avez tuée parce qu'elle voulait vous quitter, Pierre. Vous vous êtes disputés, les domestiques ont parlé !

Quelqu'un intervint, l'un des médecins sans doute, pour faire sortir le Texan, et le silence revint dans la pièce, obsédant.

Joan, morte...

Autopsie, enquête, imprudence... Cette trilogie macabre sonna le glas de ma seconde histoire d'amour. Désormais, je n'aimerais plus, puisque tout, toujours, s'achevait dans le drame : le divorce avec Claire et la mort pour Joan.

Je ressentais au plus profond de moi, venin insidieux, cette impression de gâchis total déjà perçue avec violence à Nassau, lors de ma dernière conversation avec Joan. Elle était morte en sachant que je l'avais trompée — une idée qui ne me quittait plus, tel un reproche permanent.

J'avais passé une semaine à l'hôpital de Nassau, sérieusement choqué. Je suivais, par l'intermédiaire d'un aimable inspecteur de police, les péripéties de l'enquête. On avait retrouvé le Tornado échoué sur une plage, puis, deux jours après le coup de vent — parce qu'il ne s'était agi que d'une bourrasque aussi forte que brève, comme il en survient parfois —, le corps de Joan.

Les Barnes avaient réclamé une autopsie ; elle révéla l'existence de graves fractures vertébrales hautes. Durant plusieurs heures, je n'avais serré contre moi que le corps d'une femme morte.

Et j'avais pu regagner Paris, libéré des atroces accusations qu'avait formulées Frank J. Barnes. Non, je n'avais pas tué Joan ; l'on ne pouvait que retenir le tort d'une imprudence qu'elle partageait avec moi... Sur ce plan-là, les Barnes avaient perdu, officiellement du moins, car subsisteraient les ragots qu'ils n'allaient pas manquer de colporter — calomniez, il en restera toujours quelque chose.

S'ils avaient dû céder devant les conclusions du coroner de

Nassau, ils parvinrent en revanche à obtenir le droit de garde pour Roy : veuf aux mœurs douteuses — Cléa, Cléa... — et travailleur acharné, je ne trouverais certes pas le temps d'élever mon enfant.

Mes mots sont froids, presque cliniques ; j'écris comme un rapport administratif relatant le cas d'un autre. La mort de Joan, ce fils qu'on m'arrachait, tout cela m'atteint de plein fouet et je ne parviens même pas à laisser filtrer la moindre émotion sous ma plume. Ou plutôt, par un réflexe de survie instinctif, je m'interdis d'extérioriser. Autocensure ridicule de celui qui a tout perdu mais s'accroche désespérément à une forme de dignité.

Et si la pudeur n'était que de la lâcheté ?

J'aurais voulu mourir avec Joan. Elle est là, la vérité. Dans la crudité de cet aveu. Mourir avec elle, parce que je ne suis pas persuadé de trouver le courage de continuer.

4

Travailler. Travailler encore davantage pour m'abrutir, ne plus penser. Le sentiment judéo-chrétien de culpabilité qui m'envahissait, la notion de justice divine heurtaient mon athéisme. Non, je ne pouvais qu'accuser la fatalité — mais n'est-ce pas le même phénomène, en réalité, camouflé sous un autre nom ? —, la loi des séries qui vous apporte toutes les bonnes choses à la fois — et l'on parle de « chance insolente » — ou tous les malheurs.

Entre la haine des uns et l'indifférence des autres, je m'abrutissais de journées sans repos, prix de l'oubli — non, pas l'oubli, l'épouvantable anéantissement des souvenirs. Ce que je recherchais était simplement l'anesthésie de ma douleur. Six mois depuis la mort de Joan, et combien encore avant de songer à revivre ?

Je ne parvenais pas à dormir. Le grand appartement vide résonnait sous mes pas. Je n'avais pas pu supporter de regagner l'hôtel particulier en revenant de Nassau, et l'avenue Montaigne avait été cédée lors de l'entrée en activité des Hortensias. Alors, après deux ou trois semaines passées chez André Lévy qui m'avait accordé l'hospitalité de son appartement de la butte Montmartre, j'avais établi mes pénates dans une immensité 1850 de l'avenue de Breteuil.

Les ors et les pâtisseries des murs, les pièces obscures aux volets intérieurs de bois ornementé, les grandes cheminées de marbre tarabiscoté et le parquet de chêne à chevrons, tout constituait le décor abandonné d'une Traviata morte — un tragique désuet qui convenait à mon état d'esprit. Je campais dans l'une des chambres, sans me décider pour l'instant à faire venir les tapissiers qui ressusciteraient ce palais endormi.

J'allumai l'ampoule électrique nue qui pendait à son fil, éclairage unique de cette salle de bains de marbre aux robinetteries de cuivre doré. Le type fatigué qui me dévisageait dans la glace paraissait bien, maintenant, ses quarante-trois ans. Février 1981... Je ne pouvais pas croire qu'il était mien, ce visage déjà maigre qui s'était creusé encore. La bouche marquée de deux plis d'amertume, les tempes grisonnantes et les fines ridules courant au coin des yeux... Masque de tragédie.

Je passai un peignoir et me dirigeai vers la petite table de l'entrée sur laquelle je déposais sans l'ouvrir le courrier que la concierge s'obstinait à glisser sous la porte. Quelques factures, des prospectus et un pli du Palais de Justice que je décachetai : le juge Marceau me convoquait, sans préciser le motif. Sans doute les avocats des Barnes étaient-ils entrés en action. Maître Berger, mon conseiller, avait en effet senti le vent venir et m'avait mis en garde :

— Barnes a échoué en ce qui concerne l'accusation du meurtre de sa fille, mais il ne te fera aucun cadeau sur le plan financier. Ajoute à cela que ton beau-fils, Jerry Gallaway, te déteste depuis toujours, tu es bon pour l'assignation en captation d'héritage. Il faudra se battre pour conserver les cinquante-deux pour cent d'actions de la Dorset...

Se battre ! Je n'en avais aucune envie, pas plus que je n'avais besoin de cet argent. Ma clientèle de chirurgie esthétique qui m'avait, sur d'autres plans, coûté si cher, faisait de moi aujourd'hui l'un des meilleurs contribuables du pays, version professions libérales.

Cet argent de Dorset, je ne l'avais jamais désiré et ma bonne foi, en prenant connaissance du testament de Joan en ma faveur, alors que nous avions spécifié comme condition de mariage une totale séparation de biens, avait plaidé pour moi après l'accident de Nassau. Légalement, cette fortune était mienne et cependant je devrais me battre pour la conserver. Pas pour moi, non pas à mon usage. Pour Roy, le fils de Joan au même titre que Jerry, que je ne voulais pas voir dépossédé par son demi-frère.

J'étais convenu avec maître Berger de défendre ma position en me mettant à l'abri de toute critique par une cession des parts à Roy Dalban-Gallaway au jour de sa majorité légale. Jusque-là, je ne demeurerais que le gestionnaire usufruitier de ces milliards. La convocation que je tenais dans les mains devait être la réponse des avocats américains : « Ils n'hésiteront pas à porter plainte et à t'attaquer sur le plan pénal », m'avait prévenu Berger, décidément clairvoyant pour nous deux.

Je regardai la date de la convocation : c'était ce matin que je devais me rendre au Palais de Justice. L'oblitération datait de huit jours — ce pli devait traîner là depuis une semaine.

Coup d'œil à mon agenda, téléphone à la clinique : je m'habillai rapidement avant de repasser dans la chambre. Cléa dormait en chien de fusil sur le matelas posé à même le sol, l'une de ses jambes dépassant du drap froissé. Elle sommeillerait sans doute jusque vers midi, puis sortirait voleter dans la ville, papillon infidèle...

Je laissai un petit mot sur la table de nuit, l'invitant à déjeuner ; j'espérais seulement qu'elle le lirait.

Le gendarme qui m'avait fait remplir une fiche d'identité vint m'appeler. Je le suivis tout au bout d'un long couloir aux portes grillagées.

— Porte 341, dit l'homme au képi en saluant.

Je frappai et entrai pour découvrir que le juge Marceau était une femme, encore jeune et qui aurait pu être belle, mais qui se gardait bien de mettre en valeur son fin visage de brune. Cheveux tirés en arrière par un chignon serré, grosses lunettes et pas de maquillage, elle jouait visiblement la carte de la sévérité.

— Docteur Dalban ?

Elle me regardait sans aménité, vaguement curieuse de rencontrer enfin ce chirurgien mondain dont il était beaucoup question à la rubrique des faits divers, ces derniers temps. Le personnage n'avait pas l'air de lui plaire : j'étais sans doute trop élégant, je paraissais trop riche, ou même j'étais encore trop séduisant malgré mon coup de vieux. Je retrouvai dans ses yeux la même réprobation pour les superlatifs que le Pr Bernard Gros.

— Oui, Mme le juge...

— Madame sera suffisant, docteur.

Je croyais revivre la scène Noblecourt, première du genre dans le bureau du boulevard Saint-Germain : « Monsieur sera suffisant, mon ami... »

— Voici ma greffière. Je vous rappelle que tout ce que vous direz ici pourra être pris en déposition. Vous avez en outre le droit de vous faire assister d'un avocat...

Elle récitait son laïus dans les formes, cependant j'ignorais toujours ce que je venais faire là. On en arrivait à ce point, d'ailleurs :

— Dr Dalban, vous vous doutez des motifs de cette convocation, n'est-ce pas ?

— Oui. L'affaire Barnes-Gallaway...

Le juge Marceau parut étonné. Pour la première fois, une lueur humaine se glissa derrière ses lunettes.

— Mais non, docteur. Je pensais... Enfin, il s'agit du décès de Mlle Sophie Couturier.

Sophie Couturier... Ma rhinoplastie de l'année précédente, morte à vingt-quatre ans. Je l'avais presque oubliée, cette pauvre petite fille, dans les remous de ces derniers mois ! La dernière fois que je l'avais vue, elle était encore vivante — si l'on peut qualifier de vivant un corps dont le cœur bat encore lorsque l'électro-encéphalogramme est plat et les centres de la conscience détruits.

Trois semaines environ après l'intervention, j'étais allé à la Salpêtrière ; on avait enlevé le plâtre et le comble de l'ironie macabre était ce nez parfaitement réussi qui avait cicatrisé sur ce corps végétatif. Elle était morte « belle », quelques jours plus tard, à la suite de complications de surinfection pulmonaire.

Dans les semaines qui suivirent, nous avions été, Berthier, mon anesthésiste, et moi, convoqués auprès des experts de nos compagnies d'assurances. On avait pu établir alors l'absence de toute faute professionnelle, ainsi que l'ignorance dans laquelle on demeurait de la cause de l'accident. Je pensais l'affaire classée... Mais à présent, dans ce petit bureau obscur au plafond bas, aux murs couverts de rayonnages et de classeurs poussiéreux, elle revenait à l'ordre du jour.

— Dr Dalban, les parents de Sophie ont fait appel de la décision des experts et déposent plainte auprès du procureur de la République. J'ai été chargée de l'instruction du dossier. Certains témoignages que j'ai recueillis me conduisent à vous signifier votre inculpation pour homicide involontaire.

De tout ce jargon, un seul mot surnagea : inculpation. Mot terrible... Culpabilité, coupable... D'un coup, je n'étais plus un homme comme les autres, j'avais rejoint le monde des marginaux, des hors-la-loi, tel ce type croisé tout à l'heure dans le couloir, encadré de deux gendarmes et menottes aux poignets.

Le juge Marceau nota ma réaction ; elle enleva ses lunettes. Son regard était soudain moins sévère :

— Docteur, vous ne devez pas prendre cette inculpation pour ce qu'elle n'est pas, une mesure en votre défaveur. Je l'estime nécessaire pour que toute la lumière soit faite dans cette affaire. Il faut comprendre les Couturier : ils veulent une explication, connaître la vérité. Savoir de quoi leur fille est morte. En vous inculpant, ainsi que le Dr Berthier, j'ouvre le dossier à vos avocats. Renseignez-vous auprès d'eux...

En parlant, elle jouait avec ses lunettes, les passant d'une main à l'autre ou les faisant glisser sur le bureau autour de mon dossier. Un tic agaçant. Après une pause diplomatique, le temps de bien me laisser intégrer toutes ces nouvelles données, elle reprit :

— Aujourd'hui, je vais simplement revoir avec vous vos dépositions aux experts et vous faire signer la signification d'inculpation. Dans les semaines à venir, je vous prierai de rester à la disposition de la justice, avec votre avocat. Par ailleurs, puisque vous êtes un homme très occupé et pour ne pas gêner votre travail, je vous demanderai de me dire les jours et heures qui vous conviennent. Vous serez convoqué par courrier, comme aujourd'hui...

Tout était simple, dans la bouche de cette femme. Inculpation, convocations répétées... Tout cela n'avait pas d'importance. Routine. Pour elle, mais pas pour moi !

En sortant du bureau du juge, une demi-heure plus tard, je

trouvai Berthier arpentant le couloir à grandes enjambées impatientes.

— C'est pour la petite Couturier. Les parents ont porté plainte : nous sommes inculpés tous les deux. Apparemment, la partie adverse n'a pas accepté les conclusions des experts...

Berthier pâlit, devint aussi blanc que moi tout à l'heure.

— C'est terrible...

— Tsss. Nous allons nous défendre, Berthier. On ne condamne pas les innocents, dans notre pays, et nous n'avons rien à nous reprocher !

— Bien sûr, bien sûr... Peut-être vous. Mais il s'agit d'un accident d'anesthésie et, jusqu'à preuve du contraire, c'est moi l'anesthésiste. Alors...

Je lui tapotai l'épaule, plus rassurant que réellement rassuré :

— De la blague tout ça, Berthier. Nous serons condamnés tous les deux, ou nous établirons notre bonne foi. Appelez-moi ce soir, je vais organiser un rendez-vous avec mon avocat, maître Berger... Tout ira bien, mon vieux !

Sur la glace de la salle de bains, un mot écrit au rouge à lèvres :

« Partie faire des photos. Ne rentrerai pas ce soir. Cléa. »

La loi des séries, la fatalité... Il n'y avait plus de raison que tout cela s'arrête. La mort, la haine, l'acharnement autour de moi. Et maintenant, cet appartement désert, l'abandon.

Machinalement, je décrochai le téléphone pour appeler chez elle, ce petit studio de l'avenue Paul-Doumer qu'elle avait tenu à conserver. Sept, huit sonneries... J'allais reposer le combiné, quand elle se décida à répondre, la voix engluée de sommeil.

— Cléa ? C'est Pierre. Pourquoi es-tu partie ? Et ces photos ?

— Ah, c'est toi ? J'étais fatiguée, j'ai besoin de dormir ! Puis ce grand appartement m'emmerde... trop froid. Pour les photos, c'est vrai, j'y vais dans une heure.

Un silence. Elle cherchait ses mots, ou attendait que je proteste. Je n'avais plus rien à dire ; je ne pouvais qu'écouter. Soupir dans le combiné, bruit de respiration, puis :

— Ecoute, Pierre, si tu veux que je reste avec toi, il faut savoir me laisser tranquille. Faire ce que je veux ! Tu es très gentil, mais je suis jeune, moi...

Et vlan ! Trois points de suspension, un nouveau blanc dans son monologue pour appuyer bien fort sur sa dernière phrase. Je l'avais cherché, n'est-ce pas ? Elle m'avait mis le marché en main dès notre première rencontre et j'avais accepté ses conditions.

— Tu es vexé ? Il faut me comprendre : au lit, tu es formidable, tu me fais l'amour mieux que personne. Cependant, il n'y a pas que ça ! Moi, je veux vivre, danser pendant des heures, sortir, m'amuser... Pas rester enfermée dans tes six cents mètres carrés sans meubles ! Ce soir, je vais à l'Elysée-Matignon. Si tu veux, tu viens, d'accord ? Sinon, je t'appellerai demain...

— Cléa...

J'aurais aimé crier, hurler son nom. Rien ne passa, cependant, qu'un gargouillis qu'elle feignit de ne pas entendre. Elle raccrocha.

Le goût saumâtre de l'amertume dans la bouche, le cœur qui bat trop vite et cette boule dans le ventre... J'étais fou, je gâchais ma vie, ce qu'il en restait, avec cette fille dont je n'avais rien à faire. C'était une pute... Une pute ! Je pouvais en trouver des centaines comme elle, et d'aussi belles, à qui j'étais encore capable de plaire... Merde ! Je n'allais pas me mettre à pleurer, tout de même ?

Sonnerie du téléphone. C'était elle qui rappelait ? Non, la voix de Marina, ma collaboratrice des Hortensias, résonna :

— Monsieur, c'est pour votre programme de demain. Mme Bastien, une prothèse mammaire, s'est décommandée. Etes-vous d'accord pour que je la remplace par une rhinoplastie ? Mlle Jacquet qui attend depuis deux mois... Elle pourrait sans doute se libérer et rentrer ce soir ?

Je devais me ressaisir. Le travail... Il n'y avait que cela qui pourrait me sortir du trou. Des rhinoplasties, des prothèses mammaires... Il fallait continuer d'opérer, d'opérer encore ces jeunes femmes qui voulaient être belles.

Au fait, saurais-je jamais pourquoi Sophie Couturier était morte ?

Le dossier que Marcelle avait posé sur mon bureau ne portait aucun nom, pas plus que la mention habituelle du motif de la consultation. Je m'en étonnais d'autant plus que ma dévouée collaboratrice était très stricte en ce qui concernait les nouveaux patients, élevant devant les plaisantins un barrage généralement efficace.

Par l'interphone, elle refusa de me fournir l'explication que je réclamai.

— Oui, Monsieur, mais je préfère vous en parler dans votre bureau...

Nous nagions en plein mystère. Je n'avais cependant pas l'esprit à ces enfantillages ; j'avais besoin de travailler pour oublier, pas l'envie de jouer aux devinettes. Marcelle pénétra dans le bureau après avoir gratté à la porte.

— Alors ? demandai-je avec impatience.

— Il s'agit d'une jeune fille, monsieur. On n'a pas voulu me préciser son nom... Elle est accompagnée d'un homme qui vous expliquera.

— Qu'est-ce que c'est que cette histoire ridicule ? Enfin, Marcelle, vous savez parfaitement que je ne prends pas d'inconnus ! Que s'est-il passé exactement ?

Elle se lança dans un récit embrouillé aux connotations de mauvais films d'espionnage :

— Il y a trois semaines environ, j'ai reçu un appel téléphonique de l'étranger... D'un émirat du Golfe. Une personnalité voulait vous voir, on allait me confirmer sa venue dans la semaine. J'ai pensé à une plaisanterie, et ai donc donné cette date de rendez-vous, sous réserve... On ne risquait rien, avec votre liste d'attente. Puis, la semaine dernière, on est venu ici directement... L'homme qui est là.

Elle désigna la salle d'attente, baissant soudain le ton jusqu'au murmure :

— Descendu au Ritz, j'ai vérifié. Il insistait pour être reçu avec une jeune fille dont on ne pouvait connaître le nom... Elle devait voir le Pr Dalban — d'urgence. L'homme a ouvert une petite mallette remplie de grosses coupures en dollars : il a sorti une liasse, sans compter, « en garantie de notre solvabilité, a-t-il dit, et en acompte sur les honoraires du professeur ». J'ai bien sûr refusé l'argent, mais...

— Vous auriez pu m'en parler, Marcelle !

— Avec tous vos soucis, Monsieur, je n'ai pas voulu...

La sollicitude sans faille et le dévouement de mon assistante. Les événements et les ragots qui m'entouraient depuis l'accident de Joan glissaient sur elle, qui se voulait mon point fixe, mon point fort, sans me tenir rigueur des moments où je la rudoyais.

— Merci, Marcelle ; je vais les recevoir.

L'homme était grand, massif, le visage bouffi par une obésité naissante dont le double menton était dissimulé par une courte barbiche noire — noire comme ses yeux au regard pénétrant. Il s'exprimait en un français parfait, teinté d'une préciosité trahissant une éducation de qualité. Costume sombre, cravate club aux couleurs du collège anglais par lequel il était certainement passé, il était l'archétype de la génération occidentalisée des seigneurs du désert.

Brune, très typée, peu avantagée par son physique ingrat, ses rondeurs déjà marquées et sa petite taille, la jeune fille qui l'accompagnait gardait les yeux baissés et un silence tenace.

— Professeur, commença l'homme, je sais que vous êtes tenu au secret professionnel et que rien de ce que vous apprendrez ne sortira d'ici...

Je hochai la tête en manière d'encouragement. Il reprit :

— Cette jeune fille est l'enfant d'un très haut personnage dont je suis le... le conseiller, l'homme de confiance. Bref, j'ai tout pouvoir pour traiter l'affaire qui nous amène.

Il avait manifestement besoin d'être rassuré, tant sur ma discrétion que sur mon intérêt pour son cas.

— Parlez, je vous en prie.

— Eh bien, M. le Professeur, la prin... je veux dire mademoiselle doit se marier dans deux mois environ — une union d'une importance considérable pour son père. Or cette jeune fille vient de passer une année en Angleterre, à l'université, et elle doit rentrer pour le mariage. Malheureusement...

Il s'interrompit à nouveau. Il transpirait abondamment, commençait à balbutier. Visiblement, cette démarche lui coûtait beaucoup.

— Malheureusement, mademoiselle a rencontré un étudiant à Oxford, et... bref, elle n'est plus vierge.

On y était, le grand mot venait d'être lâché. Il devenait inutile qu'il m'en apprenne davantage, j'avais saisi ce que l'on attendait de mes talents de chirurgien plasticien.

— Professeur, dans mon pays, une femme doit arriver intacte au mariage, particulièrement une femme de son rang !

Phallocratie religieuse d'un autre temps ! Depuis combien d'années, cependant, le pucelage avait-il cessé d'être, dans notre bonne France catholique, un capital indispensable pour accéder au mariage ? Pas si longtemps, en vérité.

— Professeur Dalban, accepteriez-vous d'opérer mademoiselle pour qu'elle apparaisse indemne lors de sa nuit de noces ? Bien entendu, il faudrait prendre toutes les précautions pour que cette intervention demeure secrète ! On ne doit en aucun cas la reconnaître, même dans votre clinique. En contrepartie, vos honoraires seront les nôtres — sans aucune limite, même déraisonnable !

— Et si je refuse ?

— Le mariage devient impossible. Du même coup, vous condamnez cette jeune fille à une réclusion définitive, ou plus grave même, pour la punir d'avoir trahi sa famille et bafoué son honneur.

— Plus grave ?

Il expliqua dans un demi-sourire, comme s'il m'énonçait la chose la plus naturelle du monde :

— Chez nous, le père ou les frères peuvent supprimer la fille ou la sœur impure... Ils seront toujours pardonnés.

Révoltant ! Je ne savais pas ce qui me dégoûtait le plus, de ces coutumes barbares, de l'escroquerie morale à laquelle on me demandait de m'associer, ou de ce chantage aux sentiments que me faisait l'homme de confiance. Mais je ne pouvais pas laisser cette fille dans une situation aussi terrible pour une chose aussi simple à résoudre. Lorsqu'elle était possible, l'intervention était en effet un jeu d'enfant pour un plasticien entraîné — seulement lorsqu'elle était possible. En l'occurrence, la nature prendrait la décision pour moi.

— Je dois vous dire, commençai-je, que l'opération n'est pas toujours possible. Cela dépend de... l'état local, de ce qui reste de l'hymen déchiré, de la morphologie. Je vais examiner mademoiselle avant de vous donner ma réponse.

J'installai la jeune fille en position sur la table de la salle d'examen. J'avais en outre quelques questions scabreuses à lui poser :

— Le garçon, en Angleterre, vous l'avez... rencontré souvent ?

Elle hocha la tête, intimidée. J'insistai :

— Il faut me répondre, mademoiselle. J'essaie de vous aider, comprenez-le !

— Trois fois.

Elle possédait une belle voix, un peu rauque, et parlait, comme son accompagnateur, un français très pur.

— Il y a longtemps ?

— Six mois.. Je ne l'ai pas revu depuis.

— Avez-vous saigné, la première fois ? Avez-vous eu mal ?

— Pas très mal, non. Mais j'ai taché les draps.

Oui, elle avait taché les draps : et cependant il faudrait qu'elle les tache à nouveau pour qu'on puisse les montrer à la foule, à la famille...

L'hymen avait dû être assez épais à l'origine et il en demeurait quelques débris. La muqueuse était saine... Il n'y aurait aucune difficulté à lui rebâtir une virginité. Je fus soudain saisi de pitié pour elle.

— Vous pouvez vous rhabiller. C'est d'accord, j'accepte de vous opérer.

Elle éclata en lourds sanglots de délivrance. Il lui avait fallu du courage pour confier sa honte à l'homme de confiance de son père, puis la responsabilité de prendre rendez-vous avec moi. En attendant, moi qui n'étais guère cupide, je décidai de réclamer des honoraires royaux, parenté oblige. J'en ferais profiter la jeune fille venue me consulter à l'hôpital pour une réduction de ses seins énormes — une intervention qu'elle ne pouvait pas s'offrir et que j'allais effectuer gratuitement, avec les compliments de l'émir...

L'étrange couple parti, je restai un moment assis à mon bureau. La détresse pudique de cette jeune fille me rappelait une autre scène, vécue plus de vingt années auparavant. Monique, me téléphonant à l'aube d'un petit matin gris pour m'annoncer qu'elle attendait un enfant de moi. Je n'avais jamais oublié la panseuse de Beaujon ; même dans les instants de bonheur, elle demeurait au fond de mon esprit, comme pour me dire que tout cela n'était qu'éphémère.

Monique Sidkowski, le petit studio de la place Clichy... tout ce temps écoulé, passé à aimer ou à détester, à rire ou à travailler. Dans le creux de la vague où je me trouvais ballotté, l'impression qui prévalait en moi était celle d'un gâchis formidable.

Les arbres du parc Monceau se balançaient doucement, de l'autre côté du boulevard de Courcelles. Berger me fit entrer dans son cabinet enfumé par les cigarettes. J'évitai la classique leçon d'hygiène et m'apprêtai à l'écouter. Il avait pris mes affaires en main dès le lendemain de la mort de Joan et c'était à lui que je devais d'avoir paré les premiers coups bas des Barnes ; lui également qui m'avait convaincu de l'inutilité d'entamer, pour le moment, un recours contre la décision de confier Roy à la famille de Joan. Plus tard, la situation décantée et les passions apaisées, nous pourrions effectuer cette démarche.

Berger me sourit ; puis soudain très sérieux, il attaqua :

— Pierre, je suis passé au palais et j'ai consulté le dossier. Marceau a bien fait de t'inculper ! Si nous étions allés au procès sans avoir eu connaissance de certaines pièces, nous courions à la catastrophe...

Il s'interrompit pour allumer sa cinquantième cigarette de la journée :

— Tu dois savoir qu'on est dans la merde jusqu'au cou !

— Enfin, Jean-Pierre, puisque je t'affirme que je n'y suis pour rien ! Cette fille a fait un accident d'anesthésie, auquel Berthier ne comprend rien non plus ; mais moi, je n'ai rien à me reprocher...

Berger me regarda avec attention, dubitatif :

— Tu en es sûr ?

— On en a discuté des dizaines de fois ! Tu connais cette affaire par cœur.

— Bon, je vais t'expliquer. D'abord, j'étais prêt à mouiller complètement Berthier pour te sortir de là...

— Mais c'est dégueulasse !

— On n'est pas là pour faire du sentiment, mon vieux. C'est ta peau qui est en jeu. Tu n'as pas l'air de te rendre compte : c'est du pénal ! Un procès serait dramatique pour ta réputation... Il faut absolument obtenir un non-lieu à l'instruction. Quant à perdre devant un tribunal, tu risques tout simplement la taule ! Avec sursis, bien sûr, parce qu'on n'a jamais mis sous les verrous un chirurgien qui n'a pas commis une faute criminelle. Enfin, quoi qu'il en soit, il existe une jurisprudence qui permet de séparer maintenant les responsabilités du chirurgien et de l'anesthésiste... C'est ce que je voulais faire. Tout sur Berthier, pour décharger Dalban ! Toi, tu lui as modelé un beau nez, non ?

J'étais effondré. Subtilités et calculs ; on était bien loin de la simplicité rigoureuse d'une intervention chirurgicale. Quant à cette idée d'accabler Berthier pour me sauver la mise, elle me révoltait. Mais Berger n'avait pas achevé de vider son sac :

— En réalité, tout aurait été parfait, sans le témoignage que j'ai découvert au palais. C'est ça qui nous enfonce — et salement. En lisant le dossier, on comprend la réaction du juge Marceau. Il faut admettre que si je ne te connaissais pas... Monique Fabre, c'est un nom qui te dit quelque chose ?

Je fouillai dans ma mémoire. En vain.

— Non, je ne vois pas.

— Une infirmière qui n'a travaillé que deux mois chez toi. Tu l'as foutue à la porte parce qu'elle ne faisait pas l'affaire. Tu y es, à présent ?

— D'accord, oui. Je ne me rappelais pas le nom : il en défile tellement, malheureusement. Un peu nunuche et trop molle pour le travail de réanimation.

— Elle ne te porte pas dans son cœur ! Le fait que tu l'aies virée n'est d'ailleurs pas mauvais pour nous — on pourra affirmer que son ressentiment l'égare !

Berger sortit un papier du dossier :

— Je te lis son témoignage. Normalement, je ne devrais pas détenir ce truc, mais on a ses combines...

« Monique Fabre, 34 ans, infirmière diplômée d'Etat, demeurant 18, rue des Acacias, Paris 17e. Nationalité française. Actuellement employée par la clinique Bleuet, dans le XVe. Excellents certificats... » Du solide, tout ça ! commenta Berger avant de reprendre :

« Je me souviens particulièrement du cas de la jeune Sophie Couturier pour plusieurs raisons. Je débutais dans le service du Pr Dalban, clinique des Hortensias, et c'était ma première garde. Je n'avais pas grande habitude des opérés de chirurgie esthétique.

« Lorsque Mlle Couturier est sortie du bloc pour être installée dans la salle de réveil, j'ai constaté qu'elle saignait *en abondance*. J'ai voulu joindre le Pr Dalban pour lui signaler le fait et lui demander ses instructions, mais on m'a dit qu'il était déjà parti. Voyant mon inquiétude, la standardiste a accepté de tenter de le joindre dans sa voiture.

« J'ai pu parler au Pr Dalban environ trois quarts d'heure après. Je lui ai signalé le saignement et lui ai demandé s'il acceptait de venir voir ce qui se passait d'anormal. *Il a refusé,* en affirmant que ce saignement était banal, que je n'avais qu'à trouver la panseuse qui compléterait le méchage pour arrêter l'hémorragie.

« C'est ce que j'ai fait. Le saignement s'est *apparemment* arrêté. Ensuite, le Dr Berthier est venu et s'est inquiété du mauvais réveil de Mlle Couturier. Il l'a réintubée pour la placer sous respirateur. Le Pr Dalban est passé près de trois heures plus tard. Puis je ne sais pas ce qui est arrivé, mais j'ai appris que l'opérée avait été transportée dans un hôpital et qu'elle était morte.

« Je suis persuadée que le saignement est responsable de ce mauvais réveil et que le chirurgien, en arrivant plus vite, aurait peut-être pu faire quelque chose... »

Berger interrompit sa lecture et leva les yeux vers moi :

— Voilà pour l'essentiel, le reste n'est que de la broutille.

J'étais à la fois fou de colère et d'angoisse. Ce ramassis d'insanités, cette interprétation des faits...

— Mais, Jean-Pierre, cette fille n'y connaît rien ! Tu sais bien que le saignement ne l'a pas tuée ! Pratiquement deux rhino sur trois saignent au réveil. Mais comme cette imbécile n'en avait jamais vu, elle s'est affolée... Si je ne suis pas accouru, c'est que je savais qu'il n'y avait rien de grave. A ce moment, Berthier ne m'avait pas signalé le pépin d'anesthésie.

Jean-Pierre Berger haussa les épaules :

— Oui, nous, nous savons tout cela. Mais le juge Marceau, elle, n'a jamais pratiqué de rhinoplastie. Qu'est-ce qu'elle tire de ces rapports ? Qu'une infirmière consciencieuse et capable a appelé le chirurgien pour un saignement abondant, et que celui-ci a refusé de se déranger. Point à la ligne. C'est cela qui est mauvais : ton refus. Tu serais revenu immédiatement, cela n'aurait peut-être, hélas ! rien changé pour la petite, mais au moins, ce témoignage n'existerait pas !

Je réfléchissais rapidement. Sa démonstration était implacable et mon refus, la pièce maîtresse d'un dossier accablant. Pourtant, je hasardai :

— Il doit être facile de prouver qu'elle est morte des suites de cet accident d'anesthésie, même s'il reste inexpliqué, et pas de ce saignement bénin !

— Pas si simple, mon pauvre Pierre. Bien sûr, je me fais l'avocat du diable, mais quel beau dossier pour moi, si j'étais partie civile !

Il prit une nouvelle feuille dans la chemise cartonnée.

— Voici le rapport d'autopsie du médecin légiste. Je ne te lis que sa conclusion :

« La mort est due à un massif abcès du poumon, rebelle aux antibiotiques, complication infectieuse survenue chez une patiente en coma profond et sous respirateur artificiel, conséquence, sans doute, de la présence de sang non dégluti et inhalé dans les voies respiratoires. »

— Evidemment, reprit Berger après un silence, nous savons et nous prouverons que si ce sang a pu entrer dans la trachée et les bronches, c'est qu'il y avait eu coma dû à l'incident anesthésique. Mais on pourra toujours rétorquer qu'en l'absence de saignement, et malgré le coma, elle n'aurait pas fait cet abcès du poumon... Donc, qu'elle pourrait toujours être en vie.

— En vie ! Avec le cerveau détruit ! Comme cette Américaine sous machine depuis dix ans, et que ses parents supplient qu'on débranche pour la laisser en paix...

Berger se leva brusquement, une nouvelle cigarette aux lèvres.

— Peu importe, Pierre ! En vie, en vie ! Et alors là, tu n'aurais rien à craindre, tout serait pour ce pauvre Berthier. Maintenant, comme tu dis, je vous sauve tous les deux, ou... Enfin, assez geint ! Je t'ai annoncé le mauvais, nous avons du bon, également. Du meilleur ! Puis, maître Jean-Pierre Berger est de ton côté, pas du leur... On les aura, bonhomme !

5

Je suis fatigué.

J'avais bien travaillé, mérité mon succès. Je n'avais pas failli à mes rêves d'adolescence ; je m'étais montré plus intelligent, plus capable que la moyenne... Et pourtant, à l'âge des premiers bilans, je me surprenais à songer à la mort, entraîné par un courant que je ne parvenais pas à remonter.

Avais-je vraiment tout raté ? Ces êtres aimés, détruits ou disparus, mon intégrité professionnelle remise en cause, une liaison sans lendemain avec une Lolita de banlieue... Que me restait-il ? Sur les bords du torrent, quelques mains se tendaient pour tenter d'arrêter ma course : ma mère, mon fils Philippe. Où étaient les autres, ceux dont le sourire m'aurait aidé ? Enfuis, hostiles ou indifférents, ils se moquaient bien des états d'âme du Pr Dalban.

— Entrez !

Je me plongeai dans la lecture du dossier posé devant moi. La dévouée Marcelle ne s'y laissa pas prendre.

— Tout va bien, Monsieur ?

— Bien sûr, je... Un peu de lassitude, seulement.

— Vous travaillez trop, Monsieur.

— Sans doute.

Ce ne pouvait être que cela, un peu de surmenage. Un mandarin se devait de toujours sauver la face — un mandarin ne flanchait pas.

L'enregistrement australien des *Puritains* de Bellini par Luciano Pavarotti et cet extraordinaire contre-fa jonglant avec les limites de la voix humaine... Je rembobinai légèrement la cassette offerte par un client, pour entendre à nouveau ce passage. Il y avait quelque chose de magique dans cet envol réussi, dans ce défi relevé par l'un des seuls ténors au monde à n'avoir pas truqué la partition pour éviter l'écueil.

La Porsche sortit du tunnel de Saint-Cloud, fonçant vers Deauville. Près de moi, Cléa boudait ; elle aurait sans doute préféré du rock que je ne me sentais pas assez fort pour affronter. Je m'en voulais déjà d'avoir accepté ce week-end pour la satisfaire. La satisfaire... J'en arrivais à me reprocher le plaisir que je prenais avec elle, vieux con que j'étais devenu, et j'attendais avec impatience de trouver le courage de la quitter.

Ses longues jambes découvertes par un short ridicule qu'elle pouvait seule se permettre de porter, Cléa offrait dans cette voiture la parfaite image d'une publicité vulgaire pour produit de luxe.

La nouvelle conquête du Pr Dalban, ou le dernier amant de Cléa Goldstein, quelle version retiendraient les journaux ? En réalité, je m'en moquais, trop las pour lutter. Elle avait réclamé cette escapade à Deauville — une suite avec vue sur la mer au Royal, les places pour le gala du Casino ; j'avais accepté par indifférence, pour retarder le moment d'une décision pénible.

— C'est barbant, ton truc !

— Mets ce que tu veux...

Elle éjecta la cassette de Bellini et tira de son sac un nouvel enregistrement qu'elle s'apprêtait à placer dans l'appareil, quand le bip strident du téléphone retentit. Je ralentis pour me glisser sur la file de droite avant de décrocher.

— C'est Marcelle, Monsieur, pardonnez-moi de vous déranger malgré vos instructions, mais j'ai pensé que...

— Je vous écoute.

— La fille de votre amie, Mme Spindler vient d'avoir un accident de voiture. Elle est à Garches. Mme Spindler a téléphoné : elle craint qu'en plus des fractures, il n'y ait un traumatisme facial et que sa fille ne soit défigurée. Elle m'a demandé d'essayer de vous joindre — je n'ai rien promis, bien entendu.

— A Garches, dites-vous ?

— Oui. Voici le numéro de téléphone du service et celui de Mme Spindler...

Je me garai sur le bas-côté. Marcelle avait eu la bonne réaction ; elle connaissait mon affection pour Simone Spindler et savait que je n'aurais pas voulu être tenu en dehors de cette sale histoire. J'appelai immédiatement mon amie Simone qui ne cacha pas sa joie d'avoir pu me joindre.

— Pierre ! Oh, je suis tellement contente de t'entendre ! C'est Sylvie, elle partait pour Cabourg, avec un ami... On vient de m'appeler de Garches : elle est hors de danger, mais le médecin que j'ai eu au bout du fil m'a expliqué qu'elle portait de terribles blessures au visage... Pierre, il faut me la sauver !

— Bien sûr. J'appelle Garches tout de suite. Si je peux faire quelque chose, je te promets de t'aider ! A tout à l'heure, courage, Simone...

Je raccrochai. Cléa me bondit dessus, toutes griffes dehors :

— Comment cela, à tout à l'heure ? Et Deauville ?

La chose à ne pas dire ! J'éclatai :

— Espèce de sale petite conne imbécile et égoïste ! Tu n'as pas entendu ? Une fille de ton âge ! Si ta jolie gueule de garce s'éclatait dans un pare-brise, tu ne serais pas contente que le Pr Dalban interrompe son week-end pour tenter de limiter les dégâts ?

Elle se recroquevilla contre la portière, l'air soudain plus humaine, sympathique. Elle n'avait pas l'habitude qu'on l'engueule. Elle éclata en sanglots, murmurant d'une petite voix :

— Pardon, Pierre. Tu as raison, mais je tenais tant à ce week-end. Tous les deux, seuls...

Seuls ! Avec les photographes qu'elle avait sans doute prévenus de son arrivée. Elle était pourtant sincère, incontestablement ; c'était la première fois que je la voyais pleurer.

— Bon, bon... Je n'aurais pas dû m'énerver. Ecoute, il est à peine quatorze heures, nous sommes à quelques minutes de Garches et rien ne dit qu'on me laissera faire ce que je veux. Si j'en ai terminé à dix-neuf heures, nous serons encore largement dans les temps pour ton gala.

Toujours arrêté sur le bord de l'autoroute, j'appelai l'hôpital, le service de traumatologie :

— Dr Pierre Dalban à l'appareil. Je suis désolé de vous déranger, mais vous avez reçu un AVP *, il y a une demi-heure. Mlle Sylvie Spindler... Pouvez-vous me dire ce qu'elle a ?

— Bien sûr, Monsieur.

Ce devait être un chef de clinique, et j'étais pour lui l'un des mandarins les plus en vue. Il me résuma le cas :

— Trauma crânien avec perte de connaissance de très courte durée ; aucun signe neurologique inquiétant depuis ; très important trauma de la face. Elle est entrée dans le tableau de bord et le pare-brise... salement amochée. En première analyse, fracture de l'arête du nez, multiples plaies de la face et du cuir chevelu et surtout l'œil et la pommette gauches... Elle présente une diplopie : j'ai demandé des tomos crâniennes, je crains une fracture malaire importante. En outre, contusions diverses et fracture fermée de jambe...

J'avais tout noté mentalement. Le tableau était complet, il était préférable que j'intervienne.

— Quel est votre nom ?

— André Delmotte, Monsieur. Seconde année de clinicat.

— Qui est le chirurgien de garde ?

— Le Pr Louis, le patron.

— Ecoutez, Delmotte, je suis chez vous dans un quart d'heure. Joignez votre patron, nous nous connaissons très bien. Demandez-lui s'il laisserait opérer quelqu'un dans son service, à titre de consultant... Cette fille est une de mes amies, et je souhaiterais m'en occuper.

— Je comprends, Monsieur. Je serai ravi de vous assister...

Je rappelai ensuite Marcelle :

— Prenez un taxi, passez par les Hortensias, prenez une boîte de fixateurs crâniens et apportez-la-moi le plus vite possible à Garches. Au fait, Marcelle, merci de ne pas avoir hésité à me prévenir !

* AVP : accident de la voie publique.

Je soulevai doucement le pansement légèrement compressif mis en place par Delmotte sur le visage de Sylvie, et qui avait permis d'attendre en stoppant le gros de l'hémorragie.

Heureusement que Simone Spindler n'avait pas vu sa fille dans cet état, elle l'aurait difficilement supporté...

— Pas de ceinture de sécurité, bien sûr ?

Delmotte haussa les épaules. Quand donc les gens acquerraient-ils le réflexe de boucler leur ceinture, même pour parcourir cent mètres en ville ? Les adversaires de la ceinture de sécurité citaient les cas où, bloqués par cet engin, des automobilistes avaient été brûlés vifs — ou les fractures de côtes ou de clavicule qu'elles entraînaient. Mais ne valait-il pas mieux une fracture de côtes à ce que je découvrais ici ? Sans doute les médias devraient-ils oser montrer de tels dégâts pour enfin convaincre le public.

Le visage, propulsé contre le tableau de bord, avait explosé comme un fruit trop mûr sous la violence du choc. Les lésions, superficielles sur la peau déchirée par de larges plaies en étoile, étaient, hélas, profondes au niveau de l'ossature faciale. C'était un miracle qu'il n'y ait pas eu d'hémorragie intracrânienne — elle pouvait d'ailleurs survenir secondairement.

En dehors du nez éclaté et aplati, la plaie la plus profonde faisait comme un coup de hache ou de sabre vertical sur le côté gauche du visage : l'entaille descendait du cuir chevelu où elle avait découpé un hémi-scalp, puis dévalait vers la pommette, en passant par l'arcade sourcilière et l'œil. La paupière supérieure était déchirée, mais le globe demeurait intact et la vision conservée. En revanche, l'œil était décentré vers le bas, provoquant un strabisme monstrueux. Sylvie voyait double — cette diplopie signait la perte de l'axe normal de l'œil.

Je réclamai les radios et les tomographies. Delmotte avait fait un bon diagnostic : l'os malaire était brisé, entraînant une fracture du plancher de l'orbite, laquelle, enfoncée vers le bas, ne soutenait plus le globe oculaire.

Je soupirai. La catastrophe prévoyait parfois une issue de secours et cette pauvre Sylvie « avait bien de la chance dans son malheur » — l'ironie et le cynisme évitent parfois le désespoir et le découragement. Ne restait plus qu'à continuer d'appliquer la vieille recette de mes années d'internat, des jours de la guerre d'Algérie et des moments difficiles. Il fallait sourire, même jaune, pour ne pas sombrer. Or, j'étais certainement l'un des quatre ou cinq hommes en France à pouvoir, sur l'heure, rendre le plus de services à la jeune fille. Généralement, je voyais ces cas au stade séquellaire, un an ou deux après l'accident, lorsque tout était cicatrisé. Il fallait alors reprendre les cicatrices, rétablir l'équilibre osseux en procédant à des greffes pour combler les différences de niveau entre les deux yeux.

Sur Sylvie, je tenterais de tout faire pour réparer en un seul temps, afin de lui éviter le cycle infernal des opérations à répétition qui font toutes gagner un petit quelque chose. La chance de la jeune fille résidait également en la rapidité de mon intervention : après quelques heures, en effet, des phénomènes inflammatoires, des gonflements locaux, des œdèmes et des ecchymoses surviennent, qui empêchent de réaliser les sutures dans de bonnes conditions.

La surveillante s'approcha pour m'annoncer que son patron était au téléphone.

— Louis ? Désolé de te déranger ; Delmotte a dû t'expliquer, je pense ?

— Bien sûr, Dalban. Fais comme chez toi, mon vieux ! Aucun problème administratif puisque tu opéreras avec Delmotte qui, autrement, s'en serait chargé tout seul. De plus, j'ai le droit de te faire venir en consultant, ou en démonstration comme nous l'avons déjà fait autrefois. Je serais bien venu te regarder faire, mais j'appelle de Fontainebleau : avec les embouteillages et la circulation, tu aurais fini avant mon arrivée. Bon courage !

Ouf ! Administrativement, tout se passait pour le mieux — il était rare que, dans des cas semblables, on interdise à un chirurgien extérieur à l'hôpital d'intervenir s'il était personnellement lié au patient et s'il occupait un poste à l'AP.

L'anesthésiste n'attendait plus que mon signal pour endormir. Nous avions demandé à une autre équipe d'orthopédie de venir nous aider : ils s'occuperaient de la fracture de la jambe pendant que Delmotte et moi travaillerions sur la tête.

La bouche était intacte, ce qui allait faciliter les choses. Sylvie avait été intubée à l'aide d'une sonde armée souple, rabattue sur le menton et dégageant parfaitement le champ opératoire. Comme toujours dans de telles conditions, j'avais tout oublié : mes soucis, Cléa et son week-end à Deauville, Joan s'abîmant dans l'océan, la rancune de Claire et l'acharnement du juge Marceau. Tout aboli pour ne plus penser qu'à ces gestes que je commentais machinalement :

— Vous voyez, Delmotte, il faut d'abord effectuer un bilan de la couverture cutanée en préservant sur la face le moindre lambeau de peau qui tient encore. Notre ennemi est la perte de substance. Comme les bords sont irréguliers, ils forment des dessins qui permettront de reconstituer une continuité, exactement comme les pièces d'un puzzle...

Tout en parlant, je rapprochais, à l'aide de crochets fins, le bord des plaies, repérant avec de petits traits de crayon dermique ce qui s'accolerait.

— Regardez le front : la plaie est nette, presque comme un coup de bistouri. C'est là qu'il faut être le plus attentif. On comprend mal pour quelle raison certaines plaies suturées avec soin en urgence donnent des cicatrices boursouflées et de mauvaise qualité... C'est parce que les bords n'ont pas été cousus en face les uns des autres, comme un gilet boutonné avec un bouton d'écart. Le décalage entraîne des tractions dans l'axe, d'où le résultat médiocre.

J'avais achevé mon exploration. Aussi impressionnantes que paraissaient les blessures, il ne manquait ni de peau ni de cuir chevelu — le pronostic était donc bon. Mais le plus difficile m'attendait : traiter le squelette.

Je pris le bistouri pour brancher sur la plaie verticale une incision horizontale complémentaire. Delmotte s'étonna.

— Eh oui, vous trouvez que j'exagère et qu'elle est bien assez déchiquetée comme ça ! Il faut cependant que je voie clair, et je n'ai pas assez d'accès par la plaie. De plus, mon incision sera quasi invisible dans les suites.

Marcelle avait apporté des Hortensias le matériel utilisé pour les cranioplasties. Comme pour les fixateurs externes de jambe, il s'agissait d'une espèce de Meccano qui, grâce à des jeux de vis enfoncés dans les os du crâne, les solidarisait de l'extérieur. Je pensais devoir les utiliser pour maintenir la réduction de la fracture du malaire en cas d'instabilité. Ayant dégagé le bord inférieur de l'orbite et récliné le globe vers le haut à l'aide d'un écarteur en forme de cuiller à dessert, j'abordai l'enfoncement osseux.

Delmotte suivait la pointe de mes instruments de l'extrémité de l'aspirateur métallique. Dans le bon plan de clivage, cela saignait d'ailleurs peu. La fracture serait aisée à réduire, mais sans doute assez instable, d'autant que je ne disposais pas de bonne prise pour installer le fixateur.

Je me tournai vers l'équipe qui s'affairait sur la jambe :

— J'ai besoin d'un petit greffon. Pensez-vous qu'en le prenant sur place, on compromette la consolidation de la fracture ?

Je leur posais une colle... Il y avait bien la solution de prélever le greffon sur la crête iliaque, cette saillie supérieure de l'os de la hanche, ou sur son autre jambe, cependant j'avais à cœur, en chirurgien plasticien, de chercher toujours la solution laissant le moins de traces.

— Quel volume vous faut-il, monsieur ?

— Un morceau de sucre, à peu près : trois centimètres sur un et demi. Et dix millimètres d'épaisseur.

— Bien. A priori, en sous-périosté et à distance du foyer, ça ne changera rien. Comme sa jambe sera immobilisée de toute façon...

Je commençai à suturer le cuir chevelu et le front, au son de la scie du Stricker employé par les orthopédistes. Bientôt, la panseuse me fit passer dans une cupule le petit cube d'os que je taillai, à l'aide de pinces coupantes et de pinces gouges, pour le glisser comme cale sous le plancher de l'orbite. Entré en forçant légèrement, il suffirait à maintenir la réduction de l'enfoncement.

Les orthopédistes, qui avaient terminé, formaient autour des assistants et des panseuses un cercle de spectateurs attentifs. J'achevai le montage qui semblait solide.

— Je peux avoir un contrôle radio ?

Les clichés étaient bons — le plus dur était fait : le reste ne serait qu'une question de patience. Suturer les pièces du puzzle entre elles avec le plus de soin possible, en utilisant les fils les plus fins ; réduire la fracture du nez et la maintenir comme dans une banale rhinoplastie...

Je jetai un coup d'œil sur la grande pendule murale. Dix-sept heures, j'étais dans les temps — j'aurais terminé à dix-neuf heures ! Je songeai pour la première fois à Cléa qui m'attendait dans la voiture, stationnée au milieu de la cour d'hôpital. Elle avait préféré cela à toute autre solution. Elle avait de la musique, le téléphone... C'était presque le bonheur. Puis nous serions plus vite arrivés au rendez-vous mondain du casino : dans les journaux à potins de la semaine suivante, on verrait ma photo au bras de la belle Cléa Goldstein... Le juge Marceau en tirerait de nouvelles conclusions défavorables à mon encontre — mais personne n'irait jamais lui parler de Sylvie Spindler.

— On continue. Delmotte !

Philippe et moi étions convenus de nous retrouver en terrain neutre, en l'occurrence la terrase du Saint-André-des-Arts où j'attendais. Cela faisait longtemps, très longtemps que je n'étais pas venu au quartier Latin, depuis ces soirées chaudes de mai 68.

Je mesurai soudain, au spectacle de la rue, combien j'avais pris d'âge ; oui, j'étais une vieille croûte pour ces filles et garçons uniformément vêtus de jeans et tee-shirts, qui discutaient de leur boulot, de leurs amours et de leur avenir. Un futur bien bouché. Je ne les enviais pas, même si leur jeunesse m'attirait ; je les plaignais plutôt de n'avoir pas connu l'insouciance des années cinquante. Nous vivions certes le temps de la guerre froide, celle d'Algérie, mais l'essor économique rendait tout possible. Eux, avec le chômage croissant, la crise internationale, la récession et l'effroyable accumulation des engins nucléaires, voyaient leur jeunesse grevée d'une lourde hypothèque. Sale temps, vraiment.

Sans doute ne fallait-il pas chercher ailleurs leur goût de l'évasion dans la contestation, la drogue ou les modes les plus folles. Les valeurs avaient basculé ; la mécanique de la société de consommation ne leur laissait qu'un choix limité, alternative simple : rejeter l'offre en bloc ou désirer toujours plus, profiter des bienfaits de la civilisation. La chaîne hi-fi, le magnétoscope, les voitures, les motos et les sports en tout genre, les vacances, les loisirs... Tout devenait prétexte à envie, voire à besoin.

Alors, il leur fallait courir après l'argent pour assouvir ces désirs. Quand il venait à manquer, leur chemin bifurquait très vite vers la déprime, la délinquance ou les sorties de secours des sectes — salut de l'âme et santé par les plantes.

Quant au sexe, j'étais convaincu du marché de dupes que la permissivité leur avait fait conclure. Et le rêve, mes pauvres enfants ? A ma droite, une fille de l'âge de Cléa sirotait un lait-menthe. Comme les autres, elle avait dû être déniaisée aux alentours de quinze ans, et se gavait de contraceptifs. Elle avait lu dans un hebdo ou entendu de la bouche d'une copine qu'il fallait jouir pendant le coït, que l'orgasme lui était dû — la frigidité étant bonne pour sa mère ou sa grand-mère —, et elle s'envoyait donc en l'air à longueur de semaine. Quand, d'aventure, cela ne marchait pas, c'était la faute de l'homme, trop maladroit, pressé ou sottement émotif. Elle le « jetait » en ce cas, et passait au suivant. Le pauvre type restait seul, parfois amoureux transi mais toujours craignant de n'être définitivement pas à la hauteur. Il devenait impuissant ou homosexuel, ou les deux... Dans quel monde vivions-nous ?

La fille au lait-menthe me regarda et sourit. Je délirais complètement — peut-être même avais-je parlé tout haut. Elle était charmante, et gamine à souhait. Si elle avait su à quoi je pensais, en la dévisageant ! Ce devait être la jalousie de n'avoir plus vingt ans, ou d'être la proie consentante — le micheton, dit-on en argot — de l'une de ses semblables.

Cléa, encore toi, mon coup au cœur — au sexe. Cléa, je t'ai achetée, ma plus mauvaise affaire depuis longtemps, mais tu as rompu le contrat. Tu acceptes mon argent sans jouer le jeu, sans seulement feindre même. Le seul moment où tu ne triches pas, c'est lorsque tu m'avoues que je t'aime mieux que les autres, lorsque tu râles de plaisir. Je t'ai seulement appris que ton corps marchait bien ; quelle importance revêts-je là-dedans ? Tu trouveras bien d'autres machinistes...

— Vous avez du feu ?

Elle me draguait, la petite buveuse de lait. Sans vergogne. Elle avait dû me voir descendre de la Porsche garée un peu plus loin, ou avait jaugé d'un coup d'œil déjà professionnel la Rolex et le costume Cerruti ?

J'étais vraiment déprimé ; Cléa m'obsédait et je voyais des putes partout. Cette fille n'avait pas aperçu la voiture et se foutait pas mal de mon costume ! Je lui plaisais, simplement — ou elle n'avait pas de briquet. Moi non plus, d'ailleurs, et j'eus l'air d'un vrai vieux con, lorsque je répondis :

— Désolé, je ne fume pas...

Le gros cube pilant devant le Saint-André-des-Arts mit fin à mon délire cacochyme. J'avais proposé à Philippe de lui acheter une voiture ; il pouvait bien profiter un peu de l'argent de son père. Mais il avait souri : à vingt ans, en 1981, on se déplace sur deux roues. Et, puisqu'il n'était pas limité par le coût, il avait choisi cette énorme machine japonaise au moteur plus puissant qu'une voiture moyenne, profilée comme un obus, avec laquelle il se faufilait dans les encombrements qui immobilisaient les vieux automobilistes dans mon genre.

Mon fils avait revêtu sa tenue de cosmonaute et je fus, comme chaque fois, subjugué lorsqu'il enleva son casque. Mon sosie, moi vingt années plus tôt, avec la seule différence des yeux bleus Noblecourt qui lui donnaient une beauté, un charme et une fascination que je n'avais jamais possédés. Philippe, cependant, ne jouait pas de son physique, presque timide au contraire.

— Salut, papa ! Je suis content que tu aies pu te libérer !

Et moi, mon fils, si tu savais combien j'étais heureux de te voir. Toi, tu ne m'avais pas abandonné, lâché dans un tournant plus serré. Toi, le seul à m'être demeuré fidèle...

— Bonjour, Philippe. Tu vas bien ? Ces examens...

Les fameux partiels de février, hantise des étudiants depuis la réforme Edgar Faure, et, par la même occasion, des parents attentifs — j'en étais.

— Ben, justement... Tu te rappelles, il y a quelques années, du temps de l'avenue Montaigne, je t'avais demandé la permission de venir vivre chez toi. Puis il y avait eu ta femme, Neuilly... Maintenant, avenue de Breteuil, c'est différent, et moi je suis majeur. Bien sûr, je pourrais trouver quelque chose en ville, mais ça serait bien si tu me laissais une chambre. Tu me ferais travailler... Si tu veux bien ?

Si je le voulais ! Que pouvais-je souhaiter de mieux que la présence de mon fils, dans un univers qui s'écroulait ?

— D'accord. Je te téléphonerai dans la semaine pour fixer le jour de ton déménagement.

Le temps de prévenir Cléa qui ne verrait sans doute aucun obstacle à la présence de Philippe avenue de Breteuil — elle était si rarement là, désormais, cette fille qui achevait de me détruire à petit feu. J'en étais conscient, mais impuissant à y résister. Pas le courage de la mettre à la porte, de tirer un trait sur cette aventure sordide — sexe et fric —, ni de m'en passer. Non, j'attendais qu'elle parte d'elle-même ; une échéance que je redoutais, tout en m'étonnant chaque jour qu'elle ne soit pas encore tombée.

Philippe me scrutait avec attention depuis quelques instants. Il paraissait plus sérieux que de coutume :

— Tu vas bien, papa ? demanda-t-il enfin.

— Bien ? Oui, je...

— Ce n'est pas ce que je voulais dire. Est-ce que... tout va bien pour toi ? Tu as l'air triste. En fait, c'est maman qui... Elle est au courant, pour tes ennuis.

Claire s'inquiétait pour moi ? Quelle ironie ! Et mes ennuis... Lesquels ? On s'y perdait ! L'accident de Joan, le départ de Roy pour les Etats-Unis, le procès intenté par Jerry Gallaway et l'instruction qui se poursuivait dans l'affaire Couturier — encore que cette dernière histoire ne fût pas tombée dans le domaine public. La contre-publicité et les ragots viendraient bien assez tôt.

Spontanément, Philippe expliqua :

— C'est Berthier. Sa femme est la nièce d'une amie de maman, une pédiatre qui a fait son internat et sa spécialité avec elle.

Alors Claire était au courant de mon inculpation ! Voilà qui devait bien la réjouir : le juste châtiment du pécheur impénitent. Je n'avais même plus le courage d'en sourire.

— Qu'en pense ta mère ?

— Eh bien, je t'avoue avoir été surpris : elle t'a défendu. Elle affirme qu'on peut tout te reprocher, excepté d'être un mauvais chirurgien. Que si quelqu'un connaît ta conscience professionnelle, c'est bien elle, et que... Bref, que tu n'es certainement pas responsable et que ta condamnation serait une injustice.

Je pris le temps de siroter une gorgée de mon orange pressée, troublé par ce que je venais d'entendre. Claire prenait mon parti, après toutes ces années de silence haineux. Claire... Il me fallait du temps, beaucoup de temps. Je changeai brusquement le sujet de la conversation :

— Et Anne ?

— Je ne la vois jamais. Elle vit toujours à Toulouse. Son mari est un con !

Le petit lieutenant parachutiste ne faisait pas l'unanimité chez les Dalban. Pourvu qu'Anne soit heureuse... J'espérais que les années effaceraient sa rancune et que nous saurions nous retrouver — j'étais même décidé à feindre la sympathie pour le fils du général. Le temps, encore et toujours le temps...

Philippe se leva, m'embrassa rapidement sur la joue et me lança, avant de remettre son casque :

— Au fait, maman a dit que si tu voulais, tu pouvais l'appeler...

Le juge Marceau avait fait apporter deux sièges supplémentaires. Il y avait plus de quatre mois que j'étais entré pour la première fois dans ce bureau ; nous en étions à la septième ou huitième audition — je ne les comptais plus.

Au fil des jours, j'avais pu constater la lente évolution de l'attitude du juge à mon égard. Elle demeurait très distante et se gardait bien de montrer ce qu'elle pensait, cependant, à ses silences, à ses réflexions ou plus simplement à ses regards et à ses poignées de main, j'étais maintenant certain que son hostilité du début avait cédé la place, sinon à de la bienveillance, du moins à une neutralité attentive.

Berthier et Berger près de moi croisèrent les genoux en même temps que Mme Marceau commençait :

— Messieurs, je vous ai convoqués ensemble pour tenter, une fois encore, de comprendre ce qui s'est produit. Je ne vous cache pas que je vais être obligée très rapidement de prendre une décision : le parquet s'impatiente et la partie civile fait pression pour que je transmette le dossier après clôture de mon instruction...

« Il y a quelques semaines, je vous aurais envoyés devant le tribunal — c'est ainsi que je procède lorsque je ne suis pas assurée d'avoir toutes les données en main. Mon rôle, je vous le rappelle, n'est pas de juger, mais de donner à la justice ce qui lui est nécessaire pour trancher. En revanche, si je suis persuadée de l'innocence de mes inculpés, j'ai tout pouvoir pour arrêter l'instruction avant le procès, ce par un non-lieu. C'est ce que vous réclamez, maître ?

Mon avocat ferma les yeux. Il se concentrait avant de répondre. J'avais déjà remarqué combien, pour cet homme si prolixe dans le privé, le moindre mot comptait quand il s'exprimait dans le cadre de sa profession. La force du verbe... On ne devenait pas impunément un ténor du barreau sans connaître la puissance des mots.

Berger m'avait expliqué qu'être « tombés » sur Marceau était à la fois la meilleure et la pire des choses. Elle était très intelligente et nous ne pourrions donc pas lui faire prendre des vessies pour des lanternes ; en revanche il devrait être possible de la faire entrer dans la peau d'un chirurgien et d'un anesthésiste durant quelques minutes.

Jean-Pierre Berger se frotta les mains, ultime délai avant de répondre enfin à la question posée :

— Vous savez bien, madame, combien est néfaste, pour un médecin ou un chirurgien, la comparution devant un tribunal. Le non-lieu est donc ce que nous souhaitons, car même après l'acquittement du Pr Dalban et du Dr Berthier, le public ne retiendrait que ce que la presse aura affirmé au préalable : l'inculpation, la mort de l'opérée. Toute une vie de conscience professionnelle et une carrière peuvent être gâchées par un procès...

Marceau l'interrompit, froidement ironique :

— Ce ne serait sans doute pas trop grave pour votre client, maître !

Elle découvrait soudain le motif de son hostilité du départ : ma situation sociale, cette image de play-boy milliardaire.

— Allons, madame, nous serions déjà devant la cour, si vous ne vous étiez rendu compte à quel point son métier, sa vocation sont vitaux pour le Pr Dalban !

— D'accord. Vous avez bien travaillé, maître...

Oui, Berger avait bien travaillé, habilement. Ce que l'on me reprochait était, essentiellement, de ne pas être revenu lorsque l'infirmière avait signalé le saignement. Sur ce point, la défense de mon avocat portait sur deux types d'argumentation.

Tout d'abord, prouver que ce genre de saignement était habituel et ne donnait jamais lieu à des complications, donc que je n'avais pas à m'en inquiéter. Cela revenait à dire que la majoration de l'importance de ce saignement incombait au manque d'expérience de l'infirmière.

Montrer ensuite que je me dérangeais facilement lorsqu'on me le demandait, donc prouver mon habituelle conscience professionnelle. Pour soutenir ses dires, il avait constitué un énorme dossier de témoignages aussi bien d'opérées de rhinoplasties que d'infirmières ayant vu les suites immédiates de réveils.

Ce qui avait également joué en ma faveur avait été la quasi-découverte par le juge Marceau de ma carrière de plasticien hospitalier, occultée aux yeux du grand public par l'image du chirurgien esthétique international. Fouillant dans la vie de Mme Marceau — il faut connaître ses adversaires pour mieux les combattre —, l'avocat avait vite trouvé son histoire de mère d'une enfant handicapée, élevée dans une institution spécialisée, et qui était le drame de l'existence du juge. Aussitôt, il avait mis l'accent sur ces cranioplasties que je réalisais à l'hôpital, étoffant le dossier de témoignages de gratitude des parents, et conduisant ainsi le juge Marceau à reconsidérer son idée préalable sur le Pr Pierre Dalban.

— Il n'en reste pas moins, messieurs, reprit-elle en jouant avec ses lunettes, que nous ignorons toujours ce qui s'est passé durant l'intervention. Le sang a subitement noirci, dites-vous, avant de reprendre une couleur normale... Que traduit ce double phénomène ?

Berthier, le spécialiste, répondit pour nous :

— Une anoxie passagère, c'est-à-dire une absence provisoire d'oxygène dans le sang. Comme si, durant un laps de temps assez court, elle n'avait plus respiré d'oxygène...

— Mais, par exemple, du protoxyde d'azote ! l'interrompit mon avocat.

Berger s'était levé. J'aurais été bien incapable de dire s'il avait préparé son numéro ou si nous assistions à un prodigieux travail de déduction.

— Je suis allé jeter un coup d'œil à la centrale des gaz des Hortensias, poursuivit-il. Une confusion entre bouteilles d'oxygène et de protoxyde paraît difficile, puisque les marques sont bien distinctes... Supposez cependant une erreur du manipulateur ! Oh, très brève, de quelques instants ; une méprise vite réparée. Mais à l'autre bout de la chaîne, Sophie Couturier respire du protoxyde au lieu de l'oxygène. Son sang noircit... Pour redevenir aussitôt normal dès que le responsable du changement des bouteilles s'aperçoit de ce qui n'est pour lui qu'une inadvertance. Après l'intervention, M. Berthier descend à la centrale, et constate que tout est normal...

L'avocat marqua une courte pause pendant laquelle il nous dévisagea à tour de rôle, s'attardant particulièrement sur le visage tendu du juge Marceau.

— Ni vu, ni connu, dit-il enfin. Le coupable de cette énorme bévue ne se sent responsable de rien et ne souffle pas mot de l'incident qu'il ne relie d'aucune façon à la mort de Mlle Couturier. Conclusion, on soupçonne deux médecins brillants qui ne sont pour rien dans ce drame, et, sous le prétexte de rendre la justice, on s'apprête à condamner deux innocents !

Il y allait peut-être un peu fort, Berger. Pourtant, je devais admettre que son idée se tenait. Plus même, parce que j'avais toute confiance en Berthier et que je savais n'avoir commis aucune faute lors de l'intervention, je le suivais dans son raisonnement.

— Qui remplace les bouteilles de gaz, aux Hortensias ?

— Yann, le brancardier.

Jean-Pierre Berger désigna du doigt l'épais dossier posé sur le bureau de Mme Marceau.

— Eh bien, vous connaissez le nom de votre coupable désormais, madame ! Vous pouvez clore l'instruction et blanchir ces deux messieurs !

Le juge hocha la tête. Elle avait cessé de jouer avec ses lunettes, uniquement attentive à suivre l'explication de l'avocat.

— Avez-vous les preuves de ce que vous avancez, maître ? murmura-t-elle au bout de quelques secondes.

— Non, mais à vous de les obtenir. Vous savez comme moi que c'est la vérité... Dalban et Berthier le savent également. Il n'y a pas d'autre explication.

Pas d'autre explication, en effet. Mon ami Yann, si franc, si sympathique, avait dû commettre une erreur en branchant ses bouteilles, une confusion rapide, qu'il avait crue banale et facile à réparer... Quelques instants aux conséquences dramatiques pour Sophie Couturier.

Là était la vérité ; pourtant, c'était à peu près fichu pour Berthier et moi : à moins d'un miracle — que la démonstration de Berger ait entraîné la conviction du juge Marceau, et que le brancardier avoue —, nous serions condamnés. Ce serait l'apothéose d'une succession de drames qui illuminaient ma vie d'un éclat tragique depuis quelques mois. Le professeur agrégé Dalban ne serait jamais professeur tout court ; il ne serait d'ailleurs plus grand-chose, reconnu publiquement coupable d'un homicide involontaire.

Joan... Que ne t'avais-je rejointe dans les eaux troubles de l'Océan.

— Je vous ferai part de ma décision sous quinzaine, conclut le juge Marceau. Au revoir, messieurs.

En quittant le bureau, je croisai le regard de Mme Marceau. Les suites de la terrible affaire Sophie Couturier dépendaient d'elle, et d'elle seule. Monique, Claire, Anne, Joan, le juge à présent... Etait-il écrit quelque part que les pages les plus tragiques de mon existence seraient tournées par des femmes ?

6

La boucle paraissait bouclée, ces rôles aujourd'hui inversés marquaient un cap. Il ne me fallait pas un gros effort de mémoire pour me revoir à la place de ce grand échalas en train de se laver les mains, les yeux dans le vague, cachant mal son anxiété.

Il y avait vingt ans, vingt ans à peine que, comme ce garçon, je m'apprêtais à réaliser ma première lipectomie abdominale — la période me semblait si courte, à présent que je voyais le temps s'accélérer et les jours se télescoper. Je l'enviais et le plaignais tout à la fois, ce Jacques Sergent. Quelle médecine se préparait-il ? L'horizon hospitalier semblait désormais obscurci par cette pléthore d'étudiants qui tuerait bientôt l'exercice libéral. Demain, ces spécialistes sans débouché seraient la proie facile d'offres de salariat médiocres. Le public ferait les frais de ce lent travail de sape, mais il n'en prendrait conscience que trop tard, démagogiquement abusé par des promesses électorales : médecine totalement gratuite, plus de dépassement d'honoraires, plus de différence entre riches et pauvres...

Comme s'il existait réellement une discrimination, dans ce système où les mêmes praticiens exerçaient leur talent dans les services publics et privés. J'en apportais la preuve, par l'entremise de cette jeune femme qui allait être opérée dans quelques minutes. J'avais ouvert cette consultation d'esthétique à l'hôpital dans le but, justement, de ne pas laisser de côté les disgrâces de ceux qui ne pouvaient régler mes honoraires des Hortensias. Et je n'étais pas le seul à agir ainsi, tant dans mon domaine que dans tous les autres. Plus tard, lorsque cette médecine libérale serait morte, s'instaurerait réellement cette différence que l'on entendait combattre. Un véritable marché noir se créerait, pour être reçu par les meilleurs, pour continuer de choisir...

Mais voilà que je me laisse emporter par mon dada — leitmotiv de tous les médecins de France en 1981. Non, j'enrageais de voir qu'un des meilleurs systèmes de soins et d'enseignement au monde, envié partout et donnant pleine satisfaction aux malades, se trouvait dans le collimateur de technocrates mal informés — ou trop déformés.

Bien sûr, les conditions de confort moral étaient souvent moins bonnes à l'hôpital qu'aux Hortensias, par exemple. Cette patiente était venue voici deux mois à la consultation et avait dû se montrer nue à six hommes assis derrière des bureaux. Tel était le prix de l'enseignement, mais je reconnaissais volontiers tout ce que l'indispensable présence de mon psychologue, des deux chefs de clinique et des deux internes pouvait apporter de stress à la consultante.

Elle avait vingt-cinq ans et déjà cinq enfants, contrainte à des maternités répétées par une ignorance de la contraception et un mari besogneux et ivrogne, voyant dans cette nombreuse progéniture une source non négligeable de revenus en allocations familiales. Son corps était une ruine. Oui, là je touchais du doigt l'injustice des problèmes d'argent. Certes, il ne fallait pas négliger l'impact du capital génétique et les propensions naturelles aux chairs flasques, aux muscles avachis et à l'usure prématurée, mais dans l'ensemble, je devais reconnaître que, à âge égal, les femmes des milieux aisés vieillissent apparemment moins vite que les pauvres. Nourriture ? Sports et loisirs ? Hygiène de vie ou soins du corps, je n'avais pas d'explication vraiment scientifique au phénomène. Je le constatais.

Ses seins, outres vides, pendaient tristement sur le thorax. Son ventre, couvert de vergetures, se plissait en besace retombant sur le pubis qu'il dissimulait à demi. La paroi musculaire était atteinte, avec une éventration importante qui permettait que la société prenne en charge l'intervention. La beauté, on lui en ferait cadeau, prime à la patience et au courage.

Elle dormait sur la table d'opération repliée en rocking-chair.

Je vérifiai les repères à l'encre dermique, tracés par Sergent ; tout était bien et je savais mon interne un garçon capable, doué manuellement et pigeant les choses au quart de tour, à qui je pouvais seulement reprocher d'être trop livresque. Il faut parfois savoir s'abandonner à son instinct. Mais peut-être est-ce une liberté qui vient avec la pratique ? Je me plaçai à gauche de l'opérée, abandonnant à Sergent le côté droit, celui de l'opérateur. Il saisit le bistouri et me lança un regard ; je lui répondis par un clin d'œil. Il faut y aller, bonhomme — c'était le moment ou jamais !

La lame entama la peau du ventre d'une hanche à l'autre, passant au ras des poils du pubis, suivant le pointillé tracé deux heures auparavant sur la patiente debout. J'étais décidé à ne pas intervenir, seulement s'il en exprimait le désir. Je voulais voir si Sergent avait bien compris mes leçons, s'il ne tombait pas dans les pièges. Mais tout allait bien. Il progressait lentement, réalisant ses hémostases au fur et à mesure des saignements. Une grande lipectomie transversale peut donner beaucoup de sang, si l'on n'y prend pas garde et il est toujours utile de compenser une perte sanguine trop importante si on peut la prévenir.

Pourtant, la première bêtise vint. Sans aucune gravité, risquant simplement de compliquer inutilement la suite. Sergent commençait à disséquer, soulevant la graisse et la peau au-dessus de l'incision.

— Vous n'oubliez rien, mon vieux ?

Lueur d'incompréhension dans ses yeux, puis il rougit :

— Bien sûr, Monsieur ! L'ombilic !

— Débutez toujours par là, avant l'incision du bas. Vous serez tranquille.

Il fallait en effet découper le nombril comme une pastille circonscrivant l'œil central — anatomiquement lié à la profondeur — que l'on laisserait en place tandis que la peau du ventre glisserait par-dessus.

Cela fait, Sergent reprit la dissection du lambeau supérieur, détachant peau et graisse au ras de l'aponévrose, ce en dépassant largement vers le haut la zone ombilicale. Il se débrouillait bien, à présent, sur les bons plans de clivage, ces zones plus lâches entre deux tissus, qui permettent de les séparer. Je plaçai les pinces à hémostase sur les vaisseaux perforants.

Bientôt, toute la masse qui constituait la besace put glisser vers le bas, le trou du nombril arrivant ainsi au niveau des poils pubiens et de l'incision du départ. A l'encre, Sergent délimita la section supérieure, qui emporterait de la sorte un énorme croissant de peau et de graisse, de la forme d'une bouche.

Il ne restait plus qu'à suturer les deux berges, pour obtenir une cicatrice horizontale d'une hanche, à l'autre et qu'à découper un trou de la taille du nombril pour permettre à l'ombilic d'apparaître à sa place. Auparavant, le sous-sol avait été réparé, c'est-à-dire l'éventration, en rapprochant les muscles et consolidant la sangle abdominale.

Je pouvais à présent laisser Sergent terminer les sutures seul avec la panseuse :

— Vous faites le pansement-gaine vous-même, Jacques ; vous savez combien c'est important. Et n'oubliez pas de drainer avec deux redons !

Ma matinée d'hôpital était terminée. Cléa ne pouvait déjeuner avec moi, partie pour d'hypothétiques séances de photos — je ne me donnais même plus le ridicule de vérifier ses dires. J'étais seul et je supportais très mal cette solitude, hanté par le cumul des ennuis qui s'abattaient sans discontinuer.

Dans la guerre impitoyable que me livraient la famille Barnes et les avocats de Jerry Gallaway, tous les coups étaient permis, surtout les plus bas. Le dernier avait été ces quelques lettres anonymes envoyées au fisc ; depuis une semaine, et pour de très longs mois, je subissais la présence de deux inspecteurs des impôts, affables mais inquisiteurs.

Oh, je n'avais rien à me reprocher, tous mes revenus avaient toujours été déclarés par l'intermédiaire d'une société d'expertise comptable, cependant cette suspicion supplémentaire, cet épluchage de mes chéquiers, de mes comptes bancaires, cette intrusion dans ma vie privée étaient difficilement supportables.

Comment avais-je acheté la *Tikva* ? André Lévy était un peintre très cher... C'était de l'argent liquide gagné au noir... Ceci pour la moindre emplette, la moindre dépense. Je n'avais plus aucune envie de rentrer avenue de Breteuil avant que la présence de Philippe ne vienne éclairer ce désert, campement nomade sans âme ; aucune envie non plus de retrouver l'hôtel particulier de Neuilly que continuait d'entretenir, désormais inutilement, une domesticité pléthorique.

Je repoussais à plus tard un après-demain vague, les décisions à prendre en ce qui concernait ces maisons, ces voitures, ces objets trop chargés de souvenirs et qui m'appartenaient à présent, mais que je ne souhaitais pas conserver. La nostalgie n'est plus ce qu'elle était, affirmait Mme Signoret ; pour elle qui avait réussi sa vie, peut-être. Pour moi qui voyais s'écrouler mon univers, la nostalgie demeurait un sentiment vivace et douloureux. Remords, regrets et chagrins ravalés... Triste bilan en forme de constat de faillite. Oui, je déciderais plus tard.

Les Barnes et le juge Marceau, Jerry Gallaway et Sophie Couturier, Anne ma fille, devenue Mme Dautrémont pour l'état civil, tous ces gens me montraient du doigt, me désignaient à la vindicte populaire. J'aurais voulu être fort, répondre à leur haine par de l'indifférence. Qu'importaient, après tout, ces procès dont on m'accablait ? Il fallait continuer. Mais ces mortes, ces gens que j'aimais et qui me tournaient le dos...

J'arrêtai la Porsche sur le parking de la piscine Deligny ; quelques péniches sur la Seine, le flot continu des voitures sur la voie sur berge... l'air sentait le printemps. Pourquoi fallait-il qu'un jour tout bascule de la sorte ? Que les rêves de jeunesse se brisent contre la réalité ? Vingt années auparavant, je me hâtais sur l'autre rive, en route pour l'avenue Victoria et les résultats de l'externat. J'y croyais ; cette carrière que j'embrassais, je la voulais fulgurante, idéale. Puis...

En quelque sorte, tout avait commencé là, à quelques dizaines de mètres, de l'autre côté du fleuve aux eaux boueuses. Tout pourrait s'y achever, et la boucle serait vraiment bouclée...

« Maman a dit que si tu voulais, tu pouvais l'appeler... » La petite phrase de Philippe, devant le Saint-André-des-Arts, me revint en mémoire, obsédante comme le message d'espoir qu'elle contenait peut-être. Et si le temps des désirs de revanche était passé ? Il fallait que je sache. En un ultime pari, je décrochai le combiné du téléphone.

Elle répondit immédiatement, assise sans doute à son bureau du boulevard Saint-Germain. Sa voix avait changé, moins sèche qu'au temps de ses appels hebdomadaires ressassant les rancunes du divorce. C'était la voix de la jeune fille d'autrefois, qui me guettait, consolante, près de l'amphithéâtre de Necker, à la sortie des oraux de l'internat — la voix de celle qui incarnait tout mon avenir. Les années s'effaçaient.

— Allô, Claire ? C'est Pierre.

— Je t'attendais.

Cet ouvrage a été réalisé sur
Système Cameron
par la SOCIÉTÉ NOUVELLE FIRMIN-DIDOT
Mesnil-sur-l'Estrée
pour le compte des Éditions Acropole
le 2 avril 1984

Imprimé en France
Dépôt légal : avril 1984
N° d'impression : 0832